金克木 作品

续断编

金克木 —— 著

张定浩 —— 编

金克木述生平

作家出版社

目　录

三、十年灯（1936～1946）

四、善知识（1946～2000）

前　言

张定浩

过去是未来的镜子，别人是自己的影子。

——金克木《倒读历史》

关于金克木的生平研究，目前所能看到的，除了一些零星片断的回忆文章，便是粗枝大叶的年表式描述，惜无完整传记行世。究其原因，大约和金克木晚年"很不愿意谈到自己"（《比较文化论集·自序》）有关，但很多后辈学者却也看到，金克木不同于很多专家学者之处，恰又在于他经常谈论自己。是金克木自己说错了吗，恐怕未必，因为金克木谈论自己的方式和目的，与一般人有些不一样。

因此，我们从金克木的等身著作中，编选梳理出这么一本金克木谈论自己的集子，其目的，不仅是为了呈现这位大学者更为丰富、具体的人生道路，更是为了有机会再次跟随这位睿智的老人，一起思其所思，想其所想。

一

本书据金克木先生生平轨迹，略分为四辑。

第一辑"小学生"，收集金克木先生自述出生至小学毕业期间的十四篇文章。

金克木先生受到的正规学校教育，只到小学毕业为止，后来完全是凭借自学，跻身中国顶级学府超一流教授的行列。这在如今重视学历的教育体制下，是难以想象的。因此，"小学生"俨然成为金先生的一个符号，时常被喜欢金先生的读者提及，令大家艳羡的，不仅是金先生的天才，也包括那个时代开通的教育大环境。但读罢本辑的文章，或许会发现，那个时代的小学生，含金量原来绝非如今可比。

金克木先生，祖籍安徽寿县，1912 年 8 月 14 日出生于江西万载县。寿县是古城，当年淝水之战，八公山下，草木皆兵，说的就是这个地方，而《旧巢痕》评点本中八公山人的托名，也是典出于此。金先生的父亲是清末的捐官，在江西万载县得了一个县官的缺，从安徽跑到江西，还未及捞回本，就遇到孙中山宣布废除帝制，清朝灭亡，他父亲也随即被扣押抄家，郁郁而终。金克木是家里的第四个儿子，父亲去世时，他刚八个月。

随后，1913 年，金克木在掌管家政的大哥安排下，随全家回安徽当时的省城安庆，这里是大哥的生母，也就是自己嫡母的老家。这个长江边的山城，金克木来时不到两岁，走时才五岁，它留给金克木的印象是淡漠的，但有一件重大的事情，却发生在此时，那便是识字。人生识字忧患始，他往后一切的学问思索，都要追溯到大嫂领着他认门联上的"人"字那一刻。

1916 年，金克木随家人折返老家寿县。这一年，袁世凯称帝，随即惹得各地军阀四起；也是这一年，蔡元培出任北京大学校长，科学与民主旋成潮流。外面时局风雨琳琅，但在这建于太平天国时期的寿县祖屋里，却仍是一派波澜不惊。金克木在这里随兄嫂描红、背经、读诗、上桌识礼、入屋听曲，受的依旧是非常传统的旧学教育。1920年，大家庭因大哥的去世解体，同年，因为三哥受聘去寿县第一小学教书，金克木这也顺带进入第一小学，开始接触新学。在这里，他看到把教育视为强国之本的小学校长，听到和背经抄书完全不一样的讲课，也接触到家里极少见到的民国书刊。

1925年，金克木小学毕业。从1916年到1925年，以这个时代特有的、新旧杂糅的方式，金克木完成了属于自己的九年义务教育。

本辑文章又可细分为三部分。《学说话》《学读书》两篇，是金先生的夫子自道，基本交代了自己童年轨迹，是为第一部分；第二部分八篇文章，用小说体述其入小学前事迹，虚虚实实，但可由第一部分的两篇文章作印证；第三部分四篇文章，述其小学生活。

二

第二辑"少年时"。收文章十七篇，大体分三部分，前两部分是小说体，分述乡下教书、离家进京，偏虚，却能具体而微；第三部分是回忆随笔，综述这期间的教书、读书、写作以及翻译生活，偏实，却仅提纲挈领，故可与前两部分参看印证。

金克木十三岁小学毕业后，因家境困窘，无力再上中学，随后两年，遂受教于私塾先生。1927年，北伐军打到长江流域，金克木被送往乡下躲避兵灾，却在一个名叫警钟的朋友处，看到了《新青年》一至五卷，得以初识新文化运动的整体面目，胸中旧学新知的碰撞交汇，眼前良朋益友的切磋辩论，待到回城，他遂有焕然一新之感。此时，金克木十五岁。

1928年，大革命失败后的风雨交加中，十六岁的少年被信仰的火深深攫住，他去乡下教小学，其实是预备投身革命运动。在这半年，金克木学到了任何学校也学不到的东西，也迈出了从少年到青年的第一步。

1929年春，离家不远的凤阳省立第五中学招新，因原是师范学校，学费、宿费和伙食费，仍一概免收（原来师范免收学费，促进基层教育，早成常识）。金克木随同乡前往，先入学，打算秋季再考学籍。但开学不久，遂有学生不断酝酿运动，随后一批学生被抓走，学校随即遣散学生，停课整顿。金克木无奈折返家中，暑假期间因凤台县民众教育馆的老同学相助，去凤台县齐王庙小学教书。金克木在此做了一年的小学教师，认识了几位在外地上过大学的同事，受他们影响，随即萌发了去北平读书的念头。

1930年7月，金克木随友人，坐船经南京、上海，随后又坐海轮，于月底抵达北平，暂住于皮库胡同久安公寓。北平生活，可谓金克木人生的又一大关口，在这里，免费的公立图书馆、开放的大学课堂，以及周围各式各样的青年友人，构成十八岁的金克木新生活的几个支点。他既是在用心读书，亦是在不断地读人、读物。

1932年，因兄长去世，家里断了接济，生计所迫，金克木赴山东德县师范初级中学任教国文，并兼教儿童心理学和教育学。在德县待了半年，此时开始写新诗，并在1933年的《现代》上发表，随后因朋友相助，得到一个在北平某报编文学副刊的机会，这便又折返北平。随后，依靠编辑、翻译、写稿，继续在这古都漂泊。唯有一次短期就业，是1935年因友人沙鸥介绍，在北京大学图书馆当管理员。金先生自述，那不到一年的时间，是其学得最多的一段。

以上两辑的文字，金克木论自己童年及少年岁月，大抵小说家言和回忆随笔并存，这并不是金克木故弄玄虚，而是和他谈论自己的目的息息相关。

关于自传这种文体，钱锺书有过一段极有意思的话，"作自传的人往往并无自己可传，就逞心如意地描摹出自己老婆、儿子都认不得的形象，或者东拉西扯地记载交游，传述别人的轶事。所以你要知道一个人的自己，你得看他为别人做的传；你要知道别人，你倒该看看他为自己做的传。自传就是别传。"

这番关于传记意图和结果、形象事实的真与假之间有趣的悖论，想必金克木也是深有会心的。"小说往往用假话讲真事，标榜纪实的历史反而用虚构掩盖实际。孙猴子七十二变是假，孙猴子的言行性格是真。……什么是真？什么是假？"（《孔乙己外传》）故而，金克木晚年自编《孔乙己外传》，以小说之名，述生平过往，另有《旧巢痕》评点本，假托居士山人，真事假语，变幻莫测。其用意，我猜也在于要把拘泥于真假的这个障给破掉。那是不是尚还有一个东西，它比表面的真假更为重要？

"少年时"一词，语出金克木先生八十六岁时自编的同名小书。一个人的少年时，当是思想人格定型的最最关键之时。西方有教育小说，老老实实从头说起，顺时针追踪少年时；中国有史书列传，每每在最后才附上一个"初，某某如何如何"，逆时针回溯少年时。这两种方式，金克木先生都了然于胸，但却都不拘泥。"茗边老话少年时，枯树开花又一枝"（《少年时·前言》），金先生要开的花，不是被时光染黄的标本，而是年年岁岁都可以来去的花。

三

第三辑"十年灯"。收文十四篇，内分两段，一是国内的辗转，二是印度的隐修，一动一静，相得益彰。

1936年，金克木有一段江南之旅，在杭州孤山脚下的俞楼住了约一百天，译出《通俗天文学》，并因戴望舒之邀编出自己的第一部新诗集《蝙蝠集》，后经南京回北平。不久，七七事变爆发，金克木随即和刚刚来北平不到一个月的母亲一起，匆匆离京，先回老家寿县，后一路南下，经武汉、长沙、广州，终至香港，依靠为报馆翻译外电，生活了将近一年，后至桂林，经历了 1938 年冬天的桂林大轰炸。1939 年，经陈世骧介绍，赴湖南辰溪，在桃源女子中学教英文，并在迁徙此地的湖南大学文学院兼教法文，其间暑假去遵义看望老母，又去昆明拜会吕叔湘、罗常培、傅斯年等学人，受大震动，思谋跳出文学的小圈子，毕生从事学术，并打算由拉丁文入手，上追古希腊经典，从而探明欧洲文化源流，但因生活无着，决心未下。

1940 年，金克木随母亲寄住贵州遵义朋友家，后老母随同乡移居柳州，暂无挂碍。这年夏天，金克木至重庆，打算办护照去印度。但因战事吃紧，签证无果，在防空洞躲空袭的空隙，译了一部英文小册子，预支了稿费，匆忙逃至贵阳。在贵阳，他差点下海经商，终废然知返。1941 年，金克木再赴昆明，经滇缅公路，终于辗转至印度，在加尔各答《印度日报》做编辑。1943 年，赴佛教圣地鹿野苑专修梵文，兼读佛典。在这里，金克木遇到一位名叫憍赏弥的老人，指引其梵文与佛学的门径，是为其人生又一大关键点。

"桃李春风一杯酒，江湖夜雨十年灯。"从 1936 年到 1946 年，这十年，是中国战火纷飞的十年，中国的读书人奔波于江湖，辗转于防空洞，却斯文不绝，弦歌不辍。这其中原因，金克木在晚年有很深入的思考。他以为，中国历来有两种文化，有"文"（读书人）的文化和无"文"（民间）的文化，这两种文化始终相互渗透、互相补给，不考察无"文"，就看不清有"文"。

因此，战乱中的颠沛流离，在他人或许是噩梦，但对于青年金克木，却恰恰是一个接触无"文"的文化的机遇。这横穿大半个中国的万里路，一洗金克木身上浸淫日久的有"文"的文化，让他得以重新元气淋漓，这样，后来印度乡村中的读万卷书，也才有根基。

四

1946年，金克木离开印度，回国奉母。他先到上海，谋教梵文未果，后经吴宓推荐，刘永济安排，来到武汉大学哲学系，教授印度哲学，其后半生的教授生涯从此开始。1948年，金克木重回北京，入北京大学任东方语文系教授，从此时直至2000年逝世，这后面半世纪的风回云起，他均是和燕园一同见证。

本书的第四辑"善知识"，收文十二篇，内分三部分，第一部分五篇，回忆后半生交往的师友，电光石火，却有大意味；第二部分三篇，分述一生最为核心的三个方面：教书的职业、男女的情感以及创作的事业；第三部分四篇，都是类似临终絮语，自己做总结。附录一篇《如是我闻——访金克木教授》，是金克木晚年自撰的问答体，清楚理解和表述自己一生，托名"尹茗"，尹茗者，隐名也。

与自述童年和少年岁月时的浓墨重彩相比，金克木对自己后半生的事情，倒真的谈得很少。这其中反差，除却因为有些当世人事不便多谈外，更重要的原因，是和金先生谈论自己的目的有很大关系。这在前面已略提及，下面试进一步叙之。

一般人写自述或是回忆文章，即便中肯客观的，也都是以"我"为主。某年某月，"我"如何如何，要的是使旁人了解那些"我走过的道路"，或者"我与我的世界"。但金克木先生关心的，倒不在那个"我"上面。倘若只是为作自传，金先生一定服膺休谟的老话，"一个人写自己的生平时，如果说的太多了，总是免不了虚荣的，所以我的自传，要力求简短。"所以，倘若真的去寻先生的自传，那当属写于1992年的《自撰火化铭》，寥寥千余字，便足了一生。

而在这千余字之外，先生晚年之所以又花了数十万言来谈论自己，尤其是谈论成长时期的自己，其实是把自己给"豁"出去，把过去的自己当作一段可供现在的自己揣摩研究的史料。换言之，金先生用墨最多的，不是一个人到底做过什么事、得到什么物，而是如何在无"文"的文化和有"文"的文化的合力下，在时代的潮汐中慢慢形成这个"人"。金先生以自己的方式，把西方的教育小说和传统的史书列传打通，把辨求人事真假的迷障破除。

《史记·管晏列传》云："至其书世多有之，是以不论，论其轶事。"这种从著作到人事的转向，我想除了知人论世的需要外，还有一个很关键的缘由：书是有"文"的文化，一旦定型便不受具体时空影响，故可以暂时不论；而人事可以说是无"文"的文化，如不及时论述（司马迁称其轶事，可见并不介意真假），可能那段具体时空和具体时空中的人所承载的无"文"的文化，之后就不复存在了。

而这些对过去轶事的论述，正如金克木所言，"都出于'现在'，而且都引向'未来'。"（《无文探隐》前记）

2000年6月，在病重入院前写就的最后一篇文章末尾，金克木再次强调之前的认识，"过去是未来的镜子，别人是自己的影子"。

2000年8月5日，金克木病逝。

五

题名《续断编》。续断是一味中药，可以通血脉，强筋骨，对骨折等症有益。通则强,断则弱,中国近世百年沧桑,被拦腰折断的东西太多,"飞梭往复,常须续断。"(《自撰火化铭》)"续断"一词,可以说正是金克木先生晚年思想致力所在。

此外,本书的编选,企图用先生自述的文章,把其一生经历大体接续在一起,亦是一种"续断"的用心。当然,终不免有诸多依旧断开的地方,好在先生也曾专写过《续断》一文,说完"续"的好处之后,也说了"断"的好处:对于喜欢思考的朋友,那些"断"的地方,可能正好是一些富有意味的开始。

2019 年春

一、小学生（1912 ~ 1925）

学说话

　　人一出生就要学习，也就是在这世界上，宇宙中，探路，一直探到这一生的终点。

　　一出世就大声啼哭，这是学习呼吸新鲜空气。然后动手动脚试探活动，睁开眼看光和影，用耳朵听声音，学习分别事物，于是接触到了母亲的奶头，用口和舌试探吮吸，学会了做人要活下去的第一要义：吃。这大概是一切人共同上的第一课。

　　真正算得上学习的是学说话。这不仅是探路而且是走出第一步的路了。这一课好像是人人一样，其实是各个不同。学说话可以影响到人的一生。也可以说，人的一生都在学说话，学表现自己，与外界沟通，一直到不能再说话。

　　我现在快到不再说话的时候了，探路也快到终点了，这时才想起走过的路，想想是怎么一路探索过来的，也就是怎么学习这个世界和世上的种种人，一直到夜间仰望星空探索宇宙。想想路上的碰壁和滑坡，幻想和真实。心里想，是自己对自己说话。写下来，是对别人说话。想到自己，讲到自己，不能不从学说话讲起。

　　第一课的课堂是家，第一位教师是母亲，这就不是人人一样了。各人有各人的母亲。

　　第一个对我说话的，也就是教我说话的，尽管我记不得，也知道一定是我的母亲。可是我小时候有两个母亲，正式说是有五位母亲，我见过的只是两个。生我的是生母，还有一位嫡母，是我父亲的继室。从父亲的"神主"或说牌位上看，父亲有原配和两位继室先去世了。父亲突然去世时我名为两岁，实际只有八个月。他留下一位多病的妻子和准备继任而未能如愿的我的生母。她原来的任务是服侍那位继母，后来生了我，地位一再提高，原来的不好听的身份也就不再提了。我父亲是淮河流域的八公山下人，大概说的是家乡话，和我的三个哥哥一样。给我学说话"开蒙"的两位母亲说的话都和我父亲不同。

我出生时父亲在江西，我的生母是鄱阳湖边人，本来是一口土音土话，改学淮河流域的话。但她所服侍的人，我的嫡母是安庆人，所以她学的安徽话不地道，直到二十几岁到了淮河南岸一住二十年才改说当地话，但还有几个字音仍然只会用仿佛卷着舌头的发音，一直到七十五岁满了离开世界时还没有改过来。那位嫡母说的也不是纯粹安庆话，杂七杂八。回到老家后，邻居，甚至本地乡下的二嫂和三嫂都有时听不懂她的话，需要我翻译。她自己告诉我，她的母亲或是祖母或是别的什么人是广东人，说广东话，还有什么人也不是本地人，所以她的口音杂。我学说话时当然不明白这些语言区别，只是耳朵里听惯了种种不同的音调，一点不觉得稀奇，以为是平常事。一个字可以有不止一种音，一个意思可以有不同说法，我以为是当然。很晚我才知道有所谓"标准"说话，可是我口头说的话已经无法标准化，我也不想模仿标准了。

举例说，我应该叫嫡母做妈。很可能是我自己的发明创造，在前面加了一个大字，叫大妈。自己的生母也该叫妈。我想一定是她自己教我的土音土话，妈前面加的那个音很特别，我不知道汉字怎么写，也不知道汉语拼音中该用什么平常不用的字母。我的小名也是自己起的。原来大家只用一般叫小孩的叫法。到我三岁时，大侄儿生了一个小男孩，算是我的侄孙。我成了爷爷。家里人说，两个娃娃怎么分别。我便抢着说，我是老的。于是我不满三足岁便成为叔祖父，自称老了，别人也就叫我老什么，一直到我上小学才改为"小老四"，因为我有三个哥哥，另有三个姐姐不算。可是我的两个妈妈在没有外人时仍旧叫我的小名。

严格说，正式教我说话的第一位老师是我的大嫂。我不满三足岁，她给我"发蒙"，教我认字，念书，实际上是教我说话。她不是有意教，我也不是有意学，不过现在看起来，那不是教念书而是教说话。这以后八十几年我一直在学说话的路上探索，或者说是对语言有兴趣，可以说都是从学大嫂说话开始的。

关于大嫂的说话，我现在才能总结出来。她说话的特点是干净、正确，说的句子都像是写下来的。除了演讲、教课、办外交以外，我很少听到人在随便谈话时像大嫂那样说话。她不是"掉文"，是句句清楚、完整。她会写账，打算盘，但不会写信。她读的书主要是几部弹词：《天雨花》、《笔生花》、《玉钏缘》、《再生缘》、《义妖传》(《白蛇传》)等等，会唱昆曲，会吹箫，有《缀白裘》《六也曲谱》，会下围棋，有《桃花泉》《弈理指归》。她教我的是《三字经》。她梳头，让我看着书，她自己不看，背出两句，叫我跟着一字字念，念熟以后背给她听。过了将近三十年，我在印度乡下，佛教圣地鹿野苑，请法喜老居士教我念梵文诗时，开头他也是让我看书，他背诵，吟出一句原文，再改成散文句子，再作解说，和中国与印度古书中的注释一模一样，说出来的就是散文，吟出来的是诗。我恍然觉得和大嫂当年教《三字经》和唱念弹词给大家听完全相仿。我竟不知大嫂是从哪里学来的。她是河南人，讲的不是河南土话，是正宗的"中原音韵"吧。她七十岁左右，我最后一次见到她时，她对我诉苦，仍然不慌不忙不紧不慢地讲她的仿佛从书上学来的话。

人的一生是同外界对话的全过程。有两种表现：一是刺激—反应，仿佛是被动的，无意识的。一是观察—思考—表达，仿佛是主动的，有意识的。表达一是言语，二是行动，都是探索外界的反应。这些都是需要学习的。不过大家平常注意到学习的多是表达，用有声音的言语符号，或者是用有形象的文字符号，用音乐或是用图画。

　　我探索人生道路的有意识的学习从三岁开始。学说话的老师是从母亲到大嫂。学读书的老师是从大嫂到三哥。读书也是说话。当大嫂教我第一个字"人"和第一句话"人之初"时，我学习了读书，也学习了说话。说话的底子是我的生母打下的。当她教我叫她那个写不出来的符号时，她是教我说话和对她做思想交流。到大嫂教我时，我觉得学读书和学说话一样。怎么发展下去的，那就要"下回分解"了。

学读书

教我读书识字的开蒙老师是大嫂，实际上教我读没写成文字的书的还是我的两位母亲。

大妈识字，大概不多。她手捧一本木版印的线装书看一会，这是极其稀罕的事。她看的书也是弹词。多半时间是半躺在床上，常要我给她捶背。或者自己坐在桌前玩骨牌，"过五关，斩六将"，看"酒、色、财、气"，一玩一上午。身体精神特别好时，她会叫我坐在她腿上，用两手拉我的两手，轻轻慢慢一句一句说出一首儿歌。是说出或者念出，不是唱出，那不能算唱，太单调了。

"小老鼠，上灯台，偷油喝，下不来。叫小妞，抱猫来，叽里咕噜滚下来。"

我跟着一句一句学。什么意思，她不讲，我也不问。

妈看到大妈这样喜欢我，很高兴。在我跟着她睡的自己房间里，她也轻轻慢慢半说半唱教我。

"打起黄莺儿，莫教枝上啼。啼时惊妾梦，不得到辽西。"

她不认识字，怎么会背这首古诗？是我父亲教她的，还是她听来自己学会的？我不知道，也没问过，只是跟着她像说话一样说会了这四句诗，也不知道这叫做诗。

大嫂教我《三字经》时，她不看着书，和大妈、妈妈一样随口念出，用同说话一样的腔调，要我跟着学。我以为书本就是这样说话的，不同的只是要同时认识代表每一个音的字。这有什么难？大嫂用手按住教的两句，只露出指缝间一个字，问是什么。我答对了。不久，她又拿出一个纸盒，里面装了许多张方块纸片，一面是楷书大字，另一面是图。这是"看图识字"，都是实物，也有动作，正好补充《三字经》所缺少的。像"人之初"的"之"字画不出来，好像是没有，也许是有字没有画，记不得了。

每天上午大嫂在房里非常仔细地做自己的美容工作，我坐在桌边读书认字，看着她对镜子一丝不苟地整理头发，还刷上一点"刨花水"，使头发光得发亮。还用小粉扑在脸上轻轻扑上点粉，再轻轻抹匀，使本来就白的脸更显得白。那时大哥还在北方，不在家里，她又不出门，打扮给谁看？是自然习惯吧？她已经满四十岁了吧？她是大哥的继室，自己只生过一个女儿，七岁上死了。是不是她把小弟弟当做自己的孩子教，排除寂寞？

我把《三字经》和那些方块字都念完了。觉得大妈、妈妈、大嫂的说话都不一样，还有书上的，口头的，"小老鼠""黄莺儿""人之初"也不一样，都很自然。她们说的话我都懂，不论音调、用词、造句有什么不同。书上文字写的就不全懂，我想，长大了就会懂的。她们不讲，我也不问，只当做都是说话。

这时三哥中学毕业，天天留在家里了。那时中学是四年制。他上的是省立第一中学，是全省最高学府。全国的大学，除外国人办的不算，只有戊戌变法时办的一所"京师大学堂"，改名为北京大学。中学毕业好比从前中了举人，还有人送来木版印刷的"捷报"贴在门口。大哥是秀才，在山西、陕西、河南什么"武备学堂"当过"督监"。二哥和三哥本来在家塾请一位老师教念古书。大概父亲后来受到维新变法思潮影响（这从家里书中可以看出来），送二哥进了什么"陆军测绘学堂"，三哥进了中学。二哥成为高度近视，戴着金丝眼镜回老家结婚没出来。三哥念完了中学，成绩优秀，是家中的新派人物。

有一天，大嫂在午饭桌上向全家宣布，从今以后，四弟归三弟教了。第二天我就被三哥带到他的房间里。室内情况和大嫂的大不相同。有一台小风琴和一对哑铃。桌上放的书也是洋装的。有些书是英文的。有一本《查理斯密小代数学》，我认识书面上的字，不知道说的是什么。我正在惊奇和兴奋中，三哥教我坐在桌边，说以后我陪他念书，给我面前摊开了一本书。又说："你念完了《三字经》，照说应当接下去念《百家姓》《千字文》《千家诗》，也就是三、百、千、千。那些书你以后可以自己念。现在跟我念这一本。"这是第一代的中国"国文教科书"吧？比开头是"人、手、足、刀、尺"的教科书还早一代，大概是戊戌变法以后，维新志士张元济，也就是商务印书馆的创办人和主持人之一，发起编订由"商务"出版的。

这书的开头第一课便是一篇小文章，当然是文言的，不过很容易，和说话差不多。三哥的教法也很特别，先让我自己看，有哪个字不认识就问他。文章是用圈点断句的。我差不多字字认识。随后三哥一句一句教我跟着念。他的读法和说话一样。念完了，问我懂得多少。我初看时凭认的字知道一点意思，跟着他用说话口气一念，又明白了一些，便说了大意。三哥又问了几个难字难句要我讲。讲不出或是讲得不对，他再讲解，纠正。末了是教我自己念，念熟了背给他听，这一课便结束了。他自己用功写大字、念英文、古文，我一概不懂，也不问。有时他弹风琴，偶尔还唱歌。我也看到过他两手拿着哑铃做体操。

这是我在家里正式上学了。这本教科书的内容现在记不得了。书中浅显如同口语的文言更使我觉得熟悉了书本的说话。现在回想，书中有两课讲的故事和画的插图又出现了。是不是在第一册里，记不准。

一课是"鹬蚌相争，渔翁得利"。文中对话平易而生动。三哥问我，双方对衔着怎么还有嘴说话，而且说人话？我答不上来。他便说，这是"寓言"。对话是作文章的人代拟的。以后读的书中这类话多得很，不可都当真。这是假做动物说人话，说的是人，重要的是意思，是讲给人听的。

另一课是"卞庄子刺虎"。"两虎相斗，必有一伤"。这时再去杀虎，两虎都不能抵抗了，还是第三者得利。意思和那一课一样，只是文中老虎没有说人话。忘了这是我提出来的，还是三哥讲的。

在争斗之中，双方都是相持不下，宁可让第三者得利彼此同归于尽，也不肯自己让步吃亏便宜对方。让渔翁和卞庄子得利的事不会断绝的。

小老鼠怕猫，黄莺儿唱歌挨打，鹬蚌、两虎相争，宁可让别人得利，这些便是我学读书的"开口奶"。这类故事虽有趣，那教训却是没有实际用处的，也许还是对思想有伤害而不利于处世的。到40年代初，我曾作两句诗，说不定是从这幼年所受无形影响结合后来见闻才会有的：

"世事原知鹿是马，人情惯见友成仇。"

世纪儿①

　　公元 1912 年，即孙中山在元旦以临时大总统的名义宣布推翻专制建立共和并改用阳历的那一年，旧历七月初、新历八月中的一个炎热的晚上，在江西省 W 县的县衙门后面一所房子的一间小小的偏房里，一个男孩子呱呱坠地了。

　　这位母亲的虚岁只有二十一岁。她在"坐草"时昏昏沉沉地仿佛听见"收生婆"低声咕噜一句，"男孩"；但她正在痛苦中挣扎，也没有理会到这一个词儿的严重含义。后来她被"收生婆"扶上床去，半卧半靠着躺在床上，身旁放着刚从她身上脱离出来的包扎好了的小娃娃，这时她才稍微清醒一点，耳边似乎听到了"收生婆"在外面中间堂屋里大声报喜：

　　"恭喜老爷！恭喜太太！添了一位小少爷。"

　　接着是闹哄哄的领赏和谢赏的声音。她望了望身边的闭着眼睛不哭不叫的小男孩，明白了自己是生下了一个儿子，随即闭上眼睛睡去了。

　　并没有人进屋来向她道喜。她只是一个生产工具，生产出来的

---

① 选自自传体小说《旧巢痕》，原书中标题为"第一回　世纪儿"。略有删节。金先生对自传体小说如是说："现在人，尤其是青年，恐怕有点不相信是真的，所以叫做小说很合适。"

东西不归她所有，而是属于老爷太太的。

她的这间屋的门框上面还贴上了一个小小的红布条，表示这是产房，有"血煞"，告诉人不要进去冲犯；产妇也在一个月内不能出这房门。这叫做"坐月子"。

她昏睡着不知过了多少时候，也许是只有一会，觉得有人进来；开眼一看，原来是一个中年妇人，手里捧着一碗红糖水，递给她喝，并且说：

"恭喜你呀！生了一个小少爷。这就好了。"

接过空碗后，她又说：

"老爷听说生的娃娃是男的，很高兴，说他明年就六十岁了，在这兵荒马乱的时候又得了一个儿子，是老来福，看来他运气还没有变坏。还说他今天卜过一卦，很灵。你好好养息，躺在床上不要动，身体要紧。我马上给你端两个荷包蛋来。活鲫鱼买来了，做汤，给你'表'下奶。有了奶就什么都不愁了。唉！你要早一年生就好了，那时老爷还做着官，哪里会像现在这样？"

她接着又低声说：

"你好好养息，不要着急下地。听说外边乱得很。有人说会到衙门来抄县官的家。我想是谣言。你不要怕。老爷这样大年纪。你有了少爷就什么都不要怕了。我过一会就来。"

这位对她十分体贴的中年妇人是"包厨"的大师傅的妻子。她到现在还没有生下一男半女。夫妇两人是县官的小同乡，从安徽的乡下远来投靠，给县官做家乡饭菜，渐渐包办了全家以至全衙的伙食，也积了一点钱，只是愁没有儿女。她正在盘算着要买一个女儿来"压子"。

产妇又望着身旁的孩子。孩子还是闭着眼睛熟睡不醒。她朦朦胧胧地想着："生了一位少爷，这就好了。"这时她才想到，自己的一辈子就靠这小小的一块肉了。想着，她不由得亲了一下这块从她身上取下来的肉。小娃娃张嘴轻轻发了一点声音，却还是没有醒过来。

这位年轻的母亲现在完全清醒过来了。她身上还隐隐有余痛，可是她不顾这些，只想到一件事："我生了一个儿子，该不会再卖我了吧？"

这个还不到二十周岁的姑娘已经被卖三次了。

她记得自己是生在 K 县的一家铁匠铺里，小时天天听到叮叮当当的打铁声。不知为什么她只有几岁就被卖到一家人家去当了丫头。从此再没有见到自己的父母。她每天干着各种各样的零星活，挨打，受骂。到十来岁时又被卖到一个做官的人家，到了南昌府。这家姓 Y，官派十足，和前一家不同。她干的活也不一样了。她要侍候老爷、太太、少爷、小姐。对她的要求也不一样了。不但要懂得做官人家的规矩，还要打扮得像个丫头样子。她梳头、穿衣、走路、行礼、叫人、拿东西、当厨师下手、给太太端烟袋等等都可以过得去，只有一样没法办：大脚。她在家时不曾裹小脚，买她的那家不是大户人家，又要她干粗活，也不管她的打扮，只形式上裹上了，实际上脚还在自由生长。可是 Y 家的规矩不一样。尽管是丫头，也不能不裹小脚。大脚就是犯法。虽然下等人妇女可以大脚，但是大家门户里连丫头也必须是"三寸金莲"才像个样子。于是她受罪了。一丈来长的裹脚条裹了又裹，还加上白糖一样的也许是矾的东西，据说能使骨头变软。裹脚并不能减轻她的工作；一切照常，一点马虎不得。脚整天痛得要命，却一点也不见小，只能求它维持原状，不再长大。可是这也不行，无论如何也要把脚指头狠命裹得成为一个尖子。鞋子只能缩小，不准放大，鞋前头必须成尖形。她的一双脚像放在铁鞋子里一样，走起路来一扭一捏，受尽了罪。她实在不能忍受下去了，便实行了暗地的反抗。到晚上，上床后，她在被窝里偷偷把裹脚条松开了，舒舒服服地睡一大觉。白天她再照样活受罪。这样的结果，整个脚没有再长大，鞋子没有加尺寸，可是脚骨也没有变形，没有缩小，只是脚指头裹得弯曲紧缩，成了不大不小的畸形的脚。这双大脚使Y家的人直叹气。但是打和骂和罚她不吃饭也改变不过来。这双大脚使她在Y大老爷身边留不住了，只能当干粗活的丫头。十八岁还未满，主人就把她卖出来了。她只知道出卖的原因是这双挨骂的大脚，至于其他什么道理，那是官府人家的事，她一点不懂，也不知道。

Y家叫人卖她的时候，正好这位捐到W县知县的官儿来到了南昌府。这位县太爷的官太太是他的第四次续弦的夫人，还不满五十岁。她三十岁过了才出嫁，只生了一个儿子。她是小脚，又胖，本来就不大能动，近来忽得了气喘病，常常发作，坐在床上哼，要有人在身后跪着捶背。她还一把一把吐浓痰，甩得满地都是，需要有人不断打扫，要干净就得有人不断给她递吐痰的盖碗，不断洗碗，还要有人侍候她吃药，"定喘丸"。这些事，前房留下的儿子是不干的。她自己的儿子年幼，也不干。前两房留下的两个女儿只好勉为其难，可是小姐也只能轮换管管递药和捶背，打扫之类的事还得由"下人"来做。这样，有了使用丫头的必要。同时，这位县太爷本是穷秀才出身，好容易一步步奔忙到现在，才把历年弄到手的钱捐出去买到一个县官做，五十多岁才真正过官瘾。官太太更有使用丫头之必要。经官媒人一说，Y家的丫头长得又白，又年轻，身体又好，听话，能干，只是一双大脚难看，老爷和太太便都同意要。由于是从官府人家出来的，据说总共花了三百两银子才买进了门，取了一个丫头名字。不久，老爷取得了太太的同意，把她收了房，以便自己也得到贴身服侍。没想到这丫头真有福气，竟在这"鼎革"之年，老爷头上的花翎和顶戴都掉了下来的倒霉年头，给他生下了一个儿子。晚年得子，算是难得的喜事。这丫头在老爷的心中地位上升，竟隐隐有候补太太或是正式姨太太的资格，专等那多病的胖夫人归天了。

不幸的是，先归天的不是太太，而是老爷。

公元 1913 年的阴历三月中，江西 W 县衙门后面那所房子的一间小书房里，一个小老头坐在藤椅上，头向后靠着椅背，一手搭在扶手上，一手抚着胸口，闭着眼睛，无声无息。他面前的桌子上放着一只空碗，一双筷子，一个盘子，里面有一根油条。桌上还有打开的墨盒，上面架着一支小楷毛笔，旁边是一张纸，纸上几乎写满了行书字，有许多添注涂改，仿佛一篇文章稿子，题目却是《上大总统书》。

这位老人打扮得很特别。他穿的不是清朝和民国时流行的长袍马褂，却是一件前面相合无扣而系带子的道袍。其实这就是明朝的常服。他不是前半脑壳剃光而在脑后拖着一根大辫子，也不是剪成短发或剃成光头，而是把全部头发留起来梳成一个髻盘在头顶上，用一根簪子别着。头上戴的是一顶道士小方帽，盖住髻和簪，帽的前额上钉着一小块翡翠。他留给后人的一幅入殓时的炭笔半身画像就是这个样子。据说请来的那位画家看了一眼，注意了服装，就凭照片画了出来，面貌还很像，连紧皱着眉头都一点不错，正是临终遗容。

他靠在藤椅上不声不响，鼻息全无，心脏不跳；原来他在吃了一根油条并喝了半碗稀粥之后，就忽然离开这世界了。现在看来，送他命的是急性心肌梗死。

过了些时候，进来一个年轻的穿着短衣的丫环模样的人。她是来收碗的，一见老爷睡着了，便想到要盖上点什么。她轻轻地收起了碗、筷和盘子，匆匆出门，正要放下东西去拿件衣裳，恰好看见了三小姐。她说老爷坐在椅子上睡着了。三小姐说："怎么？才吃早饭就睡了？"两人一讲话又惊动了隔壁屋里的太太；她也走出门来看。三人一同进书房时，猛然发现老爷这一觉睡去是不会再醒过来了。于是哭声大起，一阵慌乱，惊动全家。

这年，死者刚到六十岁。

人之初①

A 城是个山城，斜靠在山坡上，裸露在长江中来往的轮船上乘客眼里。城里也几乎到处在高地上都可以望见下面滚滚流动的长江。

一开头说的那个初生小孩，到 A 城来时还不满两岁，到不满五岁就离开了，A 城给他的印象是淡薄的。

淡薄的记忆中也有鲜明的斑点。

他一生中第一件储存在记忆中的材料便是长江中的轮船。两岁时，他一听到远远的汽笛声，便要求大人带他到后花园中去，要大人抱他起来望江中的船。这是有一段时间内他的天天必修的功课。

有什么好看的？不过是一条宽带子似的江水，冒着黑烟的轮船，拥挤着人群的码头；留在他记忆中的再没有别的了。

这也许是他一生劳碌奔波的预兆吧？轮船汽笛的单调的鸣声是他最初听到的音乐。

A 城对于他有什么意义呢？

他的三哥对 A 城却有不同的回忆。

三哥同暂时离开丈人家的大伕（即大少爷）在这里度过四年中学的生活。那时的学制是小学四年，中学四年；因此两人在离开 A

---

① 选自自传体小说《旧巢痕》，原书中标题为"第五回 人之初"，略有删节。

城时都得到了一大张"报条"：

"捷报贵府某大老爷某某于某年某月在安徽省立第一中学毕业……"下面是一些照例的吉庆话。

这是一张用木版印刷的现成的纸，临时填上姓名。"报子"拿着这个来要赏钱。这"报条"便张贴在大门口。后来搬家时还揭下来保存着，在S县新买了住宅以后，重新贴在门口两边墙上。又过若干年，这相对望着的中学毕业"捷报"才自然剥落消失，同这个大家庭一样。

那时小学毕业好比考中秀才，中学毕业犹如考中举人，大学毕业当然是中进士和点翰林了。S县上大学的极少极少。阔人子弟在外上大学的也不再回来，连家庭都跟着离开了。大概到20世纪20年代末期才有上大学回家来结婚的。因此在仅有一所相当于后来初级中学的"公学"的县城里，省城第一中学毕业自然是值得夸耀的光荣资格，因此这一对"报条"也值得贴在门口。

这资格和中学生活对于大少爷是无所谓的，他有一个靠山老丈人。但是对于三哥却不同了。他人既聪明，又有志气；为了大哥让自己的无能儿子去东洋而不让他去，心里不服又说不出口，便发愤用功；文科理科功课和音乐、体育门门得优，尤其是英文更加学得起劲，当然这也是为留学西洋作准备。

不过他的记忆中留下深重痕迹的还不是上学，而是另一件事。这事却要从他的好朋友小表哥谈起。

这一家人从江西搬到A城是因为老太太的娘家在这里。但她娘家的三舅老爷因为办了红十字会那件事①不大来往了。二舅家好像没有什么大人。只有大舅家照顾他们。大舅有两个儿子，开一所酱

---

① 红十字会那件事，指光复后县官全家被扣，三舅老爷带着县官家凑起的银元想在南昌、九江找洋人作保放行，结果捐款给了洋人办的红十字会，却并没有找到洋人作保，为之落得全家的抱怨。

园。大儿子经营酱园，小儿子上中学。大舅当老太爷。这个小儿子便是小表哥。

小表哥得以上中学是有原因的。他上的小学是外国教会办的。那时小学有英语课。他学英语的成绩得到外国人赏识，毕业时便被保送进圣公会教会办的基督教中学，这当然是为了培养未来的教徒。上中学的费用比小学大得多，尤其是教会中学。但是洋人设有奖学金，照他们的"品学"兼优的标准发给；毕业时成绩再好，还可以继续给奖学金保送上教会办的大学。小表哥免费进了中学是靠了教会。中学毕业又是由教会保送到上海进了圣约翰大学学"商学"，毕业后一直当会计。这过程中他是否什么时候正式受过洗礼成为基督教徒，不大清楚。这只是形式。单凭这一路保送上学就足以使他对基督教教会忠心耿耿了。没有教会奖学金，一个普通酱园的小老板不但进不了上海圣约翰大学，连圣公会中学也上不起的。

三哥和小表哥年龄相仿，志趣相投，同为学英文留洋而奋斗。两人各起一个外国名字，无非是威廉、乔治之类。彼此还用英文写信。教会学校的洋气也就从小表哥传到三哥身上。三哥会演奏"洋歌"，吹"洋号"，打"洋鼓"，认识五线谱，会体操和踢足球（那时小地方没有篮球、排球），也会打乒乓球。家里还为他买了一架小小的风琴。这使他的小兄弟后来也居然学会了用风琴奏乐甚至"作曲"。三哥还有一个特长是会照相，曾为小弟弟照相并自己洗晒了出来。

主要的变化还是在思想感情方面。念英文尽管主要是背熟英国人为印度人编的课本《纳氏文法》和改编过的《华英进阶》（都是上海印的），但书的内容总有点不完全符合中国封建道德规范，而《鲁滨孙漂流记》和《威克斐牧师传》之类洋书的基督教道德也不能说很适合中国古老家庭。特别是在洋人的熏陶之下，直接影响更大。最突出的影响是外国女性的地位和中国不同。教会学校不是男女合校，但教会也办女学。牧师是男的，但女学的洋教员是女传教士。一懂英文，难免在接触洋人或参加洋人为中国学生办的"唱诗班"及游艺会中直接了解到洋人的思想感情。封建传统经资本主义冷风轻轻一吹，便开裂缝了。教会学校的严格"学监""舍监"堵得住"轨外"行动，却堵不住"轨外"思想感情。

不必描写过程了。小表哥公然提出要同也上了教会女学的表妹订婚。经过一些曲折和风言风语，终于因为他父亲去世，大表哥管不住这个不用家里钱而能念书认识洋人的弟弟，小表哥在去上海上大学的前夕达到了目的，"亲上加亲"。以后他的婚姻和职业都是平稳度过直到老年；唯一欠缺是没有子女，不得已抱了别人的一男一女。这是后话。这位基督教会培养的忠厚小职员的一生是千千万万平常故事之一。只有他的早期闹婚姻自主（还谈不上是自由恋爱）却是一件值得提一提的事。

这事对三哥却有了影响。都是同学，大少爷是结过婚的，无动于衷；和小表哥同年龄的三哥却不免羡慕。小表哥要求娶自己的表妹，还不算太越礼；三哥却看中一个非亲非故素不相识又无人做媒说合的女学生，再一私自来往，这就大大触犯封建家庭道德的大忌讳了。这是什么名堂！这还了得！

幸而，对三哥来说是不幸，她家在 A 城只住了不到四周年就离开了。他的美好理想刚刚含苞欲放就凋萎了。这事只有小表哥清楚。大少爷有所风闻却毫不关心。三哥是有苦说不出。这是他一生也没有自己讲出口的心灵上的第一个创伤。这比没有留学东洋的打击更大，因为去不了东洋，还有希望去西洋，婚姻却是只能有一次的。

接二连三的无形打击使三哥在离开 A 城后再也没有见到小表哥和小表嫂，而且不久后连通信也停止了。他心上人的消息就更不用说是风筝线断不知落向何方了。

小弟弟每天到后园去望来来去去暂时停泊的轮船，他的哥哥却在这 A 城的短暂停泊中装载了压在精神船舱里的沉重石头，回 S 县后就装的石头越来越多，终于把他压沉水底了。

这是这家人在 A 城时期的一个不声不响的小小插曲。

小弟弟在 A 城度过的岁月是从婴儿到儿童的过渡期。

三岁了，他还每天要在母亲怀里吃奶。其实这完全没有营养上的必要了，母亲的奶水已经淡如白水，量也很少；这不过是母亲的心意，舍不得让孩子离开，晚上抱在怀里睡，白天也要抱在怀里喂奶，好像怕孩子一长大就要被别人夺去。

有一天，他忽然被叫到用布帘隔开的放马桶的地方，马桶盖上放着一个肉包子，叫他拿起来吃。他莫名其妙地吃掉了。随后不久，母亲抱他在怀里，解开衣裳，露出涂了深黄色的不知是什么东西（黄连？）的乳头。他习惯地含在口里，立刻吐了出来，嘴里一阵苦，摇摇头，不吃了。母亲忙把他放下，递了一杯开水给他，扣上衣裳，说："妈妈的奶苦了。你长大了。以后不要吃奶了。喝口水漱漱嘴吧。"说话时，她嘴边带着笑，可是眼角含着泪。谁能描画出她这时的心情呢？这唯一的骨肉要脱离自己而独立了。当然这是盼望着的好事，可是自己不是更孤零了吗？

这时大嫂进来了，一声不响把小弟弟拉了出去。

妈妈一个人留在屋子里怎么样了？谁也不知道。

嫡母老太太是不管这类事的。这显然是实际上的一家之主的大嫂的主张。

这是遵照古老风俗断奶的一次仪式，是三岁的孩子脱离婴儿时期的大事。三岁孩子的记忆中刻下了这一幕的印象。这苦味要一直到他停止呼吸时才会消失。

三岁的孩子，没有玩具，没有同伴，不能出门，唯一自由活动的地方是全家宅中最广大的那间堂屋。他有一张方凳子和一张很小的小板凳。吃饭时，大人们围着中间的大桌子坐；他就在屋角里坐在小板凳上用方凳子做桌子，独自吃一小盘专拨给他的菜和一小碗饭。小孩不能与大人同桌吃饭，这是规矩。吃饭时大人也不谈话，小孩更不能说话。什么菜吃完了，还想要，也不许讲，只能望着大人，等大人发现了，问他，给他。这也是规矩。"食不言，寝不语"，这是孔夫子的教导。母亲和大嫂在他开始不用母亲喂饭时就一再嘱咐他，每顿饭训练他的。

他只有在饭前先跑到堂屋去，骑上小板凳，趁还没有人来时满屋子里跑。这大概是一种跑马游戏吧，是他自己发明的。可是他并不知道这是骑马跑，他还没有见过马，只乘过船，跟大人一起坐过轿子。

在自己屋里，他也没有什么好玩的。妈妈虽然年轻，也没有玩过，不会游戏，何况还忙着侍候老太太，难得清闲躲在自己屋里。

孩子也不能独自去后花园。名为后花园，其实很小，也没有什么好看的花。大人抱去看轮船的时期已经过去了。

大人在过年、过节、过生日给他的小制钱，他都交给妈妈，妈妈给他两个留着玩，这是他的玩意儿。可是没有过多久，他试着抛钱和转钱玩时被大嫂看见了。大嫂立刻把钱收去交给他母亲，说："明钱（制钱）怎么能给小孩子玩？不小心吞了下去，怎么得了！"于是这当中有方孔的圆圆的能滚动的小小玩具也没有了。

全家没有人闲谈。老太太、太太这时都不打牌。只有厨房里有时有笑语声。这是太太的母亲做饭时同别人谈话。她是可以上与大人相平等而下与仆人相处的有特殊身份的人，是表面上的上等人、实际上的老太太以至太太心目中的下等人。孩子叫她周伯母。三哥只在必要时才这样依照礼貌叫一叫。从来没有听见大少爷大声叫过她，尽管算是她的外孙。至于妈妈和大哥收房的丫头，虽然都生了孩子，身份仿佛提高了，但是在老太太和太太甚至三哥面前，仍然是奴隶。只表面上客气，都被称为"某姑娘"，而三哥和大少爷

（后来还有二哥也一样）则从来不叫，从来没有面对面称呼过她们。无论怎样改变身份，丫头出身是不能变的，总之，是花钱买来的一件东西，不过算是属于"人"一类罢了。

三姐是个严守礼法的人，对四弟也是"不苟言笑"，尽管她同小弟弟的母亲是谈得来的好朋友。

这个家庭的景象是安静、和平、寂寞、单调的，连小孩子也没有什么生气，一片死沉沉，静候大老爷最后来处理。

每天的生活异常呆板。照 A 城的习惯，早晨是不正式吃饭的。买几根油条来，把前一天剩下的米饭加上水煮一煮当汤喝，就算早餐。这是各自为政的，全家的人吃早餐的时间有早有晚。老太太和太太在自己屋里早餐后就各自由一位"姑娘"梳头。这是很费时间的。梳头的人面对桌上梳头盒中的镜子坐着，从镜中看到背后站着的"姑娘"给她打开头发轻轻地梳，一直到挽成髻，插上簪子，再插上一枝珠花什么的；头发上还要刷用刨花泡的水（那时还没有生发油），刷得油光闪亮的，这才算完。全过程中只有偶然的指示或请示，没有谈话。梳头洗脸完毕时，上中学的就该回来了。到开午饭的时间了。下午是没有固定日程的，各自在自己房里，做点针线活什么的。太太可能记账，算账，或则偶然翻出一本书看。老太太也许一个人玩骨牌，"打通关"。这平静的家庭在 A 城也没有什么亲戚朋友来打搅。两位中学生的同学，包括小表哥，也极少来。

天天一样的生活也有例外，那就是过年、过节，或过生日、过忌辰的日子。还有阴历的初一和十五这两天（朔、望）。这些日子的共同点是祭祀，不同的只是简单和复杂之别；至于是喜庆还是悲伤倒不大有明显的区别，都是照例规行礼，严肃是主要的。仪式一完，喜庆的日子就和忌辰的气氛大不相同了。这些都是听从太太的吩咐。

祭祀最简单的如朔、望日的仪式，只要烧香，有时加两支蜡烛，供上一点什么祭品，就完成了。复杂的祭祀则要摆供，几乎像摆酒席一样，还要全家都来行礼。主祭的只能是男子。

孩子这时虽是男子，但还未到一定年龄，只能是跟随三哥行礼；不过他的事多一条，三哥不行礼的朔、望日他也要单独去行礼，向祖先牌位跪拜。他这时仿佛代表了全家。

祭祀的繁文缛节到这孩子长大了担任主祭时再叙述吧。现在他只是学会了磕头作揖，知道三跪九叩等等繁与简的礼是对待不同的尊与卑的人的，不能有差错。身份等级是森严的。大少爷是侄子，只能是他向小孩子行礼，小孩子却不能向他行礼，尽管他的年岁大。

这孩子在 A 城的四年生活中除身体增长以外，还有精神的变化。

重大变化影响了他一生。

有一天中午吃饭前，他在堂屋里等开饭，呆呆地望着门上贴的红纸对联。大嫂来了。不知怎么灵机一动，她对小弟弟说：

"你看这是什么？"她手指着对联上的一个字。小孩子张大眼睛望着。

"这是'人'字。跟我念：人。"她说。

小孩子茫然望着，嘴里也说"人"。他心里想着，这个"人"字两条腿分开叉着，上面没有头也没有手，怎么是人？

大嫂这样教了两三遍，便说：

"记住了。这是'人'字。明天我再问你。"

从此，她不再提这个字，也不说这件事。小孩子也没有再念，把这事忘了。大家照例吃饭。

第二天中午，大嫂在开饭前来了。她一见小弟弟并没有在门口望对联，就说：

"你过来，还记得这个字吗？这是什么？"她用手指那个"人"字。

她低估了小孩子的记忆力。各种条件同昨天一样，立即引起联想和直接反射：

"人。"小孩子回答。

"记住了！真聪明。"她笑了，没有出声，可这是真正开心的笑。这是小弟弟第一次看见她这样笑；以后这样的笑也不是常见的，没有几年，这样的笑逐渐减少，终于完全消逝了。

吃饭时她也没有提这件事。

吃饭时有条规矩是不论谁先吃完也不能走，大家都必须坐着恭候老太太吃完饭站起来以后才能走，只有老太太先吃完可以先走，或则她命令别人走，或则某人有事先向老太太禀明得到允许可以走，小孩子更要遵守这条规矩。

这天，老太太最后吃完了，大家都站起来。

大嫂开口了：

"大家稍等一下。"接着就对小弟弟说，"过来。"说着，她自己已过来拉着小孩子的手走到门边，用另一只手指一指门联上的"人"字。

"人。"还没等她问，小弟弟就回答了。

全场大惊。

除了两个中学生以外，只有小姐识字多些，老太太和三姐识的字也不多，陪着在下方坐着专给老太太和太太盛饭的两个丫头出身的人是一字不识。不过这个"人"字倒是大家都认出来了。两位"前"丫头也许是这次才跟着认识的。

随后是大家的各种不同的笑以及老太太的赞赏。大嫂的说明："是我昨天中午教他的。过了一整天，他没忘。好，明天早上到我房里来，我教你认字。"

大家都离开了以后，小孩子听到大嫂跟前的丫头过来对母亲说："你真有福气。"母亲笑着说："将来你生个儿子，也一样。"回答是："我哪能有这福气？"两人脸上虽还有笑容，可是笑得不大一样了。两人都知道太太有大户人家小姐的特殊教养和脾气，她对待自己的母亲也从来不会超越礼法的。

第二天上午，母亲带着孩子来到大嫂房门口，轻轻掀开门帘露出一道缝，向里面一望，大嫂正在梳头。

梳头的丫头刚要开口，大嫂已经从镜子里看见了，说声："进来。"

进去以后，小弟弟在大嫂指定的桌子旁边椅子上坐下。桌上梳头盒边已经摆好了一本书，书面上三个大字：《三字经》。当然，这时他还不认得这三个字。

大嫂说：

"从今天起，我教你念书。要认识书上的字，背熟书上的句子。一句是三个字，一天教两句，六个字。认得了，背熟了，给你一个铜板。"那时一个铜板等于十文制钱，大约可以买两个肉包子或五根小油条。这是很高的物质奖赏。

妈妈悄悄出去了。不用说这一上午她一直为这一枚铜元的大奖担心，倒不是她想要钱，而是怕儿子学不会，大嫂不肯教，以后没有求学上进的机会了。

小孩子不懂这些，毫不放在心上，只仔细观察书本。书是石印的有光纸本。书皮翻开，里面上方一行都是一幅幅画，下方是一行行字。每一行六个字，中间空一格，表示三个字一句。他刚想看画，大嫂用手指着字教他了：

"这头三个字认得吗？"

"人。"

大嫂笑了："好！"接着教下去：

"人——之——初。"

念了没有几遍又教下去：

"性——本——善。"

不管懂不懂，背这样两个短句子，小孩子真是不费吹灰之力，可是还得认字。他就一面念，一面看那些笔画像什么。没有多久，他就不耐烦了。嘴里仍旧念着，眼睛不时飞向上方的图画。他不知画的是什么，只见有些人物，有的像老太太，有的像小孩子。其实那只是下面文字的图解，是"昔孟母择邻处"的"孟母三迁"的故事。这是后来大嫂教过了才告诉他的。

这一上午，除了他母亲在外面着急以外，旁边还有个着急的人，那给大嫂梳头的人。她小心地梳着头，抽空就偷眼看那书和念书的人。她心里也不由自主地跟着念。十年以后，她对那小弟弟笑着说过："我认的这几个字还是跟着你念《三字经》学的哩。唉！我要能学到你这样该多好！"她是个聪明姑娘，可惜太老实，可怜命又不好。

大嫂的头梳好了。她把书一合，说："背给我听。"

不成问题，两句都背出来了。

她又打开书一字一字问，又抽换着问。字是有次序的，一点也没有难住小弟弟。

大嫂又一次露出满意的笑容，伸手拉开梳头盒上的一个小抽屉，从里面拿出一枚铜元，交给小弟弟，说：

"拿去吧。交给你妈收起来。明天还来念书。上午不要贪玩了。"

其实在小孩子心中，一人在屋里关着，没有玩具，玩什么？还不如念书、看画、看大嫂梳头。

他高高兴兴跑出去，到堂屋里，钱交给母亲。母亲不知怎么笑才好了。大嫂来到，向全家一说，全家都乐了。

上午读书成了他的日常功课。他每天得一枚"当十"铜元，一直到他把整本《三字经》读完，没有缺过一次。中间大嫂曾反复抽查，让他连续背诵，都难不倒他。不过大嫂并没有给他讲内容，只偶尔讲讲，例如，"孔融让梨"，说："'融四岁能让梨'，你也四岁了，要学礼节。看，这画的就是孔融。"不过她也没有把画讲全，许多是孩子自己猜出来的。

儿童记忆力强，认字和背诵歌诀式的书句是不难的，要讲解就不行了。什么"人之初性本善"，只怕孟轲和编《三字经》的王应麟自己也未必讲得明白。

这样开始了他的识字生涯。

"人生识字忧患始。"他从此一步步成为知识分子。

在他念了一段书以后，上新学堂的三哥认为这样死背书不行，买了一盒"字块"给他。一张张方块纸，正面是字，背面是画。有些字他认得，有些字认不得，三哥便抽空教他。他很快念完了一包，三哥又给他买一包来。

识字念书成了小孩子的唯一游戏。

两位老师像打铁一样，你一锤，我一锤，把小孩子打成了脱离工农群众的无用的书呆子。

当知识分子有什么好？不识字有什么不好？知识分子真有知识吗？知识分子究竟有什么用？有多大用？这一连串的问题是几十年以后才出现的。那时还没有"知识分子"这个词，只叫"读书人"。

念《三字经》时他还不满四周岁，开始要成为"读书人"了。

何处是家乡[①]

1916 年。

小孩子四岁多，叫虚岁算是五岁了。念完了《三字经》和一大盒"字块"，可是不会写字，不会讲。

大哥来到了 A 城。他的儿子也把儿媳和刚三岁的长孙从湖北接到了 A 城。小孩子有了个同伴。但这是比他小两岁却叫他祖父的小孩子，还不能玩在一起。

全家团聚为的是不久就要分开。大嫂带着儿子、儿媳、孙子和女儿以及那"收房"的丫头仍旧住在 A 城，老太太带着"前房"生的女儿和"收房"丫头以及她生的小儿子回 S 县老家。为什么不都回老家？理由是老家房子小，住不下。这也是真的原因之一，后来大哥另买了一所大房子，全家才又团聚。可是假如大哥做了大官呢？大嫂不是要随去上任吗？她在 A 城就方便多了。

上中学的三哥还留在 A 城，等毕业了再回老家。

大嫂的母亲当然随大嫂。还有个老仆人也留在 A 城；不过他得先随老爷护送全家回去，然后随老爷回 A 城。

这是袁世凯妄图称帝和倒台死亡的一年。大哥因为时局变化

---

① 选自自传体小说《旧巢痕》，原书中标题为"第六回　何处是家乡"，略有删节。

激烈，所以刚满三年孝服就来安排家务。他在老家已为二弟完婚，这次再将三妹的婚事也办完，他就可以无牵无挂出去"浮沉宦海"了。

说是搬家，其实搬的只是以老太太为中心的一个单位；不过因为是老太太，是全家中地位最高的人，她一走，这就算家庭重心回老家了。

实际上，她自己的老家是在 A 城，她反而是离开了老家到一个陌生的地方去。

临行前，少不得老太太的娘家的人全来送行。这时才见到了那位同红十字会洋人办过交涉的三舅老爷。大舅、二舅都已去世。大舅的儿子，大表兄和小表哥，都来了，还有二舅家里的人。这些送行的人都是照例的公事公办，对这位老姐姐、老姑姑的离别无动于衷；可是老太太却是一把鼻涕一把眼泪哭得很伤心。

"这一走，不知哪年才能回来看你们了！"

虽然她出嫁后就离开了 A 城，但那时是随着丈夫带着孩子当官太太的；现在不同了，名为一家之尊长，实际无权又无钱。自己的儿子还在念书，一切都指望不是她亲生的大儿子和二儿子。大儿子从未在一起生活，如同路人。二儿子是她带大的，可是生性愚顽，又糊涂，又倔强，从来任性，不听她的话，不认她是妈妈，她曾经狠打过他。现在她要依靠这两个算是儿子的人，娘家又没有人撑腰；想到这里，她的眼泪就不打一处来，一泻不可止了。

收拾行李并不费什么事。箱柜捆好，架子床拆下来扎好，都贴上大红纸条，写明编的号码和某府行李字样。

重大的事是行礼。因为这次搬家不比从江西走，那是在"客邸"，又是丧乱之中，现在要正式一些。礼仪由大哥和大嫂主持。

虽则老太太为一家之主，但她是女的，祖先牌位和神龛应归长子、长孙供奉，所以，老太爷的神主在原籍办丧事后归二儿子祭祀，这里还有个祖宗牌位神龛，仍然不搬。另外有一幅大"中堂"，上面大概是老太爷当年亲笔写下的"祖先神位"四个大字，还有老太爷的临终遗像，这是要搬回去供养的。行礼就是全家对这些象征事物的辞别和启行。

点起香烛，全家都穿礼服。大老爷为首，男的一个个穿长袍马褂戴红顶结瓜皮小帽，向"神位"和遗像三跪九叩，包括五岁的和三岁的两个小男孩。不过他们没有马褂，要大人带着教磕头。男的行完礼，才轮到女的。以老太太为首，依次序向上拜跪。最后当然是两个由丫头升级的人，她两人都还不能穿裙子。全家行礼完了，周伯母才来给老太太送行。因为她是外姓，所以另外行礼。她与老太太论级别是同辈，所以只彼此行个"万福"或说"敛衽"礼。周伯母要对上行大礼，被拦阻了。

"快过来，叫周伯母，给周伯母磕头辞行。"

妈妈把小孩子拉过来，要他在地上铺的大红毡条上对周伯母行礼（因为不是同姓，所以不朝上面祖宗磕头）；然后自己也对周伯母跪了下去，眼泪哗哗地流出来。

周伯母连忙拉住她，说：

"何必行大礼！"

"这一走，不知什么时候才能见到你了。"

"也快。'有缘千里来相会'嘛。我们是有缘分的。你回去好好带孩子。佛爷保佑他长命百岁。要他好好念书，将来一定有出息。"

说着，说着，周伯母也流下了眼泪。

这是一对苦命人。一个生的是女儿，一个生的是儿子，只有这一点不同，然而是大大的不同。周伯母是教她做菜和缝纫等家务事的师傅；几乎是这年轻的母亲的母亲。她信佛，大概把对观音菩萨的信仰也传授了徒弟。这几年中间，她们一老一小几乎是厨房中的母女，有点相依为命的感情。在辈分上说，两人算是同辈，因此周伯母不能受她的大礼。

行礼已毕，"祖先神位"的巨幅"中堂"也卷好装箱。遗像框上的绸幔放了下来，也装好箱。事先选好的出行吉日吉时到了。

"黄道"吉日是从"皇历"上选的，这好办，去南京的轮船天天有。吉时是从开船前几个时辰中选的。反正轮船在A城码头要卸货，不是按时随到随开，有的是时间，完全有条件按照封建规矩去使用现代化交通工具。

出门时却是使用古老的运输工具。女人一概坐轿子，由前后两人抬着，轿帘要遮严，不能让外人看见里面。可是下轿上船，尽管是"官舱"（头等舱），也避免不了别人耳目，下轮船上火车就更公开了。

小孩子随母亲坐一顶轿子，靠在母亲怀里，外面什么也看不见。

下轿上船，望见了茫茫一片大江，进了一间所谓官舱，小得只能容下老太太、姐姐、母亲和他自己，空隙里还挤着箱子行李，小孩子几乎没有活动余地了。

大哥下了命令，不许小弟弟往舱外跑。于是他只能跪在当做床的舱板上从舷窗小洞里向外看，除了泥沙一样颜色的波浪和远处岸边的绿色树木以外，什么也看不见。

汽笛长鸣。这是他久已熟悉的，可是没听到过这样响，几乎吓了他一跳。妈妈赶快用手捂住他的耳朵。

这回听汽笛叫不是看船而是坐船了。第一次坐船，他不到两岁，记不得；这是第二次，有点模糊的对江水的记忆。

他和船是有缘的，以后还要乘江船、海船，漂流到许多地方的。

这次旅行在孩子的记忆中留下的是"轿子—船—火车—船—轿子"，他是在封闭中移动的，而且差不多一直是抱在母亲怀里。她只怕这个比性命还要贵重的小宝贝丢失了。

也不知是怎么下船上火车，可是下火车时情景很鲜明。

是夜里，几处电线杆上有几只电灯放射着黯淡的黄光，这是从未见过的，在江西和 A 城都是只见点煤油灯和蜡烛。

大老爷呼喝着老仆人监视搬运工人搬行李。因为火车是按时行驶不等人的，这里虽是个较大的站，但停留时间也不久。自己带的东西还好办，托运的就麻烦了，一定要看着从车上搬下来，再依手续领。时间急迫，紧张得很，和坐船大不相同了。

火车开走了。路轨旁月台上堆着乱七八糟的各种大小行李。旅客们纷纷各奔前程。

嘈杂的声音，不明不暗的光和影，使这倚在母亲身边的孩子昏昏欲睡。火车上听着轰轰车轮声和到站时的汽笛声，他已经陆续睡了不少觉，现在还想睡。

在母亲怀里醒来时，他已经是在一只木船上了。那时把这种帆船叫做"民船"。这条河上只有短途的小火轮，水路稍长一点就只能搭帆船。为了免除上下船搬运行李麻烦，大老爷决定不搭一段小火轮再改帆船，而是雇大的"民船"，包乘到离家门不远的码头。

醒来时是白天，从船舷上小窗洞望出去，仍然是泥沙一色的波浪和岸边的绿色的树影。不过耳朵里听的不是呼隆呼隆的轮船、火车声音而是低低的波浪声和摇橹声。

没有多久，这有节奏而又不十分有规律的音乐再次把他送入梦乡。

一路上也没有正式吃饭，那一套吃饭的规矩全打破了。他只跟着两位母亲吃包子、油条、点心。

有时老仆人会过来向这间舱口望望。这只船还相当大，舱隔做前后两间，老仆人护送他们，住在后舱，看着掌舵的和摇橹的和堆放在舱板上下的行李。大哥一直不见，后来才知道是押着大行李搭乘包雇的另一只船。

这一路要经过两个县城的码头，停一停，有人上岸买点东西。这两次，大哥都过来问问，说："这一路都顺风，很顺利。有伯伯（对父亲的称谓。——编者注）保佑。离家不远了。"

在舱里看不见船上张起的篷，也不知道顺风不顺风，船停时篷又落下来了，出舱也看不见。

两次船停时，小弟弟都被允许跑上船头去看大哥，由大哥抚摸他的脑袋，说："快到家了。"

他的兴趣却在看那码头，虽然也有一些小木船，有一处还有只小火轮停泊，也有人群闹嚷嚷，有的小贩叫卖不知什么东西，可是比 A 城差远了。省城毕竟是省城。

只看见小船、人、房子，挤在一起，挡住了视线，不像离 A 城那样，一回顾，可以望见整个躺在山上的全城。

老仆人上岸买了包子、烧饼、油条、酱油豆腐干等等食物来，大家饱餐一顿。

幸而没有一个人晕船，都是从小就坐过船的。可是一连两三天不能像在家中那样有规律地吃饭睡觉，又不能活动，除老仆人还是精神抖擞大呼小叫外，大家都感到十分疲劳；可是，除小孩子外，没有人能不断睡觉。

这样连续不断在车上、船上，上上下下过了四天，小孩子才在昏昏沉沉中觉得船又不动了。老仆人在舱口喊："到家了！太太！要下船了。"

刚巧碰上是个阴天。虽是上午，也暗得很，幸好没有下雨。

小孩子出舱望望昏昏暗暗的天色，心里有点纳闷。他在夜里曾从舱口向外望，望见一片乌黑，不分天和地，只有上面闪烁着不知多少星星，天边正对着舱门有一钩弯弯的眉毛一般的月亮。船上和岸上都没有半点灯火光，星光就显得特别明亮，比他过去在地上有灯光的情况下望见的星星亮得多。

"怎么满天乌云？那满天星哪里去了？"

因为事先打了电报，二哥已经雇了三顶轿子和挑夫，在码头上等着了。

以轿子开始，以轿子结束，四天的轮船、火车、帆船的旅行真折磨人啊！实际上不过几百里路。若从 A 城陆路直达 S 县，路近得多，可是没有火车轮船，走起来更慢，更不安全。

"真是行船走马三分命啊！"这是姐姐对旅行的评语，小孩子是不懂的，更不懂全家担心的是人祸。虽然这里没有打仗，沿途的军队和土匪是无人能管的。尽管只经过同一省份内的一小块地方，仍然到处都是地头蛇，有枪就是有一切，随时都会出事，旅客没有任何安全保障。火车轮船稍好些，因为走得快些，至于江河里搭木船慢慢摇橹前进，那就是只有听天命了。若不是顺风能张起篷，仗帆的帮助，而是像蜗牛一样在水上爬行，那就更危险了。难料的风雨还不是最难对付的敌人。

船比较大，不能直停城下。因为在落水季节，支流河面窄，岸边有滩，只好停在离城二十五里路的较大码头上。涨水时就可以到离城十里处，小船可以直达城门口。

下船后，怕会下雨，女人和孩子立刻上轿子进城。其他人指挥工人搬运行李。

轿子到了城门边被拦住了。两个扛枪的兵还未开口，前面的轿夫递过一张名片，说了一句什么。

两个兵对望一眼，略点点头，仿佛是说，"知道了，打过招呼的"，连名片也不看一眼（大概看了也不认识上面的字），就摆一摆手，让轿子过去了。

小孩子随着母亲坐的轿子打头阵，第二顶是姐姐的，第三顶是老太太的。这样鱼贯而行，大概为的是出祸事总是最前面首当其冲，最主要的人要走在最后。这样一来，小孩子就从轿帘边缝里不住张望，看到了上述过关情景。

进了城，很快就到了一个又矮又小的门边。门口已经有人望着，先打开了门。轿子一直抬进院子里。

轿子停下，母亲第一个半抱着孩子走出轿来，满脸惊疑的神气，好像还低叫了一声。

事后她曾不止一次说过："一下轿，我还以为是轿子抬错了地方，打后门进了茅房咧，怎么这样矮小的茅草房子！"其实她自己小时候也是从茅草房子里出来的，不过现在记不得了。

原来这一家是直到这一代才挤进了官僚队伍的，传了几代的老房子是穷念书人住宅的本来面目。

这三个女人是太太、小姐、姨太太三种身份，对此并无所知。

小孩子更是莫名其妙，不知这是什么地方。他跟着母亲，母亲到哪儿，哪里就是家。

这是家。

小孩子认识这个"家"字，可还不全了解它的含义。他只知道家是表示他这一家人，这些人就是他的家。这些人在哪里，他的家就在哪里。他一刻也没有离开过家。在大人心中，家是家乡，回到家乡才是到了家；在外边无论什么地方都只是"客居"，是"做客"；一家人只是到处漂流的一个家庭小圈子，只有家乡才是真正的家。懂得这个含义，才能体会古人说"到处为家"是表面上坦荡、骨子里辛酸的"无家可归"和"有家归不得"的思想感情。然而这还不是真正"老家"，只在外乡说这是"老家"。在这一家人的语言里，现在是回到了家，即家乡，但还不能算真回到"老家"。"老家"是指祖祖辈辈居住的那个山窝里的一族。甚至还会回想到更远的"原籍"。这是"籍贯"。《百家姓》上注的什么姓是什么郡，那才是"祖籍"。从血缘氏族社会发展下来，到封建宗法社会，到半封建社会，这一点意识形态传统还存在。不管家中妇女的原籍是什么地方，都得承认这个男系宗族的"家"。很快，这个小孩子就会从"老家"不断来人而弄清楚几个"家"的语义的。

现在小孩子认识的家是这所古老的破旧的草房。

他们在 A 城住的是租来的一所房子，并不算大，可是比起这个家来却大了几倍。

这里是太平天国时期盖起来的房子，保持着那时的格局。全部是草房，没有一片瓦；墙也不全是砖砌的。厨房和有窗的一面只有半截砖墙，上半截是土坯。不过这种土坯好像一种黏土做的，虽没烧成砖，还很结实。只有房顶芦席上铺的麦秸每年经过连阴雨后必有一部分烂掉，要请人来修补。

整个住宅是三层草房，三个小院，一个后园。大门朝北，隔着城墙正对青山。

大门开在第一层房的西头，占一间门洞。进来是一个小院，接连门洞的三间朝南，是客厅，称为厅屋。院东边有一段墙隔开，由一个门通向东院。东院的南房是厨房，北房与厅屋相连，是堆放粮食、书籍和杂乱家具的仓库。第二层与第一层前院对着的也是四间，但通向正院的二门洞却在东面。门洞里有一门通向厨房。由二门进正院，是南北上下房，各有一明两暗三间。朝南的中间明房称为堂屋，朝北的中间明房称为下堂屋，都不住人。南房西头与二门相对的是一条过道，有后门通向后园。名为后园，其实只有一个猪圈，一个茅房（厕所），剩下空地就不多了，只能养鸡鸭。因为喂了一口猪，又有鸡鸭和一条看家狗，后园里什么也不能种，只自然生长了一棵大楝树。正院中有一棵大椿树。二门与后门对着，院中加了半垛墙隔开，不让前后望见，算是"影壁"。墙边一棵月季花，这大概是二哥种的。厨房相当于两间房通连，中间一个大土灶，有三口锅，烟囱由草房顶通出去。厨房有门通东院。东院里，北房三间，南边厨房两间，空着的一间房大的地方堆放柴草。这时附近的煤矿还没有开，家家都烧柴草。每天有乡下人挑柴进城来卖。宅内没有井，要从门外菜园里的井里打水挑回家，或则买河水。有人从城外河里挑来卖，或则推水车来卖。井水自己打，不要付钱，但必须避开菜园浇水的时间。厨房里有两个大水缸。一个是盛河水的，打来时浑浊，要用装有明矾并有漏洞的竹筒搅动成漩涡，才会澄清。

"不许乱跑！"小孩子刚在几个院子和后园里跑了一遍，地形还没有勘测完，就被大人制止了。

他只好站在正院里看大人收拾东西。

房屋的安排是这样的：堂屋两边的暗间分给老太太，她自己住一头，她的附属品那位"姑娘"带着孩子住另一头。下堂屋两边，一边仍由二哥二嫂住，一边暂归三姐。大哥暂住厅屋。老仆人住堆东西的仓库。有个做饭的女工在厨房暂时搭个铺。

老仆人指挥工人们将箱柜搬进屋，把堂屋两边房里的架子床安装好。

这两个架子床是一对，每一架占去一间房的一半，旁边只剩搁马桶的一块地方。用门帘挡住。再放一个柜和箱子，一张梳头的桌子，一把椅子，就满了。空隙只能容两三个人同时并站，有人走出门时还得让路。这样的一间房比起在 A 城住的大房间来只有四分之一大。

房子既小且矮，亏得全家都是矮个子，进出门才不用低头。明间有门开着，所以明亮。暗间是名副其实。所有的窗子都是不能开的，都是木条编成的小小格子窗，糊上白色棉纸，只是半透明。光线不足，空气不流通。窗子上只有中间一小块纸是活动的，下有小轴，可以卷起来透透气。晴天有太阳光，屋里勉强可以做针线；阴天或则冬天，屋里就昏昏沉沉的。煤油灯只能在堂屋和厅屋点，住房里点的是豆油灯，用两根灯芯，还一点也不亮。厨房里也是豆油灯，晚饭必须在天黑以前做好。夜里或下雨，豆油灯台放在锅台上，炒菜看不清，还得时刻提防碰翻了灯台。实在不得已才能动用煤油灯。这不但因为煤油贵，而且是怕引起"火烛"。灶边就是柴草，而且是草房，很危险。可是说也奇怪，这房子住了一百多年，火神竟然从未降临过。灶一烧火，烟囱里常冒火星，也没有点着草房顶。烧柴火（各种各样柴草）也是一项艺术，后来小孩子才学会。

卧房收拾好了。小孩子进自己屋一看，格式还是在 A 城那样，可是缩小了几倍，仿佛房子忽然变小，什么东西都挤在一起了。用妈妈的话说就是"鼻子挤在眼睛里"。

架子床是雕花的板子搭成的。一根根柱子和横梁都靠榫头接起来。下面搁上一块大棕绳绷子做床铺，上面盖上一块块板子做床顶，顶上可以放东西。床门上面和两边都是由榫头接上的镂空雕花的木板，涂了一层深红的漆，有的地方还涂了金。花样很多，两边是蔓藤枝叶配上大朵的花，中间有几只蝙蝠，取"福"字谐音。上边横的床楣上雕的除花朵、枝叶外，还有蝙蝠（福）、葫芦（福禄）和小孩子。床板下左右各有一个大抽屉放东西。床面前有一条踏脚矮长板凳，这成为小孩子坐和玩的地方。

床上挂了方帐子。帐门左右用床架上挂的钩子钩起来，成为一个大门。床门两边各挂一个红色的大葫芦。床门一边还挂一柄有绿鲨鱼皮鞘的宝剑。抽出鞘来是两把相合的雌雄剑。每把剑上都嵌有七星铜点。大约剑还不曾开过口，不锋利，也不明亮，但没有生锈，泛出青色，发出寒冷的光。这剑是为小孩子"辟邪"的，不许动。后来孩子大了，想学"踏罡步斗"，舞七星剑，才偷偷取下抽出来看，才知道是双剑。床门另一边用红头绳悬着一个小小的红布包。这里面是小孩子出生后剃下来的胎毛。为什么要保留它呢？想来也是为了保佑他长大，无病无灾，同宝剑、葫芦起类似的作用吧。

小窗前的长方梳头桌上放着梳头盒，旁边一盏豆油灯台，一匣火柴。

　　不耐烦在这小黑屋子里，小孩子跑到中间堂屋去，只见老太太也坐在堂屋里。正中间的"祖先神位"中堂已挂起来了。靠墙是一张长台子，台上正中间是老太爷的牌位。台上放着一个香炉，两个蜡烛台，旁边是煤油灯、豆油灯、茶壶、茶碗、茶叶罐、煤油瓶、一卷卷线香和一封封红蜡烛。还有待客用的水烟袋和纸捻子、"洋火"（火柴）。台前是吃饭用的方桌，桌子两边各有一把太师椅。

　　老太太坐在太师椅上沉默不语。她在想什么呢？长媳不在，她又要亲自当家了。

描　红①

　　三哥回来给小弟弟带来一个重大变化是他又要读书了。

　　三哥先检查一遍读过的《三字经》和生字块。亏得妈妈督促
小孩子经常温习，他仍然全都记得。三哥一算，他认得的约有一千
字了。

　　《三字经》以后，照例应当是《百家姓》《千字文》《千家诗》，
所谓"三、百、千、千"，是发蒙读物。

　　可是三哥是上中学念洋书的，打破了这个老程序。这几本书买
来了，却没有教。

　　"赵钱孙李，周吴郑王。"教了不多几句，有了他们家的姓了。
三哥说："这些姓拼起来有什么意思？以后自己就都认识了。"于是
《百家姓》被放到一边。

　　《千字文》和《千家诗》的命运也不更好。三哥同样认为不适
合作儿童读物，都只教了几段就搁在一边了。

　　他找出了一部《龙文鞭影》，以为全是故事，又是四字一句，
押韵，好记，好背诵。可是一教之下，三哥又不满意了。第一个字
是三个鹿字拼成一个字，其实就是"粗"字。"粗成四字，海尔童

---

① 　选自自传体小说《旧巢痕》，原书中标题为"第十回　描红"，略有删节。

蒙。"三哥问:"为什么要写笔画多的'粗'字呢?""八彩,舜目重瞳。""根本不会有这样的人。"三哥说。大概他不是念这些书发蒙的。家塾中可能是照父亲教导先念四书的,以后就上洋学堂了。

于是三哥上街去买了一套商务印书馆的《国文教科书》来。那比用"人、手、足、刀、尺"开头的一套还要古一些,可能是戊戌变法后商务印书馆编的第一套新式教科书,书名题字下是"海盐张元济题"。书中文体当然是文言,还很深,进度也快,可是每课不长,还有插图。里面有破除迷信的课文,也有故事。

第一册中头几课小弟弟几乎没有什么生字。三哥很满意,加速度地教这最古老的第一代新式"国文教科书"。这样一本本念下去,也讲点内容。直到听说大哥快要回来,一套书也快念完了,三哥才把这新式课本中断,改教小弟弟加紧赶读孔夫子的《论语》。

这部《论语》对小弟弟来说确是有点新鲜。书中没有图还不说,又是线装木刻印的大本子。本子很长,上下分做两半。上半都是小字,下半的字有大有小。大字的本文开头和中间有圆圈,这是标明章节的。句子不分开,句中插些双行小字注,读时要跳着念大字,不连贯。这书看样子就不讨人喜欢,内容更稀奇古怪。小孩子觉得这比有图有故事的《三字经》和《国文教科书》差远了。这是三哥从家里旧书中找出来的家传古书。

他念过《三字经》,对于孔夫子和《论语》并不生疏,所以三哥略略介绍一下,他就明白了,这是必读的真正的"经"书,是最重要的必须熟读的书。三哥说,从前人要应考试去做官,是要连大字带小字一齐背诵的,只许照小字讲解大字。"伯伯和大哥都是这样。"他说,现在不要应考了,不必念朱夫子的小字注了。至于上面那半截书的什么"章旨""节旨"之类批注都可以一概不管。三哥教得很简单,要求的是识字,能背诵,要能连续背下去。"大哥回来会考你的。"他说。

"学而第一"。原来"学而"是用开头的两个字作为"第一"章的名字，前面"子曰"两字不算。第一篇几乎没有生字，可是"不亦说乎"的"说"字右上方加了一个小圈，要念"悦"。既是"悦"字，为什么要写成"说"又去加圈改读呢？三哥也没有解说，其实他也不明白。他是念洋学堂的。四书是他小时候上学校以前父亲请的一位姓郑的家庭教师教的。郑老师已故去了，但他的两个儿子是同一县城的人，还常和二哥、三哥这两位师兄弟来往。他们原是在一起读过几天书的小同学。郑老师当年怎么教三哥背的，三哥照样转给小弟弟。二哥是早就把这些忘了，看到小弟弟大声朗诵："子曰：学而时习之，不亦说乎？"面带微笑，一言不发，听了一会就走开了，从不问弟弟念得怎么样。

字认识，字面的意思容易懂，读起来也顺口，"乎"字仿佛押了韵，可是不能问为什么会"悦"，看小字注也不明白。对于圣人说的话是不能提出问题的，反正熟读就是了，将来自有妙用。不消一时半刻，小孩子早已熟读成诵。三哥也不要求拖长音吟唱，因此更容易。他想只教一句，可是弟弟念得快，第一天就把第一篇的三句都背了，连唯一的生字"愠"字也认识了。三哥一算，等到大哥回来，可以念不少，足够交差的了。于是他说："贪多嚼不烂，以后还要复习，今天就念这些吧。"放学了。

大概也是为了应付大哥，连三哥自己也收拾他的书桌，摆上一大叠线装旧书了。他又不知从什么地方搬出来一块大石头，长有一尺多，宽有半尺多，厚有二三寸，放在书桌上。后来才知道这是一块古砚台。上面贮水的地方刻了一只凤凰似的鸟。石头很细。中间微微凹下去。三哥磨墨写大字了。他执笔的方式也不寻常，大拇指在一边，其余四指分散平列在另一边。他端端正正对着一本字帖一笔一画地写。那本字帖也是从旧书箱中找出来的，是墨拓的欧阳询写的《九成宫醴泉铭》。这是当时流行的打基础的欧体字帖。三哥写字时，弟弟跪在书桌旁的椅子上看，有时被准许帮助磨墨，可是每次都弄得手指乌黑，挨母亲说几句。

过不几天，三哥看弟弟的《论语》实在念得太快，《学而》一章能从头背到底毫不费力，字字都认识，背完就跪在椅子上看他写字，又不便赶走他。于是三哥在弟弟念书的方凳上也摆上一块有木盒子的小砚台，一小锭墨，一支笔，一叠红"影仿"，叫弟弟也写字，免得老早就放学或则总在他旁边好像监考试一样看他读书写字。

"影仿"有两种，都是一张二十格，每格有红字，要求弟弟自己磨墨，拿笔把红字一笔一笔描成黑字。要讲笔画顺序，不能乱涂。更重要的是执笔要合规矩，拇指和食指捏在笔两边成为"凤眼"，中指和无名指分放在拇指和食指各一边，小指靠在无名指后边，离开笔头至少一寸，手腕要略略悬起。三哥不许小弟照他那样执笔。

先写第一篇"影仿"，是笔画少的字。

"上大人孔乙己化三千七十士尔小生可知礼也。"末尾空一格，叫写上日期。这里面的"尔"字和"礼"字都是简笔字，小孩子原来只认识繁体，现在才知道一个字竟有不止一种写法；像"说"字念成"悦"字一样，一个字也可以有不止一种读法。

第二篇"影仿"是数目字组成的一首五言诗，中间有几个字笔画多些。

"一去二三里，烟村四五家，楼台六七座，八九十枝花。"这要等第一篇写得熟些才开始写。"烟、楼、台"都是繁体，不大容易描好。

这样习字叫做"描红"。这可比念书难。小弟弟忙习字的时间比念书多，而且每次都是满手墨污，写完就要去洗手。单是执笔法就练习了不少时候。这样，他没工夫去和三哥捣乱了。

三哥和弟弟这样紧张准备应付大哥,二哥却若无其事,满不在乎;其实也不尽然。首先是那只花猫不准上桌子了,其次是鸟笼打扫得勤快,变得清洁了,地上没有鸟粪了。二哥也有时躲在二嫂房内。弟弟偶然掀门帘找二嫂,发现二哥正在坐着打算盘算账目。二嫂抱孩子坐在床上向二哥背后一努嘴,接着微微一笑。二哥似乎紧张得没听见门帘响,头也不回。小弟弟就一溜烟跑了。

　　可是大哥又来了信,寄了一些钱来,说是暂时还不能回家。于是紧张空气顿时松弛。二哥又是白天不进二嫂房,经常在外;花猫又有时自己上桌子,鸟笼下一滩鸟粪痕迹,三哥的琴声多于书声,大字也不常写了。全家好像都松了一口气。

　　只是小孩子的功课没有松下来。《论语》照旧背诵,每读完一章就要复习全章,从头背诵到底。两份影仿还是天天写,不过现在执笔不困难,手指也不那么容易墨污了。他认的字渐多,看出三哥桌上摆的高高一堆线装书是《古文辞类纂》,只第五个字还不认得,也不知道这是著名的桐城姚鼐编的著名的古文选本。三哥这时也不大读古文,倒是叽里咕噜常常读英文书。有几本英文书上有中国字,那是《华英进阶》。

七岁成人[1]

两场喜事用了多少钱，只有大哥和大嫂知道。收了多少礼，别人也不清楚，账本都在他们那里。他们一回家，财权、人权都一把抓过去。老太太净享福，不问事了。大家都照本分和习惯过生活。

喜事过后，小弟弟看见大嫂在桌前坐着，一手翻账本，一手打算盘。算盘很小，是黄白色的（象牙的）。

"你知道这是什么吗？"大嫂停下来问。

"算盘。"弟弟回答，又补一句，"二哥、三哥也有。"

"知道怎么算吗？"

"不知道。"

"来，我告诉你。"于是大嫂教了他算盘珠的意义，格子上面一个当五个，下面一个当一个。可是没教进位，更没教算法。这时小孩子已经能数到一百了，认识百、千、万、亿、兆等字，可是不会算术，也不认识阿拉伯数字。

大哥走了进来。大嫂继续算账。

"小老四，过来。今天正好，我考考你。"

弟弟到大哥面前站着。大哥坐在床前大椅子上，桌上一本书也

没有。

"大学之道——"大哥说。

"——在明明德，在新民，在止于至善。"

"好了。是'亲民'还是'新民'？"

"亲字在这里读新。"（这是朱熹注的读法。）

"天命之谓性——"大哥又说。

"——率性之谓道，修道之谓教。道也者，不可须臾离也。可离非道也——"

"好了。你《学》《庸》还熟。《论》《孟》没有忘记吧？有为神农之言者——"

"——许行。"弟弟不停嘴地把这长长的一章往下背。

"好了，好了。再有、子路、公西华侍坐——"

这一章《论语》同那一章《孟子》一样，虽然长，却好背，弟弟流水似的背下去。三哥没有教他吟诵，他从来没有听见过"唱"书，只是讲话一样地背书。这引起大哥的笑，也许是高兴的笑。

大嫂停下了记账，回过头来。

"背书，你考不倒他。他记性好，现在还能背《三字经》，从'人之初'背到'宜勉力'，一字不差。我都考过了。"大嫂作了说明。

"趁记性好，把四书念完就念五经，先不必讲，背会了再说。长大了，记性一差，再背就来不及了。背'曰若稽古帝尧'，'乾元亨利贞'，就觉得不顺嘴了。到十岁再念诗词歌赋、古文，开讲也可以早些。《诗》《书》《易》《礼》《春秋左传》，只要背，先不讲，讲也不懂。这些书烂熟在肚里，一辈子都有用。"大哥不知是在教导小弟还是大嫂。

小孩子心里一动。因为妈妈常说"肉烂在锅里""锅里饭烂了"；他觉得自己好像要烂在书里熟了，不是书烂在他肚里熟了。到后来，头发全白了，这几句莫名其妙的经书他还能背，可是不见得有什么用。有个很长时期，只觉得这是沉重的包袱，想忘又忘不掉，一遇机会就不由自主从记忆中冒出来。好像忘比记并不见得容易些。又好像古"圣人"把两千多年以后的讲话和行事真都预见到了一样。假如从小不曾读这些古书，或则读得不"烂熟"，仿佛一张白纸，可以随便在上面画什么，那就少掉多少烦恼。真是悔之无及。然而大哥、大嫂和小弟在1918年并没有丝毫预感。尽管下一年就爆发了"五四"运动，但这个偏僻的小城里依然风平浪静。古书并未能帮助读书人预见未来。

"念书之外，也要教点规矩。他在家里还懂事，也要见见外人。这回办喜事，他到处乱跑，我也没工夫给他讲。"大嫂提出建议。

小孩子心里立刻冒出花轿上那三支箭，那一再紧闭的三道门，那小小的带有颤动着的指南针的罗盘和"皇历"。他以为大嫂要讲这些，其实不是。从没有人给他讲这些。还是几年以后，他在乱书堆中找出一部石印的小本小字的旧小说《周公斗桃花女》，才得到了这套风俗习惯的迷信解释。至于科学解释，那要到将近二十年后他能看到外国书时才知道一点点。

"好吧。下回请客，叫他跟我上桌子。"大哥想了一下，答复大嫂。

小孩子把这件事告诉大妈和妈妈时，妈妈又喜又惊，紧张之至，说："你才七岁呀！才六周岁，就上桌子！大嫂太宠你了。"简直像科举逢大考。

那一天到了。大哥晚上请客，席设在客厅院子里，比较风凉。大哥说是没有外人，连他作主人只七位，正好加上小兄弟。二哥、三哥、大侄都不上席。客人是应大哥邀请来的。

临去入席之前，妈妈带他到大嫂房里去时简直紧张得不知说什么好，只说："听大嫂话，看大哥叫你做什么就做什么，乖乖的。这回可靠天保佑了。"

大嫂并不紧张，她很有信心。手捧水烟袋，慢慢腾腾一面吸烟，一面讲种种规矩。大人不问不讲话，要站起来回答。吃菜只能吃大人夹在自己面前小碟子里的。要自己夹菜也可以，但只能夹自己面前的，不许站起身来去夹远处的。（大嫂忘了弟弟站起来不比坐在椅子上高。）不要喝酒，只陪着端酒杯。大哥同客人站起来时，也要一同站起，一同坐下，不许先站先坐。不许大声说笑。不许吃饭、吃菜、喝汤有声音。不要自己下座位盛饭，自有旁边用人盛。酒也是用人先斟好。假如有人向你让酒、让菜，要由大哥代辞；辞不了的，自己端起面前小菜碟子接。讲话自有大哥代答，自己莫多嘴；大哥叫回答时必须回答。不叫吃菜、吃饭时不能自己先吃。大哥说声"请"，大家动手，才能跟着动手。假如自己先吃完饭，要把筷子并齐平放在碗上，表示仍在陪着吃饭。诸如此类，一一嘱咐，大嫂又给他整理衣裳，叫他坐上椅子，上下两次演习。要求站得稳，坐得正，动作不慌不忙，又要快，又要自然合规矩，不引人注意等等。演礼完了。大嫂笑笑，吹起纸捻子上火焰，吸了一口烟，说："不要怕。大哥起身让客离席时，大家走开了，你回到我这里来。莫把你妈妈急坏了。不要紧的。"又笑了一笑。实际上她所讲的就是大嫂自己的举止态度，弟弟早就看在眼里，记在心里了。"长嫂为母"，没有亲生儿女的大嫂正好为小弟弟起"母亲"的作用。

张祥[①]在院中喊了声"四爷"。他已经改口不当着外人叫"老表"（江西老表）或"小老四"了。

这一次考试，见客是早有过几次经验的，主要是学习入席吃饭。大哥叫他坐在自己身边主位上，给他夹菜。面前有一碗菜，他也没有自己夹。一切都照大嫂的吩咐办，自觉一点没有失礼。椅子

---

① 张祥，小孩子家的老仆人，孤身一人，他跟了大哥一二十年。

上张祥加了厚垫子，高低还可以，只是两条腿虚悬着。站起来，头刚比桌子高出来。

他回到大嫂屋里，紧跟着妈妈也进来。他不知道要说什么，只说，都照大嫂的话做的。

"放心了吧？"大嫂仍然捧着水烟袋，对妈妈笑着说。

妈妈走了。大嫂问起客人情况，不觉过了一些时光，大哥来了。他进门就脱马褂，嚷："真热。"

"小老四怎么样？"其实大嫂也不是真正那么放心。

"还好。很大方。没有失礼。有人在走以前还记住夸他。有些是应酬话，有的人看来是讲真话。只有七岁，头一回上桌子。"

大哥忽然回头对小弟弟望，脸色一沉：

"头碗饭吃完，怎么用筷子在空碗里扒饭，弄出响声来？我听见了。就这一件事，下回记住。"

小弟弟心中有点委屈。他是吃得快，第一碗吃完了，不能自己离座位去盛，又不好放下碗筷，就自出主意用筷子假作扒饭弄响碗底，引起注意。果然大哥回头看了一眼；仆人立刻过来替他盛饭。他还自以为做得好，不料挨了骂。

"这是头一回，就算不错了。"大嫂说，回头对小弟弟使个眼色，他连忙回自己房里禀报大妈和妈妈。

这是小弟弟随大哥在酒席上陪客的第一次，却也是最后一次。以后没过很久，大哥便离开家去洛阳，回来时已是另一世界的人了。

长嫂为母①

大哥终于走了。

洛阳打了电报来，给他又加了一个官衔，是个什么"秘书长"，不是虚衔了。他要去上任。这次回家，全家团聚，买了房子，又买了两块田地，嫁了女儿，替三弟娶了亲。上次回家，嫁了三妹，替二弟娶亲。父亲去世后，他还算把"书香门第，官宦人家"的空架子摆得不错，全城都以为他混得很好。其实，他并没有得过什么捞大笔钱的"实缺"，弄来的钱也消耗得差不多了。这只有大哥、大嫂知道。但看大嫂每晚翻账本打算盘，最后把眉头一皱，就可以知道。所以大哥也是非走不可。他实际还够不上在家当大绅士的资格。

家里的事都交给大嫂。他不放心的只有一件，是小弟弟的教育问题。

小弟弟被叫到他屋里，并且被命令在方凳上坐下。大嫂端着水烟袋。大哥望着他，没有马上说话。过了一会，大哥叫他过去到身边，右手摸摸他的平头，说：

"伯伯把你留下给我教，你年纪还太小，我又要到外面去。家

① 选自自传体小说《旧巢痕》，原书中标题为"第二十回 长嫂为母"，略有删节。

里的事就是惦记着你。你念书还聪明。我们家几代念书，不能断了'书香'。先要把旧学打好根底。我已经请了建亭（一位本家侄子）来家教你。他来以前，暂时还是三哥教。以后三哥出去教小学，就由他教。十岁以前，把四书五经都背过。十岁以后念点古文、唐诗、《纲鉴》。现在世道变了，没有旧学不行，单靠旧学也不行。十岁前后，旧学要接着学，还要从头学新学。三哥教的小学若是好，就跟去上小学；不好，就在家学。要跟你三哥学洋文和算学。他中学毕业，学得还不错，可以教你。再以后——"

大哥迟疑了一下，接着说："反正三两年内我就回来，那时再定。你上学的事我都同你三哥讲好了。家里书很多。你字认得差不多时，可以整理一下。那里有旧学，有新学，现在讲，你也不懂。"大哥笑了笑，又说，"你将来会知道的。有些书，八股文，试帖诗，不用念了，你也不会懂。有些'维新'书，看不看都可以。有些大部头的书可以翻翻，不能都懂也算了。有些闲书不能看。我没有来得及查，不知是哪里来的。小本、小字、石印、有光纸，看了，眼也坏了，心也坏了。记住，不许看。有不少字帖是很难得的，没事可以看看，但不能照学，先得写好正楷。你的字太难看了。一定要天天下苦功练。虽说'字无百日功'，也不那么容易。记住，不要忙着去学行、草、篆、隶。"大哥越说越板面孔，到末了竟有点生气的样子。

大嫂起先还微笑着抽水烟，听大哥讲到"闲书"不许看时，她脸色一变，停下烟不吸了，不知大哥是否注意到。

沉默了一会。大哥忽然望了望大嫂，笑了。接着说："大嫂的话你要听。她可以教你一些规矩。她还有些本事教你，你可以陪她解闷，下棋，吹箫。"他微带笑容，又说，"不过，头一条是要把书念好，然后才能跟你三哥同大嫂学那些'杂学'。那是不能当饭吃的。可是现在世面上，一点不知道不行。要知道，有的事也要会，只是不准自己做。为了不受人欺负愚弄，将来长大了也许用得着应酬，但不许用去对付人。我们家历代忠厚传家，清贫自守，从不害人。"最后几句是一字一字用沉重口气说的。他说的有些话，弟弟当时自然听不懂；到他去世以后，才逐渐明白，他一半是为了大嫂说的，也许还想到三哥。

大嫂等大哥停了一会，才插嘴："你放心吧。我知道他，又聪明，又老实；念书聪明，做人老实。我不担心他念书，不担心他做错事，只怕他将来受人欺负。放心走吧。一两年回来看。包在我身上。"大嫂笑了，又吸了一袋烟。大哥脸色也和悦了。

弟弟走开时当然绝对料想不到，这是大哥的最后一次训话，而更料想不到的是，他受到的第一次欺负正来自大嫂，后来却来自三哥。不过他们并不一定是有意的。

他回到房里告诉妈妈。妈妈的反应是很高兴，认为有了依靠。"大哥为你操心，要好好听他的话，求上进。书念好了，他会送你出去上学的。他不在家，就听大嫂的。'长嫂为母'。大嫂能干，也是个好心肠人。"她当然想不到这个好心肠人竟然会对她"好心办坏事"，使她上了一次大当，背后流了不知多少眼泪。

这次教训过以后，大哥忙着备办行装，可是还抽空又把弟弟叫来房里。这回不是训话，而是亲自教书。

"我就要走了。过来让我好好看看你。"大哥说着，摸弟弟的平头。弟弟觉得大哥从来没有这样对他亲热过，大哥的眼光特别温和。

意外的是桌上有一本线装书。大哥随手翻开，原来还是大字夹小字木版印刷的古书，但不是上下分两半截的，没有什么"要旨"之类在上头。

"这几个字认识吗？念。"大哥说。

"关关——"

"雎，念'居'。"

"——雎鸠，在河之洲——"

"窈窕。"

"窈窕淑女，君子好——逑。"最后一个字是他猜出来的。"淑"字在他三姐的名字里有。所以认识。

大哥叫他把这四句念几遍；顺嘴了。又往下教，但不让他自己念了。大哥教一句，他跟着念一句，把第一章的几节都念完了。

"这是《诗经》，开头是《周南》，这是第一篇。记得孔夫子说的话吧？'不学诗，无以言。'我亲自给你起个头，以后三哥教。建亭来了，再由他教。我不教你念几句书，总觉得缺点什么。伯伯要在世，他一定会亲自教你。现在我无论如何得亲自教你几句书。"

弟弟又大声念了几遍，然后奉命捧着书回房。大哥没有要求他背，其实他觉得许多句子都熟了，比四书还好念些。

大哥在他走时仿佛轻轻吁了一口气。大嫂在旁捧着水烟袋，直到弟弟走后才开始点起火来吸烟。

大哥走了。向大妈辞行，并向弟弟们告别后，带着张祥，由雇的挑夫挑着行李，直奔二十五里以外的小火轮码头。这回东西不多，不用雇小船从城门外小河转去大河上码头。全家谁也没有送行。三个弟弟和一个儿子拉着孙子送到大门口，望着他走出巷口。大嫂和妈妈只送到二门口。

张祥下午回家了。他要留下看守门户。大哥不要他跟去，认为一路上下轮船就上火车，换一次火车就直到洛阳，自有人接。还是家里门户要紧。

这位大哥比小弟弟大了将近四十岁，比三弟大二十多岁，比二弟也大十几岁，是真正的家长。他这年四十五虚岁。

家长一去不回，全家就要起大变化了。不过这还是两年以后的事。

天雨花^①

年也过了，节也过了，大哥走了几个月了。家中平静无事，过着刻板的日常生活。

当然，各人心中有自己的想法和期待。大嫂是等着大哥来信中的好消息。大侄媳妇是等着让她带孩子回娘家去。二哥、三哥也许是等这位严厉的大嫂走开，以便得到自由。

小弟弟不懂这些，依旧天天念书，有时同他的小侄孙在一起玩玩。

不料有一天忽然发生了一件小事，使这个孩子开了眼界。也许这对他以后一直有着看不见的影响。

那天，妈妈匆匆忙忙回到屋里，叫过孩子，说："大嫂叫你去。马上就去。"说着便给他整了整衣裳，也没有嘱咐什么。她也不知道叫去干什么。

到了大嫂房里，只见大嫂一个人坐在椅子上捧着水烟袋，艾姑娘蹲在地上打开一个箱子上的锁。接着，大嫂对站起来的艾姑娘微微摆了摆头，等于说，这里没你的事了。艾姑娘连忙出去，回自己房里看孩子去了。

---

① 选自自传体小说《旧巢痕》，原书中标题为"第二十二回　天雨花"，略有删节。

大嫂对站在门边的小弟弟望了望，说："今天的书念完了？"

"念完了。"

"先不要去玩，我要你给我做点事。"说着，嘴角微动了一动，仿佛是要笑，却并没有笑出来，就用拿着纸捻的手向地上的箱子指了指，说，"把箱子打开。"随即吹着了火，吸烟。

小弟弟掀开箱盖，出乎意外，原来是一箱子书。

"把箱子里的书一部一部拿出来，分开摆好。摆在桌上、床上、凳子上都行。不要弄乱了。拿出一部就查查有几本，全不全，对我讲书名。"

弟弟以为是要考他认字，便取出一部来一看，报了书名：

"《天雨花》。"

大嫂笑了笑，说："放桌上。检齐了，共有几本，摆顺了。"

弟弟翻开书，第一本有一些图，都是人像，还有字。里面好像是七字一句空一格的诗。是木版印的，字不算小，本子却不大。

这样，一部一部检点出来，都是小孩子从来没见到或听说的古怪书名：《天雨花》《笔生花》《玉钏缘》《再生缘》等等。书的样子差不多。箱中大书缝里夹着一些比巴掌大不多少的小书。抽出一本来一看，字也很小，同写的一样，不是木刻印的，是石印的。

"《玉蜻蜓》。"

大嫂立刻把脸一板，说："放床上。"

同样的小本子书还有：《珍珠塔》《双珠凤》《庵堂认母》等几部。都奉命放在床上。

有一部木版书名为《义妖传》。报出书名后，大嫂不仅下令放在桌上，还破例补了几句话：

"这就是《白蛇传》，讲白蛇变成人，同许仙结成夫妇，后来水漫金山。以后我讲给你听。"

小孩子还没有见过，也没有听过，什么小说、弹词，也不知道有童话。所有他知道的故事就是从《三字经》到《幼学琼林》里的。王道清"包厨"给他讲过孙猴子、猪八戒，可是他以为那是王道清自己编出来的，不知道那也是书，不知道有那样的书。

靠箱底出来了两部奇怪的书，都是木版的。一部叫《缀白裘》，一部是《六也曲谱》。那"曲谱"的一行行字旁边还注着一些字，是斜行的。

"这个你不懂。这是唱曲子用的谱。过些天我教你吹箫，学'小尼姑下山'。懂吗？"大嫂笑了，把手向床边一指。

原来床上挂帐子的一个钩子上不知什么时候悬挂了一根紫竹箫，上面还刻了一些字。小孩子望了望，摇摇头。

"等我再闲些，还教你下围棋。"大嫂又说。她把烟袋放下，站起身，从梳妆台边拿过两个圆盒子，打开盖，从里面取出小石头似的黑棋子和白棋子给他看。又推过一叠木板，掀开来是一张棋盘，全是方格子，给他看了，又叠好。

"这就是棋。你把箱底里那两部棋谱也拿出来。"

果然箱子里最下面有两部大本书。一是《桃花泉弈谱》，一是《弈理指归图》。

"念书人不光是要念圣贤书，还要会一点琴棋书画。这些都要在小时候学。一点不会，将来遭人笑话。正书以外也要知道闲书。这是见世面的书，一点不懂，成了书呆子，长大了，上不得台面。圣贤书要照着学，这些书不要照着学；学不得，学了就变坏了。不知道又不行。好比世上有好人，有坏人，要学做好人，又要知道坏人。不知道就不会防备。下棋、唱曲子比不得写字、画画、作诗。可是都得会。这些都得在小时候打底子，容易入门。将来应酬场上不会受人欺负。长大了再学，就晚了。你们男人家什么样人都会碰见的，什么事都会遇上的。光背四书五经，不够用。现在不比从前了。不是考八股文中状元了。文的、武的，上中下三等都得懂一点。世道越来越难了，变了。像上一辈那样做官，靠不住了。再过些天，你去打开书箱，晒晒书，顺便长点知识。趁小时候，各方面打点底子。少玩一点，就有了，长大了不会吃亏的。"

大嫂好像这天心情特别好，竟然讲了一大篇。说完了才又抱起水烟袋，重新点起纸捻子。

小弟弟对于她讲的这些话似懂非懂，只知道是要教他本事，而且是让他多看书，至于什么本事，什么书，却一点不明白。大概是因为这一切都很新鲜，所以给他留下了一个多少年也不磨灭的印象。

大嫂的这一套教育理论未必是大哥所赞成的。她好比一个艺术家，有了机会，不由自主想把手里的一团泥照自己想的模样塑。她自己没有儿女，就看上了这个小弟弟。

把书整理好了，有的放桌上，有的收进床头柜里，有的还留在箱子里。

"回去洗洗手。叫艾姑娘来把箱子放好。"

弟弟出房门到对面艾姑娘的房里去。她正在哄孩子，一见他进门，便满脸堆笑，不等他开口，就说："快去对你妈妈说，你大嫂要唱书。让她同你大嫂说，哪天晚上唱，好告诉大家来。啊，你不知道她会唱书吧？叫我一搬书箱，我就知道了。老爷不在家，她就看书，唱书。我这就去收拾箱子。"

小孩子回去对妈妈一说，妈妈开心了。

"我早听你三姐说过她会唱书，在 A 城也听她唱过。你这大嫂什么都会。她肯教你，你就跟她学吧。别惹她生气。她才是一家之主哩。"

大嫂开书场也并不容易。

先是妈妈去向大嫂说。大嫂心情很好，大概也感到寂寞，就答应了。只要约好听众，晚上她可以天天唱，当然是在她打好了小算盘记好了账以后。

大妈也是妈妈去打招呼。她并不去听，但妈妈需要说明自己晚上到哪里去了。大妈认识字，有时自己戴上老花镜，在明亮处看一会书。但看不多久就放下，把书连眼镜一起收起来。小孩子始终没能看到那是什么书。直到过了几年以后，她不再看书了，有一次小孩子替她收拾东西，才见到这本书，原来是《圣谕广训》。这是用"康熙圣祖仁皇帝圣谕曰"开始，而以讲故事终了的一篇一篇的集子，是又讲道理，又讲故事，又有"三、三、四"一句唱词或七言诗的书。

　　少奶奶是由艾姑娘去请。二嫂、三嫂处就只有小弟弟出面了。三嫂捧着水烟袋，坐在柜子前面，一听说大嫂要唱书，她笑了。半晌才说："我没念过书，不识字，可听过说书。不知大嫂是怎么个唱法。晚上没事，你来找我一同去。"二嫂啰嗦些。她得到通知后，一直不说话，只是给孩子收拾衣裳，穿了脱，脱了穿，又打开柜子把衣裳都放进去，另取出一件，给孩子穿好。好在小弟弟是来惯了的，不需要让座，自己坐下，望望月份牌上的女人像，望望二嫂，等她回答。不料她没有答复，却问：

　　"这几天你看见二哥没有？"

　　"看见的。"小弟弟心里觉得奇怪，二哥不是天天回屋吗？怎么还问我？

　　"他又发什么疯了？喝酒了？赌输了？吸大烟了？净交些什么三朋四友，狐群狗党，不学好。大哥不在家，大嫂还要讲书。你二哥什么书也不看，天天在外游逛，不求上进。孩子缠住我，我什么事也不能干，回娘家都不行。你那两个表兄成天不知忙些什么，一年也难得上门来看我一回。你九舅、九舅母去世，我就倒霉了。霉到今天也没出霉。书上也不会有我这样苦命人。什么时候讲书，我就去，把孩子交给你二哥，要他管。你见到就跟他说，晚上早点回来，二嫂要听书了。是大嫂讲书，他不答应，自己同大嫂讲去。"

小弟弟还不能明白这是怎么回事。不过他知道二嫂答应了。

"哪天晚上唱，我来请你。"

二嫂扑哧一声笑了。

"哪个要你请？你来陪我去。二哥不回来，我就不能去。你说，能带孩子去吗？我带孩子去，管你二哥什么时候回来！"她忽然想起什么，问，"你能看懂大嫂唱的书吗？"

"没看过，不知道能不能看懂。"

"你一定能懂。我不信大嫂有多大学问。她教过你认字，现在就不如你了。女人家总不比男人。我小时候也偷偷认几个字，想念书，挨了一顿骂。还听到你大表兄笑，说：'小丫头家念什么书？'好，我赌气不学了。女的就该死，下贱！"

为什么二嫂一见弟弟就有这么多的话呢？大概这是唯一能听她讲话的人吧？

都串联好了。大嫂决定开讲日期。到那天晚上，妈妈先禀明大妈，服侍她老人家上了床，然后走过去找三嫂。小孩子去找二嫂。大侄媳是艾姑娘请去的。

第一个到场的是小弟弟。

大嫂记完账，收拾好，捡起一本书。艾姑娘哄孩子早睡了，站在旁边等着。一见大嫂拿书起身，她连忙擎起那盏有白罩子的煤油灯，引路到中间屋里。方桌已经移到中间，铺上了毡条，摆好了椅子。大嫂坐下。艾姑娘递过了水烟袋和纸捻子，在桌上放下一个眼镜盒。

大嫂见听众还只来了一个小孩子，就一面吸烟，一面对他讲：

"我本来想讲《天雨花》，后来想想还是讲《再生缘》吧。你也听听孟丽君的故事。你问二嫂、三嫂听过没有？"

"不知道，没问过。"

听众陆续前来，还带着两个小孩子，一个是大侄女，一个是小侄孙，都一声不响靠在自己的妈妈身上。显然二哥还没回家。

大嫂略略起身招呼，一见听众到齐，先客气了两句，然后戴上老花镜，翻开书唱起来。弟弟站在她身边紧靠着，远望她手里的书。灯正在书旁边，字又大，不费力就可以一句句读下去。

书开头便是一首七言律诗。大嫂只念了回目，把"诗曰……"一段跳了过去，开唱前几句。头几句有点文绉绉，弟弟看着书上字也不十分明白，只懂得大意，大约听众也未必全懂。

"……骏马常驮村汉走，巧妻每伴拙夫眠……"

这两句却是除了几个小孩子以外全体都懂的。这已经收入《集世贤文》，成为口头语了。

提到《玉钏缘》时，大嫂放下书。问大家知道不知道，然后约略讲了一下。小弟弟趁此时机，抓过书来，一路先看下去。他既不唱，也不念，一个个字溜过眼，连默读也不是。大嫂的《玉钏缘》故事提要还未讲完，他已经看到正式开篇"话说大元世祖朝中……"了。不料大嫂也不是一字一句往下讲，简单说了一下天上的事由就转到人间，正好也从"话说……"这里开始。

大嫂的唱法很好听，不知是什么曲调。大体是相仿的双行七字句对称调，有三字句夹在中间便三字停顿一下。虽然有点单调，却并不令人厌倦。到后来小弟弟成了大人，学了咏诗，听了戏曲，也没弄清大嫂唱的是什么调子。那既不是旧诗，也不是江南弹词，又不是河南坠子，更不是河南梆子（豫剧），离昆曲也很远，却像是利用了咏旧诗七律的音调，改变为曲子，也可能是大嫂自己的创造。听的人一半是听故事，一半是听音乐。弟弟在旁边，一边听，一边看，看得比听得快，不久就觉得没有什么难懂，相信自己也能看这种书了。

第一场是全始全终的，大嫂唱完一大段落大家才散，只有两个孩子先打瞌睡。没几天，二嫂就中途退席，后来也不是每晚来了。

三嫂学二嫂的样，不过她没有孩子作借口，还多维持些日子。侄媳妇是每场必来，却是除头几场外每场必先带侄孙回屋睡觉。只有妈妈、艾姑娘和小弟弟是坚持到底的听众。每晚都唱到大嫂房里玻璃罩下的八音钟响起音乐再敲十下以后。

小弟弟得到大嫂允许，把《天雨花》一本本拿去自己看。他越看越快，没过多少时候，大嫂摆出来的藏书已被他浏览了一遍，看书的能力大长进，知识也增加了不少。遇到不认识的字和讲不通的句子，也挡不住他，他会用眼睛一路滑过去，根本不是一字一字读和一句一句想，只是眼睛看。这和读四书五经大不相同，不过两者的内容对他来说都是似懂非懂。

"孟丽君能女扮男装考中状元，你是男的，还不好好念书？"这是妈妈对他的教训。

二嫂、三嫂的反应是淡漠，不知是受二哥、三哥的影响还是因为她们不大听得懂那些诗句。

家 塾[①]

三哥忽然忙起来了。

他本来主要的事只是教弟弟念念书，写写字，自己也看点，写点，可是常常回自己房里，撇下弟弟一个人在客厅里。现在不同了。他把一些课本取了出来，堆在桌子上，一对小号挂在墙上，一对哑铃放在茶几肚里。风琴也不大关上了。他忽然用起功来，常坐在那里看书，又在纸上乱画；还买了石板、石笔，自己写些不知什么，写了又擦掉。早晚他忙着练哑铃操、喊口令、吹号、按风琴，还大声唱歌。

原来三哥要去教小学了。这是二哥告诉的。

本县的第一小学要升级为完全小学，而且据说学制很快就要改为初等四年，高等两年，合共六年一贯。第一小学的校长是去过日本的，在地方上很有声望，决心要办好这所小学。学校在一所破庙里。一个大院子，正面的大殿和偏殿都改成教室。大门两边的房子，原来的神鬼塑像没有了，也改成了教室和办公室。庙的遗迹只剩下大门口悬挂着的一块匾，上面漆着"八蜡（zhà）庙"三个大字。校长说这是名家手笔，不是迷信，不能同偶像一起扔掉。大门

---

① 选自自传体小说《旧巢痕》，原书中标题为"第二十四回　家塾"，略有删节。

两边的房子，西边第一间是传达室，东边第一间是校长办公室，都是小屋子。再过去一间大的是办公室兼教员休息室。其余全是教室。有一间是手工教室兼图书室，中间一个个小桌子，周围摆些儿童读物和杂志。正对校门的大殿是大教室，也是大礼堂，供全校的聚会。校西边院墙小门外是一片广场。再过去就是"公学"，原来是小学毕业升学的地方，相当于中学，四年毕业，是全县最高学府。小学校长很有办法，他和"公学"达成协议，中间的广场两校合用，作为足球场，把踢球的时间错开。这样他就可以在大院子的中间划出一块地给小学生学"园艺"，学"自然"。院子里不但可以上操、游戏，还有花、有草，成了名副其实的操场兼校园兼"自然"课室。校长这样充分利用房屋，派了许多"兼职"，多留空地，而且把盖房子的钱省了下来。学生增加了，经费增加了，学校的建设只是粉刷了一下墙壁，检修了一下破烂的地方。幸好这所庙盖得很结实，不用大修补。桌椅黑板等教具都照学生需要添置。

校长的第一件大事是请新教员。

"一个学校，房子再大、再好，桌椅再新、再全，若没有合格的教员，就不能算学校。"他说。

他调查了一下本县城里在外边读过书回来的学生，发现了三哥是省城第一中学毕业的优等生，大门口还贴着毕业喜报。他立即递名片，登门拜访。一谈之下，很满意，当面敦请，约定将来学校改秋季始业时就去，担任高年级的算术兼教音乐、体育，将来再教英文。至于大侄，虽也是中学毕业，还到过日本，但是这位校长已经了解到，那是一个大少爷，不是教书的材料，连问也没问。大侄反而得意，他不屑于当教书匠。

这位校长姓陈，是在日本打败俄国（1905 年）之后到世界大战爆发（1914 年）之前的一段时期中不知哪年去日本的。他对于日本能成为东亚强国非常佩服。他去日本学到的主要一条是"日本之强，强在小学"。回国后，他又在几个大城市走了一趟，不去钻营什么差使，却回乡来当小学校长。他亲笔写下"校训"两个大字："勤俭"，挂在礼堂门口上方正中间。

陈校长说："日本的小学教员都是全才。在日本教小学同教大学一样地位高。我聘请的教员也必须是全才，还要有专长，要比上日本。小学比不上日本，中国就没有希望。上大学可以去外国留学，上小学不能留学，必须自己办好。小学生比不上日本，别的就不用比了，都是空的。教好学生只有靠教员。没有好教员，我这个校长也是空的。"他这些话大概不知说过多少遍，简直是全城人都知道。

以上这些是小孩子后来听三哥说和自己上学看到的。

三哥这时也不打算留学了，就答应下来，忙着准备当教员的一套。

他没有工夫教弟弟了，可是大哥交下的教学任务还没有完成。弟弟是否上小学也还得请示大哥。这个难题不料很容易就解决了。

有个本家侄子，年纪和三哥差不多，闲着没事，想教个家馆，来请二哥、三哥推荐。正好，三哥借此脱身，便请他来，借给他这个小客厅作学塾，教小弟弟，也就是他的小叔叔。同时找了左邻右舍的小孩子，还有那位侄子自己收的几个大小不等的学生，正式开塾。

开学那天早晨，妈妈给孩子穿戴整齐，套上长袍和小马褂，还加上一顶红顶结小瓜皮帽罩在平头上。

"先去大嫂那里，看有什么话说。"妈妈叮嘱一句。

大嫂正坐在后堂屋里吸烟，一见弟弟这身打扮，像过年、过节、过生日一样，俨然是个小大人，不由得笑了。

"今天上学了。教你的人辈分是侄子，身份是老师，不能怠慢，可比不得三哥。你念不好，他打你也不好，不打你也不好。要尊重他，他才好教别人。"

"我叫他什么？"

大嫂又笑了。

"在书房里，当着别人，一定要称老师。对着他，尽量不称呼什么，不用叫。只是千万记住别叫他名字，当着人更不行。你听惯了我们叫，不留意，随口溜出来，可不好。我是第一个教你的，三哥是第二个，这第三个又是晚辈，你都得当做老师。"

小孩子从来没有不尊重教他的大嫂和三哥，他以为老师都是这样的。

开学时，客厅里四面摆着各色各样的桌椅，都是学生从自己家里搬来的。正中间一张条几，上有香、烛，墙壁上贴着一张红纸，上写"大成至圣先师孔子之神位"，左右边各有两个小字，是"颜、曾"，"思、孟"。条几前的方桌旁两张太师椅是老师座位和待客座位。桌上有笔、墨、纸、砚和一叠书。

老师亲自点起香烛，自己向孔子的纸牌位磕了头，是一跪四叩。然后，三哥对弟弟努了努嘴，弟弟连忙向上跪下，也是一跪四叩。那位侄子老师站在旁边，微微弯着腰。小孩子站起身，回头望一望这位老师，略略踌躇，没有叫，又跪了下去。老师并没有拉他，却自己也跪了下去，不过只是半跪，做个样子。小孩子心里明白，稍微点了点头，不等侄子老师真跪下就站起身，老师也就直起身来。三哥紧接着朝上一揖，侄子慌忙曲身向上陪了一揖。这是"拜托"和"受托"之意。孔子和他的四个门徒好像是见证人。

以后是其他学生一个一个上前行礼。都是向上一跪三叩或一叩，然后又向老师一跪一叩，老师只站在旁边斜向上方，并不还礼。有的学生有家长送来，也朝上作揖，老师陪揖。

学生大的十几岁，小的七八岁，都是男的。仪式一完，各归自己座位。家长退席。

三哥退出客厅后，老师在正中方桌边坐下，回头向小叔叔点了点头。小孩子连忙站起身，捧着书本走到老师面前，将书放在桌上。老师一看，是《诗经》，愣了一下，问："念到哪里了？"

"《周南》《召南》都念了，该念《国风》了。"

老师翻到该念的地方，一句一句念，小孩子一句一句跟着念。念完了，老师说："回位去念，念熟了，拿来背。"他一句也没有讲解。

学生一个一个照样办。念的几乎都不一样，也不知事先怎么定下的。念《三字经》《百家姓》《千家诗》《论语》《孟子》的都有。只有小孩子年纪最小，念的书最深。

不多一会，几句诗念熟了，拿去一背，老师又愣了一下，问："每回念多少？"

"不一定。"

"再念一章吧。"又教了一章。

不多一会，又背了。

老师问："写影仿吗？"

"写字帖。"

"什么帖？"

"《九成宫》。"

"写字吧。写完了，拿来批。自己再温习温习念过的。"

整个书房里所有学生都是大声念各自不同的书，谁也听不清大家念的是什么；而且各有各的唱法，拖长了音，有高有低，凑成一曲没有规则的交响乐。亏得这位年轻老师坐得住。他还摊开一本书看，仿佛屋子里安静得很，或则他是聋子。这倒也许是一种很奇特的训练，使得小孩子长大了，在无论怎样闹嚷嚷的屋子里，他都仍然能看书写字。他这时还不会大声拖着长音唱，三哥没有教过，只是小声一句一句念，所以念得快。

中午一到，老师把桌上的戒尺一拍，惊醒大小学生，然后说了声："放学了。回去吧。下午再来。"这天以后就只拍戒尺，不必说话了。

中午老师不回家，招待他吃一顿饭，二哥、三哥、大侄都来陪，恰好四个人。小孩子成了学生，不便挤在一起，仍回屋跟大妈和妈妈一起吃。

前一个老师是哥哥，去教新学校；后一个老师是侄子，来开旧私塾。小孩子念的书照旧是圣贤经典。发蒙老师大嫂却在晚间教他弹词。私塾也有星期日，那是大嫂教下棋和吹箫的日子。

小学校长

近来忽然想起我上小学时的校长。

本县第一小学请我的哥哥去当教员，教英文、算术、音乐、体育，于是他不在家中教我念古书，带了我去上小学。

学校门口除了校名牌子以外有个横匾，上写三个大字，从右到左，"八蜡庙"。据说是一位书法家写的，所以神像没了，匾额仍在。进门又是一道匾，上写两个大字，右"勤"左"俭"。这是校训，大概是校长写的。入学先进校长室。我一抬头，看见一对好威风的大眼睛闪闪发光，连忙低下头。听到哥哥略略介绍我几句，随即是校长说话："论国文程度可以上四年级，算术只能上一年级。好吧，上二年级。晚上补习一年级算术，一两星期跟上班。"当晚哥哥便用石板石笔教我阿拉伯数字和加减乘除及等号。

开学第一天校长对全体教员学生讲话，讲"校训"。他说："勤就是不懒惰。应该做的事情马上就做。俭就是不浪费，不毁坏有用的东西。要从小养成习惯，长大再学就来不及了。中国大人有贪图省事和糟蹋东西的坏习惯，所以受外国人欺负，被外国人看不起。一定要从小学生改起，革除坏习惯。教员也要这样。我是校长，是第一名，我如有不勤不俭的事，新上学的一年级小学生也可以对我当面讲出来。只要讲得对，我一定改。"我清楚看见他的威严的眼睛向全体人员一扫。

不久，县教育局将第一小学命名为模范小学，就是我们这所学校。校长又召集全体人员讲话，连全校仅有的一名职员一名工人也到会。这可不是庆祝会。什么仪式也没有。县教育局来人宣布后，校长一个人讲话，说："不是我们要给人家当模范，是人家要我们做模范。我们全校的人，从我校长起，挑上了一副重担子。从此讲一句话，做一件事，都要想到模范二字，要当做馍馍稀饭一样天天离不开。讲错话，做错事，知道了就要改。不改就配不上模范二字。"

那时"修身"课改为"公民"课，各年级都有，都是校长教，一星期上一次。没有课本，各年级讲的也不一样。他有一段话我至今还记得。

"我们都学唱国耻纪念歌。什么是国耻？就是日本逼我们承认"二十一条"，要我们亡国。为什么日本敢逼迫我们，侮辱我们？因为日本比中国强。日本地比中国小，人比中国少，为什么能比中国强？因为日本的小学生比中国的小学生强。我在日本看见到处都是小学。小孩子个个上学，不上学就罚家长。小学生的一切费用都是政府管。谁伤损了小学老师和学生就是犯法，要抓进监狱关起来。那时中国还没有小学。日本办小学不到二十年，小学生长大了，成了好公民。政府用他们打中国。中国就打不过了。这时才办小学，已经迟了。还不快办，多办，好好办，让所有的小孩子都识字，照这样拖下去，十年二十年以后还是没有好公民，还得挨日本打，还会亡国。我从日本回来，什么事都不干，就把这所八蜡庙改办成小学，自己当校长。我要办一辈子小学。你们从一年级就要不忘国耻，立志当好学生，将来当好公民，要中国人在世界上不受人欺负耻笑，不被人心里瞧不起。中国要比上日本就一定要把小学办得比上日本小学。一国有没有希望就是看小学生好不好，要看小学生会变成好公民还是坏公民。不论什么国，小学生是一国的将来。小孩子是一家的性命；小学生是一国的性命，命根子。我们大人不能让你们长大了当亡国奴。"

不用说，这是七十年前的话了。说话的人早已化为尘土了。

国文教员

我上小学时白话文刚代替文言文，国语教科书很浅，没有什么难懂的。五六年级的教师每星期另发油印的课文，实际上代替了教科书。他的教法很简单，不逐字逐句讲解，认为学生能自己懂的都不讲，只提问，试试懂不懂。先听学生朗读课文，他纠正或提问。轮流读，他插在中间讲解难点。课文读完了，第二天就要背诵。一个个站起来背，他站在旁边听。背不下去就站着。另一人从头再背。教科书可以不背，油印课文非背不可。文长，还没轮流完就下课了。文短，背得好，背完了，一堂课还有时间，他就发挥几句，或短或长，仿佛随意谈话。一听摇铃，不论讲完话没有，立即下课。

他选的文章极其杂乱，古今文白全有。有些过了六十多年我还记得。不是自夸记忆力好，是因为这些文后来都进入了中学大学的读本。那时教小学的教员能独自看上这些诗文，选出来并能加上自己的见解讲课，不是容易的事。现在零星写几段作为闲谈。

记得五年级上的第一篇油印课文是蔡元培的《洪水与猛兽》。文很短，又是白话，大家背完了还有点时间。老师就问：第一句是"两千多年前有个人名叫孟轲。为什么不叫'孟子'？你们听到过把孔夫子叫做孔丘吗？"。那时孔孟是大圣大贤，是谁也不敢叫出名字的。我在家念的《论语》里的"丘"字都少一笔而且只能念成"某"字。对孟子轻一点，轲字不避讳了，但也不能直呼其名。老师的问题谁也答不出。于是他讲，这第一句用一个"轲"字就是有意的，表示圣贤也是平常人，大家平等。这就引出了文中的议论。

还有一篇也是白话，是《老残游记》的大明湖一段。这篇较长，背书时堂上有许多人站着。他们会高声唱古书，不会背长篇白话。好在选的还是文言多白话少。有一篇是龚自珍的《病梅馆记》。从他讲课中我第一次听到桐城派、阳湖派、"不立宗派"的名目。课背完了，老师说了一句："希望你们长大了不要做病梅。"刚说完，铃声响了，他立即宣布下课。

他也教诗词。教了一首七言古体诗，很长，题为《看山读画楼坐雨得诗》，写雨中山景变化。诗中提到不少山水画名家。荆浩、关仝、董源、巨然等名字，我就是从这篇诗知道的。当然那时我们谁也无福见到古画。教词，他选了两首李后主的、两首苏东坡的。背完了，他又提出问题，说，"罗衾不耐五更寒""高处不胜寒"，两个"寒"有什么不同？一个怨被薄，是皇帝；一个说太高，是做官的。为什么一样寒冷有两种说法？他还没发挥完，下课了。

有意思的是他选了《史记》的"鸿门宴"。文较长，教得也较久，还有许多人背不出，站着。老师说，重念重背。第二天背完有时间了，他又高谈阔论了。他说，起头先摆出双方兵力。刘邦兵少得多，所以项羽请他吃饭，他不能不去。不能多带人，只带一文一武：张良、樊哙，这就够了。司马迁讲完这段历史，最后一句是"立诛杀曹无伤"。这个"立"字是什么意思？有人回答是"立刻"。又问：为什么着重"立刻"？自己回答：因为这是和项羽通消息的内奸，非除不可，还要杀得快。项伯对刘邦通消息，又在席上保护刘邦，也是内奸，为什么项羽不杀他？反而把自己人曹无伤告诉刘邦，难道想不到刘邦会杀他？从这一个"立"字可以看出司马迁要指出刘邦有决断。项羽有范增给他看玉玦也决断不下来。刘邦是聪明人，所以兵少而成功。项羽是糊涂虫，没主意，办事犹犹疑疑，所以兵多将广也失败。他把自己手下的韩信、陈平都赶到刘邦一边去了。太史公司马迁不仅叙述历史还评论历史，先讲什么，后讲什么，字字句句都再三斟酌选用，所以是头一位大文人，大手笔。看书作文，必须这样用心思。不背不行，光背也不行。

这位老师引我进了文字，也被文字纠缠了一辈子。我究竟应不应该感谢他？自己也不知道。

图画教员

　　我在小学里有四门课学期考试总是只得六十分。音乐、体育是我的哥哥教。不论我自己认为多么进步了，他也只给及格分。图画、手工是怪自己没天分，手指不听话。心里想得很好，一动手就不对了。幸亏那位老师有法子让我及格。

　　图画、手工两门课是一个老师教。初级小学（一至四年级）一个年级一个班，每周每门两节课，他全包下了。四年级后来加了一门自然课也是他教。下午课完了，在规定放学时间以前不许学生离校，也是他带着做游戏，出主意安排捉迷藏等等。

　　这位老师已到中年，除了校长和校工就数他年长。小个子，有点驼背，一年到头穿一件灰布大褂，夏天单穿是长衫，冬天蒙在棉袍外是罩袍。听说他上有老下有小，只靠那一点微薄薪水钱养活。

　　他教图画课，有一回拿一把茶壶来让大家看，然后在黑板上画个大圆圈，说这就是茶壶。大家都笑。他在圈上面加画盖，下面改平作底，一边加上嘴，另一边加上把，果然像那把茶壶。他说要学画，先学看，画什么东西先看出"轮廓"。接着解说怎么把边画成线，把立体改成平面。当然是什么新词也不用，只讲一个词"轮廓"，他把实物贴着黑板比，说看到的只是一面，是平的。树叶子、花、纸盒子等等都拿到堂上来比着画。又教画基本形，方、圆、三角、多角，不要求准，只要求会用笔（铅笔），要直就直，要曲就曲。还教画猫，只是大圈小圈加耳朵眼睛胡子尾巴。他也教画山水，一个亭子、一道远山，平地不到二十笔直线曲线就完成了。我就是靠这些壶、猫、亭子混过考试的，因为考试就是自由作一幅铅笔画。

他教手工多半是刻硬纸片做图形。他把这些和图画连起来，说刀刻或剪开就是用笔画线，纸片粘起来就成立体。有一次他带了一团泥来，分给几个年纪大的学生，小的不给，怕弄脏了衣服（那时上学不限年龄）。他随手捏出个什么东西，说这就有边线，有表面，还是实的了。大的学，小的看，很好玩。下课就带去洗手。他还教用厚纸和废木料做小玩艺。

他教课很少讲道理，讲道理也像变魔术，手下不停，一下子线变成了面，又能变立体。既教图形，又都分别涂抹颜色，讲分辨光和影，要大家试。他说什么东西都有形，有体，有颜色，都能归成几种基本的。会了这些再加变化，全靠手和眼。他不教画人，说人是活的会变，最难画，以后才能学。多年以后我才明白，他不但教几何图形，还教柏拉图哲学加上中国人的思想。可惜我学会用术语讲他的道理以后就把他的连孩子也能懂的话全忘了。

他教自然课不拘守课本。有一回他把我们带出校门到附近菜园去讲十字花科植物。大概有人向校长告了状，不许出外上课了。他又出主意，加一门园艺课，在学校大院子里开辟几个小畦。学生分成一些小组各自负责，于是天时气象地理土壤植物动物和人类的一些知识都在劳动中上了课，又做，又问，又讲。校长准他开这门课附在自然课上。但没有教一年就停了。舆论认为上学只为念书，学别的不必上学。

那时恐怕陶行知还在美国，也还没人讲教学做合一吧？这位老师说他的不是洋货，是土货，还引《论语》作证，说孔子门徒也有要求学农的，庄稼人嘲笑孔夫子的话也记在书里。读书人会动手是中国几千年传下来的好事。诸葛亮会做木牛流马。孔子会弹琴唱歌。作诗的人会种花。

我小时不会用手，到老也只说了一辈子空话，舞文弄墨，一事无成，记下这位老师略表忏悔之情。

大小研究系

　　我上小学时，一个同学的哥哥是在别人家里教家馆的。有一回我在那同学家中遇见了。他对我说："听说你喜欢看书，来看看我这里的书有哪些是你看过的。"拉我进了他的书房。

　　这间房里靠窗户摆一张长桌子，上面有一排书，都是商务和中华出版的新书。我家里的书虽多，但极少民国以来的书。新书是梁启超编的《新民丛报》合订本和《天演论》《茶花女遗事》。还有邵力子和徐血儿编的大本《民国汇报》，是民国初年的报刊文摘。我看到的更新的书便是小学图书馆和国文教员的《华盛顿》《林肯》以及《小说月报》《小说世界》《东方杂志》等等了。这里桌上的书差不多都是我没见过的。有的连书名也不懂。例如马君武译的《赫克尔一元哲学》又名《宇宙之谜》。马君武这名字我在《新民丛报》里见过。拿过一看，书中有不少墨笔的浓圈密点，好像书主人批作文考卷或是古文古诗。

　　书主人说："这部书很好，你看不看？我的书你都可以借回家看，只要小心别弄脏了。"

　　于是我凭空得到了一个新图书馆。不懂什么叫"一元哲学"，还是从小说看起。先看从《东方杂志》《小说月报》摘编的小本《文库》。还有鲁迅和周作人合译的《现代日本小说集》。可惜他的小说很少。这些还是他从另一位小学教员朋友处借来的。他和那位朋友每年寒暑假都汇钱到上海去函购一批书。彼此先商量书单以免重复。有一次他邀我加入买一两本。我不敢向家里要钱买"闲书"，无法参加。

有一天傍晚，我又去还书借书。只见他一手抱着个小娃娃，一手拿着一本线装石印书，站在房门口对着黄昏余光看。见我来了，他放下书。我捡起来一看，原来是赵翼的《廿二史札记》。我想他是为了省煤油，不点灯，在院中看书。还有，我从来没见他的夫人从挂着门帘的里屋出来过。也许是那位已经生了娃娃的人还自认为新娘子，怕见我这个大男孩子。我在外屋多谈一会，她就要在黑屋子里多关一会。想到这里，以后我不敢在他家多听他的长篇大论了。

他有不少心理学书。多次说，心理学是常识，每人都得懂一点。他让我先看陈大齐的《心理学大纲》，说是可以由此入门。他说这书是偏向构造派的，以后再看机能派的，然后看那本《行为主义心理学》，《社会心理学》放到最后。还有杜威的《思维术》，暂时不必看。陈大齐的书是北京大学首先开这门课的讲义。我看了看，虽不全懂，却发现大学生念的书小学生也能看。

又一回，我忽然见到桌上有一大本《妇女杂志》。心想，怎么男人看女人的书？翻开一看，原来有一辑中选征文，其中有他的一篇文，署名是他的号。我认识的人中这是第一个把写的字变成印的字的人。他的文章第一句中有个新词"对象"，我不懂，又不好问，怕是和女人有关的词。但看书中文章好像也不是只给女人看的。他问："你想看看我这篇文吗？"我怕拿回家去被哥看见。他是家中除我以外唯一识字的人，虽说很容易瞒过去，但还是觉得不好，便没有借。

小学毕业后有一次一些同学聚在一起。一个大同学忽然高声说："我向大家报告一件新闻。袁世凯在北洋政府有个研究系。现在我们县里也出了研究系。还不止一个，有两个：大研究系，小研究系。大的不必说，小的就在这里。"说完把手向我一指。一阵哄堂大笑。我很不好意思。这时才知道那位借书给我看的大朋友是全县有名的书呆子。现在把我也算上了。在许多人看来，上学识字只要能算账写信，读书就是研究，那是傻瓜才干的事。

二、少年时（1925～1936）

塾 师

从前中国的读书人叫作书生。以书为生，也就是靠文字吃饭。这一行可以升官发财，但绝大多数是穷愁潦倒或者依靠官僚及财主吃饭的。无数的诗文书籍出自他们的手下。书也由他们而生。

这一行怎么代代传授的？这也像其他手工业艺人一样，是口口相传成为习惯的。例如"学幕"，学当幕僚，没有课本口诀，但形成了传统，如"绍兴师爷"。从孔子的《论语》以及孟、荀、老、庄、墨、韩非的著作和《战国策》《文苑》《儒林》以至于《儒林外史》都有记录和传授，但看不出系统。这是非得在那种环境里亲身经历不能知道，知道了又是说不清楚的。大约一百年前洋学堂兴起，这个老传统就慢慢断了，只在一些回忆录中出现了。那些书也多半是说怎么念经书，学作八股文，到后来教书或进报馆书店，靠一支笔吃饭等等。这一行是怎么传授的？照旧是说不明白更说不全。这和外国的宗教传授以及学校教育很不一样。从学校出来的是什么学家，新的书生，不是旧的书生。

旧书生传统真的全断了吗？照我所知道的说，旧传统就是训练入这一行的小孩子怎么靠汉字、诗文、书本吃饭，同商店学徒要靠打算盘记账吃饭一样。"书香门第"的娃娃无法不承继父业。就是想改行，别的行也不肯收。同样，别的行要入这一行也不容易。汉朝朱买臣打柴读书做官，他并不是樵夫世家。清末读书人改行"下海"以唱戏为业，也很难。需要先有钱能请师傅教"玩票"，然后才能入"行"，还是和"科班出身"有区别。古今中外的"行"都是很难跨越的。

空话一通，说几句实话。

我的上辈至少有四代是靠啃字纸吃饭的，所以我从小就在家里认字，先背诵《三字经》，以后上小学仍要背书。小学毕业后有两年曾经从一位私塾老师受传统训练。那位老师订了一份上海《新闻报》，偶尔对我们分析报上的文章。虽然文章已用白话，他讲起来还像是有"起承转合"等等笔法，好像林琴南（纾）看出英国狄更斯的小说有《史记》笔法那样。表面上这脱离了传统，实际上正是传统的延伸。他虽在偏僻小县，只能看到几天以前的日报，也已感觉到报馆是靠文字吃饭的一条新出路了。书生化为报人是顺理成章的。报人不必是书生，他那时未必明白。

这位老师是进过学的，即考中秀才或秀才预备班的。他先问我读过什么经书。我报过以后，他决定教我《书经》。每天上一段或一篇，只教读，不讲解，书中有注自己看。放学以前，要捧书到老师座位前，放下书本，背对老师，背出来。背不出，轻则受批评，重则打手心，还得继续念、背。我早已受过背书训练，不论文言白话，也不吟唱，都当做讲话一样复述。什么"曰若稽古帝尧"，无非是咒语之类，不管意思，更好背。《书经》背完了，没挨过打骂。于是他教《礼记》。这里有些篇比《书经》更"佶屈聱牙"。我居然也当做咒语背下来了。剩下《春秋左传》，他估计难不倒我，便叫我自己看一部《左绣》。这是专讲文章的。还有《易经》，他不教了，我自己翻阅。以上所说读经书打基础，尽人皆知，还不是本行的艺业训练。

行业训练从作文开始。这本是几个年纪大的学生的事。他忽然出了一个题目:《孙膑减灶破魏论》,要我也作。这在我毫不费事,因为我早就看过《东周列国志》。一篇文惊动了老师。念洋学堂的会写文言,出乎他的意料。于是奖励之余教我念《东莱博议》,要我自己看《古文笔法百篇》,学"欲抑先扬""欲扬先抑"等等,也让我看报,偶尔还评论几句。这是那几个高级学生还未得到的待遇。他们不感兴趣,因为他们不靠文字吃饭。这是入本行的第一步训练。不必干或不能干这一行的就要分路了。随后老师对我越发器重,教我作律诗,作对联,把他编选手写稿本《九家七言近体录》和《联语选》给我抄读,还讲过几首《七家诗》(试帖诗)。这好比教武术的传口诀了。

两年就这样度过。老师从来没有系统讲过什么,可是往往用一两句话点醒读书尤其是作诗作文的实用妙诀,还以报纸为例。当时我不明白,后来还看不起这种指点。几十年过去,现在想来,我这靠文字吃饭的一生,在艺业上,顺利时是合上了诀窍,坎坷时是违反了要诀。这就是从前社会中书生的行业秘密吧?可说不得。

井中警钟

1927 年，北伐军打到长江流域，家里把我送下乡到亲戚家暂住躲避兵灾。这家有一个新结婚的表兄，不大说话。那位新表嫂赶着我一口一声叫小表弟，问长问短，笑个不停。还有一个小表姐，比我大两三岁，听说是还没有婆家，一说好亲事就出嫁。她脸色冷冰冰的，明明在和别人说笑，我一出现，她立刻就变脸。

住了两三天，我到村子里走动。村子很小，没走几步便到尽头，忽然望见前面有几间草房，还有篱笆拦出一个院子，院内有些花木。我走了过去。快到门口才发现有个老头手持大扫帚正在扫地。门前的土地坚硬，已经毫无尘土，几乎可以当做镜子，他还是不停地扫。这时我才想起，听说有个算是我的姨父的人患精神病，他的老伴去世，留下一个女儿。女儿又去世，他就成了"痰迷"了，单独住着，谁也不敢惹他。我正要转身逃走，老人抬起了头。留着八字胡的脸上一点笑意也没有。问我："你是从城里来的吧？"

我低声回答："是。"

"那怎么今天才来看我？你知道我是什么人？"

我只好轻轻叫了一声"姨父"。实在不知道这是哪门子亲。可是他一听，居然稍现笑容。又说："来了，就进去，屋里有人。"继续低头扫地。

我正在不知所措，院中闪出一个人，看样子只比我大一两岁，是个男孩子。他对我招招手，引我进屋，谈起话来，我才知道，他是老人的外孙，放暑假从城里来的。他上的是教会办的中学，一说校名，我可能是脸色有点改变，他连忙说："我不是'鸡'，也不是'飞机'，不是上教会学校都信教。"

　　那时有些在外地上学的学生回来宣传反对基督教，叫做"非基"运动，还发动过一群学生上街打旗子喊口号游行。基督教会在县城办了一所男中，一所女中，一处医院。这一闹，教会中学的教员和学生都成为"化外人"了。大人小孩都把他们当做"吃洋教的"，不算中国人了。许多人说"非基"像说"飞机"，那时谁也没见过飞机。识字的人中明白"基"是什么的也不多。

　　我观察一下屋子，果然没有十字架，也不见英文书，便问："你们不是跟外国人念外国书吗？怎么没有英文书？"

　　他哈哈一笑，从桌上拿起一本书给我看，说："这是我刚看完的。你要看，可以拿去，看完还我。"我一瞧，原来是石印本的《荀子》。从此我们成为朋友。我几乎天天去闲谈，听他说了不少我所不知道的事。

　　他自己取名叫警钟，又叫井中，还作诗为证："警世钟来警世钟，警醒世上几愚蒙？他年化众等木铎，此日如蛙处井中。"我觉得这诗有点"打油"，而且口气太大。"木铎"是孔夫子。他竟自称等于圣人，不服气，我也作诗给他看，这样，我们又成为诗友。

　　有一天，我把书架上的五大本厚书搬下来看。原来是《新青年》一至五卷的合订本，他从学校图书馆借来的。他马上翻出"王敬轩"的那封抗议信和对他的反驳信给我看。我看了没几行就忍不住笑，于是一本又一本借回去从头到尾翻阅。小表嫂见了，说："小表弟看这么大的书！我一年也看不完一本。"小表姐也改变态度了。有一回居然对我悄悄说："你告诉我，有没有法子让我也能像你那样看书？那么厚的书里都讲些什么？能讲给我听听吗？"我愣住了。实在不知道怎么能把《新青年》里的话对一个不识字的乡下姑娘讲清楚。她怎么能懂得什么文言白话之争？

我已经读过各种各样的书不少，可是串不起来。这五卷书正好是一步一步从提出问题到讨论问题，展示出新文化运动的初期过程。看完了，陆续和警钟辩论完了，我变了，出城时和回城时成为两个人。

井中的警钟后来没再见到，也不知他还有什么业绩。至于我，若不是遇见了他，这一生会是另外一个样子吧？

风雪友情

　　这位来教小学的小学毕业生到校时只见到史校长和一个看门兼做饭的工人。史校长有三十来岁，态度严肃，总像有什么心事。相处半年，见面不多，少年总记不起什么时候曾经见他大笑过。那位校役约有四五十岁，是农村的人，很少讲话，做完分内的事就回他的小屋去吸旱烟，诸事不问。有闲空，他晚上回家去。他没有固定的星期日和假期，同打长工一样。摇铃、擦黑板、打扫教室和教员寝室等杂务都是老师和学生自己动手。工人只管扫大院子。校舍是一所破旧的大庙，主要建筑只是一座大殿，算是各班共同教室。殿两旁隔开的两小间屋，一边是校长卧室兼办公室，一边是教员卧室。中间是吃饭等共同活动的场所，用板壁和后面大教室隔开。大门口两边还有几间房屋是工人卧室、厨房、粮库。当时学校经费是靠收"学田"的租谷；至于县政府收的"地丁钱粮"中的"教育附加"税是摊不到乡村小学用的。

　　几天内又来了两位教员。一位姓石，是黄花岗七十二烈士中本县一位石烈士的本家侄子。一位姓王，曾在武汉进过什么干部学校，大革命失败，才回家来。姓石的好像也去过武汉或则广州，但他自己从来不讲。三位教员到齐后，史校长把大家召集在一起，宣布成立小组，他是组长。然后把各项工作一一安排，说是粮食和本月伙食费用都已交给那工人，开学日期一到，一应教学事务都由三位教员自己管。他另有重要工作，等不到开学就要走开。

校长已走，学生未到。王老师总爱弹风琴唱"老头陀，古庙中，自烧香，自打钟"的《道情》。石老师身体不好，总爱躺在床上，也并不睡觉。他们都比这个小老师大几岁年纪，又多了不少阅历，有时对他讲些故事，据说都是真的，但听的人总以为半真半假。有一天王老师忽然板着脸问他：

"你读过《共产主义ABC》没有？"

"没有。"

"没读过《共产主义ABC》怎么能是共产主义者？我来教你。"

"书在哪里？我去拿。"

"你拿不到。书在这里。"王老师用手掌拍一拍肚子。石老师斜靠在旁边的破藤椅上，笑了起来。

"这本书是危险物品，怎么能带来带去？我一章一章、一句一句背给你听。好好用心记住。第一章，商品。"

"怎么？你把全书都背下了？"

"那是当然。"

小老师也不感惊异，因为他早就背过古书和一些白话文。不过还没有背诵过犯禁的翻译外国人的书。第一章的题目"商品"，他就不懂。可惜王老师的背诵和讲解开始没有多久就开学，只匆匆说了全书大意，没有工夫也不可能再这样大声讲什么价值、价格、资本了。不过这种背诵违禁书和文件的习惯倒是同背古书一样起了作用。后来纪念广州暴动一周年的"中央通告"的美丽的慷慨激昂词句，什么"退兵时的一战"论断，还有"六大"文件的"十大纲领"之类，都是先背诵然后把油印本转出去或则烧掉的。

眼看就到冬天了。史校长把这个小老师叫进了自己的屋子，对他说：

"现在有件非常重要的紧急事，我不能亲自去，只能你去办，听我讲完马上出发。你的课我来教。注意听清楚了：先到团城子小学，那里有一位毕校长等着你。什么介绍信都不能带，你只要对他说是我叫你去的就行了。一切听从他的。他会带你去堰口集。他是那里的小学校长。在那里，这一两天内有一次重大会议，不过并不要你参加。一切由毕校长主持。我亲自去，立刻会引起注意。只有你能去。毕校长会把结果告诉你。你立刻回来向我报告。任何文字记录都不许有，只凭心里记。明白了吧？立刻出发。到团城子只找毕校长。对任何人，不论是谁，都不能说你的事，不能提到我，只除了对毕校长一个人。有什么不明白的没有？好！快走。现在刚吃过午饭，正是时候。早了他没到，迟了他就走了。他就在学校门口，不能久等。"

小老师悄悄走出校门。学生中午都回家了。老师和工人都在自己屋里。他快步溜出村子，向团城子进发。

刚到团城子小学门口，只见一个约摸三十岁的穿着长袍的人站在那里。没等他开口，那人便问："你是哪里来的？来找什么人？"他刚说出是来找毕校长的，就听那人放低声说："我姓毕。谁叫你来的？""史校长。""好，随我马上走。"

不由分说就上路。团城子小学也是学生回家，先生在屋，没有人见到门口这不到一分钟的会见。两人一路走，谁也不说话。不料这位毕校长身高体壮，一步至少有这大孩子的一步半，没走几步路就把他抛在后面。他连赶带追，毕校长头也不回。出了村子，两人之间已经隔了一截路。毕校长仍然大步流星往前走，好像后面没有人同路。因为已经到了田地里，没有树木和庄稼，又是深秋初冬时分，空荡荡的，不怕毕校长跑得无影无踪，所以他也不再着急追了，只远远盯住那个大个子。走了几里路以后，毕校长的步子放慢了，可仍不回头看。直到走出十里以外，大人才让小孩子赶到约摸一丈开外之处。

毕校长站住了，回头了，笑呵呵地说："累坏了吧？亏你赶上了。现在可以一起走了。"原来他是有意撇开同伴的。

"现在已经走出快十五里了。还得走十几里，走得动吧？天冷，出点汗不要紧，只是不要被风吹。"毕校长用手摸摸同伴的头，看看没有什么汗，很满意，说了句，"不赖。"

又走了一段路。毕校长忽然脱下了长袍，往肩上一扛。这时露出了他身上挎着的一件东西。他一伸手把那件东西举起来，问："认识吗？"

"盒子炮（长筒手枪）。"

"会打吗？"

"不会。"

"我打一只鸟给你看。以后我可以教你打靶子。"

"还是不要放吧。"

"怕什么？这里是我的地界了。"

"不是怕，是不想你浪费一颗子弹。"

"那好，不打了。"

"要打，也得穗子撩高些（往天上打枪）。"小孩子不由得卖弄一句新学来的江湖黑话。

"哈！你还会两句。告诉你，会不全，就不要卖弄。三句话答不上来，就会闯大祸。你懂不懂？干这一行，不是靠嘴皮，是靠本领，靠名声。黑话人人会学，单会这个只能唬外人。无论什么帮会都有自己的特殊东西不教外人的，不是光靠讲话。比如说，在这一带，提出我姓毕的，不会讲一句黑话也过得去。不知道我姓毕的，再能说会道也不行。越讲得好越引人疑心。若是讲不全，一出漏洞，就坏大事。记住了？干大事不是耍嘴皮子。尽管我有这个（他一拍手枪），在团城子也不能露相。靠嘴上几句话是不管用的。那是编故事或则闲谈的人用的。"

毕校长这番教训给了他很深印象。史校长很少对他这样教训过。两人都是实干派，但表现性格大不相同。

到了毕校长的小学，天已经阴了下来，不过黄昏，已像黑夜。呼呼的北风也吹起来了。

小学中有个姓李的教员是他的小学同学，也是同年，毕校长就安排他俩住一起。只有一张床，只好"倒腿"（每人头朝另一边，同铺）。怕夜里下雪太冷，被不够暖，李对他说："不要紧，挤在一个被窝里也行。"

吃完晚饭，毕校长嘱咐他们不要出屋，不论听到什么响动都不要管。早早睡下，一切明天早上再说。这一夜是重要关头。什么关头，当然他不说，也不必问。

这一夜大风大雪。两个小同学睡在床上谈天，讲毕业后几年的情况，可是一句没有涉及当晚的大事。两人都不知道是什么事。一觉睡醒，雪停风止，太阳从云中时隐时现，房檐上滴起水来了。究竟是没到严冬，雪下得早，也化得快。

起来后吃早饭时，毕校长一言不发，面色阴沉，和前一天大不相同。

早饭后，天晴了，毕校长告诉他立刻回去。化雪，路上泥泞，给他一双旧棉鞋。鞋大些，用绳子绑一绑，叫他慢慢走，小心别滑倒。雪深，又给他一根棍，探着路走，莫掉进路旁沟里。都嘱咐完了，没说一句正事。李去上课了。毕校长一人送他到校门外，又讲了讲回的路怎么走。然后，他昂起头来，看看天色，嘴里咕叽几句，先高后低，忽高忽低：

"霜后暖，雪后寒，现在还不算冷，快点趁有太阳走，说不定下午还会阴，尽快在中午赶到才好。见到史校长说我问他好。（低声）谈崩了。（声音高起来一些）你认识路了，有空来玩。（又低声）谈不拢，完了。（又高声）快走吧。（低声）快撤。"说完，转身进校门。

本来不知道这位校长为什么要这样演戏，这时才明白了。不但门前有人走过来，而且斜对面的一座大门里也走出来人。这时校内校外到处都有人。毕校长的名声大，明的事不怕，暗的事不能不处处提防。带武器不要紧，这里不稀罕。土圩子里有的是长枪、短枪，甚至迫击炮。但是昨晚上的事却不一样。

他赶回学校，两脚和两腿都成了泥糊的，身上也沾了不少泥。尽管有根棍，仍然滑跌了几次，幸好没有掉下沟。

史校长等得不耐烦了，一听声音，跑出屋门，一把拉他进屋。这时正在上课，没有人看见。

"毕校长说：'谈崩了。谈不拢，完了。快撤。'就这几句话。"

史校长眉头一皱，吁了一口气，伸头向门外一望，转身把他推出去，说："快回屋，把泥鞋、泥衣裳都换掉。你到什么地方去，做了什么，对任何人也不许说。"

他换好罩衣、罩裤、鞋袜，再出来时，史校长门上一把锁。他不知哪里去了，饭也没吃。

两位老师下课进屋，一句也没有问他昨天到哪里去了，只说天气冷了，问他衣裳够不够，要不要回家去取。

这年冬天雪好像较往年多。这场雪后，晴了几天，又像要下雪。史校长回校后，傍晚又把他找到屋里去。告诉他，有一个很重要的会，派他去参加。他自己本来应当亲自去，但是另有更大的事，脱不开身。会是第二天夜里开，必须及时赶到。第二天一早动身，要走七八十里路。至于是什么会、什么事，到了以后就会知道。这边情况他已都知道，不必准备；如果需要报告，就照他知道的说。不用介绍信，那边知道他。"到后找一个姓薛的教员，说姓史的不能来了。大会和小会都由你代表参加。地点是瓦埠镇小学，在东南乡。"讲完这最后几句重要的话，似乎完了，他刚要出门，史校长忽然一把拉他过去，在耳边低声说了几句：

"关于你去见毕校长的事一句也不能提，大会、小会上都不能讲。有人问到毕校长，你只说不知道。不论什么人，什么地位、身份，问你，你都不能讲。现在我告诉你，这是同上级负责人单线联系的暴动计划，毕没有谈妥武装力量，计划撤销了。这事只有你、我、毕和上级一个负责人知道，还没有讨论和下达，就失败了。所以千万不可提。明白了吧？记住，早点睡。"

不料第二天就阴下来了。看样子，不是雨，就是雪，过不了一天。好在风还没有起，太阳还在云端出没无常。学生还未到校，他早已提前吃过早饭出发了。这次带了一把雨伞。

路实在太远，又不认识路，还得一路问过去。天越来越阴得沉重。到瓦埠河边，望见隔河的镇上已经亮起了灯光。不幸只有一条渡船，正在向对岸划过去，已快到中游了。他站在水边大声呼叫，那船上人理也不理。他只好等着渡船回来。不料船到那岸以后，不知是由于渡客缺少还是晚上停止摆渡，竟一直不回来。眼见对面灯光越来越多，天越来越黑，这边没有人家，过不去河，怎么办？当晚的重要会议也无法参加了。他一着急，糊里糊涂便走下了水。两只脚和小腿全湿了，他还想涉水过河。幸而河岸不是陡坡，有些沙石，他没有滑跌下去。河水很凉，他又不会游泳。正在此刻忽然他被两只手抓住一提，上了旁边一只小船，也不知什么时候过来的。拉他上船的人对他喊："你不要命了！这河深得很。"

他算捡了一条命。

小船送他过河，连摆渡钱也没有要，只是在船上问他是干什么的。他回答说是到镇上小学找人有急事。船上人便不问了。

到了小学，找到姓薛的，原来也只是二十来岁的青年。薛把他引到一间屋里，有几张床铺，说："你休息休息，我还有事，等一会再来。"他等着再也不见人回来，正不知如何是好。门一推开，进来一个人，原来是个姓张的，是城里的小学教员，曾经认识过，还在一起开过会。

"你怎么来了？怎么湿成这样？快脱去鞋袜，卷起湿裤腿。吃过饭没有？"

这位张老师有三十多岁，上门牙暴露在外，很热心，把他当成小弟弟，找炭盆来烘湿裤脚，从床底下找出一双旧棉鞋给他换，又去不知怎么弄来一碗热面条给他吃。后来才知道张老师上半年在这里教过书，所以还认识人。张对那个姓薛的很不满意。

薛再来时，一切已经就绪，他便随薛去开会。

先开大会，没有多少传达和报告，主要是讨论，各种意见争论很激烈。门窗紧闭，许多人吸烟，满屋烟雾。他插不上嘴，也没有人要他讲话。不全是本地人，湖南口音、湖北口音都有。过了半夜才结束讨论。决定领导人选又费了好半天。最后宣布：第二天一早，不是本校的人必须在学生来校以前走开。

大会完了开小会。薛找他和另一个人到另一间屋去。这个第三者恰巧是他的小学同学。三人开会，实际是薛一人做主。他不听别人什么意见。这同大会情况正好相反。时间不多，小会完时已快天亮了。他回屋见床铺上都有了人，只好挤上一个大些的床，拉过被倒头便睡。睡了也许还不过一小时，身上一冷，醒过来，一看满屋子人都走完了，便连忙起身穿衣。

又是那个张老师，他还没走，端着一盆洗脸水进来。

"快洗一把脸，跟我走，到街上吃早饭。这里不能再停留，学生要来上学了。"

出门一看，天上阴云密布，大风雪就要降临。

"你到哪里去？"张老师问。

"回去。"

"你不要命了！你这样走，会被风雪埋在路上。快跟我去吃两根油条，再到一处去躲避风雪。"

张老师带他去的地方是一座大门楼。把门上的铜环敲了半天，还没有人应声。

终于大门开了一道缝，露出一张女孩子的脸。

"原来是张老师。请进，请进。"

这是一个和他差不多年纪的姑娘。对他略略打量一眼，便请他们进到里面一间很大的厅堂里，在太师椅上坐下。

原来这是张老师半年前在这里教书时的同事，姓方，现在不教书了，说是准备明年到外地上学。张老师对她略说情况，她毫不迟疑就留下两位客人。

她绕过正面的屏风，从后面的门出去。过一会，拿了茶壶、茶碗出来，说，她母亲不久就出来见客。

老太太出来了，也不过五十来岁。

张老师兴高采烈，对老太太说东说西。两位男女少年在一旁坐着听，很少插话，偶尔互相对看一眼。

外面风雪越来越大。老太太谈了不久就进去。方家这位姑娘陪进去后又出来说了几句话。她指引他们说，厅一边的小门里是一间小屋，有两张床铺。两位客人可以留在这里歇宿，等风雪停了再走。随后她又进后面去了。

"你看这姑娘怎么样？"张老师问。

"什么怎么样？我看她很文静，不像乡下姑娘，倒像一位小姐。"

"她家只母女二人，说是还有个小弟弟，跟他叔叔在外地上学。父亲已去世了。姑娘也要出去上学，母亲舍不得她离开。"

午饭是方姑娘自己端来的。还有一小壶酒。可是她没有陪，说是自己要到后面陪母亲一起吃。

张老师自己一杯杯饮酒，一反原先高兴，有点闷闷不乐。酒饭已毕，姑娘出来收拾东西以后，又来陪着谈了一会才进去。

"她也是我们一起的。我说来这里有事，她就知道是开会，所以不问了。"张老师作补充说明。

这又是同年龄的一对少年男女，却也没有成为朋友。男的感兴趣的只是这个方和那个吴差不多，高矮一样，年龄相仿，也都很白，只面型不同。有趣的是两人脸上都有几颗麻点。吴的在鼻子左边，方的在鼻子右边。不过他的这些看法没有对张老师讲。张老师也认识吴的教员哥哥。

晚饭后，在煤油灯下，张老师发了一通教训，劝告这个小友一定要去上学，过了寒假就得去。

"若是革命很快成功，自然谈不到上学；可是现在情况还得拖下去。你自己同学生一样大，教什么书？你哥哥为什么不送你上中学？大学上不起，中学也上不起么？我同他够不上谈这话的交情。我回城去一定要转弯放个风声过去，让他知道自己这样做法不对。"

张老师这天晚上也许是吃了两顿酒之故，很有点火气。他又对那个姓薛的表示不满，说："他哥哥真不愧是个革命家，是这里第一任县委书记，是从广州回来的，听说学过农民运动。现在走了。这个弟弟可真不敢恭维。聪明，有能力，却不像他哥哥那样朴实、厚道。将来看吧。"

第二天天气略好，风雪未全停，还是走不成。母女二主人又出来说了句留客的话，谈了一通上学的事。方已经是在县城里的初中程度的女子职业学校毕业了，再上学只有去凤阳上第三女子中学。这个学历又同吴的是一样。这是因为本县只有这一所女学。当然基督教会还办了男女中学各一所，那不算。

张老师极力鼓吹上学，并且把这两个男女青年扯在一起。可是方氏母女并没有顺这条路线作更多的谈话。

第三天天晴了。客人道谢告别。两人走了同一方向的一大半路才分手。张老师在路上略微吐露上半年方老太太曾托过他给女儿找伴侣，因此他才有把握去做不速之客。

男青年这时略有点明白过来。只怪自己命运不济，又笨拙，陪了一次吴，又见了一次方，自己陷在圈套中，到事后经人指点才知道自己是傀儡。

他回学校后不久就收到一封从城里寄来的信。这信是他的一位小学同学兼邻居写的，很简单，要求他把另一封信亲自交给本人，而且可以先看信再交去。另一信是写给吴的，埋怨吴忘记了多年情谊，竟同别人订婚，情愿远嫁乡间。

他看了信如同读了小说，又激起了侠义心肠，想去向吴问罪。可是冷静下来一想，真相不明，而且吴有什么罪？终于星期日他去了团城子。

他闯进学校中吴住的小院，听见鼓响，原来是吴正在打小学生用的那种"小洋鼓"。她看见来客，略感惊异。两人谈了几句闲话，都平静下来。

女的想："他忽然来找我做什么？有什么事发生了？"

男的想："女的有什么不对？也许是写信的同学不对？也许是女的真对不起他？那封信到底该交不该交？交了会怎样？不交又会怎样？"

一面两人想着心思，一面男的问女的是否寒假还要和他一同回去。话说出口，心里大大懊悔，可惜收不回来了。

"我寒假先留在这里，暂时不回去。到旧历年前几天再回去。有人送我。"女的心想："原来是为了这个。"

男的心想："果然不错。真是喜新厌旧变了心吧？"于是脱口而出："有人寄给我一封信，要我亲自送给你。"说着便把那封信掏出来，毫不客气塞进女的手里。信封里还装着写给他的那页信。

女的一见信封上的字，脸色大变，却没有马上看信。随即平静下来，说："这不是写给你的吗？等我晚上再看吧。"她已经预料到内容了。还不是那一套？看不看一样。

男的一见女的变色，衷心大慰；接着一听女的说话，又见表情若无其事，觉得自己又错了，又失败了，又当了一次傻瓜。

"没事了。我走了。"男的转身就走。

"不送，不送。"女的真没有送出来。心里想："多管闲事。与你什么相干？"

刚考完，学生放寒假，又下了大雪。风雪连天，走不了。这还是表面原因，实际是因为新来的县委书记住在这个学校里。于是人来人往，连教员带客人在风雪中坐吃那点"学田"的租谷。这时这个青年又上了几堂生动的课，使他大长见闻。

旧历年关快到时，天才放晴，情况开始有变化。史校长把他叫了去，交给他三块银元，说，学校实在没钱了，就拿这点走吧。

他回家交出三块钱，并没有挨哥哥训斥。他说是把薪水都到正阳关镇上花掉了。这谎话不论像不像事实都对他大不利。哥哥把三块钱还了他。他去交给妈妈。妈妈笑说："你挣钱了。三个铜板也是好的。"收下了。

过了年，哥哥不让他去教书了，让他自己想法子找同伴去上学。

其实他这半年学的东西是什么学校里也学不到的。

他时刻耽心那位老同学兼邻居或则吴会来找他，却一直没有再见到他们。巷子里平静无事，并未发生小说中写的三角恋爱故事那种情景。过了半年后，他听说吴确实是嫁给乡下她的一位同事了。

使他从少年成为青年的学习从此开始了。这只是第一步。

游学生涯

1929年春天，凤阳的两所省立中学开学了。一个是女子第三中学，一个是男子第五中学。这个五中原是第五师范，新改为高中，招了一个高中班；但是学校还是师范的旧章程，绝大部分是师范生，不收学费，连宿费、膳费都免了。所以"师范"遭人戏谑，讪称为"吃饭"。念师范毕业去当小学教员的大都是些穷学生，但也不尽然。因为周围几县只有这一所省立的男子高级中等学校，所以不想当教员又无力去远处的学生也来这里上高中程度的师范。

各县学生陆续到校。

那位当了半年小学教员的青年A得到哥哥给的二十元，也随着同乡学生来到凤阳。春季并不招考。先来入学，秋季再考得学籍的不止他一个，好在是食宿上课全不花钱。

他的小同乡在这里为数不多，势力却不小。不用问籍贯，听口音就知道。他们把他安插在宿舍二层楼的楼上一间屋子里，住的全是小同乡，清一色，绝对无人查问学籍。室内八张双层床，中间靠窗户摆两张小条桌拼起来，上面放一把水壶、几个杯子。一把椅子也没有，只能坐在床上。空地里连本室的十六个人全站着也容不下，所以室内活动都在床上。书籍放在床头，箱子放在床下和门后的一个角落里。青年A被安排在靠窗户的上铺，下铺是个姓张的，年纪稍大，是学生会的委员或干事。门口这边下铺上是一个姓李的，也是来先上学后考学籍的。全室十六个人中有十四个是有学籍的学生。

他到校后随大家去食堂吃饭，也很简单。大屋子里摆好了一个个方桌。凳子不全。碗筷自备。馒头、米饭自己取。凑够一桌，就有人去端菜和汤，无非是青菜、豆腐之类。炊事人员只管做好菜和饭，放在一处，由学生自己动手取。没有管理人员。饭菜吃完不补充，剩下的由炊事人员处理。有些学生有钱，常在外边吃。

食宿都是学生自己管自己，既不争吵，也不排队。因为盛饭菜的桶和大盆很多，而且学生中自然有个排列组合，比如亲密的小同乡或同班就在一起互相照应。宿舍中每室有个所谓室长，也是有名无实，大家遵守的是习惯法。

例如第一天晚上，大家都回屋上了自己的床。一盏半明半暗的电灯亮了。有人大声说：

"我们该选一个室长了。"

立刻有人说：

"那容易。我提议选'小妹妹'。"

全室一阵哄堂大笑，只除了那个"小妹妹"一人。那就是被安置在门口的姓李的。他长得一点不像女的，但因为只有十七岁，个子小，有点腼腆，有人开玩笑时他脸上有点红，于是说他像个"小妹妹"。他脸更红了。本室学生和室外一部分小同乡就知道有个"小妹妹"了。

使青年 A 惊异的还是宿舍里的歌声。

"起来！饥寒交迫的奴隶！"

"旧世界打它个落花流水！奴隶们！起来！起来！"

这是零零碎碎的《国际歌》，当时是犯禁的。

"走上前去啊！曙光在前，同志们奋斗！"

这是《少年国际歌》或《少年先锋队歌》，当时也是犯禁的。

革命歌的零散句子此起彼伏，没有人管。有时革命歌声停了，竟出现另一些歌句：

"毛毛雨下个不停，微微风吹个不停，微风细雨柳青青。"

这是黎锦晖作并由他的女儿黎明晖唱得流行起来的《毛毛雨》，当时又是犯禁的，至少是犯忌讳的。

宿舍里有的是大声谈笑和这一类的东一句西一句的犯禁歌曲。几乎没有什么人念课本、做练习，好像也不见有什么人准备考试。要读书只有跑到外面去。

当然课还是要上的，不过也有各种上法。

有一次青年 A 在院中遇上了一位同乡，手里拿着一本很厚的洋装书。问他去上什么课，回答是"大代数"。青年 A 自己只学过翻译的《查理斯密小代数学》，却没有学过大代数，佩服得很，却不敢跟他去上，怕听不懂。那时高中是文理分科的。

他敢去上的课是"国文"。听说新校长请到了一位名人，是学者兼作家；本是教大学的，好不容易凭校长的面子才请了来。于是他跟着同乡去上这位名人的第一堂课。到教室后才弄清楚了教师的名字。他想起这确实是在《小说月报》上发表过什么小说的，不过内容忘了。

教师上堂，带来一叠油印讲义发给学生。他也得了一份；一看题目和作者，呆了。

《普罗文学之文献》。作者署名"知白"。

当时无产阶级这个词是犯忌讳的，所以以上海的左翼刊物改用译音"普罗列塔利亚特"，又因为太长，简称"普罗"。这位教师怎么敢讲无产阶级文学？

教师开口了：

"这篇文章是从天津《大公报》上选来的。《大公报》里我有很多朋友，这位'知白'还不知道是哪一位的笔名。上海的文坛……"

接着他就自我介绍如何熟悉文坛，如何古今兼通，又能研究，又会创作，等等；却一个字也没有论普罗文学。本来这篇资料性的文章也没有什么好讲的。显然是这位教师听说学生中革命的居多，所以用"普罗"来使学生摸不清他的底细而肃然起敬。

不料他吹嘘了半堂课，学生并未敬服。当他讲得口干，稍一停顿时，一个年纪大些的学生站起来提问题：

"请问先生对待普罗文学是什么态度？是赞成？是反对？为什么赞成？为什么反对？还有，既然讲到普罗文学，那就请先生讲一讲对郭沫若的评价。讲到文坛，请先生讲本题，讲讲鲁迅和《小说月报》主编沈雁冰。"

教师没有想到会立刻短兵相接。郭沫若当时因为曾经写过《请看今日之蒋介石》而被通缉，流亡到日本，怎么好在课堂上评论呢？他灵机一动，支支吾吾地说：

"提到《小说月报》，那是现在最好的文学刊物。它现在的主编郑振铎先生是我的好朋友。我们是研究中国戏曲的同行……"

"请先生直接答复问题。否则就把讲义上列的这些文献一篇一篇评介一番。"

学生寸步不让，明明是有意使先生难堪。有的学生已经在窃笑。

教师掏出手帕擦汗。他很想教训学生一顿，可是又胆怯。听到摇铃下课，如逢大赦，夹起皮包便走。他一出门，教室里笑开了。有个人故意大声说：

"像这样一月两百块钱，老头子我也会拿。"

大概这位名人从来不曾受过这样奇耻大辱，第二天就贴出病假条子。以后据说是要辞职，经校长和教务主任再三挽留，学校对学生做了"疏通"工作，才继续教课。不过不再讲"普罗"了，拿出他的看家本领，讲戏曲。他又讲故事，又讲乐曲，还会敲桌子代替打板，表演曲牌唱法，只除没有把卧室里的箫拿来在课堂上吹了。这样才平静了下来。不是他班上的旁听生也不去了。

那个和教师为难的学生是青年 A 的同乡。那次课后问他为什么要那样，他答复：

"你不知道新校长和带来的人都是国家主义派？他们请来的人有什么好的，还配讲普罗文学？当然要给他一个下马威。"

原来是政治斗争。

还有一次"党义"课，也问得教员面红耳赤不得下台。学生提一些关于孙中山、三民主义、五权宪法的刁钻古怪问题，使那位穿西装戴眼镜的教员很难堪。

"这是个吃党饭的党棍子，必须杀下他的威风。国民党、国家主义派，都是反共的反革命，不能让他们霸占五中。"说这话的是学生会的宣传部长。他讲话像放爆竹一样，一说就是一大串，快极了。他的舌剑唇枪无人敢挡。

没有什么课好上，青年 A 便随着几个人去游逛朱元璋的祖坟，叫"皇陵"。看到一些石人、石马，才算确切知道"翁仲"是什么样。有的人便唱起"石头人招亲"的戏文。他们在所谓"皇陵"的大土堆上践踏了几脚。四面看看是一片平地，什么出皇帝的"龙穴"等风水先生的话全是胡说。

有一天他去问一位同乡，怎样准备暑假中的入学考试。得到的回答是：

"你不知道现在是两个革命高潮之间的低潮？全国性的革命随时就会到来，你还准备考试？"

可是从另一方面他听到的却又不一样。他交了密写的介绍信以后，有天晚上来了个姓毛的找他，也是个十七岁的少年。两人一同到操场上一个角落的阴影里。那里有个年纪稍大的姓郑的在等他们。三人成立了一个小组。郑是小组长，是学生会的委员。他着重说明了几点。首先是新来的不能暴露自己。"学生会、学联会是我们掌握的，但不都是自己人。已经暴露的继续露面，新来的人要隐蔽。"他说目前不是行动的时机。国民党县党部力量不大。新来的县长是个反动头子，他和国家主义派互相利用。这三股反动势力都是外来的，没有地方势力基础，正想对五中的学生开刀，向上报功。要先观察了解反动派的行动，听从指示，不许自作主张。

"那为什么有些人大唱革命歌，公开骂教员？"

"高喊革命口号的不一定都是革命党。"毛说。他毕竟是早来了半年。

郑是暴露了的，所以另两人要对他疏远。三个人分属三县，不能以同乡为名相接近。两个年纪差不多的可以来往，但也不能过于亲密。

"过于亲密了，又会引起闲话。"毛说。

青年 A 只知道学联会有男女两校学生在一起开会，有人说那是恋爱场，不知两个男学生亲密会有什么闲话。他后来问过毛。毛说："你观察一下那个'小兄弟'姓刘的就知道了。"这个孩子长得很漂亮，有点像女的，态度又温和，许多年纪大些的都叫他"小兄弟"，拿他开玩笑。原来这种玩笑是开不得的。本来刘和他两人年纪相仿，已经认识，这以后也疏远了。

他和刘认识是刘拉他去上音乐课。因为是师范学校，培养教员，所以小学里所有的课都得会教。有一间音乐教室，里面有一台大风琴。音乐教师散发的油印歌曲上面有五线谱和简谱。但是学生不想学。有人要求教唱《国际歌》。教师伸了伸舌头。又有人要求教小曲、小调。教师也摇头。达成的协议是正规的曲谱和歌要教，但是另外还教唱戏。这位教师是个全才，既会弹风琴，又会拉胡琴；既能唱西洋歌，又会唱京戏。教师不但讲五线谱，还讲工尺谱，都用简谱注出，说只有五线谱是国际通用的"正谱"。他的教法也特别，不拉胡琴，因为怕被学校当局认为教唱戏，只在课外自拉自唱给学生听。堂上仍用风琴，按出京戏曲调。

这一天正是教京戏。上课了。教员兴冲冲地走进教室，在黑板上写下"刀劈三关"四个大字。教戏不合法，不能发油印讲义。他写了题目也不说戏，坐在大风琴前就自弹自唱曲谱，不是工尺上四合，而是"12345"。唱完过门，他一面弹琴，一面唱出戏词：

"刀劈三关威名大，只杀得胡儿心胆怕。"

这两句连前面过门教了整整一堂课。板眼总唱不对。黑板上写出简谱也不行。也不知是什么戏。

因为是师范，所以有个附属小学。师范毕业以前，学生必须到小学去教各门功课实习。小学的设备不错。也有学生会，跟着中学生活动。青年A去周游了一遍，觉得比他教过的小学真是一在天上，一在地下。

他闯过的生活第一关是那架高层床。爬上去得先上桌子。头一晚就几乎掉下来。据睡在他脚那一边的另一上铺的学生说，一夜都紧紧揪住他的脚不放，只怕他滚下去。睡在下铺的张问他要不要换。他不肯，把些书砌成床边的墙，要掉下来会先撞下书，惊醒张，而且床边是靠窗的桌子，掉下来也在桌上，估计摔不坏。过了些时终于习惯了高高在上，俯视全屋。

不知不觉过去了大半个学期。学联会不服从国民党县党部的领导，学生会不遵守学校当局的管制。矛盾越来越深刻，冲突越来越多。

有一个学生在食堂里拿起水瓢就从缸里舀冷水喝。恰巧教务主任来巡视，看见了，说他不讲卫生。那个学生回答："不懂什么叫卫生，不管那一套。"教员说他没有礼貌，破坏学校秩序。他不服。随后他高声唱："旧世界打它个落花流水！"把教务主任气跑了。这个学生是没有学籍的，不怕开除，而且不属于革命组织，学生会对他也没有办法。学校当局却认为这些"捣乱学生"都是学生会指使的。

被认为跟着校长跑的属于国家主义派的学生简直抬不起头来。埋头上课的学生好像是置身事外。于是暴露的越发暴露，隐蔽的也孤立无援。暴风雨来临是必然的，可又显得突然。这却不是大家所期待的革命暴风雨。

一天夜里，青年A忽然被不知什么声音惊醒了。他略睁睡眼，蒙眬中好像有些睡上铺的同学坐了起来，对面下铺上也有人起身，外面走廊上有些脚步声夹着轻轻的人声。他伸头望望身下的下铺，张的头还缩在被里。室内没有一个人出声。仿佛大家都惊呆了，知道不是好事。

门开了半扇，伸进来一个头和一只手，手电筒的亮光在屋里每个铺上照了一遍，转回去对着门边的下铺低低说了一句什么话。

那是"小妹妹"的床。只见他匆匆起身，穿上衣裳，被外面的人一把拉了出去。

门始终没全开，也没关，已可看到走廊上的人数不少。有说话的声音，但听不清什么话。

一阵杂乱的脚步声从走廊上过去，大概人都下楼走了。全楼静悄悄的。

谁也无法再睡了，都穿衣起床，但都不说话。

有的人明白，有的人还糊涂。

青年A想下床去，下面的张忽然站了起来，在他耳边轻轻说：

"有人出去，你再跟出去，看走廊上和院子里有什么动静，马上告诉我。"

又补了一句："看还有没有军队、警察。"

"小妹妹"抓走了。估计是情报不准，或则是传说学生要暴动，警察见已有人起床，也有点慌，不敢进屋，把要抓的靠里边尽头的张换成了靠外一头的李，真是"张冠李戴"。

天色已经蒙蒙亮，外面又有了声音，屋里有人开门出去。青年A连忙跟到走廊上。

走廊上已有不少人，三三两两低声议论。院子里空荡荡的。楼下的人也是在走廊上。看来是军警捕了人已经撤走了。他回屋向张低声报告。张迟疑了一下，下了决心，对他说：

"你不要紧。留下。我的行李会有同乡来取。没人来，你替我带着，总会有联系的。"

说完他戴上帽子出去了。

现在已经不是两年前那样可以在城市里公开大屠杀了。各地暴动虽不成功却也使反动派"草木皆兵"。逮捕搜查往往是偷偷摸摸，不敢大张旗鼓。在这小县城里，没地方势力支持，反动派想公然派大批军警抓他们的子弟也不能没有顾虑。

青年A随大家走到院子里。学校布告栏前面围了很多人。他挤上去一看，大吃一惊。

一张布告宣布开除二十几人学籍，所有学联会、学生会的主要人物都在内；其中有张，但没李，因为他没有学籍，明显是抓错了。

另一张布告宣布："本校自即日起停课，全体学生限三日内离校，听候通知。"

郑也在开除名单中，但不知抓了没有。毛不在内。满院子是人，却没有他。

事情来得突然，什么抗议、示威、罢课都没有。来不及了。

事后才知道，抓了二十一个学生，立即送上火车解往省城了。捕人又封闭学校是瞒不住的。这件新闻登了报，许多家长托人打电报去保。当地也有绅士借此和县党部为难。校长、县长也不敢在大众前露面。他们没预料到事情闹得这样大。有不少学生的家长是很不好惹的，正好利用这个事件进行争权斗争。他们不管自己的子弟是否被捕，宣称无证据捕学生是非法，而且无故封闭学校至少是当局无能兼处理不当，甚至是别有用心。被捕学生解到省里，斗争矛头一直指到省级。

女三中只开除了几个学联会和学生会的负责人，没有捕人和停课，大概因为是女校，怕出别的事，而且校长是原来的，不像五中校长是外地新来的国家主义派那样冒失。

那时国民党的特务网还没有处处张开，情报不灵，只是照学生会名单抓。后来听说，学生会主席等人先被捕聚在一起有点着急；一见那位宣传部长也抓来了，稍宽些心，再看到"小妹妹"也抓来，便猜出不是叛徒出卖了。

事件扩大了收不下来。五中的校长等人也走了，不知是免职还是辞职。一把火连自己的屁股也烧了，不过当然还有好职位等着他们。县长后来也走了，但还是升了官，直到对日抗战时他还是国民党政府教育部的什么专员，还带着夫人被派驻海外。不到一年，后来同吉鸿昌一起在察哈尔抗日的方振武当了短期的省主席。他是本省人，将这些被捕学生都宣布"无罪释放"了。

学校关门，同学四散，青年A怎么办呢？

小同乡一天之内就走了不少，约他同行，他不肯，还要找到毛。终于在街上遇见了。原来毛一早就离校没有回校。毛告诉他，郑已经被捕，他正在想法找人联系，要等消息。但是学校三天就停伙，也不能住了，到哪里去呢？

忽然在一条巷子里望见一个小同乡廖，对他使了个眼色回头便走。他紧跟上去，进了一所小院子。只见还有个小同乡蔡也在那里。他二人都是学生会的，漏出了网，找到先认识的一位老太太，租了间房暂住，只苦于没有消息。

"你还没有走，很好，搬来住。你可以常在外面走走，听听消

110

息来告诉我们。我们俩还不便出去，怕碰上坏人。"

他回到校内只见许多学生纷纷带行李走。以前说是国家主义派的学生也并不兴高采烈，倒像有点垂头丧气，也是扛行李回家。究竟他们是不是和校长一起的反动派，看来也未必。

第三天他又去学校吃饭时，全校差不多空了。不料遇上那位"小兄弟"刘。刘一见他，很高兴，说：

"你还没有走。正好，我们出去谈谈。"

两人一同到了一处僻静地方，在一棵大树下席地而坐，像是临时的结义兄弟。

刘告诉他，毛已经回家去了，要他转告大家都回家。刘准备这天搭车回家。他很想有人和他谈心，留住 A 谈了不少话，并不都是闲谈。

"你那些同乡都不好，不怀好意。看起来对我好，都是假亲热，想占便宜，拿我开心。"

刘说这几句话时，雪白的脸颊上微微泛起了一点红晕，果然是长得像女的，甚至超过女的。

"都叫我兄弟，谁是真像哥哥？他们这样一闹，旁人都看不起我了。念书也不能好好念。这下好，学校封了门，大家念不成了。"停一下又接着说，"只有你没有像他们那样对待我，也没有看不起我。你是……"刘忽然看出谈话的对手的脸上有点红，大感不解，马上改口，"你怎么啦？你也是同你那些同乡一样吗？我看错人了吗？"

"你讲的什么话，我都不大明白。我觉得我没有对你怎么样，也没同你谈过多少话，只是把你看成和我一样的小同学。我是觉得他们对你那样张嘴闭嘴小兄弟，瞎亲热，不大好。他们对我，对别的小同学，也没有那样，是有点像欺负你。"他脸红是因为想到因毛的警告而疏远刘，但没有告诉他。

刘的疑心解开了，笑了笑，又说：

"你好像比我还大些，可是知道的事不准比我多。我从你那些同乡听到了不少胡话。真讨厌。好，现在我有正事同你讲。你下学期怎么样？还来这里上学吗？这学校太坏了。"

刘慢慢说明，自己的家里怕他年幼吃亏，又没有可靠的同乡学生可托；连到凤阳来，这样近，都不放心。刘一心一意想去南京上中学，既无熟人，又没有同伴。假如他们两人一起去考学，可能说服家里。

两人出外上学都有家里的问题，只是性质不一样。于是谈得投契。

谈谈停停，有时对望着默不作声。刘眼里有时放着光，明显是心里想考验对方是否可靠。对方却只想着哥哥会不会给他钱到外地上中学。论心思，那个貌似女子的比这个貌似大些的反而多些。

"你同你那些同乡不一样，跟这里大大小小同学也不一样。不知为什么你总好像有点特别。没有人能像你那样给那个宣传部长那一下子。不是说别人不如你聪明。聪明人也不肯像你那样说话。就是那一次，我对你才有些佩服。后来想找你多谈谈，你总好像有点躲着我。我以为你是怕那些同乡，却又不像。你好像有时聪明，有时笨得出奇。"刘笑了，想看对方会不会生气。

刘说的那件事实际是他做得很冒失，事后自己还很后悔。

有一天那位聪明能干，发言滔滔不绝，从不让人一分的学生会宣传部长来到青年 A 住的那间宿舍里，发表长篇大论。不少人洗耳恭听。可有个不识时务的问了一句：

"那个国文教员自夸是吴梅的学生。吴梅是什么人？"

"北京大学教授，是蔡元培请去第一个讲戏曲的名教授。你连这都不知道。他的名著叫《顾曲麈谈》。"

"不是'麈谈'，不是从鹿从土的麈字（尘字繁体），是从鹿从主，念'主'。"青年 A 在旁不由得加以纠正，因为他从小学国文教员那里借这本书看过。不料这一下子触怒了宣传部长。

"嘀！真有学问！真不愧是'半截圣人'。"

座中有人笑，有些人，包括 A，还没有反应过来。

"怎么你张嘴骂人？也不看看这是个小孩子？"有位同乡打抱不平。

A 立刻明白过来，不禁怒从心上起，脱口回敬一句：

"对！你我都是'半截圣人'；可我是上半截，你是下半截。"

全场哄堂大笑。（"圣"字繁体的下半平常写作"王"字。）

宣传部长一怒而起，突破门前的人群而出，头也不回。大概他从不曾遭遇过这样的回击。当然此后也不再来，不再理这个小孩子和那打抱不平的同乡了。

刘指的就是这件事。A 却并未注意刘也在座中。他一听刘提起，想说别提了，可是没有说出口，对刘的评论没听进去。两人沉默了一会，各想各的。

"我想学打拳，可以防身，免得受人欺负。"刘忽然说出这句话。他是看对方瘦弱，也许还需要自己保护他。

"我照着一本小书学过'潭腿'，不过没有学全，也不知学得对不对。这是基础。"

"你还学拳？看你瘦得皮包骨了。"刘笑着说。

"你不知道，拳分内家、外家。外家讲外表，内家讲内功，越是样子弱，越是功力深。"他想卖弄自己的武术知识，便讲了一个吴大屠夫学艺的故事。这是他从"不肖生"的《近代侠义英雄传》里看来的。

"你还会讲故事？"

"三天三夜讲不完。"

"那好，我以后和你同学，同住一起，你天天讲给我听。"

青年A有点得意，自觉有了豪杰气概，似乎对面是个女的，他要有一团正气，行侠仗义。

刘见他两眼放光，以为又会有什么事；又见他的模样像小孩子装大人，有点好笑。随着他就看出了对方是个稚气未褪的少年，确实和别的大同学不同，感到有点欣慰，又不知怎么还好像带有一点失望。他自己也不知道是怎么回事。

"好吧。等暑假中你来考学时，我同家里讲好，也提前来，然后一同去南京。路上经我家去让我家里人见见，好放心。让他们看看你这个有内功的拳术家，好不好？就这样，一言为定。"

A忽想起住处还有人等着他，便匆匆答应，两人分手。那时不时兴握手，鞠躬又过于正式，作揖当然太过时了。相对微笑，点点头，就是互相告别。一笑之中彼此又一次觉得对方脸上有点红晕，不知是否幻觉。这红晕的原因大概彼此不同，不过也可能有共同之处，谁知道？

A回到住处，说了刘转达毛的话，大家彼此对望了一眼，都有些明白，但都没有说。都明白毛的身份。纪律是不许发生横的关系。A没有讲和刘谈话的其他内容，他想刘说的那些同乡可能也包括这两位。

"我们马上准备走路。"两人做出了决定。可是A还有点踌躇。他不想早回家，又不便一个人住。这时恰好来了一个同乡程，他也不想回去受家庭拘束，于是搬来和A两人又同住了几天。

A又去学校，没有人了。刘果然回了。从此他们没有再通消息，彼此也不知地址。刘如果是真心相约，那就可能一辈子都骂他不守信用，同别人一样是个不可靠的人。然而这能怪他吗？这个不白之冤怕只有到另一个世界里才得平反了。

A和程住了几天后也不得不回去，因为他这时比不得在学校，要花钱吃饭。尽管程有钱，也不能尽花别人的。再住下去，连路费都没有了。程只好同他一起走。

两人乘一条小船快到程家时已经是黑夜了，岸上忽然响起枪声。程立刻到船头去，大声喊：

"什么人？有什么事找程三爷去讲，他是我三叔。"

枪不响了。岸上隐隐有几条黑影退去。

青年A回家后，在暑假中得到通知，要去F县找民众教育馆吴馆长。那边急需人去工作。他去了以后被安排在齐王庙小学教书，在这个地方整整度过了一年。他和刘的约会同上学的事还没来得及讲出来就夭折了。他心里觉得对不起人，长时期不能忘记刘的那有白有红的脸庞和又天真又懂事的神态。这话却无法对人说，因为他现在懂得了，说这类小孩子心里话会引起大人嘲笑的。

这一年也并未虚过。同事中有三个大学生，分别是上海大学、中山大学、武昌政治干部学校的学生，都受过1926～1927年的洗礼。三个人除讲不少见闻给他听外，还一致鼓吹他出门上大学，而且确定要去北平（北京）。因为一则那里有许多著名大学，二则生活费用便宜；照他们的说法那里花钱吃住简直像在这小地方一样。其实他们并未去过。

生活戏剧还得照旧演下去，但是场景和登场人物要大大改变了。

大学生

那一年，我非离开家不可了。哥哥不让我再上学，忙着给我说亲，幸而我不像有什么出息，所以还没有媒人上门。怎么能这样下去？我一着急，便跑到邻县民众教育馆去找一个老同学。他听了我的诉说又找来馆长跟我谈。这人看来不过三十岁，听了情况以后问我："有个小学还缺国文教员，校长托我找。你去不去？在乡下。"我喜出望外当然答应。他说："你回家说一下。开学以前来，我找人送你去。"后来才知道，他本是黄埔军校学生，国共分裂后脱离军队才回家乡来。说话直截了当，不失军人本色。

我去的这所小学是孤零零的一座庙。校中连我共六位教员，教六个年级共六个班。三位是本地人，其中一人兼校长，一人兼管会计庶务。只有两人和我是邻县的。他们五位都比我年纪大，但都不超过三十岁。一到星期六晚上，本地三位都回家，剩下三人看书或闲谈到星期一。

渐渐我知道了，有三位是在外地上过大学的。一个是广州中山大学的，现在当校长，家在附近。一个是上海大学（校名）的。又一个在武汉上过学，不知是不是一度改名为第四中山大学的。武汉的不大肯讲话，总是面带忧色。广州的喜欢讲话，但不说广州的事。想来他们都经历过 1927 年革命失败的忧患，但都不谈。不论他们讲什么，我总是旁听者。

上海的有一回对我说："你应该出去上学。可惜现在没有上海大学和附中那样的学校了。上海大学校长是于右任挂名，实际不到校。附中主任是侯绍裘，他的人品太高了，学生和教员没有不佩服他的。可惜不在了。他是共产党员，被捉去杀掉了。我们的大学教授中名人太多了。我学英文，你知道教员是谁？"停一停才说出三个字："周越然。"这是《英语模范读本》的编者。当时这书很流行，我也念过。他接着讲："还有许多人，像沈雁冰，你该知道的，《小说月报》的编者。照侯绍裘的说法，革命要有真本领，不光推翻敌人，打倒什么，还得准备革命成功以后怎么办，所以课程很严。教员不都是共产党员和国民党左派。教材也不都是宣传革命的新书。可惜他只想到成功以后怎么办，没想到失败以后怎么办。"

我插嘴问："英文念什么书？"

他哈哈大笑说："你猜想不到，是《断鸿零雁记》，苏曼殊小说的英文译本。"随后他从箱子里取出柳亚子编的《曼殊全集》，好像是五本，交给我看。我那时还小，看小说，不明白为什么不能结婚就要哭哭啼啼。诗，我全抄了下来，因为和我念过的古人的诗不大一样。接连好些天，到星期日就都讲这位多情的辛亥革命和尚，大声吟诗。上海大学生还写成条幅贴在墙上，一首又一首轮换。尤其是那首"契阔死生君莫问，行云流水一孤僧。无端狂笑无端哭，纵有欢肠已似冰"。后来我才知道，上海大学生的妻子从上海不知到了什么地方，无法团聚。武汉学生的妻子已经死了。

武汉学生说到过萧楚女，说他本是茶馆里跑堂的伙计，学会写一手好文章。除了恽代英，谁也比不上。可惜他也被抓去杀了。这时我才有点明白，他们为何反复吟唱"孤灯引梦记朦胧，风雨邻庵夜半钟。我再来时人已去，涉江谁为采芙蓉"？不单是想到妻子和朋友，还想到侯绍裘和萧楚女。这样无端高唱诗以代哭笑，假如本地教员来见到，一定认为是疯了。好在他们星期日决不来学校。

学期结束人便分散，从此大家没有再见面。我也从此成为"行云流水一孤僧"，过了许多年才不做"断鸿零雁"。

少年漂泊者

1930 年七月下旬。

S 县的北城门外大桥边，靠河岸有一只小小的带芦席篷的船正要开航。船夫跳上岸去解缆绳。

从城门洞里突然出来一个三十多岁的人，一面疾步向前，一面招手叫船夫暂停开船，嘴里还喊着："等一等！等一等！"

他提起长衫的前后襟，一脚踏上跳板，又跳上船头。

船篷下面钻出瘦削的青年 A，喊了一声：

"三哥！"

随后又钻出一个青年 B。船夫忙从岸上跳到船尾上，怕三个人都站上船头，失去平衡。船晃了一晃。

这位三哥对弟弟说了几句话，就从口袋里掏出一个纸包塞在弟弟手里，说：

"这二十块钱给你路上花。到南京、上海就来家信。一定要想法子上大学，不要念中学了。家里供不了那么多年。"又转眼向着青年 B："路上你们互相照应，一定要小心，不可大意。"

他说完话，转身就走，进了城门。从他的脸色看，他还没有洗过脸；大概是刚醒过来，听说弟弟已走，想到一百块钱不够，才匆匆赶来，追加了一笔钱，还加重语气重复说了允许出外的条件。这条件说穿了就是从此要自立了。其实他不用家里钱已经两年了。去凤阳时用了钱，也只二十元。

不知何时已经开船了。

船篷下蜷卧着这一对青年，都不说话，只听见摇橹拨水的声音。

这两人都有一个从青年起守寡的母亲。不愿他们离开的只有这两位中年妇女。

小船快要到淮河上小火轮码头了。他们是来赶上轮船去蚌埠的。

这时两青年中才有一个说了一句话：

"我们现在真是'少年漂泊者'了。"

蒋光赤（后改为"慈"）的《少年漂泊者》那时在他写的家乡这一带很流行。一本薄薄的小说，全红书皮，在许多青年手中传来传去，引起他们到外地去漂泊的幻想。

在蚌埠，他们投住一家同乡开的店内。店里先已有两位黄埔军官学校毕业的人住着，筹划去北平（北京）反对他们的校长蒋介石。这时正在进行蒋、阎、冯大战。黄河两岸，蒋在南为一方，阎锡山和冯玉祥在北为另一方，两相对峙，准备决战。也就因此，全国仅有的通连南北的两条铁路线都不通了。本来搭上津浦路火车可以直达的，现在却要绕道上海搭海船去天津了。这几个人都是来这里等着出发的。

青年 A 对家里说是到南京或上海上大学的，哥哥才给钱放他走，一半也是怕他留在家里闯祸。但是走的这两人定下的目标却是北平，准备的是上不了学就找事做，哪怕拉洋车也干。他们天真地以为职业那么容易找，人力车那么容易拉。到蚌埠街上一看，那车不是他们拉得动的，但还不知拉车之中还有种种门坎。

黄埔学生还在蚌埠店中考虑去南京如何转道去北平，这两位青年已经到了上海。

到上海时刚好是晚上。他们在车站雇了两辆人力车拉他们去A的一位远亲的家。本来有人介绍他们去住一家招待同乡客商的旅馆，但他们为了省钱，决定还是先找那位远亲试试。

车子走了一些路，忽然停下了，同另两辆车的车夫谈了几句什么话。那两个车夫好像是给了原先雇的车夫一些钱。于是车夫要求他们下来换车，说前面他们过不去。两青年以为他们是进不了外国租界，只好换车。车夫并没要他们付钱，只当着他们对新车夫说了车费多少。

在路上又转了几圈，到了一个路灯不亮的马路边上一家门前。车夫放下车说："到了。"青年下车一找门牌，又上车让车夫拉到那亲戚家门边。门关着，一个青年去敲门，一个青年给银元让车夫找钱，并搬下行李。

门不曾关牢，一推就开，原来是一家小杂货店，柜台后站着一个青年。

"这里是姓吕么？"

问答两句，柜台里的青年说："原来是小表弟啊！快进来吧。妈妈到后面去了，马上就出来。"他说的话有些江北口音，还好懂。

青年B进来了，手里拿着两只银角子，说："车夫找来的这小洋钱，还没见过。"那时上海还用"小洋"，是银角子。"小洋"每个名义算两角钱，十二角才够一块大洋，别处不用。

柜台里青年一听，说："拿来我看看。你们是一同来的吧？"说着，伸出手，接过钱，向柜台上一摔，说：

"假的。你们上当了。"

青年B赶忙出门去看，车夫早已跑远了。

这时柜台里的青年抬起了头。新来的两青年才看出他是个瞎子。有眼的还不如没眼的精明。

那位表伯母从里面出来了。她是回过一次家乡，见过这位表侄的，立刻把两个客人留下，在楼上住，行李也搬了上去。

瞎子是她的小儿子，不满二十岁，在杂货店里做买卖，一点不吃亏，真正是"以耳代目"。他还认识盲文，会"写"盲字，把有许多针点子的盲人书和"写"字的铜板子及针笔给小表弟和那位小同乡看。

瞎子的哥哥结婚了，另住一处；第二天来了，答应给他们找船票北上天津。他脸上有些麻子。

这位表伯母带领表侄和同乡去逛上海。她嫌表侄穿的蓝布长衫太土气，让他换上瞎子表哥的一件白夏布长衫。他觉得很不合身，很难看，但也只好服从。

所谓游上海不过是去南京路上先施公司、永安公司楼上转转，然后到青云阁楼上吃茶。南京路中间还有电车路轨，有轨电车开来开去，声音大得很。马车也有，汽车不多。茶馆里满地瓜子壳。人声嘈杂，他们也听不懂。

青年 A 看过上海《黑幕大观》之类的书，想知道"大世界"是什么样子。但是表伯母不让去，说"那种地方去不得"。因为是白天，也望不见有"大世界"三个字的霓虹灯招牌，更看不到那门前著名的"哈哈镜"了。

麻子表哥来说，晚上送他们上海船；说是英国船，到天津，路上只停烟台，或者是威海卫。但没给他们船票，只收去了船钱。

晚上乘马车到了码头。行李放在岸边，表哥先上船去。

过一会，只见表哥和一个人吵着下船。两人一在船上，一在船下，都气势汹汹，却并不是打架，只是高声吵嚷。表哥来到两青年的身边，说："不坐他这船了。英国船上人太可恶。若不是要给你们送船，今天他一定要吃生活（挨打）。好了，我另给你们找船。"他又到别处去了。

两青年在有明有暗的码头上看守着行李，望着水里一条条庞然大物，回头又望黄浦江上的外国军舰和船只上的灯火，真觉得到了另一个世界。

等了好半天也不见麻子表哥回来。两人心里直着急。哪有到了码头再找船的？这是远道的海船，不是小河上找划船啊。

终于表哥兴冲冲地回来了，说："找妥了。上船吧。是吊铺，很好。是日本船，只停青岛。今夜就开船。"

一听是日本船，青年 A 就想起"五九"国耻，不大愿意。不是英国船，就是日本船，各停各的"租借地"。"五卅"惨案不是英国和日本干的吗？中国招商局的海船呢？

但是没有办法，事已至此，只好上船。到近处看，船上赫然有"唐山丸"三个汉字。那是作为日本字写上去的吧？

上船后，表哥拿出两张纸给他们。纸上印的船名等等，没有舱位和价钱，另用毛笔写了一串认不出来的字。据说是七块钱一张，船上管吃饭。找来的钱也还给了他们。

所谓"吊铺"是二等和三等之间的非正式的舱。三等是统舱，没有铺位，不限人数。二等大约是一舱客四人。四等是"甲板客人"，没有固定的地位，船面上蹲在一个角落里就是。吃的饭也分等级。"唐山丸"并不是客轮，是货船。这"吊铺"未必是正式舱位，可能是船上的"茶房"和水手们弄出来自己赚钱的。

他们住的这间"吊铺"共有八个铺位。这时客人都已来到，由"茶房"分配好了。最里面一上一下两层双人铺。上面是两个女的，好像是两姊妹。下面两个男的，和女的同路。他们都是四川人，看不出是什么关系。中间一张双人铺，给了青年 A 和 B。靠门口又是上下两个单人铺。上面的一个人好像是商人，对谁也不理。下面的是个江西青年。除那个商人年纪稍大外，其余七人都像是学生。

麻子表哥看安顿好了，便要回去。他们二人送出舱外。表哥又嘱咐几句，路上一定要小心，人杂得很，千万不可同时离开，要有一人看守行李，不可"露白"（露出钱来），等等。

两人打开行李，铺好，睡下。晚饭已吃过，电灯不明，糊里糊涂睡熟了。

一觉醒来，早已出海。他们庆幸不曾晕船。也没有看到吴淞口，不知炮台是什么样子。在舱门口一望，只在离开的一面还有点阴影，别处望来望去都是浩渺的大海。波浪比江河的大些，但船并不怎么颠簸。这是因为走的还是内海，离海岸不远，并不是到了海洋里。这时水还是黄的，以后才变成蓝的。

回舱在铺上躺下。青年 B 打开他带的《郑板桥家书》的石印本，欣赏那大大小小歪歪斜斜的书法。青年 A 不看书，听着海浪，心里背诵幼年自己抄读的秋瑾的渡海去日本的两首诗，浮起了书前面秋瑾穿和服执倭刀的英姿。

片帆破浪涉沧溟，回首河山一发青。
四壁波涛旋大地，一天星斗拱黄庭。
千年劫尽灰全死，十载淘余水尚腥。
海外神山渺何处？天涯涕泪一身零。

闻说当年鏖战地，至今犹带血痕流。
驰驱戎马中原梦，破碎河山故国羞。
领海无权悲寂寞，磨刀有日快恩仇。
天风吹面泠然过，十万云烟眼底收。

从秋瑾又想到甲午战争。想到若是搭了英国船，经威海卫，那就是在刘公岛一带，是丁汝昌、邓世昌等人英勇殉国的大战战场。想到他父亲当年也曾北上天津，打算"请缨"从戎。想到自己远不如以前的人有英雄气概。又想到鲁迅的小说《风波》，九斤老太说"一代不如一代"。这滔滔海上有过多少代人物！自己蹲伏在这日本货船的一角里，算得了什么？将来怎么样呢？不由得现出了黄仲则的诗句：

"茫茫来日愁如海，寄语羲和快着鞭。"

是要时光过得快些。不是正处在两个高潮之间的低潮吗？革命高潮何日来到？到了又会怎样？以后又会怎样？

他想来想去，在海浪摇篮中睡着了。

走了几天总不见到青岛。那边四个四川人的话特别多。尤其是那两个女的，叽叽喳喳说个不停。话又听不大懂，不知她们讲什么。两人穿的是短袖旗袍，两臂两腿经常在铺外，悬挂在青年A的头前摇晃，引起他心烦。两个女的似乎比他还小些，是上中学吧？上中学何必远迢迢从四川绕道往天津、北平跑？看样子也不像是有钱人家小姐，可没钱也跑不了这样远。那四个人只顾自己讲话，正眼都不看别人。当然他也不好意思总望那两个女的，可巧她们正在他旁边，躺着睁眼就望见，不想看也得看，无法避开。

青岛总是不到，靠海岸越来越近了，都是悬崖陡壁，嵯峨不断。

那小女孩子的两条光腿又在青年A的头上摇晃了。他实在烦不过，向她脸上望去，狠狠瞪了她一眼。好像是这一眼瞪得那女孩子赶快把腿缩上了铺。他很得意地闭目养神。又一想，却也难怪。在舱中最里面，又是上铺，两人共一铺，挤在一起，只能坐着头顶舱板，站不起来；上下四方六面只有一面对外通风，又离舱门远，有风也吹不到那里；天又热，正在七月，三伏天，众目睽睽，也不能脱旗袍，扇子都扇不出风凉；这样情况下自然要伸出腿来扇扇风。想想又对那女孩子有点同情，觉得自己刚才不对，错怪人家了。于是又睁眼望过去。不料恰巧这时那女的也把眼转过来望他。不先不后，正好碰上。两人都赶忙把眼避开。很长一段时间里青年A不再向那边望，也不理是否两腿又挂过来了。

这一次无言的交锋还有点结果。以后发现妹妹转到里面，姐姐换到外面来了。四条腿照旧经常同手臂和扇子或一起或轮流在空中飞舞，好像对下方斜对面铺上的青年Ａ示威：看你能奈我何！

终于到了青岛。

舱门口上铺那商人见船一停就出去了，一天也没回来。下铺的江西人也出去很久才回来。四个四川人轮番外出。只有Ａ、Ｂ两青年坚守老营，不敢下船。他们到舱面上去了几趟，只见岸上和船上都是乱哄哄的。岸上连青岛城市的影子也看不见。有个斜坡，望过去有些房子也许是仓库。那一边仿佛向高处去，但决不是上崂山。想来这是船停泊的地方，离热闹好玩的城市不知有多远。说是青岛风景秀丽，这里却像是堆垃圾的。他们一怕上了岸船开走了，二怕碰上日本人。幸好上下船的都是中国人，看不出有谁是日本人。他们其实并不知道日本人是什么样子。后来只见搬运夫从船上卸货扛上码头，一个接一个。过些时又见到往船上搬运的，这是上货。打听一下茶房，船停多久；回答是说不准，上下货完了就开走。于是两人只轮流上舱面望望人和货和单调的岸上库房，还不如另一边的大海好看。可是海也是单调乏味的，没有变化。更可气的是赶上了阴天，又不出太阳，又不下雨，阴沉沉的，灰苍苍的，天色极其难看。两人讨论研究半天，决定还是不上岸，躺在铺上好；轮换着出去呼吸舱外的空气。可是空气又不新鲜，不是海水的湿气、咸气，倒像是臭鱼虾的腥气。两人都认为青岛不必观光了。何必去看日本人的天下？还不如躺在床上安稳睡觉，或则，一个研究郑板桥的书法，一个默默背诵熟读过的诗文。

哪知这货船竟停泊了一整天。那商人到傍晚才回船。船仍然纹丝不动。

因为在船上颠簸惯了，船不动也像是还在动。晚饭后便入梦，也不管船开不开了。

天亮后吃早饭时，问茶房船开了没有，得到一个没好气的回答："你说开了没有？船走不走都不晓得。"后来才知道是快天明时开的船。这只小小货船沿着山东半岛的边缘走，好像是勘测地形一样慢慢腾腾向前爬动。

青年 A 这时对那两姊妹起了点同情之心，不觉得那么讨嫌了，却对那两个男的仍无好感。他们两人侍候两个女的过于殷勤。船开不久，姐姐有点呕吐，忙坏了那两位忠实护送人。幸而不久就安定下来。这两个人不时站起来同上铺两个女的讲话，有说有笑，真有那么多可谈的。听了一路四川口音，由厌恶而熟悉，却始终没有注意他们的谈话内容，毫无兴趣。

青年 A 对两姊妹的嫌恶之心减少以后，有时就研究那四只脚，分别其同异。他认为这脚没有遭受裹小脚之苦，自由自在生长，真是幸运。这光着的脚丫缝开得那么大，大拇指昂首天外的神气，真是为千年妇女的小脚出了一口气。这晃来晃去很少停止的光溜溜的东西有什么好看？怕热就不穿袜子？上船前大概洗得很干净，没闻到脚臭。倘若是穿了长袜子，或者裹了脚，那可不得了，会臭气熏天。讨厌的是那两个男的。他们一站起来献殷勤，腿脚便缩回去，或者一动不动，将青年 A 细致的观察研究打断。

有几个茶房穿着整齐的白制服一同进来了。前面一个手里端着盘子，里面有些银元。他们一进舱便低声赔笑说话，和以前的态度完全不同。

"明天要到天津了。各位受累了。我们招待不周，请多多包涵。"

门口的商人毫不犹豫，在盘子里放下了两块银洋。茶房笑说："请高升一点。"他又放下了一块。接着下铺的江西人放进了一张五元钞票，可是一转手拿回了三块大洋。茶房怎么请他"高升"，他照旧躺着不动，装作没听见。当然茶房中有人变了脸色，咕噜了一句可能是骂他的讽刺话。他也真有涵养，不但不生气，还笑了笑。外表上仿佛江西人听不懂宁波口音似的。

两青年没有预料到茶房的小费要给这么多。船费七元，小费得两三元。两人用眼色决定先各交一元试试。果然"高升"了半天，又各加一元，还不肯罢休，只好又共加了一元，声明是学生，实在没有钱。四川人不知给了多少钱。反正茶房走时并不满意。

茶房出去，江西"老表"第一次对邻铺两青年开口，说这些茶房没有工钱，这是他们收入的一个来源，所以要得多。接着，他递过来一张名片。这使两青年很惊异，认为只是有身份的人才用名片，这个年轻人一定是非同小可。名片上并无职衔，只有中间三个大字是姓名，左下方一行小字是籍贯。

"你们是去北平上学吧？我也是去考大学的。"不知是从外表上看出来的，还是注意了刚才对茶房的声明。

"考什么学校？"

"当然是北京大学。"言下大有其他学校都不值得他去考之意，但还不止于此，"我到后先去拜访一位北大的名教授，他是我的同乡。"随即说出一位教授的名字。

青年 A 和 B 不清楚这位教授是何等样人。江西青年见没有引起应有的惊异，便又说两句：

"他是名闻全国的名教授，是我的同乡前辈。我这次去拜访，是请他为我上学给点协助。他教政治，我也准备学政治。"

两青年明白了，原来并无关系，是慕名而往，打旗号的。不知那几位四川学生听了意下如何，对这两人并没有产生好效果。

但是江西青年却一步步前进，一反途中的态度，和他们交上朋友。最后才露出下船上火车去北平时要彼此照应之意。这当然不成问题。

开行七天，这小小货船才从黄浦江开到了海河，停在一个码头上。总算到了。幸好是上午，但没有太阳。

两位女青年不知在什么时候、什么地方换上了花旗袍，整理了姿容，大非在上铺时之比了。

三位搭配在一起的青年一伙，四位四川青年一伙，跟随着独往独来的商人下了船。江西"老表"提议只雇两辆人力车去车站，一辆装三个人的大行李，一辆他自己坐着押小行李，两青年就不必再雇车了。一则车少旅客多，不好雇；二则离车站不远，可以走去。这是他去雇车回来后的意见，当然照办。

四川人还在忙查行李时，江西人已经安排好了。前面一辆行李车，后面一辆他坐上去，怀中和脚下放他的皮包和小箱子。车夫拉起就走，并不知还有两个人。两个安徽人不料车夫跑得越来越快，在后面紧追。

"坏了！我肚子疼。这怎么办？"青年B说。

这时再雇车已经来不及了，前面两辆车飞快前进。

"那你慢些走，我在前面追车。车夫！走慢些!"

车夫和"老表"好像听不见，仍旧快跑。

青年A又惊又气，只怕是像《黑幕大观》上说的那样遇上骗子。倘若行李箱子都丢了，钱也大部分在箱子里，那就只能讨饭了。一着急，步子加快，拿出小学中赛跑的劲头，穷追不舍。

幸而是一条大路直奔火车站，路并不太远。他气喘吁吁跑到时，"老表"已在车站前停下，将行李搬下来了。

"怎么，叫你，你不停？"似乎质问车夫，实际对象是江西青年。

"车钱两角。这辆我付了，那辆你付吧。我去买车票。你把车钱交给我，我一起买三张好了。"

青年A怒气冲冲，不理他，付了一辆车钱。

"请你替我看着行李好吧？"江西青年有点求告口气了。

这时青年B赶到了，一头大汗。

"肚子跑好了。刚才疼得要命，现在好了。你去那边小窗口买车票，我看行李。"他对同伴说了这几句，在自己的行李上一坐，掏出手帕揩汗，对那位"老表"怒目而视，好像自言自语地说："哪有这样的人！真不是东西！"

江西青年自己一手抱皮包，一手提箱子，叫过旁边等着的搬运工人扛行李，自己去买票，单独行动了。

两青年到火车上还怒气不息；可是想一想，还是自己太老实，即使上当也怪不得别人。

到了北平车站，出站后，看到前面有一排人力车，另一边有两辆马车。过来一个人。

"要车吧？到哪儿？"

"皮库胡同。"

"好，两辆吧？五毛一辆，一共一块钱。这是定价。"

既是"定价"，还了两句价也无效，那人佯佯不睬。只好答应。那人便去一排人力车前说了一句。两个车夫各掏一张纸票子交给他，把车拉过来。原来那人不是车夫，而是把头，一转手赚了两张票子。

车子过了前门，向西单牌楼进发。大约走了还不到一半路，看见路旁停着两辆人力车。车夫把车停下，过去不知说了几句什么，那两个拉车的各掏出一张票子给原先的车夫。他们一起走过来，把行李搬上新雇的车子。原先的车夫大声说："说好的，到皮库胡同给一块钱，五毛一辆。"又是上海遇见过的那套把戏。这里不会有假的小银币了，那只在上海用，可是票子也可能有花样，好在是一块钱，不用找。

皮库胡同久安公寓,这是他们的目的地,找的是一位姓方的同乡,他在北平上大学。

同乡告诉他们,车费只要顶多两毛钱,那三毛钱被人从中截取了。最后送到的车夫最多不过能得两毛多钱,那也比平常贵。

漂泊到久安公寓,是不是可以"久安"呢?

一板三眼

　　久安公寓是一所四合院。方住在上房的一间大屋里。他和姓戴的同住。戴穿着一身绸衣裤，躺在一把藤椅上，摇着纸折扇，嘴里不知低声哼着什么曲子。听见方介绍来了两位同乡，他略略欠身，没有说话，照旧躺下，继续哼唱。

　　"先住下再说。就住这里吧。"方看了介绍信后，略谈几句，便对他们这样说。随即大声呼唤"伙计"！北方和南方不同，不叫茶房，叫伙计。

　　"还有空房间吧？这两位要住。去同掌柜的说一声。"方对伙计说。叫"掌柜的"，不叫老板，这也是北方话。

　　两位新来的小客人住进了一间厢房，比方和戴住的小些。房里有两张单人木板床，一张方桌，两把椅子，两个凳子，两个木头棍子做的洗脸盆架放在门边。桌上有一把瓷茶壶，四个没把的瓷茶杯。

　　行李铺好，箱子放在床下，伙计打来两盆洗脸水。脸还没洗完，掌柜的进来了，满面笑容。

　　"两位刚到，路上辛苦了。请登记一下。"掌柜的将手上的"循环簿"和一支毛笔、一方墨盒放在桌上。

　　登记完了，问到房租时，掌柜的又满脸堆笑回答：

"这是厢房，便宜些。两位合算八块钱。包伙不供早点，午饭、晚饭合共每人七元。伙计小费随意。请先借一个月。"

一个月要二十二块钱！现在已入牢笼，逃不脱了。

青年B解下腰间的"板带"，往桌上一摔。从这"板带"的口袋里掏出一把银元，数出二十二块来，剩下的只有几块钱了，不怕"露白"了。

掌柜的接过钱，一块一块在手上颠了颠，敲了敲，看有没有假的。然后笑着，嘴里咕噜着客气话，点头哈腰退出了房门。

两青年相对望着。看来北京并不便宜。照这样，带来的钱除去路费还不够半年吃住；要上学，非得家里再汇钱来不可了。

方进门来了。他和戴两人都上的中国大学，是私立的，就在附近。对其他学校情况他不大了解。他听说两人还缺中学文凭，说，这里有几处中学都可以收高中三年级学生，最后一学期也可以插班，半年毕业。学费各校不等，大概四十元左右一学期，和私立大学差不多。附近有个弘达学院是这类中学里比较好的。这些都是私立的。公立的毕业班不收插班生，而且对转学文凭审查较严。私立大学对文凭比较马虎，但假文凭也会查出来。因此，方劝他们补习一年，弄到一张高中毕业文凭，明年考国立大学。便宜得多，又有宿舍可住。

这个建议当然很好，可是"钱"大老爷不批准啊！离家出走已经费了九牛二虎之力了。家里能不能再汇钱来，还在"不定之天"呢。

当然青年A这时万没有想到，他哥哥已经典当出了应分配在弟弟名下的田地，得了八百元，只给了他一百二十元。那天晚上大表兄叮叮当当一块一块银元敲出一百元给他时，另外还有七百元交给他三哥了。这是三哥去世以后，二哥告诉他的。假如对他说是"倾家荡产"的款子，能交给他上学，说不定他能实行方的建议。那么一来，也许他的一生就会是另一番景况了。

青年 B 的境况不同。他母亲是肯为他"倾家荡产"的，问题是家里还要养母，而且也未必够上一年中学加四年大学的。

两人闷闷不乐吃了晚饭。两小盘同样的炒白菜加几根肉丝，两碗同样的清汤，碗底有几片白菜叶。一小桶米饭和几个馒头，不够可以追加。

吃完饭，两人出门去找救兵。

这是同乡介绍的一位黄埔学生，是合肥人，姓李。因为不愿追随那位姓蒋的校长，躲在北平，跟他母亲住，而且不用原来名字，改用一个号：逸虹。

两人走出胡同，上了有轨电车，到西单牌楼转弯经过长安街，再一次望见前门和天安门，穿过天安门前两道三座门的大牌坊，望见天安门两旁的中山公园和太庙（现在的文化宫），到了繁华的王府井大街口下车。一路上电车司机不断脚踏响铃开路，车子颠颠簸簸，比上海南京路的还要破旧。

找到敦厚里的一家楼上，见到了要找的人。

主人并不像个军人。他把介绍信仔细看了两遍，说他对学校情况不了解，不过他的姐夫是东北大学教授，正在这里过暑假，可以问他。于是让两人稍坐，自己去找姐夫。

这间房子大概是李的卧室，门口是一串串五色珠子挂着当帘子。桌上有盏台灯，却没有书。

李先回来，说他姐夫少时就来当面谈。两青年从来没见过大学教授，有点心慌。

这位教授掀帘而入。他身穿西服衬衫，西装裤，踏着一双拖鞋，一手举着一只烟斗，对慌忙站起来的青年略点点头。

"来考学校吗？北大、清华的考期已经过了。师大、燕京、辅仁好像也是这两天考的。来晚了。若是乘火车来就赶上了；听说是搭海船来，误了。还有些学院都归北平大学，不知考过了没有。你们考什么系？是学理、工、农、医，还是文、法？"

在他眼中，其他私立大学都是"野鸡大学"，不值一提。他是在美国留学回来的。

两人无言可对。

李问：还有什么办法没有？

教授答：外地的近处有天津的南开，也不错。还有北洋，唐山交大。啊！唐山交大有个分院在北平，是培养铁路上人的。协和招的学生在燕京上预科，大约也考过了。

当时各校是分别招生的。好学校先招，差的后招，收罗"遗才"。还有招两次的，什么名大学也考不取的还有机会。可是一要文凭，二要钱。两样都没有，只好"望洋兴叹"。有了这两样，才谈得上才学；还得看会不会考试，猜题，答题。

教授还很热心，提出了他的建议：来晚了也不要紧，补习一年吧。只要英文、数学行，考哪里都没问题。这两样有九十分以上，国文有八十分以上，其他科目及格就行。各校算分方法不同。清华先算初中数学、英文、国文，及格了，才算高中数学和其他课；不及格，就不算其他了。北大是不论文、法或理科，都是英文占百分之四十，考理科的，数学占百分之四十，考文科的，国文占百分之四十，别的课总共占百分之二十。不过有一点，不论哪个大学，有一门不及格都不取。有零分的就更加不行了。所以最重要的是补习一年英文和数学。这两样要有把握。东北大学也是一样。张学良挂个名出钱，校长是在美国哥伦比亚大学学过教育的，杜威的学生，要求很严格。他顺带吹嘘了他教的学校。

东北大学校长不是留学日本的，倒是留学美国的，这是新闻。看来张学良同他的"胡子"大帅老子不一样，不想要日本人给他办大学。

所有这些话都无异"海外三神山","可望不可即",对他们毫无用处。

教授见没有应声,自认已经完成了内弟的托付,一掀帘子出去了,留下烟斗的烟丝香味。

李也不知怎么好,他还不了解两人的真正苦处。

这里又没指望了。他们只有这两封介绍信。回公寓时一路听着电车的不住的当当声,心里烦躁已极。进了屋,各自默默喝了一杯开水,上床蒙头便睡。

第二天,李来了,仔细询问了情况,叹口气说:

"我当年也是这样。可是现在没有黄埔军校了。武昌政治干部学校也没有了。现在哪有给穷学生办的,不要文凭又不要钱的学校呢?"

他愤怒地掏出一块钱向桌上一拍,说:

"说来说去,还是这个臭东西作怪。你们要有钱,也不至于连中学都上不起吧?"

李邀他们出去吃饭,说他知道公寓有客饭,可是吃不得,要带他们到有北京风味的一处去。"价廉物美,不是请客。"他是个失业的人,当然也不能让他请客,只能小吃。

三人一同在大街上走。李指指点点,讲西单牌楼如何拆去,西四牌楼如何还不拆。走到西单南边,指向西的一条大路说:

"这是石驸马大街,原先的女师大就在这里,男师大在和平门外;现在合并了,不分男女了,校舍还在两处。来,这街口对面这样的铺子想必你们没见过。跟我进去。"

这是一间很宽敞的大屋子,一张张红漆木板子盖在大酒缸上当桌子,旁边放着凳子。门口玻璃柜中和柜后摆着许多小碟子,酒瓶子,一盆盆菜。也有分好在小碟子里的,是花生米之类下酒菜。柜后一张桌子,桌上摊着账簿,桌旁坐着一个人,记账兼取菜。对面，另一边，是大炉子，一个上面煮着一大锅开水，像是下面的；一个上面放着平底铛子，是烙饼的；还有一个上面放着炒锅。几个人在忙着切菜，下面。

三人一落座，伙计过来，放下三个大酒杯。

"来四两白干，随便几样下酒菜。"李说。然后对两个同伴说："这是酒缸，同南方茶馆性质有点像。这些酒菜和酒都是论'大枚'的。吃的也不贵。一会再跟你们说。"

那时是小两，一斤十六两，一大酒杯就是一两酒。一个温酒的上有喇叭口的锡酒瓶只装二两酒。北平这时通行的不是"当十"（当十制钱）的小铜元，却是"当二十"的大铜元，叫做一大枚。制钱早已不用了。票子也是论"枚"，有二十枚或四十枚一张的。一块钱合多少铜元有点涨落。一元合十角但没有硬币，还未通行角票。钞票只有几家的可用，东北的"老头票"不能用。银洋有"光绪通宝"的"龙洋"，上面有条龙；有"袁大头"，上面有袁世凯的头像；还有"鹰洋"，是墨西哥的银币，上面有一只鹰和一些外国字。这些银洋都有假的，声音不一样，成色说是七钱二分银子，也不一定。钞票也靠不住。"大枚"和"大枚"票子还没造假。"酒缸"的酒和菜价都是用一大枚、两大枚作单位。摆一摊子不过值几十枚。一角钱可以抵四十枚左右。

这些都是李一边喝酒一边说的。不过他们在吃早点时从烧饼、"油炸鬼"、豆浆就知道用"大枚"了。

"伙计，再来四两。"李的酒量不小，青年 A 还可以陪，青年 B 一大杯没喝完，脸早已红了。其实两个四两加一起才半斤。这种白干，李可以独自喝半斤以上，青年 A 也能勉强喝半斤不一定醉。于是越谈越高兴。这里的酒除"白的"外还有"黄的"，是山西黄酒。他们只喝"白的"。

李有了三杯酒下肚就滔滔不绝了。他自称是个戏迷，问那两人懂不懂戏。"酒缸"同茶馆一样贴了"莫谈国事"条子，谈戏当然无妨。

青年 A 这时有了点酒意，想卖弄他在 F 县民众教育馆听唱片得来的一点知识，说：

"只在乡下看过庙里戏台上唱的《杀子报》；还听过唱片《马前泼水》《徐策跑城》；看过戏本子，上面有《牧羊卷》《小放牛》《小上坟》《丑表功》；可没见过真正的京戏。"

李一面听，一面笑，听他说完了，打了一个大哈哈，喝了一口酒，说："你讲的全是海派戏，不是京戏。还有《莲英惊梦》，对不对？"

青年 A 忘了提起这一张好像是时慧宝唱的唱片了。他一直不明白莲英是女的却为什么要用大嗓子唱。自己知道必是说错了，可是带着酒意还不服输。回答说：

"真正的京戏唱片也听过几张。有谭鑫培的《空城计》《李陵碑》《四郎探母》，还有小杨月楼、李吉瑞，不知算不算。"他没敢说《刀劈三关》，怕那是海派。

李倒不笑了。他觉得这个乡下孩子居然说得出一串又一串戏名，也不容易。便耐心解说，汪笑侬的"汪派"、麒麟童（周信芳）的"麒派"，为什么是"海派"。他又说：

"老谭怕人学去他的戏，唱片灌得靠不住。那时灌唱片技术也不行，又翻印了多次。谭派现在变成余派了。现在是余叔岩，学谭又超过谭。那真是一绝，百听不厌。'小叫天'谭鑫培，'云遮月'的嗓子，那是唱给慈禧太后听的一绝，现在是历史了。"

"杨小楼呢？"

"他是武生。"

"梅兰芳呢？"

"他是旦角。听戏就是要听老生戏，听韵味。老生唱腔就只有谭派。谭派今天就推余叔岩。不论谁学老谭，怎么变化，也盖不过他，余叔岩。可惜他现在不唱了。"

随后他讲起，京戏叫"听戏"，不叫"看戏"。说从前戏园子前面几行桌子是竖排的。听戏的人横着坐，耳朵对着舞台，闭着眼睛揣摩韵味。做功是后来才重视的。唱、做、念、打，唱是第一。又问懂不懂西皮、二黄的分别，板眼的讲究，什么叫"咬字""上口""尖、团音"。

青年 A 也不敢不懂装懂了。

李一面讲授，一面还在桌上打着拍子，解释板眼，并且低声唱"南阳关"，说这是入门戏。"恨杨广，杀忠良，谗臣当道"，还带着锣鼓点子。又告诉他们，戏台上打鼓的是指挥，全台戏跟着他的鼓点子。

"原板是一板一眼，慢板是一板三眼，还有流水板、快板、倒板、摇板等名堂，一下子讲不清。不知道这些，就别去听戏，瞎花钱。"

李还想要酒，两青年怕他喝醉，急忙阻挡。他笑了笑，喊："伙计！来三碗刀削面，三碗拨鱼面。"

伙计吆喝以后，李告诉两青年可以过去看看怎么做的。两人到炉边一望，果然是用刀削一块面，又从碗里拨出面下锅，真像一条条鱼。

"这铺子是山西人开的。这是山西做法。你们尝尝。这里也有面条、炒饼、烩饼、烙饼，也有炒菜。小酒缸就只卖酒和下酒菜。吃'抻面'另有地方，叫'一条龙'，下次带你们去尝。在北京，除京戏以外，我欣赏的就是'酒缸'。怎么样？不坏吧？吃了半天，三个人，过不去一块钱。不要去下馆子。有的馆子看来不大，菜不好，价却高，叫做'小吃大会账'。不要上当。公寓的伙食不好，可以到'酒缸'吃。不喝酒也行。这里有黄酒，我不喜欢，不过瘾。白干也不止一种，别喝太次的，'上头'，伤身体。"

结了账，李乘酒兴请他们看电影。便去附近一家中天电影院。已经开演，只买到最前一排的三张票。

进去坐下，离银幕太近，要仰起头看。人影子太大，晃晃荡荡，看不清。不一会，人像不见了，出现了字幕，是对话。字幕过去，又接着演。一会又是字幕，屡屡打断。那是无声片，对话都是字幕，上一行英文，下一行中文翻译。看了半天也不知演的是什么，只听园子里观众有时大笑。

"这是罗克演的笑片。前面还有贾波林（卓别林）的，那要好些。我们来晚了，坐得太靠前了。"

因为喝了酒，都有些困，没看到完场就出来了。两人始终不知看的是什么电影，心里想：若电影就是这样，再也不看了。还要一角钱一张票！

李回家，两人回公寓睡了半天。

醒来相对发愁。

"一板一眼，一板三眼，我们这样还不知道哪里会来一板子，打下哪一个眼里去，出不来呢！"

又一天，李来请他们晚上去他家吃螃蟹，大约是快到中秋节了。这次才见到李的姐姐和母亲，当然还有那位教授姐夫。两青年都不敢喝酒，怕失礼。就这样，李教导他们怎样吃螃蟹时，青年A还偷看到那位姐姐在窃笑。那位姐夫昂首天外，旁若无人，用一个大杯子自斟自饮，不知是什么外国酒。青年A心里想：自己在家也不是没吃过螃蟹，不过没有这么大就是了。有什么好笑的？他决定不再去李的家里了。

方和戴两人都是大学生，却从不见他们去上课。戴常常晚间出门，有时方、戴两人一起。戴忽穿绸衫，忽穿西装，常对墙上挂的一面镜子照来照去。穿西装时，颈下挂一条花领带，飘来飘去，还一次一次换花色。青年 A 想：在《小说月报》上看见过拜伦和歌德的画像，都不是这样结领带。《饮冰室文集》前面有梁启超的赴美时照片，少年英俊，穿的西装，颈下是一个蝴蝶结，也不是带子。现在怎么时兴这样？戴在院子里进来出去时的得意样子，实在有点看不惯，他也就不大愿意去上房了。

方不像戴那样，还常来看他们，但无力相助。

有一天晚间，李兴冲冲地来了，约他们去打台球。

"是乒乓球吗？"

"不是，上海人叫打弹子。现在这里人迷上了，风行一时，东城、西城都有了台球房，就是上海的弹子房。我带你们去见识见识。西单就有一家。"

三人到了那家台球房，推门进去，是一间大厅，摆着几张球台。台上是绿色毯子，上有三个象牙球，一红，两白。已经有人在打了。

过来一个花枝招展的女招待，招呼一声，便引他们去一张空着的台边，拿过两根球杆，递一根给李。她好像认识李。另一根向两人面前伸过来，两人都不接。李说："他们还不会。还是你陪我打。"

李举起球杆，仿佛是将杆头在台边用一个粉扑子似的东西擦了几下，便俯下身去，对准白球，瞄了半天，一杆子打去。白球滚过去碰红球，两球碰桌边，来回几次，停下了。

女的笑了笑，也弯下腰去打白球。她并不需要瞄准，随手一打，又是白球碰红球，两球碰桌边，一颗球向桌角一滚，不见了。原来那里有个洞，球掉下去了。

李不服气。女的捡出球来。李又去打。这次打中了，居然掉进洞去。于是女的到墙边去，在一个挂在那里的大算盘似的东西上拨过一个珠子，算是李得了一分。

两青年在窗子边的椅子上坐下看他们打球。那边的两张台子上好像并不是女招待陪着打。有的是两个男的打，有的是一男一女。另有个女的在计分，大概那才是女招待。

不知打了十五分钟还是二十分钟。李和陪打球的女的边打球，边说笑。时间到了，放下球杆。李掏出票子交给女的，不知是多少钱。

出来后，李说：

"这东西玩不得，玩上了瘾，天天想玩。除照规定时间交打球费用外，还得给女招待钱。若是要她陪打，还得多给。打球还可以赌输赢。这些女招待都打得好，决不会输。这本是一种运动，到了中国成为赌博。我打了几回，还没有上瘾。你们千万不可学，看一次就行了。"

两人都想，上学校念书都没有钱，哪里还有钱学打台球？

除了"酒缸"、京戏、电影、台球以外，李还告诉他们一些北京风俗。他其实原在南方，大革命失败以后，才脱离军队北上，也不过两三年，口音还没大变，讲起话来却像老北京口气，成为他们到北京后上第一课的老师。但是李对他们的上学毫无办法。

青年 B 和 A 不同，他不但常去上房见方和戴，而且也常到李家去，和李的姐姐也有点熟了。有一天他又到李家去，回来后脸色阴沉，说：

"老李也要走了。真想不到会有这样的事。"

前一天李上午出门，下午回来发现只有老母亲一人在家，姐夫和姐姐双双不辞而别了。事先一句招呼也没有打。离大学开学上课也还有几天，用不着这样匆忙。老母亲只得到女儿一句话："以后会给你每月寄生活费的。"本来是姐夫一人去沈阳，姐姐在家侍奉母亲；这样一走，分明是把母亲和弟弟甩开了。李很生气，说是教授拐了夫人私逃，真是奇谈。这样一来，李不得不赶快自找职业。

北平无法想，他决定去南京。别处他没有朋友可找。

两青年决定到"酒缸"给这位认识不到一个月的老友兼老师送行。

李一字也不谈家里的事，只嘱咐他们以后要小心待人，说现在真是"人心不古，世路崎岖"。其实是向来如此，古时的人心和世路又何尝两样？他又说，也不可多疑，毕竟还有好心肠人。这自然不错，李是一个，方也算是一个。

"你们尽管放心，我保证决不会给草头将军（蒋）当奴才。"李一拍酒缸上的桌面，把一只大酒杯震得跳了一下，一颗花生米跳出了小碟子。

他不让他们送行。他直闯虎穴，到蒋王朝的"辇毂之下"去混事，又不知换了什么名字。

以后青年 B 还在南京见过他，仍然豪气逼人；可是干的什么事一字不提，只说是自己的墓碑上可以题八个字："死有余辜，问心无愧。"果然，他被他的原先校长杀害了。据说罪名是盗运军火。

方为他们两人的上学想不出任何办法，补习也找不到门路。他的父亲曾跟随方振武任过短时间的省政府要职，也算是个不小的官，但是给儿子上学的花费却严格规定每月的数目。他有少爷的资格，却没有少爷的本钱。戴不是少爷，但是家里不限制他花钱，所以能摆出一副大少爷的派头。不过两个人无非是吃馆子、逛公园、看外国电影、打台球、听京戏之类，不上课，也不是胡作非为的"衙内"，还够不上做"玉堂春"里的王三公子。钱来了，花个痛快；花光了，蹲在公寓里吃白菜。他们不上课，只一年一年等着拿文凭。公寓掌柜的深有经验，挂号信一到，他先知道；汇款单要公寓盖章才能取钱，他去代取，先扣下公寓的费用。

"你们每学期还考试吗？"

"那是当然。不考，怎么升级、毕业？"

"临时准备来得及吗？"

"来得及。带着讲义去，临时翻翻，写卷子时不看就是了。反正白纸上写满了黑字就及格。"

"答错了呢？"

"照样及格。只要不是空白卷子。那些教授根本不看卷子，只看字写得多少好坏来分别多几分、少几分。一律及格，六十分到七十几分。有人答非所问，也得六十分。教员为什么要给不及格？分数又不是他私有的。学生不及格，不选、不上他的课，他的饭碗成问题。不及格的多，有了不毕业的，投考的会少，学校会招不到学生，砸了牌子，哪里来的钱请教员？这不是明摆着的事吗？谁有工夫，谁要学习，就去上课，找教授去。这是'姜太公钓鱼，愿者上钩'。我们已经混了三年，开头还上课，后来明白了，不大去了。北平也住够了，老问父亲要钱也不是事，再过一年拿到文凭就要走了。"方说。

这也算是给两青年上了一课：文凭是一切。

他们到了一个多月，政局发生了变化。八九月间汪精卫来到北京。十五日报上登出照片，宣布成立另一个"国民政府"，阎锡山当主席，冯玉祥、汪精卫当副主席。冯在前线督战，这是阎和汪勾结起来唱的戏。他们只是靠反蒋招牌连成一条线，实际上各有打算。

新成立的政府下令：北平改回原名北京。可惜没有满三天，报上就登出张学良的一封电报。这不是给"各报馆钧鉴"的"通电"，而是用一个字打倒了阎汪政府。因为第一句是"南京国民政府钧鉴"。若是"南"字改"北"字，蒋介石的仗便不好打了。可是这个署名"职张学良叩巧"的电报是承认南京政府的。东北军从后面打进关，北京如何抵挡？于是阎锡山立即逃回山西，汪精卫逃到天津乘外国船"出洋"，冯玉祥收拾西北军向西北退去。张是专等阎、汪成立政府，来个措手不及，师出有名。这同不多久前他杀死杨宇霆以及东北"易帜"一样做法。他是专会下这"迅雷不及掩耳"的一着棋的。后来的"西安事变"也是这样。不过也有失算之处。他的"巧"电是韵目"十八巧"，日期是1930年9月18日。整整过了一年，日本军便占领沈阳，东北失陷，他再也没有回去。

人做事，不论大事小事，"板眼"总不能扣得像唱京戏那样紧，一丝不差。书法家和画家也不能没有败笔。下棋难免失着。

两青年来到北平，是落在"板"上还是"眼"上呢？

家庭大学

大学的门进不去，却不妨碍上另一种大学。

初到北平的一个多月里，青年 A 在火车站先得到一位"把头"上了一课。后来老李又给他系统地讲了几个专题，"酒缸"、京戏等等。

公寓掌柜永远是那样点头哈腰，面带笑容，还没露出另一种脸色。虽没来挂号信，但第二个月的钱已经要去了。伙计永远面无表情，只做照例公事。除说出自己是唐山一带人以外，什么情况也不透露。公寓住客几乎都是学生，互不招呼，陌生到底。

过不了几天，青年 A 便自封为"马路巡阅使"，出门去走街串巷了。他不敢走远，只在西单一带溜达。

他在石驸马大街的原先女师大的门前徘徊。看男女学生进进出出，有时还有坐包车（专用人力车）来的夹着皮包的教授。他对这些大学生不胜羡慕之至。心想着他所知道的女师大的著名教授鲁迅、钱玄同、黎锦熙、杨树达。这些人的书和文章他读过，以为教授都是这样的大文豪、大学问家。

在离师大不远的世界日报社门前，他每天看张贴在报栏里的当天的报纸。从大字标题新闻到副刊和广告都不放过。他觉得这里的报纸和上海的《申报》《新闻报》不大一样。

一条条胡同里转来转去，终于在宣武门内发现了一条头发胡同。北京的地名奇怪，有很难听的"皮库"胡同，又有并不很细长的"头发"胡同。不料这条胡同里有一大宝藏：市立图书馆。这也是大学。

　　他走了进去，从门房领到一个牌子，便进了门，不看文凭，也不收费。

　　这是两层院子。外层院子长方形。靠街一排房子是儿童阅览室。里层院子是方形。一边厢房是阅报室，一边厢房是馆长室和办公室。正面三大间大房打通成一个大厅，中间空一块，两边相对是一排排桌椅，每人一桌一椅，行间有通道，正面一个柜台，台后桌子两边对坐着两个女馆员。后面有门通书库。也许后面还有个院子。柜台两边靠墙有书柜，一边是目录卡片柜，一边是上下两层玻璃柜，上一层是《万有文库》，下一层是一些同样大小的英文书。下面光线不足，望了半天，才看出书脊上共同书名是三个字："家庭·大学·图书馆（丛书）"。目录柜中一查，古旧书不多，洋书只有摆出的那些，几乎全是"五四"以后的新书。

　　这下好了。有了大学了。青年 A 便天天来借书看。中国的，外国的，一个个作家排队看"全集"，有几本看几本。又去隔着玻璃看《万有文库》的书名。其中有些旧书是看过的，许多新书不曾读过。于是他用笨法子，排队从头一本本借看，想知道都说些什么。《史记》《石头记》《水浒》以及《因数分解》《轨迹与作图》之类就不借了。有的书看不明白，简直不知所云。例如康德的《纯粹理性批判》和弗洛伊德的《精神分析学引论》，都是文言译本，看来好像比柏拉图的《理想国》还难懂。他想外国人原来一定不是这样讲话的，外国书不看原文的不行，变成中文怎么这样奇怪，不像是有头脑的人在说话。于是他奋勇借阅《家庭大学丛书》，也从头一本一本借出查看是些什么，硬着头皮连看带猜，还是有懂有不懂，但觉得有的书比那几本文言译本还明白些。他认为这不是文言之过，因为严复、林纾的译文也是文言，却明白如话，看得下去，也有外国味。怎么外国哲学家的头脑特别？他因此下决心学外国文，倒要看看外国人怎么说话作文，怎么思想，是不是有另一种头脑，中国人懂不了。

到哪里去学英文呢？补习学校也进不起啊。

除上图书馆以外，他仍在街巷中"巡阅"。有一天偶然看见一家大门边贴着一张红纸条，上写："私人教授英文。"

进去一问，原来是一位三十来岁的人，说是课本自选，语法也可以教，从字母学起也行，每天下午一小时，每月学费四元。这里就是他的家。

他下决心学，交了四元学费。他已接到家信，批准他留在北平上大学，过旧历年前可以再汇一笔钱来。

学什么呢？从家里带来一本破旧不堪的《英华双解辞汇》，一本《英文典大全》和一本《英语构造法》，都是英文本，但非外国原著。《纳氏文法》等书哥哥说自己要用，不给他。这几本不合用，得去买。

去西单商场新书摊上看了看，又到一家旧书店去找，却不知买什么好。记得那位在上海大学上过学的说，他念的是苏曼殊的《断鸿零雁记》英文译本。这本书他不喜欢。忽然看到一小本世界书局出版的《少年维特之烦恼》英文本，后面还附点词汇，很便宜。他想起一些同学和朋友迷上这本书，是郭沫若译的，他也看过，却不知好在哪里。他对那位爱朋友妻子而自杀的维特没有好感，不懂得爱上了人为什么要自杀。并没有人妨碍他去爱，要爱就爱好了。他想歌德这书在当时德国和现在中国这样风靡一时，郭沫若都肯介绍，可见其中定有奥妙，从汉译看不出来。德文的看不懂，英文译本总比中文译本更接近原文吧。于是花两角钱把这本半新不旧的书买了，当英文课本读。

第二天去那人家里学英文。老师一见要念这个，他也没看过，愣了一下，也没说什么，就从头一句一句讲。青年A既看过中译本，又先查过生字，一听之下，觉得英文也并不难。学了几天，读了开头几封信，自认为自己查查字典也能看下去，而且觉得那英文不比郭沫若的中文好，还是看不出歌德的天才在哪里。想来只有读德文时再念原文了，便向老师提出。老师欣然同意，说，学英文当然要念英国人写的书，翻译总是不如原文，尤其是文学书。他认为英国诗没有一首能译成中文不走样，译得好也只能算是中国人重作的。

那么读什么呢？请老师推荐一本。屋里连书架都没有，只有几本书堆在桌上，老师便拿过一本给他看。这是商务印书馆出版的那种硬书皮的读物，家里有几本，如《天方夜谭》等，不过这一本他没见过。这书的中文名称是《阿狄生文报捃华》。

"这是英国散文的模范，值得精读。这才是英文，真正的英文。英国学生都要熟读的。"

他去旧书店找了一本，廉价买来。

果然这本书和他所知道的和想象的都不一样。越读越觉得像中国古文。他那时还不知道这也是英国古文。那种英文句句都得揣摩，看来容易，却越琢磨越难。明明是虚构的人物却活灵活现。又是当时的报纸文章，牵连时事和社会、风俗、人情、思想，又不直截了当地说，而是用一种中文里罕见的说法。他以为这大概是英国的韩愈、欧阳修吧。

"富兰克林学英文就是念的阿狄生。"老师这样一说，他更认为这个矿非开不可，越不懂越要钻。一看就懂的也得查究出不懂之处来发问。教学渐渐变成了讨论。讨论又发展为谈论。从文体风格、社会风俗到思想感情，从英国到中国，从18世纪到现代，越谈越起劲，最后竟由教学发展到了聊天，每次都超过了一小时。甚至他要走，老师还留他再谈一会。后来两人都成为阿狄生在《旁观者》报上创造的那位爵士的朋友，而且同样着迷于谈论。两人都自觉好像在和 18 世纪初年英国的绅士一起谈话。那位绅士，或则阿狄生，还有另一位编者斯蒂尔，也在旁边用写的文章参加。教学英文不是念语言文字而是跑到英文里去化为英国风的中国人了。

"这问题，假如是阿狄生，会怎样说呢？"

"爵士提起手杖，微笑着，说……"这爵士就是来学英文的青年学生。他把英文、中文混合起来乱讲，也不知是背诵书本，还是做练习，还是发了疯。

糊里糊涂一个月满了。他想想好像是从德国跑到英国兜了一圈仍然在中国，这样每月花四块钱来作不中不英亦中亦英的聊天不大合算，同时也想省钱，便告辞说下月不来了。

老师有点怅然。他说，以后不交学费，有问题也可以来问。一个月来已经成为朋友了，希望不要忘记他。他是大学英文系毕业以后教书，得了一场病，病好了家居休养，招几个学生在家教，却从未遇到过这样一个学生。据他说，不仅安慰了病后的寂寞，而且精神振奋，感觉到大学四年学的英国文学只是应付考试的表面文章和零星知识，学的都是死的，不是活的，以后要从头学起，真正研究英国文学。许多问题是从来没有想到的。

事实上，他不知不觉把自己在大学四年中所学的英文要点和心得给了这个学生，或则说被学生掏了腰包而自己还不知道。这不是他教出来的，可以说是学生学出来的，真正说来两者都不是，而是共同发生兴趣结伴探险得来的。

青年 A 想：这回岂不是进了"家庭大学"吗？

不料还有一处"家庭大学"等着他上，上的时间更长，得益更多，而且不费一文钱，当然是既不要文凭也不给文凭。

有一天他在《世界日报》小广告栏中看见一则："私人教授世界语。每月学费一元。宣武门外上斜街十五号。"

他在教小学时曾向上海世界语学会办的世界语函授学校交过一元钱，学过一气，不过全是从讲义学，全不上口，发音靠自己跟哥哥学英文《模范读本》时的国际音标训练无师自通的。他总想有一天张嘴同人讲讲试试。那时周围的人都笑他幻想，空谈，无政府主义、虚无主义等等。他不知道给他改练习卷子的是胡愈之、巴金、索非等人，也没有学到底。

看到小广告，他高高兴兴找去了。

这是一所大宅深院，门口和前院好像没有人住。大门旁有根绳子，旁边纸条写着"找人请拉铃"。他拉了铃，从后院跑出来一个十来岁的女孩子。一问是否有人教世界语，她说："啊！我去告诉叔叔，先请到里面。"引他进门到旁院一个大客厅中，自己跑进后院去。

这间大厅陈设简单，但很古雅，挂些字画。他向壁上挂的中堂条幅一看，写的是一首词，末尾赫然署着：

"宣统十六年秋于宣南。"

他吃了一惊。宣统只有三年，哪里来的十六年？却又明明是白纸黑字，一点不错。字写得很好，词也不是一般手笔。难道是一个奉前清"正朔"的遗老教世界语？这就奇了。

一个四十岁左右，头发秃了一半，牙齿也出了豁口的中年矮个子笑着走进大厅。

"日安！"青年A用世界语说出口，自己也不知对不对。

那人完全没有想到来学世界语的竟张嘴就讲世界语，愣了一下，才连忙用世界语回答：

"日安！日安！先生！"接着改用中国话问："先生学过世界语？"

回答是念过上海的函授学校，不过没有毕业。

"我们是同志了。"这句话是用世界语说的。

"我们是同志。"青年也用世界语重复一遍作回答。他大感惊异的是两人发音几乎完全不差，彼此能互相听懂。

"那就不用学了。我只招初级学生。北平有几位世界语老同志，将来我引见引见。请坐。请问是上学还是做事？"

两人坐下谈了一会，青年心中疑团越来越大，终于忍不住了，问这条幅上的"宣统十六年"是怎么回事。

"啊！这不是我们的客厅。我们是房客，住后院。这是借用房东的客厅。房东不在这里住，只有一个看门的。房东是前清遗老，所以还在遵守他的'正朔'。哈哈！"

这才清楚了。说出这位房东的名字时，青年仿佛也有点知道，那是一位有名的晚清文人。

这位世界语同志孤身一人住在他哥哥家。他的唯一嗜好便是世界语。家中都认为他着了迷。他却偏偏也有几个着迷的朋友。先出来的是他的侄女。她以为花一元钱登小广告招世界语学生是傻事，决不会有人来学。今天居然来了一个，使这位同志在家中威信大大提高。可是事后知道，总共只招来这一个，还不是学生，成了朋友。广告费没能收回来。

这位世界语老同志姓张，名佩苍，原籍河南。

来过几次后，张对他说："你要继续学习世界语，我不能教你。这里有一位养病的同志，他才是精通世界语的，英文也好，有许多世界语书。约好哪一天我同你一起去见他。"

青年 A 上的另一所"家庭大学"又向他开门了。

这位世界语同志是蔡方选。他在匈牙利出版的刊物《世界语信使报》上有时发表小文章，名字是拼成一个词 Caifonso。原籍江西。

这天，青年 A 先到宣武门外张家，张说："已说好了。蔡愿意见见你，一同去吧。"两人又进宣武门，到蔡居住的亲戚家，离师范大学不远。

蔡大约不过三十岁，戴着近视眼镜，躺在院中一张藤椅上晒太阳，身旁放着一个小茶几，上面有水瓶、水杯、药瓶和一只吐痰用的搪瓷盖杯。他的病是肺结核，那时认为是无药可医的，只能静卧、晒太阳、呼吸新鲜空气、吃鱼肝油，算是一种富贵病。穷学生都害怕得这种病。

蔡允许他去看那一小架世界语书；但他没敢开口借，怕第一次见面还未取得信任。这一次的收获是得到单独再访的允许。他以后由张的帮助买到一本很早的《世汉字典》。又去访问、请教蔡之后，蔡主动说："我的世界语书你可以随意借去看。"但他不知从哪一本借起好。还是蔡的意见：从创始人柴门霍甫的书看起吧。可以先借那本《文选》去读。

从此他又用那笨方法，把书架上的书一本本排队读下去。《安徒生童话全集》《哈姆莱特》《马克白斯》《神曲地狱篇》《塔杜施先生》《人类的悲剧》《法老王》《室内周游记》等等都是看的世界语本子。后来他还译出了一篇英国人用世界语写的游记体的小说寄给《旅行杂志》，居然刊登出来，得了三十元稿费。那书也是从蔡借的。

蔡住的亲戚家的院子成为他的大学教室。在谈话中他得了不少知识。蔡是南开大学毕业，当过教员，养病寂寞，对他谈学问，不限于世界语了。但关于个人私事一字不提，他也从来不问，不说，彼此不谈。

他同张的来往也密切起来。张的宏愿是编一部收罗词最多的《世汉字典》。编成了，出版家以缺少例句为理由不接受。他又编一部《中国山水词典》，出版家又以必须有名人署名为条件而拒绝。抗战开始，两本书都未能出版。他的另一志愿是开世界语书店。这由于蔡的大力支持，居然办成了，还出版了两本小册子。一本就是保加利亚的短篇小说《海滨别墅》和《公墓》的世汉对照本，是青年 A 译出又由蔡校过的。另一本是蔡的译著。这个书店没有门面，就设在张住的兄长家内他的卧室中。房东的那个大客厅成为他的接待处。他还在那里接待过一位东欧的世界语者。办理业务主要是通过邮局。由于张，青年 A 才知道向国外可以用邮局代收货价的办法（C.O.D. 货到付款）预订书，而最方便的是向日本东京丸善书店写一张明信片买。那书店什么书都有，包括世界语书，而且来书迅速，很讲信用。

张还介绍他认识两位在两处著名大图书馆工作的世界语同志，但他从没有向他们或托他们借过书，不愿利用别人的职务，使人为难。

张在抗战时北平沦陷后抑郁而终。蔡到 50 年代还在，后来因心脏病去世；始终养病，没有工作。

张告诉青年 A 另几处图书馆，他也都去过。

一处是在中山公园内中山堂里。他为此游了一次中山公园。这里不如头发胡同方便。

一处是北海公园内的松坡图书馆，是纪念蔡松坡（锷）的。他为此游了一次北海公园。这个图书馆设在僻静的小山中间，门口有个不大的匾。全是西文书，摆在那里任人取阅。陈设很精致。有一张蔡松坡的放大像。看不到有管理人员，无人把门。看书的人没有几个，都是中年或老年；从服装上看，全是上流人士。穿蓝布长衫的学生装束的青年只他一人，却并没有人对他注意，更没有人来监视他或竟赶他出去。因此他觉得自己更应该有读书人的风度和气概，不能被人瞧不起。这里根本不要入门证。门是敞开着的。书有许多大部头的，新旧全有。除陈列的以外，大概还有书库，那就要找管理的人借阅，要办手续了。

这时北京图书馆还未建成；建成以后，松坡图书馆的全部西文书都归并进去了。中山堂的书，国子监的书，听说也进入了那座新建图书馆的书库。

还有一处是中国政治学会图书馆。这是供会员用，不对外的。张告诉他也可以去。他去过公园中两处便胆大起来，也去观光。本来听说在太庙里，由此他游了一次太庙，却不料有门在外，通南池子。这是一个大院中的一所楼房。里面也几乎全是西文书，有一些日文书，几本中文书是政治学会自己出版的或是会员的著作。进门也没有人管，只在楼下入口处放着一本很大的签名簿。一看簿上都是稀稀落落大字的名流的名字，他没敢提起旁边的毛笔或钢笔来把自己名字夹在中间。也没有人管他是否签了名。书架从地板直到天花板，有可以移动的阶梯凳子供人上去取书。楼下还有一处摆着外国报纸。他第一次看见伦敦《泰晤士报》，字那么小，有那么多张。还有东京的《朝日新闻》。楼上大概还有供休息饮茶以及谈话或开小会的地方，他没敢上去，知道那是供会员使用的，自己样子就不像会员。他看见走进来的两三个人都是西服革履、鼻架眼镜、手抱皮包的教授神态的大人。分别来的这几人中，每人进来时都连望他一眼都没有，仿佛他并不存在，有隐身法。那些人也只找书、看书，不说话，同在松坡图书馆里一样。

他巡视的结果是认为自己的大学除别人的家中有不收学费的老师以外，还是头发胡同的图书馆。这不是他一个人这样想。后来他在这图书馆中结识了一些穷学生朋友，大家同有此感。特别是冬天，这里有个大煤火炉子，比公寓里生煤球小炉子暖得多，而且不花钱，又有烟囱不怕中煤气。有一次有一个穿得很单薄的女孩子拿一本书站在炉旁看，显然未必是为读书而实在是为烤火而来的。柜台后的女管理员毫不干涉，认为很自然，不当回事。冬天上座率由此比夏天高。

青年 A 到北平来后第一个月就进了这样的特别大学。他的老师中没有一个人有什么头衔。

　　他还进了一所更加不像样的大学，那就是旧书店和书摊子。他常去站在那里一本本翻阅。旧书店里的人是不管的，无论卖中文书的或卖西文书的都不来问你买不买。因为是旧书，也不怕你翻旧了。卖新书的书摊子就不同了。翻看而不买，久了就遭白眼。还有琉璃厂的古旧书店里那种客气神态是招呼常来的教授学者的。对他们是把书送上门的。摆在架上的书不过是做样子。他们来了总要"请坐，请茶"。对待穷学生的冷淡神态等于驱赶他们出去，告诉他们这里不是大学。同样地方，到过年时路旁的"厂甸"书摊子最大方，可随意翻阅。那时北平还保存着北京古都城留下的风格，逐客令是客客气气下的。有些大店门口站着说"您来了""您去了"的人实际是监视人员。有些店员客气得使顾客不好意思不买一点东西应酬一下。这些地方当然他不便问津；不过去古书店一次，了解情况，也是上了一课。

课堂巡礼

青年 A 却也进过大学的课堂，还不止一处。

谁来引进的呢？

青年 B 决心暂时不进大学，以后再说，先找个职业。方介绍他到安徽小学去当教员。每月二十五元，管住。他对 A 说，如果家里接济不上，他每月可以省出五块钱来给他，使他不至于饿死。

B 一走开，A 单独一人住不起久安公寓。不说"久安"，连"暂安"都办不到。仗了他当"马路巡阅使"的经验，找到了一家便宜的公寓，搬了过去。

这是一家小公寓中的和大门连成一排的小房间。一共两间，他租下靠角落的阴暗的更小、更便宜的一间，和靠大门的一间只有薄薄的有缝的木板壁隔着。分明这本是一间房，隔成两间，开两个门，分别出租的。大门另一边是掌柜的账房，再过去是伙计们的住房和厨房。这也是四合院。上房是头等，厢房是二等，这里是三等。这间房每月租金三元。供伙食两顿是六元。外出早餐省点钱，或竟高卧不起，"废止早餐"。这样，一个月有十一元多一点，就食住无忧。到老师家中或者去图书馆、旧书店上学是不花钱的。路可以走去，不用车钱。

住了不到一星期，发生了一件意外的事。

本来邻居是个男的，那天早晨他起身出门却看见一个女青年站在隔壁门前刷牙，显然也是刚起床。一夜之间男变女，他竟不知道。隔着一层薄板，昨晚听得见隔壁有男女说笑声。他只顾看书，看完便睡觉，一点不去听邻人讲什么，不知怎么发生的变化。

　　他望了望女的。很年轻，比原先男邻居小一点。他自然不好打听。出去吃了早点回来，隔壁已经锁上了门。到晚间见到邻居男女二人双双回来进屋，才恍然大悟。昨天是星期六，今天是星期日，原来这是表演"七夕"。这一来，晚间的谈笑不免会扰乱他了。幸而那一对晚饭后又走了，也许是去看电影。他们回来时，他早已沉沉入梦了。星期一早晨女的便走了。仍然是一个男邻居。大概两人都是学生。

　　他想搬家，不仅是为这邻居，而且是为这家公寓里人太杂，太闹。虽然房租便宜些，住客却并不都是穷人。虽说大多数是大学生，但人品很不一样。久安公寓算是中流以上，这里是中流以下。白天卖冰糖葫芦的常进院来叫喊，还抽签赌博。小贩以葫芦为赌注，总是赢家。门外巷中到深夜还叫嚷："半空（花生）多给！""萝卜赛梨啊！辣了换。""卤猪肉啊！炸豆腐。""馄饨啊！开锅。"有时还有卖唱的夜间进院来，响起胡琴声，招引客人。白天也偶见小男孩在胡同里走台步，唱"我本是……"。

　　搬到哪里去呢？这一带很难找到合适的便宜房子比这里环境更好。

　　他还没有打好主意，头疼的星期六又到了。不知为什么这天晚上女的没来。第二天上午女的来了。男女两人一面说笑，一面在屋里噼里啪啦收拾东西。快到中午，听男的喊伙计叫两辆人力车。原来是他们搬家了。青年 A 趁机出门看着他们走，好像是送行。

　　这下子清静了。

　　过了一个邻室寂然无声的星期日晚上。到星期一下午，午饭刚过，隔壁响起了悠扬的胡琴声。先是调弦，接着是西皮、二黄来了。不知搬来了什么人。掌柜的是不会让房子空着的。这位拉胡琴的邻人只怕要昼夜不息吵闹，他决心明天就找房子搬家。清静第一。希望能只算半个月房租。

不料他第二天下午从图书馆回来吃晚饭时，见到新邻居正站在房门口，好像是等着他，一见他开门上的锁，便过来主动问话：

"我拉胡琴吵了你吧？"

"不要紧。我白天总不在屋里。只希望你晚上能不拉。"他不客气地提出要求。

"晚上我不拉。我晚上有事。白天我也不拉。昨天刚搬来，一高兴，拉了起来。拉完了才想起吵了邻居。出门一看，你已经锁上门出去了。我先住的地方满院子有几把胡琴，吵惯了，不觉得。这里也许只有我这一把。"

青年 A 觉得这人的话太多，听口音是东北人，二十几岁，不想和他交朋友，便开门进屋，没有招呼他进来坐。

没想到那邻人看中了他。这完全是由于寂寞。这邻居青年本住在较高级的公寓里，但现在有件事使他家里没有按时寄钱来。他准备经济来源断绝时的情况，马上节约开支，住进了这间低级小屋。乍住进来，有点不惯，所以拉胡琴解闷。同时心里闷着话无人可谈，他的同乡和朋友不听他的那一套想法，认为他可笑。因此他想同隔壁这个还不脱孩子气的南方人交朋友。他家境并不富裕，可是按时寄来的钱足够他的开销，比青年 A 强得多。他不知道新邻居的景况，猜想是个刚到北方来的南方学生；是富还是穷，这一点他连想也没想。

这天晚上果然琴声没响。青年 A 觉得这人还想到别人，是个好人；不知他晚上有什么事，便出门望了望。只见原先那一对邻居在玻璃窗上加的窗帘撤走了，屋里射出灯光，邻居正在对窗户坐着，奋笔疾书，不知是写信还是作文。看来这个人不是会闹事的，便打消了搬家的念头。

终于在一方的主动之下，两人成为朋友。

"你贵处是？"新邻人问。

"安徽。"

"啊！南方人。哈，我有个南方人做朋友了。"

"不算南方，我家在长江以北。"在青年 A 心中的地图上，他的家乡是中国的中部，是南北之间。

"那还是南方，遥远的南方。我是东北人，家在吉林农安。听说过这县名吗？真是'有缘千里来相会'，现在住成邻居，只一墙之隔了。"

邻居兴致极好，不管青年 A 愿不愿意，他极力邀请进他屋里去坐。这是他搬来的第三天午饭后。

屋子小，只桌上放几本书，墙上挂一把胡琴、一把月琴。床铺和床下的箱子和另一边屋里的一样，不过箱子是大柳条箱。

"你想不想学拉胡琴？南方人不大听京戏吧？"

青年 A 想卖弄一点从李的口中新学来的京剧常识，但没有出口。上次遭李的嘲笑后有点后悔。这次遇上个会拉胡琴的，李的那套又未必能及格了。

"我不会音乐，一窍不通。"

"这有什么难的？"摘下胡琴便调弦，"你看，就这样。你先拉个样子。"他塞过胡琴。

青年 A 半带好奇心，来回模仿着拉了两下，同拉锯差不多。邻居笑得前仰后合，好容易忍住了，接过胡琴，连忙说："你没拉过，这不怪你。来，试试这个。"挂上胡琴，又摘下月琴；调弦以后，塞进他手里。"这个容易些，音调固定，用这个拨，一拨就响。姿势要这样，这不是琵琶。"

青年 A 的哥哥有一张月琴，但很少弹；听邻居的话，好像他连月琴和琵琶都不分，心里不服，便想着哥哥弹过的样子，拨响了几下。

"这个行。我教你西皮、二黄的过门。也可以弹别的歌曲。现在不忙，谈谈别的。"

没谈多少闲话，青年 A 告辞，又去"上学"去了。

这样渐渐熟了以后，青年 A 发现这是个正直热情的人，便消除了戒心。

"你天天晚上写什么？"

"写信。也试着写点小文章，偶然向'报屁股'（副刊）投稿。老实说，只投过一次，还居然登出来了。不过晚上大半是写信。"

没想到这还是个青年作家，却不知他这样练笔是为了一旦家里不给钱就先以卖文为生，并无当作家的远大志向。

"哪有那么多的信写？"

这可正是邻居青年盼望他问的问题，这便开了话匣子。

"你不知道，我认识了一个女朋友，在天津。我天天晚上给她写一点，当做面谈。她在上大学，时间不多，一星期才一封信。我天天写，合起来寄，每星期两封。"

没等他说完，青年 A 把心事问出来：

"她是每星期日来住吗？"他怕前后邻居一样。

"那哪行？到寒假也许会来，一定会来的。我们是暑假才认识的。你说到哪里去了？远远不够那个程度哩。"

青年 A 放下了心。邻居怎样描述、夸耀他那个女朋友，他都没听进去。至于交了这个女朋友惹起家庭不满的情况，自然邻居也没有讲。

"你们两个都上大学，怎么你能天天写信，她却没有工夫写？"

"那可不一样。她上的是女子师范学院，功课紧，大考、小考不断。她说每天夜里都得忙功课。我上的大学是呀呀呜的，上课不上课一个样，到时候拿文凭。她那里照这样可不行。她功课好，所以还有时间谈恋爱；功课差了，一忙，哪有这份闲心？写多少情书也打不动。没工夫回信呀。这可是她说的。"

"上课和不上课总不会一样吧？怎么说，上课听讲也比不听强。我想上课还没机会呢。"

"那有什么难？你明天跟我上课去。一上课你就知道了。国立大学我不敢说，这几个私立大学，除教会办的以外，没有像样的。也有名教授，也有好学生，几个学校又都自吹是辛亥革命后老革命党人办起来的，叫做什么'中国''民国''朝阳''平民''华北''郁文'等等，名字好听得很，可是事实究竟怎么样？事实胜于雄辩。东城的朝阳大学法律系出了几个法官、律师，就有点名气。其实谁都知道，那不是靠上课，是靠关系，是靠名流校长不单挂名。我眼看就快毕业了，饭碗还得靠拉关系。上课有什么用？念死书。书里没有'黄金屋'，没有'颜如玉'，那种时代过去了。不过话说回来，我那天津女朋友上的学不是这样。她对我的这点想法很不以为然。就只这一点我们有点意见不投，别的都很好。"

他关心的是女友，而听话的人关心的是上课。

"我连大学的大门还没进去过呢，哪有好运气去听课？"

"唉！你太年轻了。我还是比你大几岁。明天我就带你去上课。凭你挑。文科有中文、英文、教育，法科有政治、经济、法律，爱听哪门课都可以。没有理科，没钱买实验设备。教育部卡住，没理科不能算大学，理学院还得至少办三个系，数、理、化，光办不要实验的数学系还不行。这几个大学都办不起理科，被教育部改称学院；但他们还是自称大学，门口照样挂名人题的大学招牌。还有农、工、医、商、法政等大学也被教育部改称学院，合在一起叫北平大学，实际上还是各办各的大学。教育部最爱多管闲事，在名称上下功夫，也许和经费有关吧？教会的大学它管不了，那是外国人出钱办的。外国人，谁敢惹？"

"不是学生，进去上课没人管吗？"青年 A 只问自己关心的问题。

"谁来管？学生不管，只要你有座位。教员不管，听课的学生越多，他的名气越大；没人听课，他的饭碗就成问题了。学校的本钱是文凭。你不要文凭光上课，是给它捧场，又坐不坏它的椅子。上课的学生越多，越证明学校办得好，热热闹闹，更能招揽学生，便于筹经费。这些大学只怕学生不上课，不怕不是学生来上课。不上课的学生多着呢。我就是一个。像你这样不要文凭要上课的，我连听都没听说过。老弟！你太年轻了。当然，国立大学、教会大学不同，它们的门坎高，架子大，文凭值钱，不准外人进大门。"

不管怎么样，第二天一个领着一个去大学上课，好比看电影。

这个大学在西城角落里，地名是太平湖，并没有湖，是一座王府。这是辛亥革命后几个老革命党人办起来的，所以称为民国大学，在当时是很新鲜的名字。可惜革命党和革命党人越来越没力量，官做不成，做不大，无权，无钱，这大学也就成了苟延残喘。经过袁世凯的洪宪，张勋的复辟，曹锟的贿选，吴佩孚的武力统一，直到这时阎、汪、冯的三天寿命的第二个国民政府，民国不属于民，名存实亡，这个民国大学居然还没关门，就算是奇迹了。大概它的文凭还能充当一层资格。不过国民党正有人对它作打算，很快就要伸过手来。

因为学校一办起来就没有钱，所以王府还是王府，既没新建，也未装修，只是大门和一些房屋门口加了新的招牌，室内摆上一排排桌椅改成课堂布置，有的屋子变成办公室。有块空地上添了足球球门、篮球架子和一个秋千架，算做运动场。场上空无一人。这样倒好，古色古香一座破落园林，好像抄家后的大观园。风景还不错，房子真是破旧。就这样，王爷让位给了"民国"。

门口传达室不问外来人。你不找他，他不问你，清静无为，只偶然有关系人物借打电话。里面的注册课、讲义股之类以及长年无人的校长室都是像老商店一样，顾客不上门，决无人出来拉生意。这样的自由散漫倒有点"民国"之风。

上什么课呢？

开学不久，有不少课还无人上，学生、先生都不齐全。在课程表上看来看去，才想起去上一课"教育学"，说是系主任亲自教的。

邻居青年不愿陪，他说是早倒了胃口了，实在不耐烦坐着听。他指引了去课堂的门径，就说：

"师父引进门，修行在各人。反正你只管随随便便大摇大摆进去，坐下听课，包管没人赶你出来。用不着我保镖。这不是中学、小学，没有点名之说。大学生了，不是小孩子，大人上学还要点名？笑话。带书不带也没人管。不过讲义是要交了讲义费才能领的。"

青年 A 大着胆子进了那间不大不小的课室。学生不多，座位有的是。他到后排一个边上坐下，四周无紧邻。

摇铃上课后，进来一位头发有点斑白的矮矮的老头子，也不过五六十岁光景。他进来上讲台，把皮包在桌上一放，也不打开，有个椅子他也不坐，也没有人喊起立、敬礼。真是同中学、小学大不相同。

这位老教授戴一副眼镜，穿一身西服，皮包也磨得很旧了，这些都显示他的老资格。他不慌不忙地望了望学生，开了讲，有南方口音，还好懂。讲了一堂课几乎没写黑板。写了一次，是写个德国地名，德文。

这是本学期第一课。他没有讲义、讲稿，也不看书。皮包里不知装的什么，也没拿出来。他不知讲了多少遍，这些都用不着了。

只有头几句话有点像书本。讲了"教育"这个词在古希腊叫什么，中国古代叫什么。《孟子》里的"得天下英才而教育之，一乐也"。青年 A 以为他一定要讲，他却未提。还有杜威、罗素，都是五四运动以后来过中国，名震中国的，他也没提。他是在德国留学的吧？主要讲教育必须学德国。日本强盛，因为教育办得好，办得好的原因是学德国。德国在世界大战中打败了，因为腹背受敌，可是单独一国（大概他心中没有奥国，更没有法国拿破仑）能打全欧洲，这就是教育办得好的结果。所以中国教育必须学德国。所以他办教育系把德文列为必修的外国语。这样发挥，越说越起劲。随着讲他的经验：中国的教育。他当过什么"视学"吧？举出了中学生、小学生的例子，说明有天才学生。亏得他不假思索还能背出一个小学生的作文里的一段话。这也许是讲得遍数多了之故。他滔滔不绝，对中国的教育还没作出评价，摇铃下课了。他这一课不知是导言还是绪论，还是别的什么。他也没说下堂课讲什么，也未列举参考书。大学生嘛，还用得着这些？

青年 A 在大学的这堂"教育学"的第一课中所受的教育是莫名其妙，可见他程度太差。

他想换一门课听。一看课程表上有一年级国文课，恰好就是下一堂。他想这个不至于听不懂吧？也不至于不讲文章吧？倒要看看大学教的和中、小学有什么不同。

这是个公共课程，所以教室大，学生多，但也没有坐满。他到中间坐下，看看旁边的人有铅印的单篇讲义，便借过来一看，原来是《离骚》。想这倒真是大学程度。

上课的又是一位老教授，穿着长袍，嗓音很大。他面前桌上摊着讲义不看，坐着讲，是北方口音，好懂。

这也是第一课。什么屈原生平、楚辞性质等等他一概不讲。他说《离骚》是古代第一名篇，所以作为第一篇，以后再讲《史记·鸿门宴》和韩愈、欧阳修等"八大家"。关于屈原可以自己去看《史记·屈原列传》。接着便念第一句："帝高阳之苗裔兮。"

讲义上有些双行小字夹注，一望而知是从《文选》的注中摘抄出来的，不是现代新注，简单之至。这位教授也不作考证，也不提问题，照本宣科，用白话译又不译完全，半文半白。究竟屈原是哪年生，他也不管。"庚寅"就是"庚寅"，什么年月日时都无须乎考证。他还算解说了一句：念《离骚》就是念文章，不是念历史。考证起来没完，一学期也讲不了，所以只读本文。这样进行得很快，估计一堂、两堂课就念完了，不知这是不是他的计划。不料讲了一页，他忽然离开了本文讲起什么是"骚"。不是讲文体，而是讲"牢骚"。于是他大发牢骚，大谈切身体会。讲（北京）教育部当年不发国立大学的经费，拿不到薪水，到了旧历年关，他全家如何焦急，简直是"牛衣对泣"。讲得有声有色，学生多数听得目瞪口呆，仿佛真的屈原上堂"现身说法"了。他的经历远未讲完，摇铃下课了。他抱起皮包就走。究竟那次年关他如何度过的，一字未提，"下回分解"了。

青年 A 大失所望。文章选得好，老教授想必是有学问，可是这堂课却不知上的是什么。若说讲古文，他心中很为家乡几位小学老师抱屈，他们讲得清楚得多。也许那是对他这样的小学生而言，大学讲课当然是小学生所不能明白的。

回公寓吃午饭时，邻居过来问他还听不听下去。

"听。"他决心再试试别的课。

他想教外国文总不是这样吧？

他又去上一年级英文课。仍是那个国文课的大教室。但到的学生比上国文的多，几乎坐满了这雕梁画栋的旧王府大厅。他挤到中间去坐下，借旁边的人手中的书一看，是商务印书馆出版的《威克斐牧师传》。这又奇了。他家里有这本书。他哥哥说，《英语模范读本》四本念完，就可以念《天方夜谭》或则这本书。在凤阳五中时也去听过一堂英文课，正是选读这本书。那是初中三年级。现在大学里还是教这本书。为什么中学、大学里学英文都要和这位牧师打交道呢？

上课了。老师准时而到，是戴眼镜穿长袍的，四十岁左右。上讲台一坐，打开手里的书，说明翻到第多少页，立刻宣读一段。他读英文的腔调不知怎么使青年 A 想起读古文。他一字一字连着不断，抑扬顿挫，句尾还拉着长腔，有板有眼，真像吟诵韩愈的《原道》，又像唱贾谊的《过秦论》或是司马迁的《报任少卿书》。他想英文不是排句呀，怎么有这么大的气势？他手里没有书，一走神，老师读完便讲，已经讲过两句，三行过去了。赶快细听，只听讲台上大声宣布：第几行，在 that 下画一道线；第几行，在 which 下画两道线。开讲，把这句英文用中国话说了一遍。接着又吟唱一句，又是"画一道线"，"画两道线"，又是翻译。讲得真快，转眼一段讲完了。不歇气，接读下一段。"中气"真足，又是一口气到底，仿佛以什么什么"乎哉"结束。从头又念一句，再画线，再翻译。到了一句对白时，他忽然破例评了几句，好比《圣叹外书》评点《水浒》《西厢》。不是论文，却是论人，对这位牧师和他的女儿颇有不敬之词。这样，大家稍歇一口气。

下课了。有一句还没有来得及画线，也不讲了。老师没带皮包，拿书起身就走，比学生走得还快，冲出门去，转眼不见。

学生中有人议论："真不容易。真够他忙的。又不知赶到哪个学校去了。他教了多少年英文，因为没留过学，只能教中学，到大学只能当讲师，又拿不到教授兼课的两块钱一个钟点，只能多兼课了。"

这是公共英文课，英文系的课应当不是这样。青年 A 这样一想，又去听英文系的一年级英语。

课堂很小，大约是王府里的仆役住的房子。里面坐着不到十个学生。这课也是发铅印单篇讲义的。他没有讲义，借旁边学生的一看，题目是《哈姆莱特》，不是戏剧，是《莎氏乐府本事》，同《威克斐牧师传》一样，是商务印书馆选印给人学英文的流行本子。他小时候看过林琴南（纾）的译本，叫《吟边燕语》。

老师进来了，是个女的，不过二十几岁吧？头发是烫过的，无边眼镜，雪青色短袖旗袍，长筒丝袜，高跟鞋，很时髦，很漂亮，有点洋气，也许是教会大学毕业的。

她教得很仔细。自己先用英文讲几句大意，又用中文作说明，然后朗诵一段，逐句讲解，作为示范。她不像念古文，也不教画线，很自然，像谈话。示范以后，她走了过来。小教室没有讲台，跨前一步，就叫最前面一个学生念下一段，还要讲解，当然是用中文，看来学生还不会用英文讲。发音或讲解不对，她纠正，有的地方还提请全班注意。有时也提出问题问学生，英文、中文都用。她也不回去写黑板，就这样一个一个叫起来读讲。她年纪同学生差不多，但是学生还很尊重她，一到面前就站起来。她很认真，一字不肯放过。不过有人读得多，有人读得少。

这倒同教中学差不多，可是对青年 A 却大大不利，他逃不脱当"南郭先生"的命运了。起先他以为这也是示范，不料一步一步紧逼过来。这怎么办？又不能临阵脱逃，跑出教室；又没有讲义；也不好声明是来旁听的，旁听也得念呀。直盼下课铃响，偏偏不响。学生太少，他虽坐在最后面，也很快就会轮到他。真是掉进陷坑了。

老师已经到他身边，一阵香风扑人，原来老师的脸上搽了脂粉，所以远望那么好看。不过他这时已经顾不得想这些，只好站起来。他还没有来得及表示歉意，老师见他没有讲义，把自己手中的讲义交给他念。他也不好意思声明自己不是学生了。

幸而这一段还不长，本来他可以念得好的，却既无准备，又临时心慌，还有那阵香气捣乱。课桌之间空行太窄，老师和他几乎脸对脸。这种特殊环境使他念得疙里疙瘩，总算念了下来，也讲了出来，只禁不住心跳。老师纠正了两个读错的重音和一个使用不当的译词，还对他笑了笑，用英文轻轻说了句"很好"，转身走开，讲义也不要了。她刚到黑板前转过身来，下课铃响了。早响几分钟多好。是不是老师先算准了？她手腕上戴着一块小小的金表。为什么老师还对他表示满意呢？他心里着急，也没有细听别人怎么念的，不见得他能超过别人。有可能是老师看出他不是本系本班学生，竟肯来上她的课而且勉强能及格，所以对他微笑以示鼓励吧？照说他应当下次再来，可是他没有这胆量了。不是怕英文，倒有点怕这位老师。这是他生平第一次离一个"摩登"打扮的青年女子这样近。那张讲义他带回去，一直觉得好像总喷出老师的那股香气。这明明是错觉。

　　不知为什么，课不去上了，老师的相貌和名字却记了下来。到五十年以后，80年代初了，报上有一条小消息，说是一位姓郑的老教师在台湾病故，晚景凄凉。新闻中用的是"她"字，说明这是个女教师。A顿时想起，那位教过他一堂英文的、站在身边的女老师正是这个名字，年纪也相仿，不禁发生一阵说不出的怅惘。在这个老年学生心中，她还是个装束入时的女郎和认真教课的老师；但她决不会留下一丝一毫这个学生的印象。

　　既然听了英文系一年级的课，一不做，二不休，再到二年级去试试。总不会又是年轻女教师了吧？

　　他找到一门"英国戏剧"课的教室，向刚来到的学生打听教的是什么。那学生递过手里的一本小册子，是个中国翻印的戏本。一看作者是王尔德，再看书名，心想：这不是洪深改编过的《少奶奶的扇子》吗？还书时问一句："教得怎么样？"回答是："老油子了，还能怎么样？"本想听一听的，转身逃走了，上课铃还没响，也没问老师是男是女。

他胆子壮起来，一看课程表，二年级有"英国文学史"，教师是系主任。他想："系主任想必认识学生，不知会不会赶我走？反正最多是被赶出来，白听课总不会有罪。你若教得不好，请我听，我还不来呢。倒要见识见识系主任什么样。"于是进了那个小教室，学生也不过十人左右。

系主任当然是一位有相当名气的教授，年纪不小了，一进门就使他大吃一惊。怎么是这样装束？红顶瓜皮帽，八团马褂，缎子长袍上隐现花朵，仿佛是呢子裤腿，脚上一双擦得刷亮的黑皮鞋。

他想，这不是辜鸿铭吧？

系主任也不像是认识本系学生的样子，没有叫过一个学生的名字，根本没有正眼看坐在最后面的这个新来学生、闯入者。

恰巧他正讲《莎氏乐府本事》的作者。那是姐弟二人吧？是散文家。老师用英文讲了几句。他听出是这个题目，以为自己还有点知识，听出了人名和书名，后面应当也能听懂几句吧？不料几句开场白以后，改用中文讲了。中文里又夹着英文，中英合璧。这倒不难懂了。也许是老师考虑到学生程度，所以这样讲。学生很少记笔记。有人带本书，翻开来偶然用铅笔写上什么。有人什么也不带，只是望着先生。所以闯入者并不突出。

教授忽然用英文讲出一句"烤猪"。这是兰姆的一篇散文题目，他知道。接下去却是一句中文："好！真好！"教授说着，把两手抱拳一拱，仿佛英国那位作家的灵魂来到了他身边。又是一句"真好！"仍然拱着手，向前一步走，眼睛一闭，又是一句"好！"好在哪里呢？没说。只能意会，不可言传了。

忽然话题不知转到什么上头去了，中英夹杂，听的人摸不清头脑。又一句听明白了，原来是讲法文在英国文学中的影响，要学生好好学法文。他讲了一句法文问话，然后说，你还得至少会答复一个字:"咦!"这个法国字照说应当是"唯"(是),以后他才学会。那时只听出这一声音,不知是否听错了。教授忽然又说到德文,大概是说学英国文学必须会德文。他又大声讲出一句德文:"德塔格!"接着说:"这是说'这一天'。'这一天'就是这个重大的日子。德国兵打进一个城就会一同喊出这个字。"(这使青年 A 想起了八国联军。)总之是,学英文必须会法文兼德文。这就是教授对英国文学史中兰姆的散文的重要发挥,不知是怎么联上去的。教授又用英文讲了几句什么,可惜他没听明白,大概又转移到别的什么重要问题上去。没等教授再用中文作说明,下课铃响了。只听见教授嘴里刚冒出来"这个"两字,就抱起皮包走了。

青年 A 进了几次大学或则王府的大门,听了这几次大学的课,真有点"莫测高深"。想,还不如去图书馆和找"家庭大学"的老师好。小学生听大学的课,不是自己先会古文和外国文,简直无法核对教授们讲的老根在哪里,不知究竟是不是那样,只能"盲听"。可是当邻居问他还听不听时,他用坚决的口气回答:"听!"不过他想歇几天再去,这时确有点头昏脑涨,也有点明白这位邻居不去上课的道理。只怕方和戴上不上课也是出于同一原因。但是他们的大学不同,总不会所有的大学都一样吧?他有个刨根问底的脾气,不论什么都想——亲自考察。这时他不知不觉从"马路巡阅使"要兼任"大学巡阅使"了。

他想"巡阅"大学,还有个不大自觉的原因,是有的大学生引起了他的好奇心。

他几次经过那个大学的所谓操场,从不见有人在场上运动。有一次他走过秋千架下忽然听到空中一声大喝:

"别动!"

他停步抬头一望,有个女生打秋千荡过来,正好离他头顶不远。黑短裙被风掀起,露出一双黝黑的"飞毛腿"。他呆站在那里,还没来得及想什么，女的已经跳下来，站在他面前，比他还矮一点。

"你不睁眼走路！我不叫你，你的头要开花了。"女的说气话，却带着笑。听口音是南方人。

"我没想到有人打秋千。"

"废话！有秋千就会有人打。你是想不到有女的打吧？秋千就是给女人打的。"

他起步想走。女的正挡在他面前。他怕女的再问话，偏巧就问出来了：

"你是哪一系的？"

"我是来找人的。"

"我看见你听过课，还不止一次。我就坐在你旁边。你怎么不说实话？"女的表现出了怀疑的眼光，又上下打量他。他猛然感觉到遇见"黑旋风"了，不知怎么办才好；想拔脚逃走，好像犯了法的。

"别怕，我不会吃掉你。我看得出你是什么人，不说也罢。"女的放低声音，和颜悦色地，好像对小弟弟说话。又问："你低头走路想什么心思？"

他不知道怎么答复，像受审讯。

"我看出你是来考大学的。这里没有什么课可听，莫浪费时间了。求学要靠自己。我是教育系的，快毕业了，什么也没学到。"女的同他一起走着说，"你把实话告诉我。我没见你在这里有什么熟人。恐怕我是你在这里认识的第一个人，对不对？"

男的只好招认。

"好，现在不谈了。你有事可以找我谈，也许我能帮助你。我不大上课，但常在校园里。你很容易找到我。你不会忘记我这怪样子吧？"女的哈哈笑着走了。她留短发，穿白上衣，黑短裙，球鞋；

大学快毕业了，还是中学生打扮。

男的无心，女的却是有意认识他的，但并不是为自己。她是结了婚的，夫妇都在干革命。可是几个月后女的就不得不离开北平南下了。两人虽又见过面，和真同学一样，但始终未得深谈。

他却一直记得女的那矮矮的身材，黑黑的皮肤，大而亮的眼睛，毫无拘束的爽快口气和一个古怪的姓名。

岁寒三友

邻人心园一放寒假就回家去了。

天天看见他那"苦闷的象征"的脸，青年 A 觉得这还是个好人，便写了几首旧诗给他送行。其中最后一首是："人海浮沉几许时，前途命运怕寻思。谁云奋斗即生活？试向天津问某之。"但怕惹他烦恼，这一首没给他看。

"你回家去后，寒假里我给你写信，一星期一封。"下面还有一句："和那个'之'一样。"没说出口。

心园的脸上闪过一下惊疑之色，随即笑着说"好"。他没有当真，以为这是小孩子的戏言，是安慰他的。他觉得受人怜悯不大舒服；但怜悯者不过是不满二十岁的顽童，自然不必计较。

青年 A 却是当真的。这并不是由于烧了人家的信想补偿，也是为自己不知道的一种说不出的心理所驱使。他晚上提起毛笔写信，报告当地的北国风光，询问更加遥远的真正北国风光。他以小弟弟的口气写信，自己也觉得像是对一个哥哥说话。但对南方的真正的哥哥却从来没有这样说过话。感情是一件事，感情对谁发泄是另一件事，假的有时比真的更能激发感情。

冰天雪地中的这一滴意外友情给了心园莫大的安慰。

寒假一完，他回来了。

他收到这些信很得意，感情有了补偿。他真把这个大孩子当做弟弟了。他说："家里见到妹妹，又收到弟弟的信，感觉到人生还是有幸福的。"他的妹妹比这个弟弟小一两岁，还在上中学。他并没有对这个异姓假弟弟讲自己家事。关于那个妹妹他只讲了这么一两句，没说她将来要靠订婚才能继续上学。关于那个"之"，他再没有提一个字。

青年A却没有把那个"之"和她的信一同烧掉。他不知怎么总会忽然想到那信烧得对不对。也许是应当留下来，将来还给她？听这自命哥哥的人夸他的信时，听他说到每星期总盼他的一封信时，自觉成了那个"之"的代替。怎么把自己和女的相比了？有点气愤，又有点不好意思。那个"之"却一辈子也不会想到有他这个人存在。

心园见他沉默不语，便改变话题：

"我看你的信写得很好。听我的话，你练习写作。写什么都行。有什么见闻感受都写下来，像写信一样。这样练下去，我相信你一定会写得好的。我写得不好，还常常练笔写。这也和练写字一样。"

他回家去办好了什么协议，恢复了家庭接济，在毕业前又可以过原来那样的日子，当然不再住这小房子了。

他搬家时再三嘱咐青年A要常去看他。

接着来当邻居的还是个东北口音的人。这人好像白天总不在家，青年A只见过他的后影。晚上也不常在家，在家时就有些客人谈笑打闹，好像还喝酒，有时唱几句不成调的歌或戏。猜想他也是个大学生，应该还有点钱，不知为什么会来住这低级小房。

有天晚上竟传过来一个女的声音。

青年A想逃出去，但天气太冷，晚间又无处去，只好对着小炉子的蓝色火焰发呆。他不听隔壁的谈话，但总有些话传进他的耳朵。男的话很粗俗，女的却报以笑声。女的笑声很爽朗，仿佛男的说什么她都毫不在乎。但她自己的话却是文雅的，一听就是个大学生。不知这两人怎么结交的。都是东北口音，证明他们是同乡。男的一声一声"蜜丝"（小姐），女的却不叫他什么。

更坏的情况还有。好像男的请女的喝酒了。他一次又一次叫伙计，想必是买酒菜花生之类。男的口气还很客气，不低声却下气，极力巴结女的，却是卑鄙的巴结，说的话几乎没有常识，甚至不堪入耳。青年 A 不愿听又不能不偶然听到几句。隔壁的谈话和手中的书中的话互相夹杂。这可能是有了女高音的干扰之故。

胡琴声响起来，卖唱的进院了。听得见男的把他们叫到门口，让卖唱的女孩子唱。拉琴的问唱什么。男的再三要女的点。女的只是笑。听不出笑声中是什么用意，但确定是毫无怒意。唱起来了，是男的点的小调。一支比一支粗鄙。卖唱的女孩子恐怕只有十来岁。听唱之中，男的力劝女的饮酒。女的除了推托一两句外只是笑。笑声配着小曲声，都是女的。

青年 A 想，这怕是一对疯子。不，男的不疯，怕女的有神经病。这种小调他都从未听过，怎么那位"蜜丝"能听得下去？以后会怎样呢？不会出事吧？他又想搬家了。

唱小曲的得钱走了。听见男的挽留女的，又听见女的不停顿的笑声，听见两人出了房门，听见男的喊伙计叫车子，女的笑说不必，男的一直送出大门，过好半天才回来。青年 A 想，真是谢天谢地。若天天如此，他非搬家不可了。他连掀开窗上纸帘望望都没有，只是听见声音，声音没法抵挡。

幸而女的只来这一次。总共没过两三个星期，男的就搬走了。住了还不到一个月，却不能不付一个月的房租，可见那人不是没钱的。他究竟为什么来住？猜不出。因为青年 A 经常不在屋，邻人却不是真的天天出去。有些事青年 A 不知道，也想不到；但在掌柜的和伙计眼中却不足为奇。

晚间没有新书看，天冷又不便夜里去商场或旧书店看书，可找的几个人也不愿常找，于是青年A买了几个本子来。无信可写，便照心园讲的，写点什么试试。他买的是最便宜的毛边纸本子，有竖红格子像大账簿。他用插笔尖的钢笔写字只是抄英文，没有钱买自来水笔，又嫌铅笔字太不鲜明，而且练习簿子算起来比这大本子还贵些。用这个还可以练毛笔行书字。

　　他什么都写，也从借来的世界语书中翻译一些。揣摩阿狄生的文章觉得无法译，便研究为什么不能译，译不好。又看英文《维特》，记住一些自己认为很难译好的句子，跑到书摊上去找郭译的翻印本来对照，觉得译得太自由。单看中文不觉得，对照原文才知道这个《维特》是郭先生的，那位歌德先生的只怕同英文译本也不会一样。以后要学德文，追查到底。

　　隔壁又来了新邻人，看样子是和他一样的穷学生。两人少见面，不招呼。邻屋极少来客，主人晚间常不在家，他又可以住下去了。

　　这时他在图书馆里天天看报纸，对平、津两地的报有些认识了。《北平晨报》《世界日报》是看的人多的。《华北日报》是国民党市党部的报。那种又含糊又明白的小广告"声明""启事"就登在上面。纸张印刷都好些，证明它有钱。还有家《北平新报》不怎么样。小型报很多，但图书馆里只订了两三份。天津《大公报》较高级也较守旧，常登文言文。有两份《益世报》，一份是天津出的，一份是北平的，都是天主教的报纸。但两份的纸张印刷编排却是两等。天津的和《大公报》差不多，北平的纸劣又字迹不清。明显是两家的本钱大小不一样。天主教连办报也分教区等级，只名称相同。此外还有北平出的英、法、德文报刊，这图书馆里没有，政治学会图书馆才有。

　　北平的《益世报》上有个文学副刊，每周出一次，大半版。上面常登署名"病高"的小文章，看来是一个大学生。还有另一人写的文章末尾有时注上"于清华园"，应当是清华大学的学生。这刊物上有创作也有翻译，编者像是学外国文学的。

心园有时来，看到他的写作，鼓励他写下去。有一回说，"你也可以投投稿试试"。他没说发表了可以有稿费。青年 A 也不知道。他只知道出书可以卖钱，古时人可以写寿序或墓志铭卖钱，不知道报上文章也有报酬。偶然有文章末尾括弧中注"却酬"，他不懂。《小说月报》上的小说末尾有时有个括弧中注的"保留"或"留"，他一直莫名其妙。多年以后才知道那是"保留版权"。每本书后面都有"版权所有，翻印必究"。鲁迅的小说集后面贴一小块纸，上有鲁迅的图章，也是标明版权。那时北平书摊上翻版书很多，很便宜，不管什么版权，还没见报上说打过官司，所以他不知道。

他在小学时就学写过新诗，还被教员选中一首抄在"壁报"上。那诗题是《荷花》，是看了冰心的《春水》《繁星》以后模仿的。旧诗向人学过，新诗是无师自通的。他这时写的诗、文、小说、短剧等什么形式都有，自觉都不合规格，不像模仿，也不像创作。心园说："你得模仿报纸杂志上的体裁才行，哪有你那样写法？"

他注意考察了一些"报屁股"（副刊）以后，想起抄一篇投去，看看自己写的字能不能变成铅印的。他抄出一篇翻译的短诗，用毛笔工整地一笔一画抄在格子纸上，还怕排字工人不认识。投稿的方向他选中了北平《益世报》上那两位大学生编的周刊。别处编辑怕不会看他这无名小卒的稿子，白白做了字纸篓里的冤魂。

他的这首译诗是从世界语译出的，是沈雁冰在《小说月报》上提倡过的弱小民族的文学作品。原作是波兰诗人的吧？题为《梦景》：

谷上不息的雪风
尽在吹啸。
火焰在我的炉中
绕我飞爆。

在炉边，从烟斗里，
烟环逝去。
和它一齐飞走了
我的回忆。

黄金的青春和希望
今在何方？
已如吹啸着的风，
飞去茫茫！

无目的的风和我，
共烟三个；
无目的地在世间飞吧，
三个一伙！

　　他觉得这诗配合这时的他，好像是自己作的一样。随便署上一个名字，附上地址，寄了出去。

　　稿寄去几星期，居然登出来了。他看见自己的毛笔字变成了铅印的字，很高兴。过一天又收到了那位编者"病高"的一封信，告诉他译诗已发表，希望他以后还寄稿，并且可以到白庙胡同师大宿舍去找他。

　　过几天，他没和心园商量，晚间从西单向北走到白庙胡同。师范大学宿舍不止一处，这里的男生宿舍是一所旧房子。他见到了那位编者。他身材不高，也不像有病，"高"大概是"清高"之意吧？

病高对他很客气。说明他和一位清华学生合编这小刊物，只有几块钱编辑费。清华学生不要，他以此补助生活费。报纸另外没稿费，所以只好自己多写。很抱歉，刊登他的译诗没有什么报酬。他没说这是很少投稿更少选用中的一篇。

青年 A 并未想到要报酬。他是来见识一下师大宿舍和师大学生和作家兼编辑的。谈了一会，结交做朋友。他觉得大学四年级学生中有人是有才能、有学问的。

这以后他并未再投稿，和病高也没再见面。不久，副刊变样，那两位编者都毕业了。

心园后来把他写的那些东西都拿去了。心园毕业后曾经当过什么报纸的副刊编辑。常常缺稿子，就从这几大本账簿中找点凑上，补空白，随意改变一个署名，每篇不同。究竟发表了一些什么，作者自己都不清楚。他有些见不得人的习作没有写在这本子上，幸而免了出丑。

来了半年，青年 A 对于周围环境稍稍熟悉，看了一些书，认识了一些人，听到了一些书中没有的奇事。他一无所成，什么也没有学会。对他的学习有过指点的只有给他讲过英文和世界语的两位"家庭大学"的教师。

寒冬之中他又有了可以算做老师的关心他的学习的人。这人是广东人，也是个世界语者，因此得以认识。他姓杨，自己照广东音拼成"杨克"，青年 A 便称他为"杨克同志"。以后他从世界语翻译过《柴门霍甫传》，巴金给他出版。

杨克来北平，说是为了准备去法国。他的私人事情，青年 A 从未问过，只听他常用世界语说："我那些坏朋友啊！我离不开他们，可是他们和学问是不沾边的。"他也住在一家公寓里，天天说"要走了"，却一直住在那里。哪天能去法国，也没有确定。青年 A 每去见他，他必邀去市场吃饭，他却又直嚷自己是"一文不名"。

"我介绍你去认识另一位世界语者。他还在上大学，快毕业了。他是谁，以后再告诉你。"有一次杨克这样对青年 A 说；随即雇了两辆人力车，一同去天主教会办的辅仁大学。

这是一所新式楼房，又加上飞檐和琉璃瓦，好像一个外国人穿西服戴瓜皮帽。进门上台阶，俨然有教堂的派头。门口也无阻拦，传达室只告诉去宿舍怎么走。这宿舍可比师大的强多了。高大洁白而且外有走廊。

找的这位世界语同志姓名西化后拼起来成为"吴山"，于是青年 A 称他为"吴山同志"。他有不止一个姓名。

杨克介绍见面后，三人先用世界语讲了几句寒暄话，接着便谈起他的学校，改用中国话。

"这里不招收女生，所以叫做'辅仁寺'。你们看像不像一座大庙，实在是个修道院。"

青年 A 想这次可有机会了解教会大学了。知道吴山是念英文系，便问是不是外国人教，只讲英文。

"是的，尽念老古董。天主教是讲究背诵的，不要有什么新意见，只要证明万世长存的不变真理。一切无非是不变的变化。新事物证明旧道理。《圣经·传道书》中早已说了：'日光之下并无新事。'这就是我们要学的。听说天主教办的教英文、法文的圣心女学里，'嬷嬷'（女教士）连历史、地理什么都要求学生背熟，不管懂不懂。问题是提不得的。"

"学英文不用中文吧？"

"当然。这对我倒方便。用英文再用中文，我就更为难了。可是我们的系主任这位老先生却不同。他讲英国文学史用中国话讲，却要求学生用英文记笔记。这是当场翻译。他还不时要查笔记，——阅后签名。我听中文还可以，再要写成英文，多一道手续。别的课用英文讲，用英文记，没有什么困难。"

青年A听了有点疑问。当场翻译是困难，但他的口气是英文不难中文难，这是怎么回事？吴山讲这些话是中文和世界语夹杂的。世界语说得很清楚，不会听错。夹的几个英文字也容易懂。可是中国北方话讲得比那个广东人杨克还差，听不出是什么地方人。他说家在上海，却没有上海口音。

吴山请他们吃水果，亲自削苹果。临分别时很热情地欢迎他们常去，说他已快毕业，要写英文论文，不上什么课，到宿舍去找他多半不会扑空。最后补上一句："我在这里一个朋友也没有啊！"这句话是用世界语讲的。

离开"辅仁寺"后，杨克又请A去吃饭。A便提出自己的疑问，又问是不是听错了。

杨克笑了笑说："我先没有告诉你，现在可以讲了。他不是中国人，是朝鲜人。是一位著名烈士的后代吧？我怕你先知道了，谈话不方便，所以没告诉。他全家是隐姓埋名住在中国的。这里有不少他的同乡，却同他家不是一路人；所以他在学校里外都只算中国上海人。"杨克没有说明自己怎么会知道的，A也没有问，不过在心中对这两位的评价大大提高了。这决不是杨克说的"坏朋友"，而是好朋友。他介绍时用的正是这个词。

下次又见面时，青年A见他们两位都说北方普通话不流利，便先问杨克是用什么语言思想。

"广东话。"杨克大笑。

"你讲北方话和讲世界语哪样容易些？"

"一个样。"

"你呢？"又问吴山。

"讲世界语容易些。"吴山认为杨克早已对 A 说明底细了。

"那么我建议我们改讲世界语,这对我们都是一样的外国话。讲北方话只有我还凑合,讲世界语只有我感困难,应当少数服从多数。民主原则。"

"同意。"杨克和吴山齐声说。大家都笑了。

从此他们便成了只互相说世界语的世界语者。连杨克和 A 见面也多半只讲世界语。在饭馆里,在街上,在公寓,都一样。本来 A 和张、蔡等世界语同志说过几句,所以提议,作为练习;不料讲来讲去讲得油嘴滑舌,连开玩笑都用世界语了。有些话用中文不便出口的,用世界语倒能讲出来。用世界语讲的话有时好比用古文的典故、成语,表达和暗示更加方便。不管说得对不对、好不好,反正对谁也不是本国话。说错了不要紧,每人都有错。这可比讲别的外国话有利多了。

渐渐地,他们很熟了。虽不常见,见面就谈个不休。青年 A 这时慢慢明白,世界语原来是有个理想的。有共同理想的同志和单是讲一种理想语言的同志是不同的。仅仅把语言作为一种工具或手段的又不一样。三人一见如故是杨克认为有共同的理想。这是什么,谁也没说出来。究竟是不是思想上有共同之处,并未讨论过,好像是"心照不宣",不需要商标、招牌的。

青年 A 从此又明白了,无论中文、外文、古文、白话都是语言工具;然而用某一工具又和用另一工具有区别,有点像斧头和锯子。他自以为懂了为什么有的古诗译不成白话,外国诗译不成中国诗。不是译不出来,是译出来总不一样。不过对这一点怎么做科学解释,他还不知道。他们谈过柴门霍甫译《哈姆莱特》中名句时为什么把"这就是问题"改成"就这样站着问题"。不是为凑音节,而是因为英文后面这个动词变了形态,和前面那两个不同,而世界语的动词词干不变形,若照用便成为三个同形的词了。这一改,反而生动了。可是英文又不能照这样说。杨克还举个例子说，有两人用法文谈话。当讨论到进化论问题时，一人忽然声明要改用英文，因为他研究这一方面用的是英文，如用法文谈还得心中无形译一遍，不如用英文直接。可见各种语言不是简单的对等的工具。广东话和北京话也是这样。也许这是世界语者的偏见。

有一次天阴欲雪，青年 A 去杨克的公寓。

"你这样不行。这里室内室外温度差别很大，你出来进去都是一件棉袍，没有大衣，所以你咳嗽不止。我这里有人送我一件新毛衣，我用不着，送你穿吧。这是纯羊毛的，很暖和。这样，你就可以把棉袍子当大衣，进门脱去，出门再穿上了。"他拿出一件很厚的白色带高领的毛衣，并让他脱了袍子穿上试试。

"我家里寄来一件皮袍子，太重，我不大穿。"

"那不一样。无论穿什么袍子，你里面那件毛衣又薄，又不是新的，进门脱去袍子还是冷。这件大些，可以套在那件外面，是可以当外衣的。有两件毛衣，在屋里可以不穿袍子了。这毛衣是我那些'坏朋友'送我的。'坏朋友'也可以有好朋友的作用。你看我身上这件毛衣，比它还好。我用不着它，你拿去吧。不是把不要的送你，是把新的送你。"

青年 A 已经知道杨克的为人，便收下了。这对他第一次度过北方的寒冬有了帮助，也许对他的咳嗽减轻起了好作用。至于那件皮袍子，到春天，他送去当铺里比他还高的柜台上，当了三块钱。过了不到一年，要四块多钱才能赎出来。他没钱赎，当"死"了。

又一次杨克对他说：

"这回我真的快走了。对你想讲一句临别赠言。你要确定学一样什么。总要有专门；不能总是什么都学，没有专攻。至于做什么，我看你做什么都好，学什么都可以学好，只是要学一样。现在若一定要我讲意见，我看你可以先当著作家，这是不用资格只凭本领的。当一个著作家吧。在中国也许不能够吃饭，但也算是一门不成职业的职业，自由职业。我比你大几岁，阅历多些，希望你考虑我的话。"杨克说得很诚恳。

"那我专学什么呢？"

"学什么都行，只要专学一样，然后再及其他。你知道，拼盘不能算大菜啊！"

青年A很感谢他。他知道自己小时候见到过什么"一事不知，儒者之耻"，什么"读天下书未遍，不敢妄下只字"，什么"书有未曾经我读，事无不可对人言"等等古代书少时的文人狂言；又因为不曾正规读书应考，不知"考试必读"，所以养成胡乱看书的习惯。此时也不知道到底学什么好。他对什么都有兴趣，不知哪里来的那股好奇心。真正要办事，却一点本领也没有了。他始终没有能"专"，辜负了杨克的好心劝告。

有一天青年A看见杨克在看印刷校样，才知他是世界语老前辈黄尊生教授的学生。黄将自己研究"中国问题"的著作自费付印，杨克替他找印刷厂并看校样。黄的独子当时在北平上中学，也托杨克照应。

杨克和吴山都离开了北平。杨克去了法国几年，回国后在广州几年便病故了。吴山在香港还和青年A会见过。他曾为宣传中国抗日战争的世界语刊物《远东使者》出力。他还曾找A去和秘密过境的一个日本世界语者见面。因为那位女同志坚持要上街看看。他们两人都是冒牌中国人，广东话又不行；香港虽属英国管辖，但仍有些日本人在那里也充中国人；所以找A这个地道中国人带路，尽管他的广东话也讲不了几句。日本的这位勇敢的反侵略战争的女同志年纪不大，个子不高，态度文雅，勇气十足。三人同行，三个国籍，用世界语交谈。在街上买荔枝时只好由地道中国人A出面打交道。这位女同志的世界语名字是"绿色的五月"，汉字名字是绿川

185

英子，日本名字是当时不能说出来的。

"平生风义兼师友。"这是李商隐《哭刘蒉》的诗句。"刘蒉下第，我辈登科。""雍齿且侯，吾属何患。"这是一副现成的集句对，表达文、武两行的人的两种心理状态。这些是不是中国独有而外国所无的呢？青年 A 常常想到这个问题。

数学难题

旧历年前家里又汇来一百元，青年 A 买了一件奢侈品—— 一只闹钟，花了几块钱。他感觉到不知时间太不方便了。钟表之中只有这是最便宜的。

他决定早起，按时起床，充分利用闹钟。头几天果然很灵。闹钟铃一响他便醒了。后来渐渐不灵了。他便把钟向床前移近些。又过些时，又不灵了。于是索性将钟移在床头凳子上。再过一段时间，只有把钟放在枕头边上才能闹醒他了。他夜里除写什么以外，总是十点钟以前睡下，上床五分钟内睡熟。第二天能睡到八点，足足十小时不醒。中午当然从不睡午觉。为了维持八小时睡眠，闹钟针一直指着六点响铃。

有个星期日，青年 B 来看他。已经过了八点了，他还在呼呼大睡。枕头边有个闹钟，正在他耳边。这时他是一个人住。

"真能睡。"青年 B 说。

青年 A 醒过来了。一看人，再看闹钟，说："奇怪，钟坏了吧？怎么没闹呢？"一试，原来闹过了。

青年 B 大笑，说："你头枕闹钟，都吵不醒你，只怕打炸雷也未必能把你震醒。"

他能睡，还自己宽解，引清代纳兰容若（性德）的回文词句：

"醒莫更多情，情多更莫醒。"

其实他还不懂什么是"情"。看《红楼梦》中的联语，太虚幻境的上联：

"厚地高天，堪叹古今情不尽。"

他同样不大懂。《红楼梦》，他十四五岁时在家中看过木版印的；从此没有再从头到尾看过，只是东一处，西一处，片断地看。他认为黛玉的泪只洒给一个人，而宝玉的情却像泉水一般流出来，无孔不入。这两个人是两种情，而且并不一样"痴"。作者自己说是写生平所见女子，可见宝玉不过是个穿针引线的线索，又是不止一个人合起来的。看来写的不是什么宝、黛，甚至也不是贾府，所以不必从头到尾看一遍又一遍。这同《儒林外史》《镜花缘》是一类写法，也是差不多同时的作品。他实在不懂那写的是什么情。看了些外国小说译本和当时中国人的创作也没能懂这个情。上海那些"哀情""艳情"之类小说，什么《玉梨魂》等等，他都当成是写文章。人世间他只知道自己的妈妈对他有母子之情，离家以后逐渐感到有朋友之情。他不相信这以外还有什么情。他在书中看到的不算，听来的和亲眼见到的，如心园对什么"之"以及张对那两姊妹，还有许多别人，都不像是什么爱情。他认为所谓爱情只是想象的产物，实际上完全不是那么一回事。

朋友们都笑他这种看法，认为是年纪太轻之故。

他听说有个大学生，黑龙江人，为了失恋，跳北海自杀被救。有人同情，有人还讥笑，说是做给女方看的。当时"失恋"是个时髦字眼，诗和小说中常有。女的怎么样，他不知道；男的有不少人也喜欢这样嚷；他以为这是嚷给别人听的。报上的"情死""情杀"新闻，他以为是记者做文章。不过有人嘲笑失恋，他又不以为然，便写了一首新诗表示对跳北海这个人的同情和安慰。其实男女双方他都不认识，而且他对维特是向来不表同情的。不料有人拿他的诗去在那个学生的大学的校刊副刊上发表。女的是否看到，看后怎样，他不知道。男的却由此和他成了朋友。两人不谈这件事。他也没看出那位朋友的"情"是怎么回事。

青年 A 觉得青年 B 对他有友情，杨克对他的也是友情，心园的和张的当然更是友情。即使有个女的对他好，他想那也不过是这样的友情，没有什么特别。

有一天早晨，他估计杨克也许走了，便去他住处看望。哪知杨克起来不久，一见他，很高兴，说：

"我还不知怎么去找你。我一两天就走。你来得正好。'辅仁寺'不必去了。吴山忙得很，又是考试，又是论文，我去见过了。"

杨克约他到不远处一家新开的豆浆牛奶铺去吃点什么。一路谈话去，当然都是用世界语讲。

"豆浆在世界语该叫什么？可不可以叫豆奶？"青年 A 问。

"从前中国人在巴黎开过豆腐公司，用法文给豆腐起名叫豆酪。英文也是一样吧？"杨克说。

"中国有些东西外国没有，不知该怎么说。从前我在家时，有个在外面上大学的青年回来拜望一位老前辈。老人问他学什么。回答是学英文。老人手捧水烟袋，便问他这用英文怎么讲。那学生在书里没念过，答不上来，便说英文里没有。老人不满意，说，连这个极平常的水烟袋都不知道，还说上大学学了几年英文。又有个人不知痰盂英文叫什么，被问住了，只好说外国人不用痰盂，不吐痰；实在要吐，吐在手帕里。这两个词，我问过世界语者蔡同志，他立刻讲出两个英文词，说那是那两人的英文没学好，只知道死读书；又告诉过我世界语该怎么说。"A 说。

"从中文翻译也有难处。有人遇见另一个人说'他（她）来了'。一个外国人在旁问说什么。这人译成男性的他。结果来了个女性。外国人非常惊异，怎么这个人连男女都不分，简直不能明白，只好哈哈大笑。"杨克说。

两人这样从路上谈到小店里。这店只有一小间门面，里面有几个客人。他们两人高谈阔论，旁若无人。牛奶喝完了，站起身来要走。邻座过来一个青年很客气地问他们：

"对不起。请问先生们讲的是不是意大利语？"

两人对望了一眼。杨克回答："不是意大利语，是世界语。"

"啊，世界语。听起来好像意大利语。"

"你会意大利语吧？"青年A问。

"我学唱歌，学了意大利歌曲，可是世界语的歌没听过。"

三人一同谈着出了小店。杨克道：

"对不起，我一两天就要离开。你对世界语有兴趣，以后可以找他谈。"指了指青年A。

两个新朋友交换了地址和姓名以后也分别了。

过了些天，青年A想起杨克已经走了，去看看那位对世界语有兴趣的新朋友吧，便又到那一带，找到那个地址。

那是一个大空院子，可以踢球，只门口有两间房，院子里边尽头有一排房子。看门的是个老头子，问明了，向里一指，让他进去，又关上大门。他大概只管看守门户。

走到临近房子时，听到有钢琴声音，还唱外国歌曲。不便打扰，就站在有声音的那间屋门口。别的屋子门上有锁。

里面的人偶然发现门窗外有人影，便过来开门看。一见是青年A，笑了，很高兴，说：

"我正在念道你，想到怎么去找你。我这里不便远离，所以盼你来。你今天真来了。你那位广东朋友走了吧？"

"你怎么知道他是广东人？"青年A记得杨克并没有说籍贯。

"他一口广东音还能听不出来？请坐。别客气。"

这间屋里除了一台钢琴像个样子以外，无论桌子、床铺、椅子、地上，连那唯一的旧沙发，都是未经整理的。确是一个单身汉的住屋，连学生宿舍都不如。

谈起来才知道，他是北京大学物理系毕业的，却又爱好音乐。先从音乐家刘天华学过二胡，后来又学钢琴。最近有人从意大利学音乐回来说他应当学唱，于是他又唱歌。他的耳朵特灵，是仗了音乐和物理学的训练。有一次语言学家赵元任教授听一个什么钟声，记下谱。他也在旁听了，也记下来，被赵看见了。两人记得几乎不相差。也许是因为赵同样是学音乐和物理的吧？赵劝他学语音学。他是苏州人，会讲几种方言和外国话，不过舌头还比不上他的耳朵。语音学家刘半农（复）把他拉进北大的语音乐律实验室当助理。他本来中学也没念完，在上海一家外国木厂学徒，认识很多木材。仗英文好，得到主考的外国人特别赏识，进了唐山交通大学学工（那里一切课都用英文），以后转到北大学物理。

"你这里是什么地方？也属北大吗？不像是什么研究室。"A问。

经他解说，A才知道，这是西北科学考察团，是中外合作的。团长是中国人徐炳昶教授。团中主要的外国人是著名的中亚探险家瑞典的斯文·赫定。他们从新疆搬来了不少古物。中国人要在中国研究，斯文·赫定要运到欧洲去。古物照规定是不能出国的。两方相持不下。瑞典人气走了，到南京转回欧洲施加政治外交压力去了。考察团等于瓦解。这些箱古物存在这几间屋子里，需要有个人看守。什么事也没有，但责任重大，还得懂点行，出三十元一个月，找不到人。把他从北大拉来暂时干这个没有人做的事。正好他愿意独占一个大院子，一所房子，又懒得做事，便从学生宿舍搬来了。空荡荡的，正好练琴唱歌。

"我喜欢的是音乐和爬山，还喜欢学语言，因为不费脑筋。我身体是外强中干，活不到三十岁，加入人寿保险最好，可惜还没有老婆孩子领钱。"他补充说明，笑了起来，"活不久，只好捞本了。所以我一有空，就出去爬山；五岳名山以外还去过几处，独来独往。你知道有个百花山吗？在河北省，还很少人去。我没有伴，你年轻，给我做伴去爬山吧。将来有机会一同去西北、去新疆，好不好？"

青年A很惭愧，这位朋友喜欢的他一样也不会。有志登山，却从未上过高山。他看这位朋友这股劲儿，怎么也不能相信他会早夭。那时他们都不能预料，不但两人都活过了三十岁，而且这位登山爱好者到八十岁还能到处跑，只要能动就不忘游玩。他的音乐爱好转移到中国古琴上，以古琴谱娱乐晚年。西北的居延汉简留在北平。七七抗战开始后，这位朋友在日本占领军的鼻子底下，用走私办法"盗运"到了天津，又去上海，转往香港。他还在香港大学图书馆给这些汉简一一拍照存底。恰好他又是个摄影爱好者，有技术。他一生好交朋友，却从来不说自己的事。他做的事只有他的好朋友才知道。

"我是个懒人，这里对我正合适，什么事也没有。这些大木箱里都是大石头，不怕小偷，只怕大盗。但得有个人负责。我在这里只有一样不好，不能离开。看门人只管看门，不管箱子。好在过不了多久，等古物有了保管和研究的地方了，我仍然到北大去，借调查方音可以跑许多地方。怎么样？你也来玩这一行。学语言不费脑筋。你喜欢游历吗？我正缺个伴。"他又提一次做伴，这对他比学世界语更重要。

虽则两人的差别很大，却能谈成朋友。主人邀他同去吃饭，青年A没有应允。主人坚决预订他下星期日去。

"我也有不在屋的时候，但星期日总留在家等你。还有两个朋友也会来。讲定了。哪个星期日都行。最好下星期日就来。"

又过了一个星期日，青年A才去。一进屋就见到另有一男一女在座。一看见他，都站了起来。

"你让我们白等了一天。今天再不来，我要骂你了。"主人开口便笑着说了这句话，随即介绍那两位客人。男的个子高些，瘦长条子，头发真乱得可以，上唇还留了一点胡子，讲话带点广东音，穿一身灰西服，也不很整洁。女的穿银灰色连衣裙，腰间束了一条宽带子，身材不高，圆脸。她也是广东人，在北京上过小学，所以能讲一口北京话。男的是北大数学系毕业，现在教中学，也爱好音乐，会弹钢琴。女的学画，从一个私人学油画，目前还在画炭笔素描打基础。

这些情况是青年A逐步从谈话中知道的。主人并未作详细介绍。他们谈话海阔天空，却不谈私事和私人关系。四个人都好笑，好讲笑话，听不可笑的话也能笑得起来。女的一笑会眯着眼睛低一低头或则摇一摇头。她仿佛自命是男的，但笑里面还带女的神气。

主人提议吃炸酱面，于是一同到了一家饭铺，找张桌子，各霸一方。恰巧青年A和那女的坐对面，不由自主便多看了她几眼。不但她，连另两人也毫未觉察。

这家炸酱面果然很好。边吃边谈，没有一句正经话，但正经话就夹在里面。用A的话说，这就是正经话当笑话讲，笑话当正经话讲。他的"打官话"的议论特别得到那位广东数学家的欣赏。他虽然是新交，却好像也是老朋友、老同学。女的像是早就认识他一样，一点不拘束。他们一句不问青年A的境况。这几人都互不打听个人情况，只在谈话中流露一句两句。

吃完回去时，四人已成为好友了。约定星期日再来。

"星期日若有人找我，我就不能来。"青年A说。

"不是星期天也行。这里总有人。我也常来，不一定是星期天，我不是天天有课。实在没人，你可以叫看门老头开门进屋。"女的抢先回答。另外二人有默许的神气。

听女的这口气好像是半个女主人。

又一个星期日，青年 A 又去见这新朋友。果然那一对广东人也在。又是热闹一番，仍然主人请吃饭。不过不是炸酱面了，换了一个地方。大家毫不客气。

吃完回去后，更熟了。女的忽然对青年 A 说："你该取个名字了。叫什么好？你自己选定吧。"

"取什么名字？我自己有名字。"青年 A 茫然不解。

"你还不知道呀！"她眼望了一下主人，"你没跟他讲吗？"转过来对 A 郑重其事地说："我来介绍。"指主人："这是阿尔法。"指另一男的："这是贝塔。"没说她自己，就问："你想叫什么？"

青年 A 一听，这不是希腊文字母的头两个字吗？便毫不踌躇地说："那我叫伽玛好了。"这是第三个字母，他没算上女的。

"不行，不行，伽玛另有人了，在日本东京留学哪。"阿尔法说。

"他是亚芒，你记住。"女的说。怎么《茶花女》里的人物也出现了？青年 A 不知那也是绰号，另有缘故，牵涉另一个女的，扮演过茶花女角色。

"那么，我叫俄美加吧。"青年 A 记得这是最后一个字母。

女的抢着说："不成，那也有人。你不能叫。我给你命名，你叫'派'吧。"

"不接受。我不是无限不循环小数，我不充当圆周率。我不受你的'派'，你'派'不到我。"

"那就以后再说吧。"主人阿尔法赶忙息事宁人。

青年 A 却并不轻轻放过，反过来问那女的："请问你叫什么？"

女的没回答，也没笑，也没气。

阿尔法替她回答："她叫迷娘。"

青年 A 知道迷娘是歌德那部长篇小说中的一个插曲中的人物，是个女穿男装的少年。这个字本是"小"的意思。想必她就是俄美加，便不说话刺她了。

这次散后，青年 A 又有一些天未去。

有一天青年 A 正在街上无目的地走，观赏街景，忽然身后来了一辆自行车。车冲到他身边，车上人跳下来在他肩上拍了一下。

他猛一转过脸，原来是那个迷娘。

"今天抓住你了。跟我走。你跑不掉了。"她说。

青年 A 想着是到阿尔法那里去。他没有事，可以去，但还得问一句：

"你骑车，我走路，怎么一起走？"

"我推车陪你走。"她说。又问："你会骑车吗？"

"不会。"那时他还没有从张学会骑车。

"你应当骑车。这样走路多不方便。我教你。我这车是二六女车，你用它学，准摔不倒。"

"我没钱买车。"

"我可没法用车带你。你又不能骑车带我。我只好推车陪你走路，比你还费劲。你——"她没有说下去。

青年 A 想，大概是要说"你过意得去吗？你来推车吧"。可是自己没推过自行车，不便充好汉，只得不作声。

迷娘又同他说了几句无关紧要的话；他才忽然发现方向不对，这不是去阿尔法那里的路，便问："你带我到哪里去？"

"不用问，不会把你拐去卖了。"迷娘笑了。

忽然转进一个小胡同，两人加一车并行，差不多要把路堵塞了。幸而胡同里没有人，女的仍然紧挨着男的并肩而行。男的也没觉得，没退让。

"到了。"迷娘用自行车顶开一家的小门，推车先进去。门太小，男的停一步退后，随即跟着进门。

这是一个小院子，三面都有几小间房子。看来也是个小公寓，每间房都有门朝外。

迷娘把车推到一个窗下锁好。又打开门上的锁。

"你在这里等一等。"她开门进屋，把带来的人关在门外。

门窗上糊着白纸，窗上一块玻璃里面有花布窗帘，屋内什么也看不见。门框上挂着一小块木牌，上写着名字，真是迷娘的译音，不过换了另两个字，加上一个姓。

青年A呆呆站在门前，忽听身后院门开了。回头一看，又进来一个女郎，也是推着车，对他望了一眼，把车推在隔壁窗下，开门进去了。

另一边的一扇门开了。一个女的探出半身，捧了一脸盆水，刚要倒，一看有人站在那里，连忙转方向朝另一角上泼。就这样已来不及，还是有些水滴洒上他的鞋面。那女的也只二十来岁，对他微笑了笑，点一下头，仿佛道歉，又关上了门。

院门又开了。进来两个年轻姑娘，谈笑风生，不理睬他，走过另一边，各自开门进屋。

这明显是一处女子公寓，他好像到了女儿国。只怪这个迷娘进去不出来，不知在屋里摸索什么，把他放在自己门前展览。想推开门或是敲门问一声，又觉得男女有别，虽是见面熟，但嘴上开玩笑不妨事，行动得慎重。这又是女子住的公寓，尽管没有标出名字，没有招牌。

房门开了，迷娘出来了，笑嘻嘻的，也没道歉，只说：

"走吧。"

青年A明白了。她在屋里换衣裳。来时是一身西式衣裙，现在改穿旗袍了。她大概是不常穿旗袍的，袍子像是新从箱子里取出来的。

她也不骑车了。两人并肩走，一穿长衫，一穿旗袍，都是蓝布的。

少不了路上又讲些笑话。青年A微微感觉到她比先前严肃了，不过还是紧挨着他走。她还沿路指指点点，自认老北京，教导这个新朋友。

到阿尔法那里，贝塔也在，又是四人一同吃饭。

好像成了例规，四人一桌，迷娘总是和青年 A 对面坐。有一次两人不觉同时抬头对望，四目相视。青年 A 赶忙转眼看菜；不知是否幻觉，似乎瞥见迷娘脸颊上闪过微微的红晕。照说这是不会有的。他再也不敢对她正眼望了。另两人好像从不注意这两人的神情，谈笑自若。

又一次，青年 A 在街头碰上了迷娘。

她跳下车来说："又抓住你了。跟我走。不管你有事无事，跑不掉。"

青年 A 以为下一句是："再到我那里去，这回请你进屋坐。"可是她没说。

街上人多，她推着车，仍是肩挨着肩。

"你就这样看着我推车吗？"她忽然说了一句似乎怪罪的话。

"那你骑车吧。"

"我骑车，你好跑掉，没那么便宜事。"

这才怪，应当是骑车的跑掉，走路的追不上，她却把话说反。青年 A 一点也没明白过来。

"你安心遛我。"她又说。

青年 A 明白了，心想，下一句是"你这人真笨。"然而迷娘说出的却是："你不会骑车，推车也不会吗？你来推。不会推，我教你。我给你保险。"她当真一侧身将车把塞过来给 A 抓住，她还用两手扶住 A。两人一前一后，差不多紧贴着。这里马路宽，车和人都不多。没人注意他们的表演。青年 A 一心只忙着怕车倒下去，顾不得想这场面。

"这样不行。"迷娘大约先觉察到了这样不大好，可能她这样紧护着 A 长久了也太累。她停下车，一只手扶把，从车前转过去，和 A 分列两边，各扶车把的一端，两人由此分开了。实际上是她用一只手扶车把推车，A 只是装装门面。这样更累，她倒不说什么埋怨话。

又走进一条胡同。青年 A 发现路不对，不是上阿尔法那里去，更不是去她的住处。

"你带我到哪里去？"

"你不用管。不会卖掉你。小孩子跟大人走，没错。"

"你才是小孩子。"A 有点动肝火，心里说："我当你是个妹妹，你倒要充姐姐。"但嘴上没说。

"我比你大，叫我一声姐姐。"迷娘笑着说，但笑声高而话音低。

"你比我小，你是妹妹，叫我哥哥。"他偏不让，不过也把话音压低了。这是因为在路上走着这样讲话会被人误认为吵架。

这样争论谁大谁小又走了些路。忽然迷娘停下车，转身到左边来，抓住 A 的那只手拉开，自己扶把，说："到了，不用你帮了。"领先进了一座大门。她脸上出现过一种惋惜表情，对 A 望了一眼，好像是认为刚才这段路还不够长或是 A 太孩子气。但 A 一点没看出来。

青年 A 看到门口有个牌子，上写"大同中学"，明白了。

门口传达室的人多半是认识迷娘吧，没有问找谁。迷娘直闯进去，A 在后紧跟，转进一个院子，听见一间房里有钢琴声。迷娘把车一靠住，推开门就进屋。

青年 A 追进去，看见贝塔正坐在琴前，又听迷娘笑着说：

"抓来了，送来了，完整无缺，请你照收不误。"然后她大笑着向床上一仰，说声"累坏了"。好像还真有点喘气。

贝塔一人住一间屋。床和桌椅以外是一台钢琴，一个小书架，上面都是洋装书。

原来他们两人约好了要邀请 A 去这里认认门，好自己去；却不料是这种邀请方式。这不用说又是迷娘的把戏。

A 望了望架上的书，除最下一层是中文数学书以外，上面全是外文的。他看有一本是笛卡儿的，以为是哲学书，抽出一看，是一本法文的数学书；又随意抽一本，是德文的，仍然满纸数学符号、公式；再看有英文的，还没抽，迷娘从床上坐起来喊："不用检查，没你看的。你跟我一样看不懂他的书。除数学以外，什么也没有。音乐书都在阿尔法那里。"她嘴边隐隐要说什么话，却没有说出声音。A 猜想是："你能看的书我有，可我不给你看。"便对她笑了笑，也不点破她。毕竟她是个女的，不能太不拘形迹了。这种人一下子过于亲密，惹恼了，怕不好办。这当然是 A 心里的话。他完全不了解人家的打算和迷娘的复杂心理。迷娘的心思他一点没懂。越是这样，迷娘越要逗他，却不是为好玩。

"以后你可以自己到这里来。"当贝塔出去取开水时，迷娘对 A 说。接着又是一句："你在阿尔法那里可以找到我。"A 一想，可能还有没说出的话是："我不常到这里来。你可以常来。要见我就到阿尔法那里去，也别去我住处找。"果然迷娘自己证实了他的猜想。接着她又说："我整天不在屋里。这里是中学，太吵闹。"A 想，可不可以请她到自己公寓去？马上觉得这种想法本身就不对，若说出来，更不对了。奇怪，为什么自己会有这想法？

以后青年 A 见迷娘多半是在阿尔法处，很少在贝塔处，也在街上又遇见过几回。熟了，他倒不觉有什么不同。可是意外的事发生了。

几个朋友在青年 A 的公寓房间里。其中有一个人说：

"我要揭穿一个秘密，A 有了女朋友了。我亲眼看见的，肩并肩，紧挨着在街上走，有说有笑，可亲密了。所以我不招呼他，不打乱人家。可是他瞒着我们，这不对。今天要他报告经过。什么时候认识的？在什么地方？是在图书馆里吗？怎么谈起恋爱的？"

"没有的事。别胡猜乱猜。"青年A着急了。这样的发现他本来早该想到的。但对他还是出乎意外。他知道这指的是迷娘，没有第二个人。他觉得提到恋爱等于犯罪，涉及迷娘更是弥天大罪，简直无地自容。

"你赖不掉。我也看见过。跟你一样高，圆脸，短发，穿西装裙子，对不对？"又一个人说。

"是个女朋友，是朋友的朋友，甚至是朋友的朋友的朋友。和我不相干。你们千万别胡扯。传出去不好。"A说。

"有什么不好？你干吗着急？恋爱是光明正大的事。大丈夫何必偷偷摸摸的，怕人知道？在街上那样亲热还怕人知道？"有一个人说。

"人家是有对象的，也是我的朋友。我是从朋友那里认识他们两人的。不过她人很大方、随便，就被你们看错了。她还拿我当小孩子开玩笑。你们想到哪里去了？"青年A不得不全盘托出真相，企图说服大家。他真怕在街上又碰见别人说出什么，迷娘会生气和他绝交。他为什么会这样怕，自己也不明白。是怕阿尔法和贝塔吗？自己先还没有想到这一点。他最害怕的是迷娘生气。

可是这一来，他倒也起了疑心。迷娘当然是和贝塔好，可是为什么又和阿尔法那么亲密？而且偏偏在大马路上，在小胡同里，在她自己住的公寓里，甚至在贝塔的中学里，表现同A自己也是好朋友？对这些，不但阿尔法，还有贝塔，好像不但视而不见，还大有赞许之意。这是为什么？这真是希腊字母之谜，是不可解的高等数学公式了。

有一次在阿尔法那里，男女有许多人，闹哄哄的。A饮了半杯橘子水在桌上放下。迷娘过来，口说"真渴"，伸手拿起杯子。A

忙说："这是我喝过的。"迷娘对他把眼一瞪，举杯一饮而尽，也不理他，又和别人笑闹去了。A不明白她究竟是什么意思，在心里也一直是个谜。

为什么贝塔和迷娘不宣布结婚呢？青年A当时以为是他们相信一句不知什么人说的话："结婚是恋爱的坟墓。"当然这不会是真正的谜底。

这个谜底，这个数学题的答案，其实是很简单的。青年A在少年时曾被误会为同一个女的"双回门"，此时又被半有意半无意地安排成为几角的一角，这些都是为迷惑人的耳目的。迷娘这时用的是她母亲的姓，名字也改了；过了一些年才恢复读书时的原名并再用父亲的姓。那时才公开了她和贝塔的名分。那时她的民国初年当过公使的父亲已经去世，国民党时期曾经显赫一时的舅舅也已被刺死了。至于青年A等人喜欢她，她也喜欢这些人，这是很自然的事。照青年A的理解，这都是友情，不是小说诗歌里的那种所谓爱情。

当然这时青年A还不知道这难题的答案。这要等到多少年以后。

这时青年A正在想攻打数学堡垒。他受到阿尔法和贝塔的鼓吹，打算去北大也听听课。贝塔极力说他有数学头脑，即使不能正规学数学，也可以大致学一遍数学的理论和内容，并且自告奋勇要当他的数学导师。于是青年A真以为自己能学数学了。至少是还可以学点大学里教学的东西。他的"家庭大学"和"课堂巡礼"还可以继续下去。不过他向贝塔问到北大数学系的猜谜的赵时，贝塔不知道。他毕业早。

1931年夏天青年A过得很高兴。

然而"不由人算"。先是哥哥来信说，家乡发大水，淮河大泛滥。信上说，又同前些年一样，城墙上可以坐着伸腿到城外洗脚了。家里无法再接济他了。最后这几十元可以用作路费回家，自然还得在水退以后。信中末尾说："我们兄弟几乎不能见面了。现在也还只能有一半希望咧。"哪知这一半也没有。他没有回家。再过两年，哥哥便去世了，再也见不到了。城门边送行那一次便是最后的见面了。

更大的打击还有。

有一天，他走在街上，忽听大声喊："号外！号外！"他一抬头，前面墙上已经有人贴上了一张，下面有许多人围着看。他赶过去，挤上前，只见特号大字是：

"日军突占我沈阳。"

他觉得一瓢凉水从头上浇下来，一直凉到了脚后跟和脚趾尖。他这一年多的一切幻想都同肥皂泡一样破灭了。

"九一八"和"五四"一样，都是些数目字，都是人类历史出下的数学难题。

历史出的难题只有由历史本身去解答。

历史是无穷无尽的，又是无头无尾的，不能从中截断说是结束。

人生也是这样。但个人的生活是有尽的，随时随地可以结束，只留下一些投向未来的影子。

青年 A 和他的所见所闻也是这样。没有完也可以算完。

正是：

真真假假寻常事
雨雨风风一代人

视 学

　　将近六十年前，一位朋友受聘去当县立初级中学的教务主任。承他不弃，约我去教国文以免饿死街头。

　　糊里糊涂教到学期中间，忽有一天课堂的靠学生后面另一扇门开了，进来三个人。一是很少光顾学校的校长，一是矮胖子，两人后面跟着我那位朋友。我当时正在向学生提问，照例找的是我估计还没学会的学生。他站在那里疙疙瘩瘩回答不好。我让他站着想，又叫起另一个程度差的学生，当然不会比前一个好。有的学生已回头去观望来客了，我还未注意，又想问第三个。忽然惊醒，有参观的人，不能再展示坏学生。赶忙叫他们都坐下，我自己来解答，不料我没说几句，那三位不速之客已经不辞而别了。

　　后来我那朋友笑着告诉我，他和校长陪同来的是县教育局的视学员。他听课后给我的评语是四个字：不会教书。

　　我一听，猛然觉得一只饭碗掉下来打碎了。

　　朋友仍然笑着叫我不要在意，县里的人都是熟朋友，不会有什么的。可是我仍然有点忐忑不安。

　　又过些时，我把这事差不多忘了，没想到旧戏重演。有一次我上课一多半，远处那扇门又开了，又进来三个人。原班人马只换了一个，矮胖子变成穿西服的高瘦子。当时我正在讲朱自清或是别的名家的一篇短文，大概是选的补充课文。我既未提问，也没有讲解难字难句段落大意，只是在自问自答。问，这段文为什么要这样讲？换个讲法行不行？为什么接下去一段又那样讲？能不能改头换面颠来倒去？这个词，这个句子，若不用，换个什么？比原来的好还是不好？为什么？作者这样写，这样挑选词句，是有用意的。用意是引起读的人想到他没说的什么。若是改了，不但文章不好，用意也不是缺了就是错了。所以学文章一要探讨作者用词用句用意，二要想到同样意思自己还能怎么作，拿来比较。这样容易懂得人家也提高自己。我边讲边举例滔滔不绝。学生都不看书，只望着我，也不管有没有外人，我忽然想起，又来了客人，莫非又是来视察我的吧？连忙打断，改讲课文。不幸客人一听我讲的告一段落，转身出门。随后不久下课铃就响了。

果然不错，后来教务主任朋友对我说，那是省里的视学员来检查学校教学。我一听，扑通一声，心中的饭碗顿时成为碎片。

朋友问："你猜他给你的评语是什么？"说着大笑起来。我没法回答，想，该不会是立即革职吧？

"这位省视学听你讲课居然迷上了。一直听下去顾不得走，听完出门就下课了。还有一个班也不去听了。中午县里大家陪他吃饭时，他还发挥一遍，说是从省城出来到过几个县，这次才听到了新鲜课。这样讲书才能吸引学生，连他都觉得闻所未闻。他对你这堂课赞不绝口，说是没想到能这样讲文章。"

"你是开玩笑吧？"我不相信。

"哪里的话？那位视学员还想问你是什么大学毕业的。我只说是我的朋友，给蒙混过去了。你的名字也没告诉他，所以在座的县视学员也不知道说的是你。"

"后来呢？"

"后来上菜，就没有人提这和吃饭无关的事了。"

"对我来说，这可正是和吃饭有关的大事啊。"我这样想，但没说出口。

我到底是会教书还是不会教书呢？

一点经历，一点希望

　　我 1930 年来北平（北京），无家无业在这古都漂泊；只有过一次短期就业，那便是在北京大学图书馆当职员，和一位同事对坐在出纳台后，管借书还书。那不到一年的时间却是我学得最多的一段。书库中的书和来借书的人以及馆中工作的各位同事都成为我的教师，经过我手的索书条我都注意，还书时只要来得及，我总要抽空翻阅一下没见过的书，想知道我能不能看得懂。那时学生少，借书的人不多；许多书只准馆内阅览，多半借到阅览室去看，办借出手续的人很少。高潮一过，我常到中文和西文书库中去瞭望并翻阅架上的五花八门的书籍，还向书库内的同事请教。当时是新建的楼，在沙滩红楼后面。书库有四层。下层是西文书，近便，去得多些。中间两层是中文书，也常去。最上一层是善本，等闲不敢去，去时总要向那里的老先生讲几句话，才敢翻书并请他指点一二。当时理科书另在一处，不少系自有图书室，这里大多是文科、法科的书，来借书的也是文科和法科的居多。他们借的书我大致都还能看看。这样，借书条成为索引，借书人和书库中人成为导师，我便白天在借书台和书库之间生活，晚上再仔细读读借回去的书。

　　借书的老主顾多是些四年级的写毕业论文的。他们借书有方向性。还有低年级的，他们借的往往是教师指定或介绍的参考书。其他临时客户看来纷乱，也有条理可寻。渐渐，他们指引我门路，我也熟悉了他们，知道了"畅销"和"滞销"的书，一时的风气，查找论文资料的途径，以至于有些人的癖好。有的人和我互相认识了。更多的是我认识他，他不认识我。这些读书导师对我的影响很大。若不是有人借过，像《艺海珠尘》（丛书）、《海昌二妙集》（围棋谱）这类的书我未必会去翻看。外文书也是同样。有一位来借关于绘制地图的德文书。我向他请教，才知道了画地图有种种投影法，经纬度弧线怎样画出来。他还介绍给我几本外文的入门书。可是我只当做常识，没有学习，辜负了他的好意。又有一次，来了一位数学系的学生，借关于历法的外文书。他在等书时见我好像对那些书有兴趣，便告诉我，他听历史系一位教授讲"历学"课，想自己找几本书看。他还开了几部不需要很深数学知识也能看懂内容的中文和外文书名给我。他这样热心，使我很感激。

教授们很少亲自来借书。有一次进来一位神气有点落拓的穿旧长袍的老先生。他夹着布包，手拿一张纸向借书台上一放，一言不发。我接过一看，是些古书名，后面写着为校注某书需要，请某馆长准予借出，署名是一位鼎鼎大名的教授。我连忙请他稍候，不把书单交给平时取书的人，自己快步跑上四楼书库。库内老先生一看就皱眉，说，他不在北大教书，借的全是善本、珍本，有的还是指定抽借一册，而且借去一定不还。这怎么办？后来才想出一个主意。我去对他恭恭敬敬地说，这些书我们无权出借。现在某馆长已换了某主任，请他到办公室去找主任批下来才好出借。他一听馆长换了新人，略微愣了一下，面无表情，仍旧一言不发，拿起书单，转身扬长而去。我望着他的背影出门，连忙抓张废纸，把进出书库时硬记下来的书名默写出来。以后有了空隙，便照单去找善本书库中人一一查看。我很想知道，这些书中有什么奥妙值得他远道来借，这些互不相干的书之间有什么关系，对他正在校注的那部古书有什么用处。经过亲见原书，又得到书库中人指点，我增加了一点对古书和版本的常识。我真感谢这位我久仰大名的教授。他不远几十里从城外来给我用一张书单上了一次无言之课。当然他对我这个土头土脑的毛孩子不屑一顾，而且不会想到有人偷他的学问。

又一次来了一位风度翩翩的女生借书，手拿一叠稿子向借书台上一放。她借的是一些旧杂志。我让取书人入库寻找，同时向那部稿子瞥了一眼。封面上题目是关于新诗的历史的，作者是当时在报刊上发表新诗的女诗人，导师是一位声名显赫的教授。我大约免不了一呆。她看出我的注意方向，也许是有点得意，便把稿子递给我看。我受宠若惊，连忙从头到尾一页页翻看。其中差不多全是我知道的。望望引的名字和材料，再看几行作者的评论，就知道了大意。大约她见我又像看又像没看，就在我匆匆翻完后不吝赐教。她说，这是导师出的题目，还没有人做过，现在是来照导师意见找材料核对并补充。她还怕我不明白，又耐心说明全文结构，并将得意的精彩之处指给我看。旧杂志不好找，所以等的时间长。她是以我为工具打发时间吧？不过她瞧得起我，仍使我感动。我由此又学到了一点。原来大学毕业论文是有一定规格的，而且大家都知道的近事也能作为学术论文的内容。

我当时这样的行为纯粹出于少年好奇，连求知欲都算不上，完全没有想到要去当学者或文人。我自知才能和境遇都决不允许我立什么远大目标。我只是想对那些莫测高深的当时和未来的学者们暗暗测一测。我只想知道一点所不知道的，明白一点所不明白的，了解一下有学问的中国人、外国人、老年人、青年人是怎么想和怎么做的。至于我居然也会进入这一行列，滥竽充数，那是出于后来的机缘，并不是当时在北大想到的。可是种因确实是在北大。

我的好奇心是在上小学时养出来的，是小学的老师和环境给我塑成的。这一时期，不论进不进学校，是谁也跳越不过去的，而且定型以后是再也难改的。大学教师，无论是怎样高明的"灵魂工程师"，也只能就原有的加以增删，无法进行根本改造。大学只是楼的高层而不是底层。中学、小学的底子不好，后来再补就来不及了。教育是不可逆转的。我们不能不顾基础，只修大屋顶。若是中文、外文、古文、初等数学、思维方式、艺术情趣、体育、人品的底子在幼年和少年时期没打好，只怕大学和研究院是修建在真正的"沙滩"上，而不是至今未倒的"沙滩"的红楼。北京大学现在有幼儿园、附小、附中，正是一个全系统教育结构。只管上层不管基础是不行的。北京大学到 1998 年一百周年时，也就是戊戌变法一百周年时，又是日本明治维新一百三十周年时，将成为幼儿园、小学、中学、大学、研究院合成的一个教育系统工程的全新工地。北大应当在当前已开始出现的全世界教育大变革浪潮中处于前列，到 21 世纪发挥国际性的作用，无愧于我们的伟大祖国。这是我的真诚的希望。

送指路人

　　邓恭三（邓广铭）比我年长五岁，是我结交六十多年的老友，又是让我知道学术道路的最初指路人。他走了。我在随他去以前理当说几句话为他送行。

　　1935年我进北大图书馆当职员，管借书还书。有一天，一个借书人忽然隔着柜台对我轻轻说："你是金克木吧？你会写文章。某某人非常喜欢你写的文。"这个某某人的名字我没听清，不知道是谁。他以为我知道，我也就没问。从借书证上我看出这个人是历史系四年级学生邓广铭。我感到奇怪。我只有发表不多的新诗和翻译署这个名字，乱七八糟的文多半用不同笔名，而且是朋友拿去登在无名报刊上的。他说的那个人是谁，怎么会知道，而且告诉他我在这里？这个问题我没有问过他。他也不会想到有这种问题。从此以后，他来借书时往往同我说几句话。有一次竟把他的毕业论文稿带来给我看，就是他在胡适指导下做的《陈亮传》。这是第二次我见到同类清稿。第一次是中文系的应届毕业生徐芳女士，新诗人。她的论文是《中国新诗史》，也是胡适指导的。她有意无意把论文放在柜台上让我看见，由此互相认识。那不奇怪。我明白，她是为了显示自己是才女。邓给我看论文是什么意思？我从未想起去走什么学术道路，也不知道那条路在何方。万想不到他是来给我指路的。至今我也不敢说自己真是走上了学术正路。后来有一次他在我下班时来，一同走出馆外，走向红楼，在十年后有"民主广场"之名而现在已经消失了的老北大操场上边走边谈。他谈起怎么写了一篇书评，评论一位名人的有关宋史的书。那时规定学生要做读书报告。他便交上这篇文，得到文学院长胡适赏识并鼓励他继续研究宋史。于是他写出《陈亮传》。现在发现宋史情况复杂，资料太多，问题不少，主要是对从东北南下的辽、金的和、战问题很难处理。他决心毕业后有条件就继续研究，不过一生也未必能解决多少问题。穿过红楼到了校门口分别时，我说，我们现在还是生活在宋朝。彼此苦笑而别。当时日本已占领东北，河北省已有一部分变相沦陷，几个月后就扩大到华北。"一二·九"学生运动由此爆发。再一年多全面抗战开始了。现代毕竟不是宋朝。但我们那时怎么能够预料到，不过十年（1935～1945）全世界就有翻天覆地大变化呢？从此我知道了邓不仅专心学术而且是爱国志士。

又有一次，他拿来一本装订成册的铅印的讲义给我看。原来是傅斯年讲的中国文学史。我说，傅是五四运动的"新潮派"，怎么留学回来成了历史语言研究所的所长？他说："你先看这本书，看他有没有学问。"我拿回一看，不像讲义，是一篇篇讲演稿或笔记。开头讲《诗经》的"四始"，说法很新，但我觉得有点靠不住。看到后来种种不同寻常的议论，虽然仍有霸气，但并非空谈，是确有见地，值得思索。现在隔了大半个世纪，内容几乎完全忘了，但还记得读他比较唐宋诗那一段时的兴奋。真想不到能这样直截了当要言不烦说明那么范围广大的问题，能从诗看出做诗人的心情、思想、人品，再推到社会地位、风气变迁，然后显出时代特征，作概括论断。尽管过于简单化，不免武断，霸气袭人，但确是抓住了要害，启发思索。举出例证仅有两首七律。一首是唐代温庭筠的，末句是"欲将书剑学从军"；另一首是宋代黄庭坚的，末句是"暮窗归了读残书"。单从这两句就可以看出明显是两个时代两种文人的心声。这是精心挑选的典型例子。我由此联想晚唐李、杜，盛唐李、杜，初唐王勃，想到宋代苏东坡、陆放翁，回想这些人的诗，再加上两代的文，韩、柳、欧、苏，从记忆中寻找同例、异例，发现双方虽有交叉，而差别显然。又想到以前翻看过的顾亭林的《日知录》，才知道，举例何必多，再多也全不了，靠的是读者自己去思索，去查对。知者可以举一反三。对不知者多举例也无用。重要的是顾所谓采山之铜，不重复别人。我还发现傅的比较法并非泛泛。有比较才有鉴别，有鉴别才会有发现。若没有发现，那研究什么。科学的比较不是任意拉扯猜测，看来容易，其实极难。费大力研究的结果可能只需要几句话就讲出了要点。我只在幼年读过旧书，那几年只读洋书，但凭记忆所及就觉得傅的说法虽未必是结论，但确实是独具慧眼，能引起人思考问题。于是觉得，学术研究不能要求到我为止，认为我所说的就是最后定论。切实的研究恐怕只能是承先启后，继往开来，不断出新，而新的又不一定全盘推翻旧的。研究学术问题好像是没有终点。看来是终点的实在是新的起点。记得我那晚边看边想竟忘了照例读外文小说。可是我还书时两人只有这样两句话："有学问？""有学问。"接着他又谈他的计划，打算申请"庚款"资助，专心研究辛弃疾的词和生平事迹，说起研究这一课题的价值和困难等等。

这时他已毕业留校，属于文科研究所，但还没有交出学生宿舍房间，所以有一次邀我晚上到他住处去畅谈。我去时一看，室内还有两人，都是他的同班同学。一是傅乐焕，一是张政烺。经他介绍后，他们好像跟我早已熟识，继续天南地北古今中外漫谈。不知怎么忽然说到地理，我插话问起现代的地图画法，怎么把球面改成平面，怎么画出经纬度。傅一听就在桌上书堆里翻出两本书递给我，说："这是投影问题。这两本小书简单明了，容易懂，你看过就明白了。"我接过一看，是德文的，里面有数学公式和一些图，当然我看不懂，翻翻就还他。也没人问我什么，大家仍接着原来的话题谈，我发现他们虽然同班上课四年，所学却大不相同，都不是照着老师教的图形描画而是自辟道路。张熟悉古董古书。傅通晓中外史地。邓专心于中国中古史。可是彼此互相通气，并不隔绝。古典、外文，随口出来，全是原文，不需要解释，仿佛都是常识。他们对我毫不见外。明摆着我不懂德文和数学，也无人在意，好像认为会是当然，不会也没什么了不起。因为不久就要各自西东，所以大家谈得很热闹。我不觉拘束，没意识到自己的身份和学识远不如他们。后来我才知道，这种青年学者的风度不是随时、随地、随人都能见到的。恭三这时已经结婚，在宿舍只是挂名。他回家，我也一同走了。那一晚我见到三个不通人情世故，不懂追名逐利的青年。以后这三人果然都成为学者。十分可惜的是，我听说，傅乐焕留学回国后在50年代中期由不幸遭遇而自动离开世界。邓如今又去世，三人行此刻仅有张君了。

这段时间，我和恭三经常见面，不是仅仅空谈，也有实际作为。从一开始他就对我说，天津《益世报》有个《读书周刊》，由历史系教授毛子水主编，实际上是四个四年级学生每周轮流编辑。他是其中之一，每月轮到一次，要我写文章。他不想在这方面多花时间，也不习惯写这类报纸文体。最好我能给他帮忙，经常供给稿子。我说，我现在只看外国书。他说，谈洋书也行。不过报纸是天主教办的，别沾宗教，莫论政治，小小冒犯政府不要紧。于是我写了一些长长短短与书有关的文，每篇署上不同笔名。我随时交，他随时登，也不修改，还说是我帮助他省下不少写稿约稿时间。记得我写过短文，据英译本介绍俄国史诗《伊戈耳远征》，谈俄国无政府主义女革命家的《薇娜自传》（近年才有巴金译本）。还引过法国汉学家马伯乐在《通报》上评郭沫若《中国古代社会研究》的话，发挥几句。他说郭有中国学者所缺少的"科学的想象",这指的是什么？我借此把当时被通缉逃往日本东京的郭沫若的名字点出来。现在的人不会感觉到,以上说的这些在那时都是犯忌讳的,许多报刊不会登出的。我也写文对名人提过意见,评identifying邓认识的人的书,自然用的都是笔名。被评的人不知道,不注意。毛主编说过什么没有,邓没说,我也不问。只有一次不同,不妨多说几句。

"周作人讲演,邓恭三笔记"的《中国新文学源流》出版后引起轩然大波。周提出"言志"和"载道"对立,提倡晚明小品。这不仅产生争论,而且引出大量古典小品纷纷上市。我对邓说,这是你闯的祸。他说与他无关。他不过整理笔记,给讲演者看过,出版者出书赚钱,他得稿费买了一部二十四史,如此而已。文坛上风波怎么能涉及他？我说,不错。梁漱溟讲演《东西文化及其哲学》是罗常培笔记的。罗不讲哲学。笔记者不对书的内容负责。你没有提倡那种小品文,也不写。可是如今这种小品成为大潮快要泛滥成灾了。其实依我看,"言志"仍是"载道",不过是以此道对彼道而已,实际是兄弟之争。他叫我写成文章看看。我知道他又借此约稿,便说,写也是白费力,你能登？他说:"你写,我就发,只看你怎么写。"于是我写出了《为载道辩》,将近万言,没署笔名,交给他。话虽说得婉转,对周仍是有点不敬,以为不会发表。可是全文登出来了,一字未改,占了整整一期。我没问他,毛子水主编和周作人对此文有什么意见。后来见面时他笑着说:"朱自清以为那篇文是毛子水写的。每月照例由毛出面用编辑费请客,四个编辑也参加。朱来了,对毛说,他猜出了那个笔名。五行金生水,所以金就是水。当然毛作了解释,说那不是笔名,是一个年轻人。"

这样,由于恭三,我为《读书周刊》写文,又常听他的议论,多少沾上了一点学术的边。他使我望见了所谓学术道路和学者的基本功夫,不过我还没有想到自己要当学者。那太难了。我知道自己不行。恭三在这条路上走了一辈子。他给我指路。我好像没有真正走上去，走的不像是他指的路。现在他休息了。我就讲这指路故事为他送行。

学英文

　　1931 年 9 月 18 日，现在是属于上一个世纪了。那年我虚岁二十，实足年龄十九，住在那时叫北平、现在叫北京的一家小公寓里，没钱，没学历，没职业，还做着上大学的梦。我能上的大学只有宣武门里，头发胡同的市立图书馆。在那里看书，不要钱，也不问学历、资格。我在那里读了将近一年的书。

　　这一天，忽然看见石驸马大街的《世界日报》阅报栏前拥挤着无数的人，我就挤上前去，看见头号标题的大字《日军昨突占我沈阳》，还没看内容，就立刻觉得从头顶"轰"的一声："完了，我还上什么学，国家都到了这个地步了。要亡国了，怎么办？"我只好在街头走来走去，图书馆也不上了。随后几天，全城都轰动了，无数大学生开会、游行、示威。要求政府立刻对日本宣战，出兵收复东北失地，我也跟在游行队伍里跑来跑去。后来有许多人到车站，要求上车南下，到南京去，找政府提出要求，说是请愿，我没有去，可是就在这杂乱中间，这些乱七八糟的会里面，我听到无数激昂慷慨的演讲，在这些会里头，也就认识了几个人，他们都是西城几个私立大学的学生，我也跟着他们去在那些大学的各种各样的会里头，听那些抗日的演说，觉得这些大学生都不上学了，都不念书了，我还上什么学！怎么办呢？也不知道怎么去抗日。

这时候认识的几个人就成为朋友了。几个月以后，风浪平息了，政府也没有出兵。学生仍旧上学，我仍旧跑图书馆。风暴过了，我们也不见面了。忽然有一天，正是冬天，我在街头碰见了姓沈的一个大学生。他一把拉住我，说："你还上图书馆看书？图书馆有什么书要看？现在要读革命理论书，那图书馆里哪有啊！现在西单商场书摊上正摆了一本新影印出来的英文书，叫《马克思的经济学说》，作者是考斯基，这本书是学革命理论的基本入门书。我们有几个朋友正想自己来学这本书。你要参加，明天晚上到我住的公寓来，好不好？"我一听，可以跟着他们学英文，又学了什么"经济学说"，这倒是好事，这也不要钱，于是答应了，就到书摊上去买了一本书，影印的，很便宜。

买了以后，第二天晚上，我去找他了。结果，他说的几个人，原来不过是他和另一个男的，我都认识，还加了一个女的，说是他们同学，但不在一个大学里。每人拿着一本考斯基的书，就说："每人念一句，翻译，不懂的大家讨论。"于是，第一个就让我念，我翻开一看，在家里看过，也没来得及查字典，就念了第一句，题目，是"what is commodity"，我一念，大家哈哈大笑，因为我这个英文是在家里跟哥哥学的，我的发音虽然也不是太错，可是第三个字"商品"我根本不认识，我把两个"O"都念成"O"，他们哈哈大笑，于是姓沈的立刻纠正，他说："不是你这个念法。"于是他念了一下。噢，我才知道，原来我一直照着字典拼音念的根本不是真正外国人口头上的英文。从什么是商品，然后接着什么劳动啊、价值啊这些字我全不认识。于是我只好在家里查了字典，然后再去跟他们一起学习。每天晚上也只不过念个几句。

他们的英文，两个男的都是教会中学毕业，都是美国人教的。所以他们的一嘴美国发音跟英文会话都很流利。但是他们对读书可不如我。他们念得很好，字也认识，但他们不懂讲的是什么，尽管

217

他们是大学生。我也不懂讲的是什么，可是呢，我有一点底子，他们没有，我也没说。因为开头的英文字我虽然不认识，但什么是商品我倒是知道。什么价值啊，劳动啊。因为我看过翻译的马克思的《价值、价格与利润》《工资、劳动和资本》。虽然不懂，可糊里糊涂也看过这两本小册子。所以比他们还有一点底，他们没有。因此英文是我跟他们学，可是内容，他们有时还要问我。这样一来，就能够继续下去了，大概没有一个月，也没有念到一章，那个女的走了，剩下我们三个人。这三人读书会也就不容易维持下去了。考斯基的马克思经济学说算是我在这方面读书的入门吧，而实际上我受到的教育却是英文，特别是英文发音以及英文的口语式的读法。这是我在这个时候的第一点收获。想不到的还有第二点收获，那是我第一次得到职业。也是从三个人中间的第三位，姓宋的那里得来的。不过这是后话了。

三人读书会虽然没有了，可是他们还借给我另外一本英文书，说是从一位教授那里借来的，他们现在要考试，没有工夫看，我可以先看。可是一个月以内必须还他们。这本书是曾任第三国际主席、《真理报》主笔的布哈林写的，题目是《历史唯物主义》。这时布哈林好像已经免职了，可是苏联清党还没有清掉他，所以不知怎么，那时中国忽然出了这书的几个译本，同时出现，所以有点名气。

我把这本书拿回来一看，又和考斯基的书不一样，不是英文不一样，而是内容不一样，也是一大厚本，我翻来一字一字看，很难懂，主要是第一，我学的文法没有用，我能把词型变化、句子构造都弄清楚了，还是不懂讲的是什么。第二呢，我的那本字典是《英华合解词汇》，英文中文合著，但不是为读这种书用的，所以许多字查不到，查到的意思也对不上。有这两点困难，我也不知道"历史唯物主义"讲的是什么。所以呀，忙了一天，也没读了几页，晚上我就赶忙跑到西单商场，到书摊子上找到一本这书的中文译本，翻开一看，噢，原来全书章节是这么些东西。再看看头几页，噢，我感觉困难的从中文译本里解决了，知道它讲的是什么了。于是几分钟，赶快把书放下。又跑到另外一个书摊找另外一个人的译本，翻开看看，这样一来，全书大意以及很难的查不到的字也知道了。于是跑回来，再翻看读过的那几页，就容易得多了，我就用这种办法，图书馆也不去了，就在家里，整天啃这本难读的理论书。读了把难点、查不到的字心里记住，晚上跑到书摊上去找译本对照。这一来，居然读下去了，半懂半不懂的，很难的地方就跳过去，只知道大意就行，有些句子是很明白了。就这样糊里糊涂，糊里糊涂，不到一个月，居然把这一本书翻阅得差不多了。有些地方读得细，有些地方就是糊里糊涂地过去。

居然把这本书还给他们了，他们问我看过没有，我说翻看了一下，他们很惊奇，说是还有一本书，你也可以看，我们借的是两本。于是他们把那本书又给我看，但是限期还是一个月。这是苏联马列主义研究院院长，名字叫里亚扎诺夫，写的《马克思和恩格斯》。我以为是两个人的传记，拿回来一看，哪知道不是光讲生平，主要还是叙述他们两个人的学说，这一来，包罗的内容更多了。英文倒是基本差不多，可是内容不一样，关于他们生平，我也不大懂那时欧洲历史，所以也是半懂半不懂，至于学说就更难了，这书还没有中文译本，所以也没法子用我那个特殊办法，但是我还是硬着头皮啃。懂得就懂，不懂就不懂。什么《反杜林论》，什么《费尔巴哈论》，中文都没有翻译，好像有本《反杜林论》的翻译，我也没看过，至于马克思的那些书，只有那两本小册子。《政治经济学批判》郭沫若的译本好像还没有出来。但是呢，我也硬着头皮把这本书看了，觉得比那两本理论书还容易些。难的就是它把那些重要学说都做的是提要，我没有基础，它不是通俗的解说，所以也是半懂半不懂。然而不到一个月，我又把书还他们了，他们很惊异，说你居然把这么难的书都能看了。我说，难是难，我看是看了，懂不懂是另外一回事。

后来他们就忙着毕业、找职业等等，我们就不见面了。以后我也不再读这一类的革命书。可是，布哈林讲的那个辩证法和另外两本书说的不一样，布哈林用的那个什么"平衡""均衡"，英文字很长，很难念又很难记，那两本书根本不用。布哈林说什么均衡、扰乱、再均衡，我想这不是中国的"一治一乱"吗？不是"分久必合，合久必分"吗？这就是辩证法？那黑格尔的正反合也太容易懂了。所以这到底留下了一个疑问。但是我的目的是学英文，并不是学理论，所以也就不管这个问题，一直到1949年。

我仍旧天天跑图书馆，看各种各样的书，混日子。学校也上不成了，家也回不去了，也不知道将来怎么办。可是到了冬天，忽然收到一封信，是那个姓宋的寄来的，说他现在在山东德州一个师范讲习所里当教务主任。这个学校新改造，需要一个国文教员，问我肯不肯去。我觉得这是正在走投无路的时候的喜讯，马上回信说我立刻就去。于是到了德州。哪知一到德州，赶上要放寒假。这位教务主任就给我找了学校的一间房子住。但是现在不能开伙，寒假伙食团不开伙，他就带我到他家里去，见了他的夫人和他不满一岁的小孩，让我在他家里吃饭，住在学校里。以后他就匆匆忙忙，一放假就跑到济南去了。他留下一份报纸给我，他说他为了学英文，订了一份天津出版的英文报，是外国人办的，叫《华北明星》。他说，寄来了，你可以看。

他到济南去了，我在学校里住着没事，就从早到晚读那份报纸。一读报纸，又大开眼界，原来报纸上的英文又完全是另外一回事，不但和我小时候学的英文不一样，而且跟我读的那三本很难的理论书也大不相同。于是我看了前面的新闻以及社论、广告，还有些杂耍，简直是莫名其妙，跟中国的报纸很不一样。好在学校里还有一份公订报纸，忘了是天津的什么报。我就看那中文报纸上的一些新闻，然后再到英文报纸上去找同样的新闻，这一来就容易懂了，还是知道了它讲的是什么，这就好办了，然后慢慢琢磨。先看中文报，然后再到英文报上去找，找新闻。慢慢我知道它的新闻体例跟文章做法了，于是就再读其他新闻，慢慢，慢慢，第一版的新闻我基本上都能看看了。

然后就看看比较长的文章，社论有时懂，有时不懂。有点长的新闻我觉得好像很乱，怎么外国人头脑不清楚，天上一句，地下一句，还老是重复，觉得挺奇怪。后来才明白过来，原来外国人的报纸和中国那个时候的报纸不一样，中国的报纸是自己做文章，外国报纸是写给读者看的，所以它的重要新闻，一看题目就知道主要是什么，没有兴趣你就不用往下看，要有点兴趣呢，就可以看头一段或头两三段，那么它完整的提要就有了，你就可以不往下看了，如果你还有兴趣，那么就再往下看，于是底下它就从头到尾，详细地叙述一番，如果你看到事情完了，可是还很有兴趣，那么它末尾还可以添两句杂耍、闲谈，所以这样就是一条新闻，分成好几段落，随便你读者从哪儿看，你愿意光看标题也可以，只看头几句也可以，一直看到底也可以，但整个不是一篇文章，而是很多篇。这一明白，我就知道了，它非常简略的时候，简略得简直尽是些简化字，它要非常详细时，里头很多啰嗦话。可是啰嗦了一遍又啰嗦一遍，原来是为你可以看少的也可以看多的，只看你的兴趣怎么样。所以它是为读者而写的，为读者方便而登载的。啊，这样一来，就觉得原来不是外国人头脑糊涂，而是我们不懂它的文体。

然后就看看读者来信，随后就看后头的几版。它只有一张，四版。我都能看了。最困难的是它后头有一些经济新闻，跟我学的那个政治经济学的理论完全不沾边，就有什么股票行情之类的，那些字，字典上也查不到。还有就是体育新闻，我只知道一点足球，它几乎天天都登足球，登的都是一些外国球队踢，这个我也不怎么明白，很难看懂。

再有一条呢，就是大概是美国人办的，所以它不但登了很多美国那些教会的活动，而且还登美国在天津的教会活动，还有美国本国的有些事情它也登，我也莫名其妙，不知道华盛顿、纽约发生的事情与天津有什么关系。所以这样一来，许多条条看不懂。可是很多能看懂了。

最难懂的是广告，因为这广告好像跟我学的语法挑战，里头许多话都是半半截截的，许多话都非常奇怪，用的那些词也是非常奇怪，靠字典完全不行。只能靠它画的图、照片以及它要卖的是什么东西，这样能猜到一点。

但这样呢，我学了一个月，从早到晚，一直就是念报纸。报纸星期天休息，所以一星期只有六张，我就每天从头到尾这么看。有的靠字典，有的也不靠字典，就靠猜。主要就是慢慢地知道外国的事情以及外国人关心的是些什么。我们中国人看了一点意思都没有的，他们讲得津津有味，可是我们认为很大的事情，比如日本军队在东北怎么样、马占山怎么抗日，它几乎一字不提，有时只有很短一句话，说"东三省还有战事"，就完了。我才知道，这个跟那理论书完全两回事，而且文章、文体也不一样，用字也不一样，甚至于我看连文法都不大一样。

我才明白，跟中国一样，我当年看《聊斋》，看《史记》，看《三国演义》，再看《水浒传》《红楼梦》，语言都不一样，可我们自己并不觉得。这样一来，我一瞧，才知道了，难道中国的报纸也不一样？上海的《申报》《新闻报》是一个样，天津的《大公报》又是一样，北京的《世界日报》又是一样，都不一样。所以我这时发现了两样：一样呢，光靠文法和字典懂不了语言，要懂得内容以后再看语言，那就比较容易。但怎么能先知道内容呢？这是另外一件事情了。这就不是简单能讲的了。总之呢，不懂内容，光看语言不行。第二呢，就是语言跟文体有大关系，你要是分辨不出文体，你也就不容易懂得那个语言，或者看不惯，或者看得有气。

我这时已经有这么一点了解了，就回头看我带去的一本《威克斐牧师传》。这本书我哥哥在中学时念过。我到北京来，听说大学也在教这个。我也看了，一看开头，不知它怎么讲话，看不下去。这个时候，我一看头一句，啊，原来外国人讲话是这样的。19世纪英国人喜欢幽默，它是模仿一个牧师的口气，用讲道的话来讲，所以它头一句说："我一向认为，一个结了婚的人比单身汉对社会更有贡献，所以我就结婚了，还生了三个女儿。"我从小时候看就觉得这个人怎么这么啰嗦，这完全是废话，讲这么多干什么，结婚就结婚，有三个女儿，我想直接就说我有三个女儿就完了。他怎么这么讲话，现在因为看了那些理论书，又看了报纸，特别是报纸上的各种题材，这才恍然大悟，原来作者这样讲话是模仿那个牧师讲道的口气，是一种幽默，带点讽刺，所以这就叫作好英文了，不是普通文章，绝不是新闻，新闻这句话完全不要，而是文学。这一来我就有兴趣了，知道外国文学，英文也有这种文体，也有它的特殊趣味。所以它不是像新闻一样，光讲事儿，而新闻讲事儿呢，也有它的一套。这样一来，我就看下去了。看下去就越看越有意思，因为不但看了故事，而且还多少能够欣赏一点它那种英文。我才知道，这么一个莫名其妙的，好像很简单的故事怎么能成为名著呢？而且中国人还老当作英文课本来念。原来不只是念每句的意思，而是每句后面都含了一种趣味，就是另外有一种意思在后头，不是仅讲故事。这一点跟中国有相同也不相同。这样一来，我就居然把这本小说也看了。

这时我每天到宋家去吃饭，和宋夫人也熟了。她就跟我说，宋到济南去，是去活动官费补助留学，说他一心就想去外国，家里事也不管，这个学校新改组，找他负责教务，教育局长自兼校长，也不来。他请了几个教员，安排了课，就想诸事不管，准备出国。跟我说，他一定想要把自己的课都推给你，然后自己可以空闲下来，搞他的活动，这个家他根本不管，这个孩子他也没有兴趣，没有感情。我一听，原来是这么回事。寒假一完，果然宋回来了。"唉，"他说，"这个月的英文报白订了，我一张都没有看。"我就说："我倒每张都看了，还学了英文。"他说，那好，还不是白订。不过下个月起，我不订了。讲到讲课，他说，本来三年级的课就都交给我教，另外还有一个教育学，一个儿童心理学，没办法，只有教务主任自己教。他也没学过，他请来的两个朋友，一个学经济，一个学法律。他说，这怎么办。我说，那怎么办，我看看书，我来教吧。他说，好。于是果然不错，他不教课了，他的课不知是什么。他把重要的课都推给我了。我因为听他夫人说过，所以心里有底，知道这个职业忽然从天上掉下来，也不是无缘无故的。

还有一件万万想不到的事情，是我从读理论到读报纸，尤其是这一个多月把天津出的英文报的从头到尾，从新闻、社论到广告，都过细地学过，虽然是半通不通，但是对外国报纸比较有些了解。没想到，几年以后，我在香港走投无路的时候，居然跑进了报馆，靠翻译外电或编辑国际新闻混饭吃，过了一年。这是第二第三，又一次职业靠无意中学英文得来的。

总而言之，我的学英文从来没有规规矩矩学过。那个时候学英文哪有现在这样种种的便利，现在学英文的条件是那时想也想不到的。所以呀，我这个学英文讲出来成了一个笑话。讲了也不过给大家听听，作为闲谈，希望不要见笑。

最后一句话，就是常有人问我，说你教这么些外文，到底你的外国文外国话是怎么学来的？我说我自己也不知道，别人都以为我是托词，大概有些人很想从我这里取一点学习外文的经验。我实在是无可奉告，因为我实在是不知道自己怎么学的。就拿我最早学的英文来说吧，也就是我刚才说的，不知道怎么学的。从我在小学的时候，那时刚刚有注音字母，我的哥哥一边教我1、2、3、4的算数，又教我多、来、米、发，1、2、3、4念成了音阶。然后又教我波、坡、墨、佛，汉语拼音，注音字母，又教我英文的 ABCD 字母。我也就糊里糊涂的，像跟大嫂学围棋一样，不知道怎么就学了。我还从我那个大侄从日本带回来的什么东瀛课本，还看到日文有什么啊、依、呜、欸，我也知道了字母。就这样，开头就不知道怎么学的。后来也没有什么正式课本，也没有正式的老师，也没有那么些什么听课呀，什么作业呀，这些都没有。要说我没有老师，那可不是，我的老师可特别地多。像前面说的那两位教会中学毕业的学生，他们就是我第一校正发音的老师。我的别的外文也是如此，没有一样是正规学来的。所以我也不知道自己是怎么学的。但是呢，我知道一样，我哪样外国文也没学会，也没学好，就是要用的时候一着急，我就可以用一下，真正不用了我也就忘了。这也是真奇怪。就像中文一样，我也会写点文言，我也会写点白话，但是说我会中文，我可不敢说。我这个中文也不知怎么学的。

至于我那套怎么读理论书，我想来想去，我用的就是我小学四年级，跟我那位老师学国文学来的。因为他每课都要我做作业，作业第一条，段落大意，第二条，难字难句，这两条必须自己每课都写。所以我想起来我去读什么理论书，或者什么报纸，也就是这个办法，先搞段落大意，到底他讲的是什么，怎么得想办法知道他讲的是什么。知道他讲的是什么，这就迎刃而解了。那么第二呢，就是难字难句，讲的是什么知道了，可还有些东西挡在那里，这就是难字难句，也得想办法把它打破，这说起来也实在太可笑了。所以我的经验就是我在小学里头学汉文的经验，实在是说出来又是一个笑话。我讲的都是真话，可是都像笑话，所以我也就不便再多说了。这篇文章的题目是《学英文》，只能算京华随笔。

文丐生涯

"Estu verkisto！"世界语者杨景梅送我到他住的公寓房间门外时这样说，这句用世界语说的话的意思是，当一个作家吧。

当作家，就是靠卖文吃饭，谈何容易。清末民初的上海文人中有人自嘲为文丐，看来不过是开玩笑，真正穷到那样地步的只怕不多。外国有站在街头拉小提琴或奏什么乐器的，表面上似乎自得其乐，实际上是指望路上行人在他面前帽子里放下一点钱。那可以叫做艺丐吧。他的生活大约和文丐的一样难受。杨君劝我当作家，也就是文丐，本是好意，无奈我不是不当而是当不起。我有过一段文丐生涯。此时回首当年，真有啼笑皆非之感。

写点东西给人拿去使用并不难，但要靠这个得钱维持生活就是另外一回事了。30年代初我到北京，头两年家里还接济，后来哥哥一死，生活来源便断绝了。幸亏有朋友介绍我到德州教了半年书，没有挨饿。这时一位朋友当报纸副刊编辑，把我的一些习作拿去发表。我一文钱稿费也没得到。我算是给朋友帮忙，为那家报馆尽义务了。我写了几首新诗寄给《现代》杂志。发表了，可是诗没有稿费，据说是文人遣兴作诗，给钱便俗了。我从此知道，诗文不是可以和金钱交换的商品。卖文的不是做买卖，是讨饭，当文丐，凭老板赏几文是几文，不赏也没法。我这时进学校没钱，没文凭，找职业没学历，做工当兵没体力，只有手中一支笔，不当文丐又干什么。所以杨君才那样说。

不料天无绝人之路，那位编辑朋友居然说服报馆老板，让我和朋友黄力在副刊地盘上编一个文学周刊，每月四次，没稿费，给编辑费六元。黄君是大学毕业，有资格。我发表过诗文，有能力。黄君还没找到职业，他父亲继续供给生活费。他邀我同住，不要我出房钱。这六元他也不要，全归我。我们住在北京大学附近。东斋宿舍对面有一家饭铺，专做学生的生意。可以先交一元立个小折子记账，以后随时交钱，透支几顿饭也可以。我一顿吃半斤炒饼或烩饼，一小碗酸辣汤，约合一角钱不到。这样，一天两顿饭只要两毛钱。一月有六元收入，我勉强饿不死了。可是每月两三万字稿子，要分为许多篇，篇篇形式内容不一样，要求不低。写出各种各样文体，署上形形色色笔名，可不是玩的。没有外稿，有也不能用，没稿费。全靠我们两人自己一字一字写出来。开头不难。黄君有了用武之地，大展宏才，一篇又一篇。我又写又译。两人大过写作发表瘾。几期以后不行了，字数不容易凑满了。我说黄君是"江郎才尽"，他还不服，说是很快就有杰作出来。果然，他没有食言，写出了长篇小说的开头。

黄君的小说题是《五丈原的秋风》，写诸葛亮之死。主题悲壮，文笔细腻，用诗的语言烘托出秋日荒原两军对峙的氛围，预兆悲剧即将到来。

"真不平常。"我说。他听了很得意。

连载几期之后，他愁眉苦脸了。我知道是遇上了困难，也不好问。

我们这间房的窗外，房东栽了丝瓜和扁豆。棚上的绿叶遮得室内一片清凉。黄君便取室名为瓜豆寄庐。他胖，是瓜。我瘦，是豆。种瓜得瓜，种豆得豆。这时已是秋天，开始落叶，稀疏的阳光射进室内。我望了望窗外，说："瓜豆寄庐要改名了。"

他好像突然惊醒，开口便问："你说，诸葛亮临死时是什么心情？"

"我怎么能知道？你打算怎么写？"

"我本来想写的是，他这位丞相的死和卧龙岗上农夫的死没什么两样。可是现在写下去就必须是英雄的死了。怎么办？"

"小说中人物往往是不随作者意图发展的。"

两人都不说话了，各做各的事。到晚上，我提醒他，明天必须交卷。后天报馆工人一早来取稿。他没答复。

第二天早上我起来一看，黄君已经出去了。桌上留下一张纸条，写的是："对不起，你自己填空吧。"这害得我忙了一天才补齐了稿子。

工人取稿时带来一封信，是那位编辑朋友王君写的。原来王君有妻有子，报馆给的钱太少，从下月起他辞职转业去汉口了。当然我的六元钱也告一段落了。黄君也不必为写诸葛亮的死发愁了。小说有头无尾不要紧，我的饭钱又没着落了。

更糟糕的是，黄君也要搬走了。他的父亲不让他长久闲住，逼他结婚，给他一笔钱，叫夫妇一同去日本留学。这样，我的住房也成为问题了。

绝处逢生，比我小一岁的张益珊自愿和我同住，房钱当然由他出。我不必搬家了。

一位东北朋友找我合作写一篇论世界经济与"九一八"的大文章。我跑了一星期北京图书馆，查抄外国杂志，拼凑出来，由他加上头尾，居然换来几十元。正当饭铺掌柜开口讨账时，我一次交他三元，对他的笑脸望也不望一眼就昂然出门。

辛辛苦苦伤脑筋的创作只值两角钱一千字，东抄西抄的论文倒值两块钱一千字，价值和价格的比例不知是怎么算的。

照这样当文丐，那几年我是活不下来的。居然活下来仍然是靠卖文，不过不是自己的文，是翻译洋人的文。洋人总比土人值钱，翻译是土洋结合，仗着洋人大名，文就比较好卖，这是我那几年文丐生涯的经验。至于怎么发现翻译的路，那就说来话长，要另起炉灶了。

译匠天缘

黄金的青春和希望
今在何方？
已如吹啸着的风
飞去茫茫！

　　这是我第一次翻译的一首诗中的一节，是从世界语译出的，30
年代初发表在北平一家报纸的副刊上。那是北师大一个学生编的周
刊，当然没有稿费。以后我和黄力给另一家报纸编了几期文学周
刊，只有每月六元编辑费，没有稿费。为了凑数，我从世界语译出
了两篇短篇小说，《海滨别墅》和《公墓》。两位世界语者，蔡方
选、张佩苍，办起了只有名义没有门面的"北平世界语书店"，出
版了两小本《世汉对照小丛书》，一是蔡方选编的《会话》，一是我
译的这两篇小说。我得到一部世界语译本《法老王》的上中下三大
本作为报酬。这算是我的翻译学徒时代，没有拿工作换钱。
　　我在蔡方选那里看到一篇《世界语文学三十年》，是用世界语
写的文章，介绍20世纪的世界语的翻译和创作。我借回翻译出来
寄给《现代》，发表了，第一次得到了稿费。接着又从蔡先生处借
来英国人麦谦特用世界语创作的幽默小说《三英人国外旅行记》，

译出来寄给《旅行杂志》，又发表了，又得到了一笔更多的稿费。这算是我学翻译"出师"了，进入译匠时期。匠，就是技术工人。我这一辈子正是教书匠兼翻译匠兼作文匠，不过大概只能评上二级，属于二流。

1931年南方江淮大水成灾。政府收银元，禁止流通，发行纸票子"法币"，将白银存入美国换外汇，得到棉麦贷款。灾民遍地。大城市里报纸宣传捐款救灾。我写了一封信给《大公报》副刊，说我亲身经历过的淮河水灾惨状，无钱，以稿费作捐款，署名何如。刊登出来，编者徐凌霄加上题目《何如君血泪一封书》，还写了编者按。信不到千字，稿费最多不过一元。不知是否捐出，反正我没得到。

偶然在天津《益世报》副刊上看到一篇文，谈天文，说观星，署名"沙玄"。我写封信去，请他继续谈下去。编者马彦祥加上题目《从天上掉下来的信》，刊登出来，当然是没有稿费的。那位作者后来果然在开明书店出了书，题为《秋之星》，署名赵辜怀。

想不到从此我对天文发生了浓厚兴趣，到图书馆借书看。那时中文通俗天文书只有陈遵妫的一本。我借到了英国天文学家秦斯的书一看，真没想到科学家会写那么好的文章，不难懂，引人入胜。于是我照着这书和其他书上的星图夜观天象。很快就认识了许多星座和明星。兴趣越来越大，还传染别人。朋友喻君陪我一夜一夜等着看狮子座流星雨。朋友沈仲章拿来小望远镜陪我到北海公园观星，时间长了，公园关门。我们直到第二天清早才出来，看了一夜星。他劝我翻译秦斯的书。我没把握，没胆量，没敢答应他。

我认识了读过教会中学又是大学英文系毕业的曾君。他从英译本译出苏联小说《布鲁斯基》，要我给他看中文。我对照着读了一遍，觉得这样的译文水平我也能达到。译科学书不需要文采，何况还有学物理的沈君和学英文的曾君帮忙。于是我译出了秦斯的《流转的星辰》。沈君看了看，改了几个字，托人带到南京紫金山天文台请陈遵妫先生看。稿子很快转回来，有陈先生的两条口信，一是标星名的希腊字母不要译，二是快送商务印书馆，因为天文台也有人译同一本书。我仍没勇气直接寄去，把稿子寄给上海的曹未风，请他代办。他立刻去商务，可惜还是晚了。答复是已经收了别人的译稿了。他马上去中华书局，很快得到答复，出两百元收买版权。他代我做主办了手续。我第一次卖出译稿得了钱，胆子忽然大了，想以译书为业了。实际上，商务出书后，开明书店接着出版另一译本。过了两三年，中华才出版我的译本。一本通俗科学书同时有三个人译，陆续出版，可见竞争激烈，但我没注意。三本书名不同，商务出的是《闲话星空》，开明的是《宇宙之大》。译者侯硕之，后来和我成为朋友，他译得最好。

此时我已经在北大图书馆当职员，每月工资四十元。我想，一年译两本这样的书就够全年天天上班的收入了，何必还要坐班？忘了求职业的艰难，想不到译书卖稿的困苦，突然从自卑变成心高气傲，立刻辞职去杭州，在西湖边上孤山一角租房住下，到浙江图书馆找到一本《通俗天文学》，一面看，一面从上海买来新的书。看完就从头译起，自命不凡，以为当上译匠生活无忧了。

书译出来，再托曹未风去卖给商务，又得一笔钱。回北京后，下决心以译通俗科学书为业。凡是我这个科学水平低下的人能看懂而且感兴趣的书，我就译出来给和我同样的人看。外国有些大科学家肯写又会写这类书，内容新而深，表达浅而显。严复译的《天演论》不是赫胥黎的通俗讲演吗？沈仲章拿来秦斯的另一本书《时空旅行》，说是一个基金会在找人译，他要下来给我试试。接下去还有一本《光的世界》，不愁没原料。他在西山脚下住过，房东是一位孤身老太太，可以介绍我去住，由老人给我做饭。我照他设计的做，交卷了，他代我领来稿费。教数学的崔明奇拿来一本厚厚的英文书《大众数学》，说他可以帮助我边学边译。我的计划，半年译书，半年读书兼旅游，就要实现了，好不开心。哪知人算不如天算，我不是生活在真空中。这时是 1937 年 6 月，七七事变前夕。我 1928 年离开家当小学教员，到此时已有十年了。好不容易才有了活下去的条件，哪知仍是泡影。

日本军阀的侵略炮火和炸弹粉碎了我的迷梦。从此我告别了天文，再也不能夜观天象了。

抗战时期我奔走各地谋生。在香港这样的城市里自然无法观天，即使在湘西乡下也不能夜里一个人在空地上徘徊。只有在从缅甸到印度的轮船上，过孟加拉湾时，站在甲板上望着下临大海的群星灿烂的夜空，回想恐怕再也不会有的观星之夜，怀着满腔惆怅之情了。

在印度，城市里只能见到破碎的天的空隙。在鹿野苑，是乡下，没有电灯，黑夜里毒蛇游走，豺狼嗥叫，我不敢出门。在浦那郊区，不远处有英国军队基地，又是战时，怎么能夜间到野外乱走？悬想星空，唯有叹息。

1970 年前后，我在江西鄱阳湖畔鲤鱼洲"五七干校"劳动。白天可以仰望广阔的天空，看不见星。夜里不能独自出门，一来是夜夜有会，二来是容易引起什么嫌疑。

80 年代起，城市楼房越多越高，天越来越小，星越来越少，眼睛越来越模糊。现在 90 年代过了一多半了。我离地下更近，离天上更远了。

从 1937 年起，做不成译匠，望不见星空，算来已有整整六十年了。

三、十年灯（1936～1946）

1936年春，杭州，新诗

1936年，从春到夏，我在西湖边孤山脚下的俞楼住了大约一百天。这在我是一段既闲暇又忙碌，既空虚又充实的时光。

一百天中我译出了一本《通俗天文学》，把稿子托上海曹未风去卖给商务印书馆，在抗战时期出过两版。戴望舒来杭见我译天文学，大为惊异，写出一首《赠克木》，其实是"嘲克木"。我也写了一首《答望舒》，刊登在徐迟和路易士主编的《诗志》上。我那首诗很拙劣，想讲道理又讲不好。大概见到的人极少，真是幸运。

戴望舒那时到俞楼来找我，才看到我原来妄想逃出文学以及地球。他约我去灵隐寺，在飞来峰下饮茶。正值春天，上海来的游客太多，我们只好避开拥挤的人群，找到一处冷僻的小馆子饮酒吃饭。他刚从上海来，很快就回去，竟像是专程前来把我从天上的科学拉回人间的文学的。

经他这一拉扯，我虽然仍旧完成了翻译，却也为他编的《新诗》写了几首不是情诗的"情诗"和署名柯可的诗论，总算是没有让他白跑一趟。我在天堂终于呆不住。夏天来到时我便被徐迟拉去南浔他家里。整天听他讲音乐和诗以及他设想的杂志。结果是他写出了两本讲音乐的书。书出版了，但是那取名《氛围》的杂志没有成为胎儿。

戴望舒来找我，除谈他即将编出的《新诗》杂志外，还说，邵洵美要出版一套《新诗库》，第一批十本，要我赶快编出一本诗集来交去。于是我把几年来已发表和未发表的诗编成一本《蝙蝠集》。书出得很快，据说只印了五百本，寄给我五本作为全部报酬。我随即收到施蛰存来信说，《新诗库》印得太坏；见到了《蝙蝠集》以后，卞之琳、戴望舒、施蛰存、徐迟等人都抽回了稿子。《新诗库》夭折。不过我总算出了第一本书。四本书送了友人，自留的一本抗战时也丢了。直到1946年我到武汉大学教书时，女作家苏雪林教授笑眯眯地拿出一本书给我，说："大概你自己也没有了吧？"这就是那本《蝙蝠集》，上面还有她的签名。这本值得纪念的书不幸在1966年浩劫当头时随同我的许多旧书一起当做废纸回炉，变纸浆去印"宝书"了。听说苏雪林教授现在台湾，高龄已过九十。我除默祝她晚年心情愉快以外，别无他法以稍减我的歉意了。

　　书中有错字不足为奇，但有二处错得离奇，使我过了五十二年还耿耿于怀，自觉遭了不白之冤。尽管见到这书的人极少，印错的那首诗又是未曾在别处发表过的，我仍然感觉到一桩莫须有罪名的重压。免不得唠叨几句以泄积忿，并作声明。诗只有八行，题目是《访旧》：

> 榆钱胡同这美丽的名儿！
> 一年来曾屡屡劳我涉想。
> 一年后我大胆重来拜访。
> 但老去的人儿哪里还有相思？
> 何况此时已早是人去楼空，
> 只屋角还停留无巢的燕子。
> 燕子也免不了要再筑新巢，
> 我只合想念着你的名儿到老！

不料北京西城的榆钱胡同地名印成了"胡钱榆年"人名。这一排列组合使一条胡同成为"胡夫人钱女士"了。真正是冤哉枉也。其实这诗中可以索隐的真事只有这条胡同，其余纯属虚构。我写诗时只有二十三岁，怎么也说不上是"老去"，而且无论是中国式的相思或则外国式的恋爱我都一窍不通。若要追索诗的背景材料不过如此。然而这又确实是一首情诗，是作者的真情，只是不能把诗句都向作者头上落实。看起来写的是一般的情而且是旧诗中的老调子，但所发抒的却不仅是爱情而是盟誓，是可以一层层推下去的，是随读者的感受和意愿而不同的。所以这诗就不能说仅仅是旧情诗的新花样了。情可小可大。大而言之，那是 1934 年，中国南方抹去了红色，东北四省归了日本，北平成为半沦陷区；在欧洲，德国已经掀起历史大倒退的风潮，灰暗的天空包裹着大部分地球。这时对旧日的美好理想怎么样？怀恋？坚持？要发出盟誓。哪怕只剩下一个名儿要想念到老。这可以叫做忠贞不渝的爱情吧？但不限于青年男女之爱。"想念"而向世外逃亡是可怜，但总不如"忘记"而在人间投降的可耻。那时我学写诗，想的是要有外自由而内严密的格律，能装进中外古今的现代，可以随读者感受而变化的真情。当然我的诗远没有达到，只是作过种种尝试。这想法原是模糊的只能用诗表达。在杭州时稍稍成形可以说出来。也许对戴望舒和徐迟谈过，但没有写进诗论。一则是还表达不出来，二则那是论文，不能由我随意抒发感想。

　　顺带说几句《蝙蝠集》。当时我是把全书当做一篇诗来编的。从第一首第一行"梧桐一叶落"起，到最后一首《题集尾》的末节中的"祝福，祝福，祝福"，中间有大小乐章，主题、变奏，是有编排格局的。当时我虽还未得到徐迟用解说加书本加唱片讲标题音乐，但已从弹钢琴和拉二胡的朋友听过一些我所不懂的音乐知识，总想着一本诗集应当像一首诗或一首乐曲甚至一篇科学论文一样完整，像天上的灿烂星斗的无序而有序。我有意征引了曹操、韩愈、杜甫、但丁、雨果等古人的诗句，用了"美人""香草"等小标题。不用说我的想法无非是白费。诗写得不好，书也只印五百本。那诗集注明是 1932～1935 年写的。我还不到二十五岁。诗中情意是我的，没有造假，但说的可不都是我。大背景就是那几年的中国和世界，小背景不能指实，也无需索隐。扉页题的"吾友 XYZ"是谁，实在是无可奉告。既用未知数代号，我还能说什么呢？我要说的都在诗中说了，无法再用别的话说出来。现在说的也只是现在的话。我敢讲古人的诗，但不会讲自己的诗。我用这种想法也只编出一本《蝙蝠集》，去年出版的《雨雪集》便不是这样了。由此可见我的编诗集想法也是落空的。

　　现在过了五十二年重提《蝙蝠集》，决不是敝帚自珍，以为还有什么微末价值，只是因为有人向我提到杭州，因而想到已经作古三十八年的戴望舒，顺带给自己说几句话。我现在仰望天上星辰已是模糊一片，想看人间春色也是迷离惝恍，又何必回首少年情事写这些多余的"满纸荒唐言"呢？旧习虽深，今后必戒。

遥寄莫愁湖

她二十二岁，我二十五，1936年，我们相会在莫愁湖。

那年我到南京是陪一位女郎去的。在南京住了一个星期，每天傍晚去她的学校门口等她出来，一同用脚步丈量马路，一小时后送她回学校。她是学生，只有这一小时可以出校门。我和她在上火车之前才由朋友介绍认识，就这样成为朋友。

我经过南京到杭州时还是冬末，离开杭州再到南京已是初夏。那位女友已经退学走了。又有朋友介绍另一位女郎。我在她办公处找到她，递过介绍人的名片。她立刻说："你要去什么地方玩？我陪你去。"我说，上次来游了玄武湖，去了中山陵，参观了紫金山天文台，夫子庙和秦淮河也见识了。她便说："去莫愁湖吧。我也没去过，星期日下午两点来，我在门口等你。"说完就分手，彼此除名字以外什么也不知道。

我到莫愁湖才知道不是公园。湖隐藏在岸边的芦苇和一些不开花的杂树后面。不见房屋也不见有人，一片荒凉景象。沿岸走了一段路，发现停着两只小划子。不知从哪里冒出一个人，问了要划船吗。原来这还算是游艇。可是游人只有我们两个。三言两语说好了。她先上船到船头坐下，脸向船尾。那人问：自己会划吧？她抢先回答："我会划。"我看船太小，若是船尾让给船夫，我只好去挤她并坐了，便没说话，一步跨上去。我刚在船尾坐下，那人用长篙一点，船像箭一样直射湖心。等船慢下来，我把横放着的一把桨举起来要递给她。她不接，说："你划，我不会。"我从来没划过船，回头一看，离岸已远，岸上人不知哪里去了。身在船尾也换不过去。问她："你刚才说是会划的。"她说："我会划北海和昆明湖的双桨，不会用单桨。"我气往上冲，拿起桨来向水里一插，用力向后一划，不料船不向前反而掉头拐弯。我忙又划一下，船又向另一边摆过去。她大叫："你怎么划的？"我说："我本来不会，是你说会的。"这时才看出她只穿一件蓝布短旗袍，坐在对面，两条光腿全露出来，两只手臂也是光的，两肘支在膝上，两手托住下巴，两眼闪亮闪亮望着我，短发飘拂额上，嘴角带着笑意，一副狡黠神气，仿佛说："看你怎么办？"我怒气冲天，又不甘心示弱，便再也不看她一眼，专心研究划船。连划几下，居然船头在忽左忽右摆来摆去之中也有时前进一步，但转眼又摆回头。我恍然大悟，这船没有舵，桨是兼舵的。我也必须兼差。桨拨水的方向和用力的大小指挥着船尾和船头。明是划水，实是拨船。我有轻有重有左有右作了一些试验之后，船不大摆动，摆动时我也会纠正，船缓缓前进了。我一头大汗学会了一件本领，正在高兴，忽听一声笑："你还不笨。"我一心只管划船，望着船头和湖面，惦记手中的桨和身下船尾，没把船中人影放在眼里，忘了同伴的存在。她这一句话将我惊醒，气又冲上来。还没回嘴，船头又偏了。不说话，不理她，只顾划船。越划越熟练，这才暂停，掏出手帕擦汗，看出对面真是个女孩子，满脸笑容，不像讥嘲，倒像是有点欣赏。气消了，满心想停下划船，过去和她并坐，她猛然起身，好像要到船尾来。船一摇晃，她又坐下，说："真抱歉，累了你了。我想过去帮你忙，也不行，船太小了。"几句话使我满腔愤怒化为满心欢喜。船已差不多到了湖心。太阳藏在云里。空荡荡的湖。一叶扁舟。有保证能划回去，放下心来，听她唧唧呱呱谈天说地，于是成为朋友。回到市内已是万家灯火，又同吃了一顿晚饭，听她把自己的事说了一通，连为什么没念完大学、改名字，都说了。原来她是前一年冬天"一二·九"以后匆忙离开北京的。饭吃完了，账也结了，话还没谈完。饭店已经打烊了。我们坐在门口，我脸向外，看不见室内。她脸朝里，看见人家收拾桌椅也不说。店伙到我们身边时，她才笑着站起来说："走吧。"让我一直送她到宿舍门口。以后我就离开了南京。

去南京时我陪的女郎是广东人。再到南京认识的女郎是广西人。前一位是我的朋友的朋友的未婚妻，我上火车时已经模模糊糊知道。后一位陪我游湖时也已经是别人的未婚妻，她却一字不提。说了那么多话，独独不说这件事。半年后她去了东京，是两人结了婚同去的。也没在信中告诉我。我的一位朋友去日本，由我介绍找到她，才来信说明。她同时来信说："如果你怪我，我就不敢把我的他介绍给你认识了。"

她为什么说我会怪她？这不是和湖上划船一样吗？莫愁湖上莫愁人。二十二岁女孩子的心理，我到现在还是不明白。说我"不笨"，太客气了，实在是过奖了。

过了十年，1946年，我又见到她，已经是四个孩子的母亲了。

少年徐迟

徐迟比我小两岁，还不到八十，一看他的谈老年小文，觉得他仍是十八岁少年，和我初见他时一样。

30 年代初期，我们都向《现代》杂志投新诗稿。主编施蛰存先生来信介绍，徐迟正在燕京大学借读，从郊外来城内和我见面，从下午谈到晚上，还请我吃一顿饭。以后他南下回东吴大学，见面只此一次，做了几年通信朋友。

他上教会大学，西装革履，一派洋气，又年少气盛，一心骛新。我是蓝布长衫，不学无业，在古书底子上涂抹洋文，被朋友称为小老头。我们一谈话，处处是共同题目、共同兴趣，又处处是不同知识、不同见解。从中国到外国，从现代到古代，从文学、科学到哲学、宗教，无所不谈，无处不是矛盾对立。正由于这一点，彼此都像发现了新天地，越谈越有相见恨晚之意。

1936 年春我到杭州。他来信邀我去南浔他家。他已是大学毕业教中学在家奉母了。于是拱宸桥下搭船，当天下午在蒙蒙细雨中我由他接到家中。老母亲一口南浔话，我一句也听不懂。她也听不懂我的话。每天她去管理一所贫儿院。徐迟说，他父亲晚年得子，一高兴，用家产办了贫儿院，教贫苦儿童学艺。父亲去世，母亲继承。这就是他所承受的遗产。老伯母和我对讲彼此听不懂的话，猜错了，徐迟在旁大笑，好像看到错得可笑的翻译。他的大姐从上海来了，带来一个两岁多的小外甥，讲上海话。我依旧聋哑。小孩子拿我当朋友，不管我懂不懂，时常找我讲一通，夹着不少"金先生，阿是?"我很高兴，有了上海话老师，真学了几句。

我当时翻译《通俗天文学》，还缺一些，便坐在沙发里续译。徐迟给我一块小木板放在沙发上架着。我便伏在板上译书。他爱听音乐，有一些唱片。他对我的天文不感兴趣。我对一窍不通的外国音乐倒很想知道。他便滔滔不绝对我谈论。我仍然是不懂而好提出问题和不同意见。又是互相对立的谈论。我说，我不懂天文，看书懂了一点便译出来给和我一样的人看。你懂音乐，何不把对我讲的这些写出来给我这样的人看。我在他家住了大约一个月，译完了《通俗天文学》。他开始写介绍音乐的书。我们的书以后都在商务印书馆出版了。真是少年胆大，敢讲自己不懂的话，做自己不会的事，写自己也不知道明白不明白的文章和书。

徐迟和我做朋友不是由于同而是由于不同。越是彼此不同，越是谈得有兴味。同的只是题目，这就够了。两人的话一样，还有什么可谈? 彼此都听到不同的话，增长了知识，磨炼了意见，这才能彼此都开心，也得益。这次我们两人各写了一封谈老年的信，两信又是大不相同。我说，像我这样的人，八十岁够了。老年来得好。他说，恨不得把老年一拳打跑。徐迟永远十八岁。

有不同才能结合长久而有味。清一色就是清汤，索然无味了。朋友，情人，夫妇，不都是这样吗? 我的谬论何其多也，徐迟看到又该笑了。

挨炸记

　　我的头顶之上落过两枚炸弹。炸弹开花过了五十年，我还活着，毫发无伤，想起来就觉得有趣。

　　第一次世界大战以后，意大利有个杜黑上校提出"空中制胜"的理论。那时军用飞机还处于初级阶段，所以对他的想法讥笑的人很多，赞成的人极少。称之为"杜黑战术"，并不认真对待。到第二次世界大战时，日本用杜黑战术加上从德国学会的闪电战，一试于珍珠港，再试于新加坡。果然"空中制胜"，一举歼灭了军事思想落后的美英远东海军。从此"陆海空协同"代替了拿破仑以来的"步炮协同"。

　　"杜黑战术"，日本是先在中国试验的。用的不是闪电式一次打击，是"疲劳轰炸"，一批又一批轮番来。目的是不断杀伤破坏，搅得你昼夜不能安宁，生活不下去，精神崩溃。不料中国人不怕疲劳，找出间歇规律，该上茶馆还是上茶馆，爱聊天的照旧聊天。我们中国人在没有什么危险时往往自己惊慌。真有敌人来恐吓，危在旦夕，反倒毫不在乎。也许是麻木了，还能自得其乐。拿"逃警报"开玩笑，找人聊天说是去"轰炸"。头上过敌机，手中照样打扑克，甚至搓麻将。躲飞机时能谈情说爱，有人由此结成伉俪。中国人习惯了在敌机来炸时休息，疲劳的反倒是日本飞机。日本人和中国人打交道太久了，学习并研究中国人的物质文化和精神文化太多了，还是明白不过来，拿中国人不怕的吓唬中国人，想不出中国人怕的究竟是什么。中国人为什么有这么大的适应性，能顺其自然，又能顺其不自然？只怕谁也答不出。

我曾经在北平（北京）坐观"九一八"的轰然来到，又亲见"七七"的悄然驾临，随后流离各地。亲身经历的人和事之杂，所见所闻之乱，若写成"纪实小说"会有几大卷。单是几次挨轰炸就各不相同。不妨回想一下，作为"侃大山"的资本一股。

第一次遭遇空袭是在武汉。去武汉大学，刚到珞珈山，忽听汽笛长鸣，是空袭警报。四顾只有一处稍有些树木还不成为"林"，也只好赶去当做临时避难所。到"林"边忽听身后有女子谈话。"我还真不想被炸死。什么事都还没有做呢。"接着是另一个女子声音，太低，没听清楚。随后是一阵笑声。我很想回头看看，猜想是年轻的大学生，可是胆子不够，怕挨骂。有树遮蔽时再回头，果然是三个女孩子，已经转向，只见背影了。这是初遭空袭，说是怕死，又嘻嘻哈哈，像是真怕死吗？照旧互相开玩笑，照旧对听来的路边话感兴趣。炸弹呢？忘了。没记住。是真不在意，假不在意？难说。

第二次遭炸可大不轻松了。那是1938年冬，桂林大轰炸的一次。我和母亲两人在一起。花几角钱买了一只鸭子。母亲刚安排好放上小火炉去炖，警报汽笛响了。本来应该向当时唯一的天然防空洞七星岩跑，一出门，跟着人群走了相反的方向，因为这边出城较近。离城不过三两里路，紧急警报响了，一声一声短促连续，像喘气。这是敌机已到的信号。我们正走在马路上，周围全是空地，连一棵树都没有。稍一迟疑，四面的逃难"同人"不见了。这时才明白，不能暴露。拉着母亲跑到马路以外，见有一道干涸的沟，慌慌张张扶持母亲跳进沟里躺下。明知是平地上看不见而在空中并无遮拦，但也只好如此，想来别人也是同样。耳边听到飞机轰鸣，仰面朝天，看得见天边一角出现敌机，没有多少架。一架在前，大约是领航。后面三架一小队，有两三小队。只见这一小群怪鸟凌空直向我们头上飞过来。飞得不高，正在头顶上时看出机身不大，不像是轰炸机。银灰色在青天背景上映着阳光闪耀，仿佛从容不迫，如入无人之境。心想，这次遭劫了。好在是母子在一起，同归于尽。母亲早已闭目塞耳不看不听，也不念佛。忽然明白，若是在头顶上投弹，照物理学常识说，炸弹必落在前面，不会垂直下来。没等我想完物理学，轰然一声，又连续几声，仿佛觉得大地有些震动，连忙回头向后面桂林城一望，已是浓烟四起，半个城罩在烟火之中。飞机早已不见。先若一直跟着望去，可能看到落弹。这时人声嘈杂，躺下的人都站了起来。有人不等解除警报就往回跑。我们还是随多数人等到汽笛长鸣，如一声长叹，表明敌机出境，才走回去。料想不到，炸了半个城，土木结构全起了火，恰好是从我们这条巷子分界。一边遭难，一边安然，我们正在安全的边界上。进屋一看，鸭子已经炖烂。母亲忙做饭，我便出门走走。救火收尸的人还不很多。也不是半个城全部街巷烧了，空隙还多得很。那时的炸弹威力不大，炸平民百姓，日本也舍不得重磅炸弹。可恶的是这种手段和目的。转过几条没起火的街巷，忽见一处墙倒屋塌，一位白发老妇人手脚伸直躺着，胸口一片血肉模糊。我转身就跑，出巷口见已有人赶来了。再一转身，巷口小铺已揭开门面。进去花三角钱买了一瓶桂林名产三花酒，回家后没告诉母亲真实景象，她也不问。母子两人吃了一顿庆贺自己生命财产无损失的酒菜饭，醉醺醺睡了一大觉，醒来天已黑了。

严格说，在桂林挨炸是第三次。第二次是在长沙。我躺在一家报馆里的床上，盖着被，没起身。有人逃走，有人留下。因为没有防空洞，跑出城又太远，来不及，便听天由命。不料敌机居然光临，在城边一处扔下两三枚炸弹，大约是以示警告之意。我在市中心只听见闷声轰隆，房子也没有震动。这不算挨炸，和第一次一样只是序幕。

　　真正尝到所谓"疲劳轰炸"滋味是在战时陪都重庆。那是1940年夏秋之交，抗战已到第四年头，重庆大火炉正在太阳烘烤中热气腾腾。日本试验"杜黑战术"，从空中逼中国政府投降以配合欧洲的德国闪击。偏偏天不佑我，连日一丝雨意都没有。白日是晴朗的天，万里无云。夜间是星月灿烂，美丽如画。好事成为坏事，正给日本飞机好天气。重庆人盼暗夜敌机不来可安心生活工作，望见一轮明月冉冉升起，心中顿时冒出憎恨之心。中元、中秋由"节"成"劫"。那时我想到，从古以来咏月的诗没听说有月亮引起恐惧和愤怒的，这时有了。"该死的晴天！""怎么不下雨？"我在重庆住的时间不长，无处停留，从一元钱住一夜单间的比"鸡毛店"稍高级的旅馆到各种朋友的各种大大小小高高低低文武机关的办公室和宿舍，都住过。还躲进过大小高低形形色色的防空洞。有一次正走在街头忽然听到警报，便随众进了大隧道。紧急警报后，大门关了，只剩下墙上暗如鬼火的桐油灯的微光闪烁。不分男女老少挤在一起。我闻到一股香气，发现不知何时一位年轻女郎刚好挤在我面前。转身不得，后退不能，只见近在眼前的朦胧面貌知道不老。也不好说话，无法道歉，当然并不怪我。直到几阵轰响夹着仿佛高射炮声同时洞石颤抖之后，人群才渐渐松动。又等了好久，敌机没来第二批，警报解除，大家全向大门挤出去。再找面前那位女郎，早已不见，只剩下一阵阵轰炸我的香气好像还留在鼻子里。这个大隧道在重庆山城的肚子里，虽是极好的天然防空洞，很大众化，可是空气污浊，秩序混乱，无人过问。"防空纠察"人员是尽义务的老百姓，管不了。果然后来发生大惨案。群众拥挤出不了门，以致据说有数以千百计的人丧生，比炸死的还多。亏得我进大隧道只有一次，而且是在灾难前一两年，但是还应当叫做"幸免于难"。

又有一次，我正在一所仍挂原来的中学牌子实际上已成为机关的地方访友，忽然警报响了。朋友拉我进了防空洞。洞上是稍稍突起的土堆，堆上还有两间平房。洞内通道两边有长凳可坐。墙上挂着小油灯，隔一段有一盏，勉强照明。坐在那里的不用问都是大大小小有名无名的人物，也不免有我这样的客人夹在里面。我自以为安全，正想观察周围人物，不料这次敌机来得快，洞中也未听见紧急警报，忽然整个土地上下左右猛烈晃动，墙上油灯全灭，一阵灰土气直扑鼻子。脑中一闪，"中彩了！"没有人声。没有炸弹声。地震平息后，一直觉得气闷，无人出声。又过些时，听到仿佛远处有人喊：警报解除了。从这一头出来。不要往那边走。危险！慢慢走。不要慌。我这时才恍然大悟，没进鬼门关。到底是大机关的人，一个个不紧不慢不慌不忙鱼贯而出。出洞回头，才看见烟尘未散，那两间平房已不知去向，只有一大堆杂乱土木。原来日本飞机光顾，在我头顶上送礼，投了两枚不大不小的炸弹。两间平房和土堆先挡了驾，洞里矿井式的支柱又稳妥牢靠没有倒下，通风洞也好，没有全堵上，只是倒塌了一头出入口，还留下另一口可以出来。我逃过了这场劫难，以为是因为有高级首长所以洞修得好，也保住了我。朋友笑了，说，他们怎么会在这里冒这个险？另有去处。这里最大的官只是主任秘书。不过名人倒是有。他附耳对我说了一个名字，又说就是洞中一边角上唯一戴着帽子遮到眉毛的人。我听了也不感到惊奇，因为我遇见过的各种各样的怪人太多了。什么人，什么事，没什么了不起，都觉得无所谓了。头上中过两枚炸弹，还有什么能惊动我呢？

终于未等日本的也有效（物质）也无效（精神）的"疲劳轰炸"结束，在雾季到来之前，我匆匆忙忙离开了"雾都"重庆。

当年日本军部利用中国差不多是没有飞机又没有高射炮的弱

点，用杜黑战术"疲劳轰炸"来"逼和"加"诱降"没有成功。至今日本人对这一点恐怕还是见外部条件多而知内在原因少。日本人是基本上单一的"大和"民族，和中国的多民族中占多数的汉族有许多相似之点，也有大不相同之处，貌似心异时很难互相了解。懂得外族难，懂得本族又何尝容易？也许两相对照才可能看出一点苗头吧？那年假如不是防空洞有两个出入口，我早就被埋葬了，也没有这五十年可活了。两个鼻孔通气有好处。

皓月当空和满天星斗有时会引发我心中闪过"疲劳轰炸"下的重庆情景。防空洞里洞外明显和不明显的人们的种种神情笑语会忽然显现。在生死以秒计算的时候，人的内心会不由自主闪现在外貌上吧？我不能对这些作出解说，正好像我不能看到自己当时的面貌一样。我挨炸至今已经半个世纪了，只多了一点不解，并没有多一点了解。

烈日炎炎、星月交辉同恐吓、毁灭紧密联系，没经历过的人谁能想象得到呢？自然界不是永远都有诗情画意的。在死生一发的线上能习以为常悠然自得，这只有中国人才做得到吗？未见得。这是好还是不好？不知道。

坤 伶

　　1939 年暑假，我从湖南辰溪到贵州遵义，因为我母亲和一对同乡夫妇在那里一起住。找到地址一进门以为是走错了。迎门的一大间空房里什么家具也没有，只在两旁靠墙有一些刀枪剑戟和锣鼓，好像是戏园后台。我犹疑着穿过去才见到后进另有院子，朋友是住在那里。随后听说，前院的邻居是一家唱戏的，是女角和她的母亲、丈夫、孩子。据说是在西南一带还有点名气的京戏班子，要在这里唱几个月。我想起在街上看见海报，头牌角色的名字三个字颇为不俗，可以合上"悲怆交响曲"，不知是什么人取的名，也想不到是女的。京剧女演员从前叫"女戏子"，客气点称为"坤伶"，在社会上地位比歌女、舞女好不了多少。我有个女朋友就是因为抗战初参加过抗日宣传队演话剧被她的"官太太"嫂子看不起，认为"玷辱了门风"。我在北京的报纸和小说中看过关于"坤伶"的种种说法。虽然有不少是"捧角"的，但仍然显出轻视的态度，仿佛这些女人无非是卖唱的，结局不是沦落便是嫁给大官小官，总之不是"上等人"。

　　我母亲笑着对我说，从前总以为"女戏子"不是好人，这回真认识了一个，才知道从前的看法不对。如果不是知道她的身份，绝看不出她是那种吃"开口饭"的人一路。她说："你若不信，见面就知道了。"可是我不想见她，对戏没有兴趣。

不料有一天，朋友对我说，要和前院邻居同吃一顿饭。忘了是谁请谁，是什么原因，反正邻居一家四口加上朋友夫妇和我母子正好是一桌。到中午去前面练功的空屋一看，中间果然摆了一张桌子，也不像是酒席。互相介绍招呼，我没见到那位"坤伶"，到要入席时才见她从厢房出来。果然是衣着很朴素，留短发不施脂粉，没有名角气。不能算美人，也不算难看。不过我一眼就看出，她假如打扮一下或是"上装"，毫无疑问可以成为城市风流人物现代女性陈白露或是古代的虞姬、杨贵妃。说不定还不到三十岁，已显得是主妇的样子，一点"表演"的痕迹都没有。我认识一位女友是正规学过话剧的，还主演过《茶花女》，后来从舞台退下当主妇了。有时我看得出她自然流露的表演艺术，例如笑得像舞台上的"茶花女"。京剧女演员的在家姿态我还是第一次见到，和戏台上完全是两回事，也不像小说里描写的那样。也许是话剧演员本来演的是平常人，所以在不表演时还难免偶然使人觉得像在演家庭主妇。这是她不留意就露出演"不是演员"的角色的"台风"，还是观察她的人的错误，很难说。给人这样的印象，京戏演员较少吧？安排座位恰好我和她正坐对面，无法不稍微仔细些观察。这时我发现，她当着我这个生人还是难免有点矜持，眼梢和嘴角掩不住可能是女演员特有的美态。常人可以更美，但不会在一瞬间突出美态。好演员掩蔽不住这种练出来的功夫。学会的变成了天然的。对我坐着的这位不算美的美人不能不说话，不露笑容，不对我看；于是我发现了，原来演员的五官都会说话，可惜我一下子译解不出来她是不是对我说了什么不是嘴里吐出来的话。演员是会不表演时像表演，表演时不像表演的。

过了十几年，在一次宴会上，正坐在我前面一桌背面对我的一位忽然回过头来向后面张望一下。那无意中的一"回眸"有一种形容不出的特殊姿态。我吃了一惊，一闪念，这是谁，毫无疑问是程砚秋，不会是别人。我随即记起了那位曾正面对我坐着的"坤伶"。她一定也会这一手，我想。

　　半个世纪过去了。从前称为"坤伶"的现在是地位很高的"表演艺术家"了。"悲怆交响曲"不知后来怎样，不过她决不会记得我这个只有一面之缘的人的。

忘了的名人

《傅斯年选集》有出版的消息了。作者本来是位名人，后来变得无名了，被淡忘了。现在他又出场，与我何干？不免说一小段因缘。

我从小学跳到大学，转折点是在我教小学时认识了三位大学生同事。我是教书匠，居然有时也想敲敲学术研究的大门，转折点是在于见到一次这位傅孟真先生。这话得从头讲起。

30年代初期，我和杨景梅在北平沙滩北京大学附近一家豆浆铺里用世界语谈话，被沈仲章误认为讲意大利语，从此我认识了沈。

沈认识一个新疆人正在穷困中，便为他组织了一个夜班，借北大红楼一间教室，请他教新疆话，邀我参加凑数。于是我学会了阿拉伯字母和很难发的几个深喉音。这位穆先生不大会讲汉语。他编印讲义，教语法和会话，还给我起了一个阿拉伯名字。可笑我还没弄清学的是什么语。当时以为是维吾尔语，以后才知道也许还是哈萨克语，或则竟是另外什么语。这个夜班维持没多久，老师就回新疆了。有一位罗常培教授也参加学习。他是音韵学家，北大中文系主任，支援这个班可能是为了调查研究语音，结果是认识了我，但并无来往。

1939 年我以意外机缘到湖南大学教法文。暑期到昆明时便去访罗先生。他知道我竟能教大学，很高兴，在我临走时给我一张名片，介绍我去见在昆明乡间的傅斯年先生，历史语言研究所的所长。他没说为什么。我也没问。

在一所大庙式的旧房子里，一间大屋子用白布幔隔出一间，里面只有桌子椅子。"傅胖子"叼着烟斗出来见我时没端架子，也不问来意。彼此在桌边对坐后，他开口第一句就是："历史是个大杂货摊子。"不像讲课，也不像谈话，倒像是自言自语发牢骚。"开门见山"，没几句便说到研究"西洋史"的没有一个人。我打断他，提出一位教授。他叭嗒一口大烟斗，说："那是教书，不是研究。"这时我才发现烟斗里装的是云南烟叶碎片，不是外国烟丝，而且火早已熄了，只吸烟，不冒烟。

"不懂希腊文，不看原始资料，研究什么希腊史。"他接着讲一通希腊、罗马，忽然问我："你学不学希腊文？我有一部用德文教希腊文的书，一共三本，非常好，可以送给你。"我连忙推辞，说我的德文程度还不够用作工具去学另一种语文。用英文、法文还勉强可以，只是湖南大学没有这类书。他接着闲谈，不是说历史，就是说语言，总之是中国人不研究外国语言、历史，不懂得世界，不行。过些时，他又说要送我学希腊文的德文书，极力鼓吹如何好，又被我拒绝。我说正在读吉本的罗马史。他说罗马史要读蒙森，那是标准。他说到拉丁文，还是劝我学希腊文。他上天下地，滔滔不绝，夹着不少英文和古文，也不在乎我插嘴。我钻空子把他说过的两句英文合在一起复述，意思是说，要追究原始，直读原文，又要保持和当前文献的接触。他点点头，叭嗒两下无烟的烟斗，也许还在想法子把那部书塞给我。

忽然布幔掀开，出来一个人，手里也拿着烟斗。傅先生站起来给我介绍："这是李济先生。"随即走出门去。我乍见这位主持安阳甲骨文献发掘的考古学家，发现和我只隔着一层白布，一下子不知道说什么好。他上上下下打量我，也不问我是什么人。我想，难怪傅先生说话那么低声，原来是怕扰乱了布幔那边的大学者。谈话太久，他出来干涉了。傅回屋来，向桌上放一本书，说："送你这一本吧。"李一看，立刻笑了，说："这是二年级念的。"我拿起书道谢并告辞。这书就是有英文注解的拉丁文的恺撒著的《高卢战纪》。不学希腊，就学拉丁，总是非学不可。这也许就是傅的著名的霸道吧。我试着匆匆学了后面附的语法概要，就从头读起来，一读就放不下了。一句一句啃下去，越来兴趣越大。真是奇妙的语言，奇特的书。那么长的"间接引语"，颠倒错乱而又自然的句子，把自己当做别人客观叙述，冷若冰霜。仿佛听到恺撒大将军的三个词的战争报告："我来到了。我见到了。我胜利了。"全世界都直引原文，真是译不出来。

读时每告一段落，我便写信给傅，证明没有白白得到他的赠书，并收到复信。

这本拉丁文书，在我和书本"彻底决裂"时送给了一位女学生。到我和书本恢复关系时她又还了我。如今这本书还在书架上使我忘不了送书的傅先生。

写下这篇小文好像还了一笔债，但并不感觉轻松。不知道柏拉图怎么说话，到底是缺憾。胖子的形象又出现在眼前，叼嗒着那不冒烟的烟斗，没有表情。

由石刻引起的交谊
—— 纪念向达先生

　　1939 年夏天我到昆明，在吕叔湘先生住处初次认识向觉明（达）先生，但这次还谈不上缔交。向、吕都是吴雨僧（宓）先生的学生，那时我和吴先生见面不多却相知不浅，所以大家一见都很容易熟悉。

　　真正开始熟识是在 1941 年夏天。我去印度，又经过昆明，汤锡予（用彤）先生去乡间，无缘得见，我便去访汤先生的学生向先生。他住金鸡巷五号，是一个小院子。他听说我要去印度，很高兴，对我热情接待。

　　在中间屋里挂着一幅横披，是裱好了的拓片，上面是印度古文。有墨笔跋语说这拓片经向先生一看，立即认出是印度阿育王石柱铭刻，"即以相赠"，有宝剑赠与英雄之意。赠者的姓名现已忘了。记得当时向先生还曾取出一本英文书的插图为证。后来我在印度见到石柱原物，都已进入博物馆或用围栏保护起来，不能拓了。那张拓片大概是发现初期拓出供人研究的，相当珍贵。后来我们没有再提此事，不知这拓片到何处去了。这时我才深知向先生并不是仅仅钻研书本作文献考古。

　　第二次和向先生有了学术关系又是由于石刻。他在西北发现了一个经幢刻石，上有梵文刻字，拓了下来，将照片寄给当时在印度

258

国际大学的周达夫先生。周将照片寄给浦那的郭克雷教授，因为他既研佛学，又通汉文。郭克雷教授很快就判定是《缘生经》，字体是古婆罗谜体，时代可能在十一二世纪。但是另几行汉文却读不成句。当我去浦那和他同校西藏收藏的《大乘阿毗达磨集论》梵本残卷的照片时，我们又研究那张残石照片，梵字和我们校的照片中的字体相去不远，只是字太小，又模糊，但很容易便可发现其中"缘生"字样。他在德国留学时的博士论文题便是汉译的《大乘缘生论》，所以对这方面的经典很熟悉。奇怪的是下面的汉字。字体是楷书，容易认，但横竖左右都不成句，也不是佛经常用语，而且首尾残缺。后来我提出一个解释是左行横读，起头是"日在角一"，是记刻经幢的日期和人事的，但作为"角宿一"解仍旧不大通，不合中国记年月日习惯，也不是印度的习惯。郭克雷教授写出文章，将我的说法列入注中作为一种假说，并附原件照片，在加尔各答的师觉月教授主编的英文《中印研究》刊物上发表。我本有此刊全部，可惜在十年浩劫中全部失去，现在无从查考了。这一次使我对向先生的治学谨严、注重实物和文献印证、不尚空谈，深为佩服。

我们的第三次学术因缘又是由古物而起。1947年向先生发表一文，提到出土的"式"。我便写了一封信给他，说明"式"是古代占卜用具，分为天盘、地盘，以天盘在地盘之上旋转，加上日、时、干支，求得"四课""三传"，旧称为"大六壬"。古时有实物，但很早便以手指关节代替地盘而将天盘在心中默想，"三传""四课"等等全在心中。这便是所谓"袖占一课"。这种"掐指一算"的占卜法和由《周易》以来用蓍草（最后改为铜钱）排八卦的占卜法是中国的两大系统，和原始的甲骨占卜系统不同。这三大系统都和中国、印度以及世界其他处的"星命"是两个不同门类。中国以星占卦的是"奇门遁甲"，但又不仅占命。至于所谓"先天太乙神数"则徒有其名，还不如"奇门遁甲"有书为证。我在信中只说了"式"的意义和"六壬"占法。写信是在 1947 年 5 月 31 日夜间，那时我在武汉大学教印度哲学史和梵文。不料，只过了几个小时，6 月 1 日天明前，国民党反动当局出动大批军警，包围武汉大学，枪杀了三名学生，逮捕了一些学生和五位教授，造成惊动全国的"六一惨案"。五名被捕教授是：缪朗山、梁园东、刘颖、朱君允（女）和我。（目前只我一人尚在人间了！）这五人中没有一个是共产党员。估计逮捕原因是我们应了学生邀请在反饥饿反内战的"和平大会"上发表了演说。另一同时演说的陈家芷教授，因为警觉，在军警临门时跳后窗逃避，没有被捕，这次惨案遭到全校以至全国人激烈反抗。当局不得不把逮捕的人都释放。我回家后才得将致向先生的信发出。向先生将信摘出在上海《大公报》的《文史》周刊上发表，加上标题《说式》，并作了按语，说明原委，痛斥国民党反动派倒行逆施，对待学者和青年学生横加迫害凌辱。这一次我们两人不仅是学术交往也是道义上的朋友了。

向先生治学根底深厚。他校《蛮书》，我曾见到书眉上的蝇头小楷批注，他读书细心，一方面采用新式的卡片等方法，另一方面仍继承传统方法。古人大概从刘向、刘歆、扬雄在天禄阁校勘古籍以来就是用这种方法，记得幼年曾见到家中许多古书都是用朱和墨圈点批注过的。这是从前人的一种训练。先读四书五经等基本读物。这些多是有圈点断句的。老师有时还代加圈点，在读音不同的字的右上角加一个小圈，重要句子在旁边加圈或点。读了这些以后，便要进读朱熹的《纲目》、司马光的《通鉴》，还有《史记》、《汉书》、杜（甫）诗、韩（愈）文，以及唐宋明清的笔记。这些都是没有点断句的，必须自己在上面加圈点、校注和表示自己意见的批语。老师检查学生的书本便知道学生的程度。书本都是用廉价的流行本，书中常有错字，需要自己发现改正。有的书要至少读两遍以上，第一次用朱笔点，第二次再加上墨笔点，并改正第一次读错的地方。古时的儿童和少年便是这样受严格的读书训练的。大约不用十年便可打好这个底子。这不是只在科举盛行以后的评阅法。也许上自孔子读《易》、删《诗》、作《春秋》的传说起便从刀削竹简开始了。后来用在小说上便是金圣叹、张竹坡、毛宗岗、脂砚斋等人的"评点"了。向先生是东南大学——南京高师毕业的，是新式学校出身，又通晓外文，从事译述，可是同时继承了读书的古老传统。我一见到他批注的旧书便立刻记起了自己的童年，想到自己从幼失学以致对中国书和外国书全无扎实根底，没有学通，于是更对向先生的学兼新旧十分佩服了。

向先生还经历过难得的社会和自我训练。他曾在商务印书馆任编辑。商务传统要求很严，审阅和编译稿件是比一般读书作文难得多的。以后他又到当时的北平图书馆（现在的北京图书馆）工作。30年代的这所图书馆远不如目前这样庞大，但已拥有一些难见的书籍和文献。当时的馆长袁守和（同礼）先生招揽了一些有为青年进去，名为职员，实是从事整理文献的研究，又出版《北平图书馆馆刊》为他们发表成果。不几年便涌现了一批青年学者到大学讲课，随后当了教授。其中著名的除向先生以外，有王重民、贺昌群、赵万里、孙楷第、谢国桢、于道泉等先生，后来继起的还有万斯年先生等。在编辑部和在图书馆都是极好的学术训练机会，但有条件：一是领导者懂行并给鼓励，而不阻拦和斥责；二是本人肯钻研。第二点尤其重要。若不然，历来受这两处锻炼的人何止千百，何以有人成材，有人就不行？若自己肯留心，善于利用条件，即使领导人不予理会也可有进步。机会随时都有，只看会不会用，向先生在这方面又是我所倾倒的一位。他后来在北京大学图书馆任馆长时，便有职员郭松年先生自学成为学者。至今这传统还未全断。

1948年我到北京大学来，和向先生住同一宿舍，因此有机会常见面，更了解一些他的为人。向先生为人鲠直，说话不多而中肯要。我曾在湘西住过约一年，对那里的风土人情略有所知。我觉得向先生和沈从文先生都带有浓厚的乡土气息和他们自己的民族性。他们使我对中华民族构成的特性的理解开了一个窍。我以为若仅仅以所谓"炎黄子孙"的黄河流域中段上古时期的汉族来认识是远远不够的。春秋战国时就已开始了民族的扩大和形成，即使"中原"也不是例外。若不改变古老的"蛮、夷"或"夷、狄"的陈旧观念，恐怕很难真正了解我们自己的国情、人情。我从没有和不同民族的人共同研究民族性问题，但从接触中自己体会到，不论中国或则外国，都不能那么单一概括以致无意或有意接受成见和偏见。这一点也是我从向先生学习到的，而他自己并不知道我所学习到的就包括他本人在内。

1965 年我的母亲病故时，向先生是唯一前来送葬的朋友。这使我不胜感念。这也表现了他的为人。因为无论照当时的情势或则他和我的私交，他都毫无必要这样做。但是他一闻讯便来了。他这样做既不是出于公谊，也不是出于私情，而是出于他的个性，只是要为他所认识的一位邻人老母送葬。总而言之，他就是这样一个人，一个正直的中国学者。我现在提笔写出这些话，也同样不是由于为公或为私而是由于为了纪念我所认识的这样一位不应被人忘却的中国式学者。

希望者

世界语的创造者柴门霍甫医师 1887 年发表方案时署名是"希望者"。这个词竟成为这种语言的名称,开始时有汉语译音"爱斯不难读",后来通行译名"世界语"。在它前后发表的许多"世界语"方案都没有它寿命长。"希望者"终究有希望。

瑞士人普利华博士用世界语写了一本《柴门霍甫传》。汉译者是杨景梅。译本在抗战前由文化生活出版社出版,收在巴金主编的丛书中。译者曾在 1934 年来北京养病,和我常常相见。后来他去法国。返国后在广州教书,不久即病故。

杨在北京时除养病及准备出国外还有他的老师黄尊生先生交给他的两项任务。一是自费出版一部著作,一是照顾他的在北京上中学的独生子。那部书名仿佛是《中国问题综合研究》。杨经常要跑印刷厂看校样,一直到成书作为非卖品交黄先生分赠。我先看到校样。大开本,四号大字,分三部分:心中的中国,眼前的中国,理想的中国。书中充满了热情词句,与其说是科学书,不如说是文学书。我对杨说,黄先生是理想主义者,著书恐怕不会有多少实际效果。杨用世界语回答说:"我们都是希望者(世界语)。"杨当时一心关注的不是自己的健康复原情况而是老师的事。他认为只完成了一半。书出来了，那个孩子没照管好。我见过这个中学生，很活泼。杨对我说："你想读书，没机会。他有机会，不想读。只怕他的身体会坏下去。我对不住老师。"不幸那孩子果然早夭，不知念完了大学没有。

1940年，亚洲欧洲战事紧张乌云蔽天，全世界即将进入猛烈战火，我到了遵义。浙江大学也迁在那里。我去找黄尊生教授。他邀我去一家小饭馆吃晚饭。贵州多阴天，又没有电灯，小屋里阳光黯淡，同外面的局势相仿，两人关系又是由于两个死者，谈话的气氛可想而知。他说了一句："我不会再有儿子了。"还有一句没有说，我知道是："也不会再有杨那样的学生了。"他是早期去法国留学，最早参加世界语国际会议的中国人，回国后在广州宣传并教授世界语，这时只是一位哲学教授。分别时我对他说："我们都是希望者（世界语）。"用的是杨的世界语原话。他回答："永远不要失掉希望。"那时他大约五十岁。后来他活到将近一百岁，几年前才在香港去世。我想，是希望的力量维持了他的生命吧？可是他的儿子和他的学生杨景梅呢？

杨介绍我认识朝鲜世界语者安偶生（以后化名王爱平）。三人见面后决定放弃中国普通话、广东话、朝鲜话，只讲世界语。柴门霍甫的希望在这里实现了，尽管只是"昙花一现"。我曾介绍杨去见世界语者张佩苍和蔡方选。我从世界语译出保加利亚的两篇小说《海滨别墅》和《公墓》，由蔡校后，由张用北平世界语书店名义出版了世汉对照的小册子，可惜出书时杨和安已离北京，没有见到。

杨对我有时比我的哥哥还亲切。他说过一件事。1932年"一·二八"上海十九路军抵抗日本军队时，他以学生身份去支援，认识了蔡廷锴将军。蔡还让这位广东同乡青年去办一件不便叫别人办的事：到租界上去见一位外国老太太。他回来见蔡传话后，蔡沉默了好久，说出两个字："晚了。"不久就传出十九路军调离上海和局部抗战结束的消息。那时这事是秘密，现在已成为古董，不必出土展览了，但我还是忍不住提一句。

"永远的希望者"，黄、杨确实都是，我做不到。

未完成的下海曲

1940 年我的见闻足够写一部长篇小说。这里只说一件事。

炎炎的夏日当头，七八月间我到了"陪都"重庆。从 1930 年我离开家乡到"故都"北平算起已有整整十年了。

我先找到同乡朱海观，告诉他我来办护照去印度。他哈哈大笑，说："你要当唐僧去西天，先得学会钻地洞。日本飞机正在对重庆实行疲劳轰炸，日夜不停，逼迫中国投降。再说，英国和德国打仗，就怕后院起火。谁要去他的殖民地，印度、缅甸，签证一概不准。"话没说完，空袭警报响了。我只得随他去钻防空洞。这样，我在城里城外机关的公共的高级的低级的大大小小洞里钻进钻出，头顶上隔着地皮和房屋中过两颗炸弹，在生死关头徘徊、挣扎。混了一个月，见闻不少，一事无成。幸亏街头遇见萨空了，他介绍我译一本小册子《炮火下的英帝国》。我就在朱海观的床头小桌上，躲警报的空隙里，花一星期的工夫，匆忙译出来，预支稿费，狼狈逃出重庆。

重庆度夏，贵阳过冬。不冷，但阴森森不见太阳。真是"天无三日晴，地无三尺平"。一位同乡为他的"住闲"的老姐夫租了一间房。我去和他一起住，二人自己生火做饭。这位五十多岁的老人是当兵出身。辛亥革命后他随军到了广东广西，是许崇智的部下，看见过蒋介石，听过孙中山演讲，字认得不多，也不大爱说话。他只记得孙中山很会讲话，指着山说，山上石头可以制造水泥，将来火车轮船到处走，老百姓能过好日子。从清末以来的政治家中，恐怕只有孙中山一个人念念不忘革命成功得到政权以后必须建设，还事先做规划。我在街头买到了王阳明写的《客座私祝》的石刻拓片，裱起来挂在墙上看。心想，他怎么能在贵州做比芝麻还小的官时能够大彻大悟，想出了"致良知"，这和他会用兵打仗有什么关系。同住的人没问过我挂的是什么，只管收拾屋子、做饭、躺在床上抽旱烟，说"金堂烟叶真不错"。我又买了一本王阳明弟子的笔记《大学问》来看。自己明白，这样下去不行，到底要干什么，能干什么，怎么活？

在大街上闲走时和一家鞋店老板谈了起来。他用苏北口音问我是不是淮河边上的大同乡，自称本来是中学教员，逃难出来，没办法，只好租一间房卖鞋子，混饭吃。谈了半天都是生意经，种种困难，不如教书。可是就这一会就有几双鞋由小伙计卖掉了。还有一个带点妖气的女郎坐在那里试鞋子，不肯走。老板低声对我说，她天天来，另有目的，顺便也给店里引些客人，彼此有利，心照不宣。还有一些人物是得罪不起的。话没落音，进来一个歪戴帽子的男子，东张西望。老板慌忙上前，掏出一包烟递过去。我想，说到曹操，曹操就到，转身便走开了。回屋和老人一谈。他说，别听他的。做生意是麻烦，可哪有不赚钱的？一句话打动了我。干脆下海经商吧。不插草标出卖了。自力更生。老人说："好主意。你当老板，我当伙计。"跟同乡一说。他也赞成，答应找人入股，凑个小本钱不是难事。三言两语，话说定了，我就上街考察商店，选择做哪一样买卖。

我正在研究商品市场，猛然被人一拍肩头，吓我一跳，回头看时，那人笑着说："老同事，几年不见，认不得了？"原来是五年前对面坐着办公的人。我还没来得及回答，他接着说："我的办公室就在前面不远，去坐坐。我看你不像有事的样子。"不由分说，拉我就走。在他的办公室里，他先问我的工作。我说是无业游民一个。不料他居然连声说好。我看屋里只有桌子椅子和几个货架，架上放一些纸盒子，不知里面是什么，又只有他一个人，不像办公的地方，还没动问，他已先说："你没看见外面挂的牌子是什么机关的办事处？实际上是一家工厂的分销店。我一个人坐镇。也许半天没人来，也许同时来几个。这里谈话不方便。明后天请到我家里去好好谈谈。家里也就是我们夫妇二人。"话没说完，门外出现一个人。我立刻起身告辞走了。过两天，我又去研究商品，又遇见他。他显露出异常的热情，说："我的夫人（这字照他的习惯用英文）一听说你这位老同事，就想见你，说是什么他乡遇故知不容易，又是这兵荒马乱年月，请你务必赏光。就是明天晚上吧，到我家便饭，决不添菜。不准推辞。怎么也得给我面子。要不然，我实在无法交代。好吧，一言为定。"随即告诉我他家的地址。不容我说话他马上回身走了。我从前和他除办公外并无私交，凭什么突然对我如此亲切？真奇怪。跟老人一讲，他也琢磨不透。估计他有求于我，不会害我。可是我有什么能力给他帮什么忙？想不出。

　　到时候我如约前往。晚饭不算丰盛。丰盛的是他那位"外夫"（英文，妻子）。她对我热情得过分，还略施脂粉，真像待客。主人打了一壶酒，说是难得相逢，自己没酒量也要喝两盅。下酒菜显然是买的。没想到他那位"外夫"真有点酒量，不住地劝酒，陪我喝。男主人声明没量，只能"意思，意思"。几杯酒下肚，话谈开了，女主人问起我的夫人。我笑了。"自己都养不活，还想加一个人？"她紧逼着问："女朋友少不了吧？"我更加笑得开心。"穷得当当响，男朋友都快不理我了，还说女的？我是孤家寡人一个。"我忽然一瞥间看到男女主人互相对望了一眼，不知何意。又海阔天空谈了一气。我做出有了醉态，停酒吃饭。饭后我要立刻告辞。男主人不许，说是还有件事，随即郑重地说："不是开玩笑，我们真要给你介绍一个女朋友，就是我的小姨。"女的紧接着说："是堂妹。"我恍然大悟，原来如此，连忙推辞。女的加紧进逼："明白跟你说，她模样比我强，性情比我好，文化程度比我高，有职业，生活不愁，没有男朋友，没有家庭负担，就是一样，有个古怪心愿，不合她的意，她宁愿独身一辈子，所以耽误了。年纪吗，只会比你小，不会比你大。你好好考虑吧。"我大笑，说："你不是开玩笑是什么？她眼界那么高，拿我去碰钉子？"男的忙说："千万别误会。我外夫讲的都是实话，只少一句，她的心愿正是要找你这样的人。你若不信，见面就知道了。"女的又说："本来今晚想把她也找来，但不知你的情况，所以先问你，对你说明。"男的不容我开口，便下结论："这不是三言两语的事。你先考虑。我们再给她一点口风。今天只谈到这里。"我如逢大赦，慌忙离开。回来对老人一说，他感觉十分意外，迷惑了好一会才说："不理它，少惹是非。这不成了演戏'拉郎配'了？哪有那么急的？不是丑八怪，就是活宝，碰不得。"我也就放下了心，照旧想我的未来小铺子。

　　卖什么货定不下来，先找地方看看环境，于是我迈步走向那时贵阳唯一的商场。地面不大，里面只有几十家小铺子，卖什么的都有。生意不兴隆，来往人不多。我直接走到商场管理处。门口挂着牌子，门开着，望得见室内空无一人。进去一瞧，原来还有里间。一位年轻女郎躺在藤椅上，手指夹着纸烟，见我进来，理也不理。我无奈只好敲敲门。她问："有事吗？章程在桌上。"我说想看看空房。她依旧有气无力地咕噜一声："有营业执照吗？卖什么？"突然我记起那位老同事，随口应了他说的实际上推销的货名。不料她一听就猛然站起，居然满脸堆笑，说："请进来坐吧。有话好谈。"这时我才发现她的尊容，涂了不少脂粉，加上口红。手脚指甲上发亮，明显是有"蔻丹（指甲油）"褪色了。花旗袍下露出套着长丝袜的瘦腿。袖子短得只到肩下二寸。她一点不像个职员。我一阵惊异，说不出话来。她说："刚才怠慢，请别见怪。这里闲杂人来无事生非的多。"我说："我是先来了解一下情况，看看房子。"她说："那好办。只要能拿到执照。对不起，我看你不像生意人，像是文化人初下海的，是不是？"她的眼光好厉害，我只得承认。她又说："请坐下谈，反正我也没事，你也不用着急。"我又只好遵命。紧接着她仿佛见到老朋友闲聊起来。

　　"听口音你是南方人，但不是上海，到过北平吧，是干文化这行的，我猜得对不对？"看见我点头，她说下去，不容我开口。"做生意，说难，难得很；说容易，也容易。凡事起头难。不瞒你说，我不是做生意的，可是在这商场里看得多了，真是千奇百怪。"我赶忙插嘴："你不是经理？"她笑了。"你看我像不像？不过也差不多。经理难得来一回两回。有一个办事员，每天早晨来望一眼，坐一会，喝茶、看报、打盹，一见我来，他就跑了。这里就成为我的办公室，办我的事，兼管商场。大事推给经理，小事我给敷衍了事。你来得正好。说实话，我刚好有件事想找人，哎，就是你老兄这样的人。真正是来得早不如来得巧。你好像猜到我的心事一样。话说回来，你听我完全是本地口音，其实我是从北平逃回来的。我在那里没过几年，混账的日本兵就打进来了。没法子，回老家吧。地头熟，好办事，一混就是几年过去了。说正事，我不问你生意内情，只问你打算怎么开张，挂什么字号。总不能明摆出去吧？"这一来，我反而糊涂了。她见我不回答就说："好吧，我先带你看房子。"站起来，领我走出屋，穿过院子，到角上一个小门口，进门是另一个小院子，周围房子有三个门。两门关着，一门半开，传出谈话声音。她打开一个门，里面还有个套间，空空洞洞，什么也没有。"怎么样？"她说，转身到院子里接着说："这里清净，可不是茶馆，随便聊天。"吧嗒一声响，开着的门关上了。她的声音起了作用。到商场院子里，我正要走，她说："别走，我还有正话要说。"于是在她的屋子里出现了我想不到的话。

"说正经话，你做你的生意，我不管，另外我打算跟你合伙做一笔买卖，包你不吃亏，有赚头。不用你出一文钱，只要你出人。"她忍不住笑了出来，说，"别误会，什么也不要你的。你不会知道，也不用过问。明白说就是我做生意，拿你当幌子，算你同伙。货的来路去路都是明的，正当的，决不违法，千万放心。就是一样，不能明干。知道的人一多，就有麻烦，我也顶不住。"我不能不插嘴了。"那还不是黑货？""决不是。告诉你吧，北平有个工厂和我有关系。我回来以后断了。最近忽然带信来说，出了两件精品，不敢外露，怕被日本人抢去，设法带到后方来，交给我处理。我办这事不难，难在我出面不行，得有个文化人当招牌。你正好合适。你同意，我就说明了，一起干。""说了半天，到底是什么货呀？""那就是说，你不反对。好，对你说，是古董。莫紧张，不是真的，是假的，工厂里造出来的，跟真的一模一样，比真的更好玩。你一见就会喜欢。出路有的是。有钱有势的就是爱这种玩意儿。可是一声张，大家抢，有势力的硬要去，我也无法，所以要暗地办。这就需要一个又在商界又是文化人又懂生意又有识货的眼力的人，就是你老兄老弟。怎么样？说得够清楚了吧？"好，她要拿我做幌子。我想一口回绝，又觉得这是不花钱不费事的没本钱买卖，丢了可惜。既要下海，就不能怕脏手怕冒险怕这怕那。怎么办？回去商量商量吧。她见我半天不作声立刻明白了，说："这事不忙。你做不了主，回去同你的后台谈谈再说。可是有一样，万万不可外传。一露风声，我可以否认，你就吃不消了。懂吧？我的新朋友。我可以这样叫你一声吧？"

我如同得了赦免令，连忙逃跑。回屋对老人一五一十说了。他也说是料想不到。但到底是年纪大，经验多，说出一个主意。"你再到老同事家去，从他的太太探出点口风。说不定也是一笔买卖。"我一想，不错，马上行动。果然那位夫人一见我就眉开眼笑说出一番更叫我吃惊的话。

"正盼你来。也没法找你。跟你说，我那堂妹愿意见你。是好消息吧？我对她把你一描写。她说，世上哪有这样的人？我跟她打赌。她答应了。不巧的是，她今天出差去重庆，说是少则半月，多则三个月，才能回来。"我打断她的话，说："除介绍令妹以外，找我还有别的事要谈吧？"她眼一眨，"还有什么事啊？对了，我们的情况没对你谈过。说起来真不好意思。你知道他是干什么的？名义上是公务人员，实际上是商人。""他对我说过。""商人也罢，又不明不白。那种货，市场上没有大批卖的，因为工厂是公家的，只供应机关。现在有个决定，工厂可以拿出一部分到市场上卖，但不能公开。反正买主也是公家的，分配得不够就到市场上想法补充。可是这里面就有门道了。成批的买卖都有折扣。先是九五折。发票上价钱是一百，只收九十五，若是再九折优待，就只收九十。多的钱归经手人。这是规矩，上下都知道，明的。买主若是客气，退给卖方经手人一些，不客气，就全吞下了。内部规定，可以让步到八折。底线是七五折。这些外面不知道。折扣是在存根上批，发票上是原价。你此刻还在海边上，不一定明白。做生意的人人知道。不过这种买卖双方都不能露面，所以新近批准，可以经过有关系的商店出面。双方只对商店发生关系。这个中间人可以两头吃。可是哪里去找这个人呢？不能白给外人好处呀。你不懂，这类官商难做。又要清廉，又要赚钱。人人认为这是肥缺，所以年节得给上级和同事送礼，送少了还不行。这不比商人能公开赚钱。我们虚担了个名。他怕出事，不敢玩花样。真有钱，你大嫂能穿这破袜子？"说着就把旗袍一掀，露出两条大腿来，果然袜子是旧的。我心里明白了，便开口："是不是算盘打到我身上了？"她脸也不红，在光腿上用手一拍："到底是老朋友，一句话就明白了。你说是要下海，这不就是现成的海船吗？怎么样？老同事合作吧。什么事都好商量。风险有一点，不大。商人本来就是赚钱的。你不放心，先考虑考虑。不干也还是老朋友。不影响我堂妹的事。可是有一条，你的商店不是卖这种货的，是暗中代销，明白了吧？"我说："我的生意是几个同乡凑钱做的，还得和他们合计合计。"她忙说："不能泄底，只能说是代销货。就说是五金一类机器零件好了。"又叹了一口气说："老实话，哪个公务人员不想做生意？靠月月固定的这点钱管什么用？"我再敷衍几句就走了。

回来对老人一说，他叹口气，没言语。恰巧他的内弟来了，满面笑容，说："股金有办法了。小本经营，几个同乡一凑就够了。计划是开一个纸张文具兼卖新旧书籍的店，就叫文化商店。"老人立刻插嘴："还代销古董五金。"他的内弟茫然不解。我简单说明了一下。他大吃一惊，问，商场里那个女的是什么人？老人说："快去打听。"他没说二话，转身就走了。到晚上他又来了，开口便说："可了不得，我还没开口说完商场有个女的，立刻就有人接话，女霸王。她姓刘。一家子都是'袍哥'，是青洪帮一类吧，谁都不敢惹他们。不过也没听说做什么坏事，只是党羽众多，是地方上一股势力。你怎么碰上她了？惹不起也不能得罪。做生意总得敷衍这种人。这就看你的本事了。"说完就走，据说另外有事。老人哼了一声，对我说："什么事，我知道，还不是打麻将。"过一会他又说："我看你没交财运，交上桃花运了。王宝钏抛彩球打中叫花子薛平贵了。"

第二天，我又去商场想看个究竟。老远望见那女的从门里出来。我想躲开她，可是她偏不走，站在门口张望。我只得走过去。她一见是我，露出笑容，说："我料事如神，知道你今天必来，到门口欢迎，立刻碰上。"转身把我带进她的里屋，自己往藤椅上一躺，说："劳你大驾把桌上的香烟火柴递给我。"好，我成了小伙计了，也只好照办，看有什么下文。她欠起身接过烟，抽出两支，递给我一支，划火柴，先为我点着，再点自己的。真是前倨后恭。吸了口烟，她说话了，面无表情。

"我有话对你说，不要打断我，是正经话。第一，你不必打听，我姓九二码子（简写的刘字，在旧式数码字所谓苏州码子里，文是九，两竖是二。）卯金刀（繁写的刘字拆开成三个字），地方上有点小名，不大好听。你爱怎么看就怎么看，我不管。第二，你做生意，我也不管。开铺子你不懂行，得先找内行学。店里的事我不问。店外的事我包了。你不必问。跟你讲你也不懂。第三，你开口说的那种货，要特别小心，稍有不清楚就不可沾边。那方面我保不了你。第四，我上次说的合伙是做定了。你莫想撇开我，白费力，没用。但有一条，从此以后我对你说的生意话也好，私房话也好，不许对人透露半个字。外面会有种种谣言，你一概不理。你心里有什么为难，先要对我讲，要特别相信我，我一切全是为你好。为什么，你不久就会知道。要说我看上了你，喜欢你，也可以，但决不是外人想的那样。我是什么样人，你自己判断，要自己心中有数，不要听旁人的。这些实际都是废话，本来是不必讲的。你不是没主张的人。好了，现在告诉你，来了两件货。一是宣德炉，一是鼻烟壶。莫笑。这里面有文章。货当然是假的，假中有真。雕刻是真好，包含特点。炉上两尊菩萨：观音和文殊。壶里有内雕，刻的是人物。"她停下不说话，坐起身，抓起我的手，用我的手指在她的腿上横七竖八画起来。我开头不明白，随即知道是写字，已经写完了。这时她说："第二个字不写了。"我才想起仿佛是个春字，也就不问了。她接着说："货到了。运货的人打发走了。是个女的，真能干，从北平经过上海、香港到这大后方，要过多少道关卡，才平安运到了。我通知重庆。有钱的买主都在那里。来信谈价码了，就是说有人要了。估计快则十天半月以后会有人来看货。这就需要你阁下了。"我心里想，就为这个，露底了。她稍停又说："本来用不着告诉你，你也不会知道，但我觉得瞒着你好像是骗你，过意不去，才对你讲。不要紧张。你不出面，不说话，货不交你，只是让对方晓得确实有你这号人，一点不假，就够了，就算是合伙了。交易成了，有你一份好处。这种生意的做法你不懂，不用问。"她的话好像是完了，该我开口了。

"听你说了半天，我好奇怪。今天才见第二面。你连我的姓都没问过。怎么连秘密生意都跟我说？你这么帮我忙，到底是因为什么，为了什么？不说清楚，我没法相信你。"

她笑了。这时我忽然明白过来，怪不得一见她就觉得有什么不对，直到此刻才看出来，她人变了样，脸上脂粉全不见了。旗袍换了长袖的。头发不那么乱了。我居然视而不见，只顾听她说话，一心怕她随时抽出霸王鞭来打我一顿。她这一笑和她的话完全是两回事，简直是少女的妩媚，哪有一点霸气？

"这也难怪你。连我自己也说不上来为什么，就是这样天生的脾气，任性。我何必问你姓什么？你讲的是真是假，我也不必知道。上回你一走，不久就有耳报神来对我一五一十做你的报告，也是有真有假。我自有看法。当然一大半还是为了生意，这不必瞒你。有一小半是我仿佛看到了很久没见的老朋友。于是我换上从前的装扮等你来试试。谁知你真的来了。"说到这里她停下了，对我望着。我无法答话。大家沉默一小会。我猜不出她在想什么。不知霸王怎么忽然变成虞姬。

"对你说老实话，我不耐烦拐弯子说话，这第二回见你，只有一小半为生意，倒有一大半为认你做朋友了。跟你说，我不满二十岁就出门跑江湖，到过大城市，也算上过学，上大学。信不信由你。我认识许多朋友,男女高低老少好坏全有,也有过好朋友。"她又停了一停,"打仗了,我不能不回来。回来就得照老样子生活。脾气越来越坏。总是觉得什么都不顺眼。那天忽然见到你这个新来的外地人。一听说话,完全不是生意人,连常识都缺乏。那种货怎么能随便讲出口?什么也不懂,竟敢来我面前冒充好汉。心里又好笑,又好气,立刻要耍弄你一下。可是一看人,明白了,是个大外行。随即改变主意,谈生意,试你一试。这以后不必说了。"

我听她的话像是真的,又不敢全信,不知道说什么好。

彼此又沉默了好一会。她开口了,板起面孔,一字一句地说:

"记住,我一点不是和你开玩笑,是说正经话。我要和你订一个契约。"我心里咯噔一跳。"这契约是,仔细听好,不论什么时候,什么地方,用什么方式,你叫我一声姐姐,我答应了,这契约就算完成,结束,失效。关系解除了,彼此再也没有牵连,互不认识。要想再认识,必须重新起头。契约生效期间彼此关系不许断,也断不了,不管见面不见面,不管是什么样的关系。明白了吧?契约、协议,本是双方同意签订,可这个契约是我单方说了算。你同意也是它,不同意也是它。你不愿意,无非是不见我,不理我,不买我的账,但关系照旧,你跑到天边也摆脱不了我,契约仍旧生效,你我还是有关系,不管是什么样的关系。你不想便罢,想起来就会头疼。这是我给你上的紧箍咒,看不见,摸不着,拿不下,跟你一辈子,除非是约定的事完成,契约失效。你可以从此不再见我,让我想你一辈子,那我也心甘情愿。我有把握,不怕你不头疼。一生最少有一回,也许两三回,或则更多。"她稍停一下,见我没作声,又说:"我警告你,莫打主意,现在就叫,好赶快了结,脱离关系。我不是傻子。虚情假意,真心实意,我一听就知道。现在,一段时间以内,你怎么叫,我也不会答应。你耍花头玩不过我。"我心头一阵冰冷,想,我成为浮士德了,魔鬼和我订契约了。

"你的心思我全知道。我不要你的灵魂，不要你的身体，不要你的心，不要你任何东西。心算什么？毫无价值。什么稀罕东西。男人的心是鸡毛，飘飘落荡，远看是孔雀翎，一到太平洋上空就什么也不是，到美国成为牛毛一根，回来变成猪鬃，又黑又硬，自高身价。我见得多了，还有人竟敢骗我。女人的心也不怎么样，不过是芦花，是柳絮，轻飘飘的，比鸡毛重不了多少，一沾泥就完了，一点分量也没有，再也飘不起来了。我说的对不对？"

我不能不开口了。"你说了半天，我一概不懂。我跟你有什么关系？是什么关系？没关系能有什么契约？岂不全是废话？"

"你到底说话了。好。你我的关系说深就深，说浅就浅，说有就有，说没有就没有，你愿意是什么，就是什么，你要我是什么，我就是什么，这一方面我全听你的。我是说真话，决不是说笑话，可以当场兑现。只要你说得出口，我就做得出来。你信不信？要不要立刻试验？明白告诉你。你我是新朋友，仅仅见两面，又是老朋友，多年没见面的老朋友。契约定下了，不能更改。我是说一不二，决无反悔。这次来不及多说。如果能有第三次见面，我会原原本本把我的老故事从头至尾一丝不漏讲给你听。你要知道什么，我全告诉你，不隐瞒也不讲假话。可是我猜想你不会再见我了。恐怕我们的缘分只有这一点，所以我赶忙把契约先订好，就放心了。我要的是我自己的心，从此系定了，再也飞不动了。对我说，这就好了。对你说，也没什么坏处，是吧？"

从见面起，她的眼光一直对着我没移动。我不知怎么也一直望着她。她说完这话，露出微笑，仿佛是得意，抓住了我，一个俘虏，但我感到笑中带着凄凉意味。我觉得她把话已说绝了，再也无话可说，便站了起来。她好像有预感，同时站起来。我说："依我看，你无心可系，我也是无心之人，所以契约是有若无，都不必计较了。"两人不约而同一起大笑，是开心的真笑，话说到彼此心里了。两人又同时伸出手来紧紧一握，四目对视一会，同时松手，同时一字字说出同样的一句话，五个字：

"一对无心人。"

我大踏步出门，没有回头，回到住处。

老人见我回来，说："去演霸王别姬了吧？"

"不对，是演姬别霸王。"

他的内弟急匆匆进来，把手里的一瓶茅台和一包卤鸡放下，问："怎么还没来？""谁呀？"原来他说的是在桂林下海的同乡。他在路上遇着了，坐在司机旁押运货车，明显是生意做成了，估计一定会来这里，所以买酒菜赶来了，哪知还没到。

晚上，独有一车的运输公司经理和我们几个同乡聚在一起，由他说下海经过。我们两人约好在两地各跳各的海。他有了结果，成立有名无实的股份有限公司。股东是：设法买到这辆道奇牌老爷车的、弄到牌照和汽油来源并打通一路明暗关卡只收买路钱的、保证桂林贵阳两头货源使运输不致中断的，加上司机和经理，各算一股。出钱投资的由于身份不能做股东，算债主，三个月后开始还钱，半年后本利逐步还清。照这样，司机和经理就得不停地来回跑，几乎是要求车不停轮，人不下车，实在辛苦。听说完了，老人眼望着我说："这才叫做生意。没染粉红色。"经理问是怎么回事。老人便一五一十把五金、古董、霸王、堂妹的故事说了一遍。当然那特殊契约是第三者无法想象得到的，不在其内。老人的话依据他的老观点，听的人又各自有观点，但经理说出的话代表了他们全体。

"我已经在海里了，你就留在岸上吧。那个人要你替他代卖无线电器材？你知不知道那是军用物资？那个来路不明去路不知的女的更可怕，躲得远远的还说不定会沾染上毒气，你居然敢去亲近？明天陪我们去装货，看看生意是怎么做的。后天随我们回广西，在柳州同老伯母团聚一些时光，把去印度的事确定下来。三个月以后我保证出路费送你去云南，由你办签证出国。老伯母有在柳州的同乡照顾，我们大家负责，你放下一百个心。照直说吧，你根本不是当商人的料。可别胡思乱想了。我们一同离开家十年了，才借债买了一辆破车，已经赔上一个人，不能再赔上一个了。"

　　跟绑架差不多，在严密监视之下我到了广西。行前我失去自由，因为他们对那位霸王十分害怕，对我非常担心。几个月后我从柳州到了昆明。经过贵阳时，头天晚上到，次日一早就送我上了去云南的另一辆货车当"黄鱼"（司机私带的客人）。1941 年 6 月我经滇缅公路出国漂洋过海上西天了。其实他们早已知道，贵阳那个办事处已经关门，女霸王在我离开后一两个月就无影无踪了。据说连她的家里都不知道消息。我的朋友仍然怕我去探听，所以还是把我封闭起来。真是多此一举。女霸王没有想要，我也没资格做她的俘虏。

　　不过紧箍咒偶尔还生效。有时想起来，我总觉得虞姬比霸王更刚强，更有男子气概。

梵竺因缘

——《梵竺庐集》自序

> 无端佛国寄萍踪，
> 再倩游丝系转蓬。
> 亲舍望穷千里目，
> 觉心记取五更钟。
> 庐名梵竺前修远，
> 梦忆邯郸影事空。
> 纵有因缘皆苦谛，
> 何劳残雪舞回风。

此我到天竺后第一诗也。时在 1941 年，太平洋战争前夕。

我到印度是朋友周达夫介绍到加尔各答的一家中文报纸当编辑的。他从国际大学随那里的研究院长"维杜"教授（Vidhushekhara Bhattacharya Shastri）到加尔各答大学研究院。教授当梵文系主任。他和一位藏族人协助他校刊《瑜伽师地论》梵本，对照汉译和藏译。我到后租一间大屋子和他同住。他写了三个大字贴在屋内"梵竺庐"。其实那只是二层楼的一室，谈不上什么"庐"，是冒牌的陶渊明的"吾亦爱吾庐"。我虽到天竺，但那时印度还是大英帝国的殖民地。我脑中没有离开从罗马帝国上溯希腊追查欧洲人文化的老根的路，还不想另起炉灶攻梵典。周君颇感寂寞，一心要拉我作伴，同去钻研大堆大堆还多半在贝叶形式的抄本之中的梵典。我也没有胆量去做这种沙漠考古式的万里长征，对这庐名不过笑笑而已。没想到，我不由自主，或不如说是半由自主半靠机缘，居然游离于"梵竺"内外五十多年。周君早已下世。我已将自己的一些有关梵学佛学的文章结成一本《梵佛探》出版，现在又将另一些有关印度的书合成一集，便题作《梵竺庐集》，作为纪念这长征开始时的一段因缘。

那时周君为了引我"入彀"，不断从大学借书来给我看，又请一位印度朋友来教我北方通行语即印度斯坦语或印地语。我也不免想了解一下环境。不料知道得越多，问题越多。加尔各答华侨不多，不过上万，也没有富翁，但办了用中文教学的四所小学、一所中学和一家中文日报，可是我没见有印度人办的用本地语言教学的学校，只见大学和学院都用英文，市内也看不到印度小学。怎么是只有高、精、尖，没有基础，难道基础在外国？只有圣贤，没有凡人？官方用语当然是统治者的英语。在这以前是古波斯语。是不是一千年以前才是用梵文作官方用语？靠不住。印度自古就用拼音文字，然而文盲一个不少。英语好像是通行语，但街头巷尾老百姓不会英语的多的是。北方各地人的交流语言是不规范的印度斯坦语。这有向左行和向右行的两种文字写成有同有异的规范文学语言，一名乌尔都语，一名印地语。书上讲的印度各种各样。现实见到的另是一样。于是我又犯了老毛病，由今溯古，追本求源，到附近的帝国图书馆阅览室去借用英文讲解的梵文读本，一两天抄读一课，再听周君天天谈他来印度几年的见闻，觉得"西天"真是广阔天地而且非常复杂。

不久就爆发太平洋大战。缅甸、新加坡很快沦陷。加尔各答成为前线。中、英成为盟国。中国的"远征军"由缅甸进入印度，有了一个训练基地。美军也来到这个基地。飞越喜马拉雅山成为中国对外的唯一通道。大批中国人来来往往。加尔各答熙熙攘攘。我见到了各种各样的中国人。本来唱"独角戏"的报社社长兼总编辑忙得不可开交，天天在外面应酬。编辑部由我唱"独角戏"。这时周君去孟买大学准备戴博士高冠了。我不能适应热闹环境，便到佛教圣地鹿野苑去过半出家人的清静生活，攻梵典并匆忙迅速翻阅那里的汉译佛藏，因为我觉得不能不了解一下中国古人怎么跟印度古人凭语言文字交流思想的遗迹。结果是大吃一惊。双方确是隔着雪山，但有无数羊肠小道通连，有的走通了，有的还隔绝，真是一座五花八门好像没有条理的迷宫。幸而遇上了来归隐的憍赏弥老人（Dharmananda Kosambi）指引梵文和佛学的途径。李方桂教授来参加印度的东方学大会，我陪他见那位老人以后，他鼓励我学下去。只可惜老人不久便离开，我仅仅旁听过他对英国"尼姑"和斯里兰卡（锡兰）和尚讲巴利文的《清净道论》，没有来得及随他进入他最熟悉的巴利语佛典。然而就这样，我好像陷入泥潭愈下愈深不能自拔了。

大战结束后一年，我不再西行而回国，又碰巧得到大学聘书，从此没有再出国。这也是开始住"梵竺庐"时万万想不到的。回国时没想到教书，但想到假如不能再出国就写两本书，一是印度哲学史，一是印度文字史，所想的不过是直接以原文原书为据并且以中国哲学史和文学史为背景，不同于外国人和印度人所写的书。在武汉大学和北京大学教了两年半的印度哲学史，没写讲义，以后停下放在一边了。后来写过一篇《设想》，但只是所想之一，也不是写书计划。直到60年代初，由于季羡林先生的努力倡导和支持，北京大学才重开梵文巴利文班。我开出了印度文学史的课，而且我写讲义也列入了文科教材计划。这时我才有机会写出《梵语文学史》。这本书一望而知是依照当时的教科书规格和指导思想编写的。然而我没有放弃自己原先的原则，一是评介的作品我必须看过和读过，没看到的则从简；二是处处想到是中国人为中国人写，尽力不照抄外国人熟悉而中国人不熟悉的说法。因此我只能以语言为范围而且只能写梵语文学的古代部分。这也不可能全面，因为至今还有无数写本没校勘出来，已刊印的也很少有经过校勘各种写本并不带偏见的。这种情况中国也有，但印刷术发达，所以口传和抄写的书较少，不如印度的情况严重。所以我的这部《梵语文学史》只是草创的讲义，算不了专门著作。60年代出版内部发行本。80年代初重印了一次，我加上了一篇序。现在收入这部集子，仍照原样。

我译的印度的诗和散文也收入本集，需要说明的是：从乌尔都语译出的伊克巴尔的诗《控诉》，不仅是介绍这位诗人，而且是介绍伊斯兰教文学中较少为人知的一个方面。我们可能很不习惯，但我想还是知道的好。译时曾得到当时在北京大学教乌尔都语的阿赫默德先生（M. Ahmed）的帮助。若不然，我很难理解那些宗教典故和古波斯语。此外，泰戈尔的那篇散文《我的童年》是从国际大学印地学院院长的印地语译本转译的。译稿曾请当时在国际大学研究孟加拉语的石真女士用原文校订过。但有两处例外。据她说我的译文和原文不大符合，但她认为不要改从原文，因为这是文学散文，而且也不是重要著作，只是儿童读物。译稿为友人带到抗战时的重庆，40年代曾由商务印书馆出版。50年代由人民文学出版社再版一次。80年代又曾附在冰心译的泰戈尔的《回忆录》后面出版一次。

《天竺旧事》里有几篇曾入选本，其余则受冷淡。今将全书收入，纪念那些印度友人。

《中印人民友谊史话》是50年代赶任务"急就"出来的。外文出版社出版英译本和印地文本及孟加拉文本时情况有变，删去了头尾。印度出版的英译本也照样没有当代部分。现在收入集的是原来的中文本，保存历史原貌。

最后收的《甘地论》实际是最早而且是在"梵竺庐"那间屋里写的。那时太平洋大战爆发，印度在中国成为热门话题而老甘地又以"反战"罪名入狱。我便写了一些对话说明事实真相是印度人要求独立，要求英国交出政权，并澄清对所谓"甘地主义"的误会。我随写随寄给在重庆的徐迟。不料他大为欣赏。他正在和友人筹备办出版社，便整理抄录出来，署上我的笔名"止默"，用美学出版社名义在重庆出版了土纸本的小册子。徐迟现已逝世，我将这篇当时应时的文章除去后面的翻译，作了几处文字改动，收入此集出版，也算是纪念旧友并留下当年的历史遗迹，以见"梵竺庐"的雪泥爪印。

以上是本书说明，作为序言。

四十三年前……

四十三年前，1942年春天，太平洋战争爆发后几个月，晚间。

印度加尔各答的一间小房里，窗帘拉得严严的，因为日本飞机已经到过这里上空，所以实行灯火管制了。

房里是半印度式的布置：一张像炕一样的大木榻，旁边有一把椅子，对面还有一张沙发背窗放着，前面有一张矮桌子，上面有水杯、水瓶和一盘印度小点心，地面上铺满地毯，一盏电灯悬在中间。

不过十几个人，却把屋子挤满了。多数是印度青年人，席地而坐。椅上坐着一位身穿英国空军军服的中年人，军帽摘下来了，有点秃顶。榻上坐着一位印度中年人，陪着两个中国人，一个是中年，一个是青年。

中年印度诗人起身走过，坐上沙发，面向大家，说了一些孟加拉语，以后用英语说：

"今晚我们很高兴，来参加的有英国诗人哈罗德·艾克敦先生。他在中国北京大学教过书，译过中国现代诗。还有中国的温源宁先生。大家都知道，他是中国的英文杂志《天下》的主编。《天下》上刊登过一些中国现代文学的优秀作品，想必都读过。还有一位中国青年朋友，是新来加尔各答不到一年的。"

他随即半吟半诵一首孟加拉语的诗。没有诗稿，也不译成英语，大概是自己的新作。吟完了，用英语请艾克敦先生。艾克敦先生不吟诗，只讲了几句话。大意是说，自己现在穿上军服，成了武人，不好吟诗了；是可诅咒的战争毁坏了诗。原来他是被征入伍，紧急动员，飞来这里的。

　　主人又请温源宁先生。温源宁先生没有推辞，到沙发上一坐，用英语对大家谈了几句话。声音很低，很柔和，态度温文尔雅。他个子不高，虽穿西服，仍有中国文人气派；和那位英国诗人恰成对照。他说完引子，便一字一句诵出一首中文绝句，原来是"杨柳青青江水平……道是无晴却有晴"。诵完，用英语略说大意，站了起来，仍回榻上坐。

　　主人又请那位中国青年。他听主人介绍客人时有点吃惊，想起了在北京大学红楼听过艾克敦先生大声朗诵艾略特的长诗《荒原》，想起他的朋友，同艾克敦合作译《中国现代诗选》的陈世骧等等。他还在半出神时，经主人一拉，不由自主坐上了沙发。他一着急，想出了一个救急药方，跟温先生学。用英语说了几句客气话后，说自己也只能像温先生一样诵一首古人的诗，用中国的传统吟诗调子。随即吟出了杜甫的《秋兴》八首之一。

　　印度主人笑着说，听来很像印度人吟唱《吠陀》古诗。接着他宣布，青年诗人毗湿奴·德朗诵自己的新作。这位青年后来成为孟加拉语的一位进步诗人。当时他站起身来，高高的，瘦瘦的，手里拿着几张纸，却不看，也不去沙发那边，只用英语说了一句："我的诗题是《南京》。"稍停一停便高声朗诵，抑扬顿挫，慷慨激昂。诗很长，是孟加拉语的，大概是以南京沦陷和日寇大屠杀为主题吧？诗诵完，全场活跃。其余几个人不用请就站起来在原地朗诵，全是孟加拉语的。吟诗的间隙中夹杂着谈话。

　　中国的青年和温源宁说了几句话，知道他是路过，第二天就飞去伦敦。叶公超不久会来。青年又去同艾克敦先生说了几句。这位英国人本来沉默不语，一脸严肃，这时忽而睁大眼睛，问起陈世骧。青年回答说已去美国了。不料他接着问："卞之琳、何其芳有什么新作？"青年回答：卞之琳、何其芳和李广田，这三位合写《汉园集》的汉花园（沙滩）诗人听说都去延安了。他刚好收到一本卞之琳的新出版的诗集，是在前线写的，名《慰劳信集》。话未说完，英国诗人立刻说：

"你拿来我看。我们马上动手翻译。陈世骧不在这里，你来合作。我住大东酒店。"他说了房间号码，约定第二天就去，因为他不知道能在这里过几天。

在艾克敦的房间里，青年给他译卞之琳的给前线士兵的一首诗。诗中有个"准星"，他不知英文叫什么，随口照字面译出来。不料这使听的人大为兴奋。"什么？这是什么？我知道，一下子说不出。你看我这个军人。你说得好，瞄准的星星。哈哈！"他记下了诗意，又闲谈几句，约定第二天再去。

第二天青年看到他时，他正在房间里乱转。地上放着一口箱子。他非常愤慨地对青年说："我接到命令，马上飞锡兰（斯里兰卡）。战争啊！战争啊！这也好，我可以离开这地方。我不愿留在这里。可是我们的译诗完结了。只好等战后了，我想念那些中国青年诗人。中国的一切我都喜欢。"于是他对青年大发一通自己的牢骚。青年默然听着，好像听他讲课，不过是坐在旅馆房间的沙发里，喝着汽水。从此一别，没有再见。

他记下这件小事时已经是过了七十岁的老人了。

"汉学"三博士

　　20世纪初期，印度有三位"汉学"博士，都不是到中国学习汉文得学位的，而且学习目的也不是研究中国而是研究印度本国，学汉文为的是利用汉译的佛教资料。他们留学的国家正好分别是法国、德国、美国；博士论文题目全是有关佛教的。应当说，他们不是"汉学"博士而是印度学博士。

　　到加尔各答不久，我就由友人介绍到师觉月教授家里去拜访。"师觉月"是他自己取的中国名字，是意译他的姓名三个字。这个姓并不表示他的"种姓"，而是祖上得过的一个称号，正像"泰戈尔"这个姓一样。婆罗门种姓支派的"姓"是不拿出来的，"内部掌握"，不对外人说的。照英国人习惯用的"姓"也像英国人一样是用些祖先称号顶替的。氏族的"百家姓"讲究得最厉害的，无过于中国，可上溯三代以至多少代。印度却不是这样，只有他们自己人才一望而知，心里明白；外人除非熟悉了他们的各地不同习惯，是不容易明白的。这是第一课，是师觉月教授给我上的。后来又见到各种各样的印度人，才慢慢有点开窍，知道光凭书本不行。无论古、今、欧、印，书上总是讲不清，各有自己一套"密码"，局外人难以一下子解译出来。

　　每当我在加尔各答，总是忘不了去一次师觉月教授的小书房。

这位法国留学回来的博士有点传染了法国人的习气，一熟了就谈天说地，他那里，不必事先约会也可以去。他留着小胡子，说话带着学者气，但不是不苟言笑。小小书房也是客厅，墙的一面是书架，从地板直到天花板，架前有个小梯子。不大的书桌靠窗摆着，前面墙上是一幅放大的法国人照片，那是他的导师，著名的东方学家烈维。在烈维的指导下他写出了博士论文《中国的佛教藏经》，核订并发展了日本人南条文雄在马克斯·穆勒指导下写的汉梵对照《大明三藏圣教目录》。

他能去法国留学，这是由于 20 世纪初期的风云变幻。1905 年由英国政府要分割孟加拉而引起的一次民族运动浪潮，使加尔各答大学也有了变化。尽管孟加拉省的省督仍兼校长即监督，握有否决权、批准权，但是实权已下落了一些到印度人副校长和大学评议会主席手里。后来人们为他树立铜像的阿苏托什·穆克吉掌握了大学的行政，便提倡派人去法、德等国留学，实际是企图打破英国高等教育的枷锁。诗人泰戈尔兴办国际大学也在这个时期。师觉月博士便是在这个浪潮中去了法国，而且学中文，为的是利用中国资料研究印度历史。19 世纪中叶英国吞并印度时的文化教育控制从一部英文《英属印度史》（詹姆士·米尔著）开始，印度民族主义的文化反抗也从印度历史研究开始，这不是偶然的。

到德国去学中文的戈克雷教授也是同一时期的同一时代浪潮中的学生。他是西南部的马拉提人，却到东部的孟加拉来上泰戈尔的国际大学。他不去英国而去德国留学，同时加入了当时西部一些民族主义者倡办的一个教育团体。加入这个团体的条件是留学回国后必须在本团体办的学院中工作二十五年，只拿仅够一家生活的工资，但是子女的教育费，直到留学，都由那个团体负责。这是带有互相合作性质的一种办法。他到德国海德堡大学学了汉文和藏文，研究佛教哲学，写出论文译解《大乘缘生论》，得到博士学位，回国便去教那个二十五年不能脱身的学院。

另一位在这一时期学中文的巴帕特教授的情况完全相同，不过去留学的地方是美国哈佛大学，研究的也是佛教，论文是巴利语本《清净道论》和汉译本《解脱道论》的比较研究和考证。他回国后也是在同一个学院教二十五年书。

我到浦那时，经戈克雷教授介绍住在潘达迦东方研究所的"客舍"里。潘达迦是孟买大学第一个印度人梵文教授。他以他的藏书为基础成立了这一个纪念他的研究所。当时所里的主要工作是校刊印度大史诗《摩诃婆罗多》。说起潘达迦当教授的事，也非同寻常。孟买大学的梵文教授位置，从19世纪中叶英国人建立孟买大学起，就是聘请欧洲人担任，不是英国人，就是德国人。因为学院的教授多而大学正教授的位置只有这一个，必须一个退休，一个继任；所以潘达迦教授有旧学又有新知，虽然在学术上的地位已经得到本国和西方学者的承认，却还不了这个位置上。后来好容易那位英国教授退休回欧洲了，大家以为继任的一定是他；不料传出消息，英国的省督兼校长又聘请了一个德国人。这时印度人大哗，群起反对。为什么本国古文要请外国人当教授呢？过去说，本国学者不能用英语教课，不懂西方近代一套所谓科学，现在国际驰名的印度学者潘达迦具备了一切条件为什么不能当这个教授呢？难道印度学者在印度本国都不能当印度文的教授吗？在印度本国教印度古文都非请外国人不可吗？这不是对全民族的极大侮辱吗？这不是对印度文化的极度蔑视吗？实在说不过去的不公平引起这一场激烈的抗议，迫使英国当局不得不承认潘达迦教授的地位。从此印度大学中的印度古文教授就一直由印度本国人充当了。这大约是19世纪末的事，是恰赏弥老居士对我谈的。我至今还记得老人谈这事时的激动口气。他还说，他学了巴利语佛典回到孟买时，潘达迦教授听说了，立刻要见他。他去时，那位老教授见面就用巴利语问他关于佛教的问题。他当然也用巴利语引经据典回答。这次"考试"使当时的青年恬赏弥得到不少益处。他说完加了几句："这都是因为我们失去了本国语言，失去了佛教，他才那么着急要见我啊！我们失去了本国，连在自己大学里教自己语言的资格也失去了。教本国语言也要用外国话，要请外国人了。"

师觉月教授有次谈话中也流露了一句："我们现在还是奴隶啊！"

戈克雷教授对我说过："最可怕的是精神奴役。印度在政治上独立不会再等很久了，可是精神上和文化上的奴役往往是不知不觉的，难摆脱啊！"

当然他们的感慨不是无根据的。研究本国的宗教、哲学、历史，甚至语言，都要去外国留学，才能得博士学位和当教授，这不是愉快的事啊。英国人把印度的哲学贬得那么低，简直是原始人的文化思想；德国人又捧得那么高，简直是和康德、黑格尔同一流派；这是怎么回事？戈克雷博士到德国去研究佛教哲学，师觉月博士到中国北京大学来讲印度哲学（1948），都不是偶然的吧？他们并不认为印度哲学是虚无缥缈的。

戈克雷教授校梵本《集论》，邀我去他住房门口的只能容一张床的半间屋里合作。由于原写本残卷的照片字太小又太不清楚，我们就从汉译和藏译先还原。他将面前摆着的藏译一句句读成梵文，我照样将玄奘的汉译也一句句读成梵文，然后共同核对照片上的原文，看两个译本根据的本子和这个原本是不是一样，也免得猜谜似的读古文字先入为主，自以为是。结果使我们吃惊的不是汉译和藏译的逐字"死译"的僵化，而是"死译"中还是各有本身语言习惯的特点。三种语言一对照，这部词典式的书的拗口句子竟然也明白如话了，不过需要熟悉它们当时各自的术语和说法的"密码"罢了。找到了钥匙，就越来越快，文字形式不是难关了。（校本后来在美国刊物上发表。）

"如果中国人和印度人合作，埋藏在西藏的大量印度古书写本就得见天日，而且不用很久就可以多知道一些印度古代的文化面貌了。"戈克雷教授说。

巴帕特教授当时正忙他女儿的婚事。有一天他忽然找我，邀我去参加婚礼。原来印度的婚礼是由女方办的，男方只管来迎亲。于是我得到一次参加古典式印度宴会的机会，用中国古代传统婚礼眼光看，这种席地而坐在芭蕉叶上用手抓吃实在不免原始，可是那个热闹排场和礼仪却是同中国并无二致。新中国成立后他作为一个代表团的团长来中国访问时，有次宴会我也参加了。他一高兴讲了几句话，临时拉我当翻译，因为他要引佛经。这次宴会使我想起他家里的那次宴会，他的"呵呵"的笑声和拉住"中国朋友"的神态也是并无二致。

同这三位学过汉文并研究佛教的教授的接触使我增加了不少对印度的知识，也使我对讲印度的现代书的疑问更多了。

德里一比丘

在鹿野苑住的时间稍长，我和斯里兰卡的法光比丘相当熟了。摩诃菩提会（大觉会）在这里的主要负责人是僧宝比丘。法光比丘是负责人之一，但管的事很多，从一所小学校、一所小图书馆、一个小出版部，到招待香客的"法舍"都归他管。除出版其他佛教书籍外，他还出版了一小本《法句经》，用罗马字母和印度现代天城体字母印成两种本子，附上他自己的英译对照和少数术语浅释。我住在那里，许多事都得到他的照应。我刚一到就感冒发烧，也是他请来了一位有大胡子的锡克教徒药剂师给我治好的。我病时他送来一碗和尚们自养的牛的鲜奶，那浓厚的奶味是我永远不会忘记的。

"我打算去德里观光几天。"有一天我对他说。

"你可以到我们庙里去住。我可以介绍。"

"怎么德里还有你们的庙？"

"不是我们修的庙。是'比拉庙'旁边的那座佛教小庙。都是大资本家比拉出钱修建的。大庙供印度教的神，小庙供佛。佛教庙就委托摩诃菩提会管，我们有个比丘住在那里。说是小庙，不过是比那座大庙小些，其实也不小。佛殿以外，僧房有好几间，可以招待香客，平时很少人去住。地方在新旧德里之间，很方便。你下火车，雇一辆马车直接到'比拉庙'，到后让车停在旁边的佛教庙门前就行了。你哪天去？我给你写封信。"

本来我不过是"灵机一动"，经他这位热心人一说，倒不好不去了。这时我已匆匆大略读了《摩诃婆罗多》大史诗，据说那次大战的战场就是现在德里一带，而且婆罗门持斧罗摩消灭刹帝利王族武士三七二十一次，造成五大血池，也是在那一带。传说的古迹没有了，看看历史的土地上的今天也是好的。于是决定去一趟。

果然很容易就到了所谓"比拉庙"。佛庙是连着的另一所院子，走另一个门。那位斯里兰卡的比丘是个年轻人，见到我很高兴。他接过我的介绍信看也没看，说："法光比丘早有信说过了，我正等着你呢。"他给我安排了一间很不小的僧房或"法舍"，就在殿后。他自己住另外一间，应当算是"方丈"了。不过这庙里只有他一个人，一切要自己动手。

佛教庙里也有来观光的，但拜佛的香客不多。这边不像那边大庙门前人群拥挤得和中国的庙会差不多。这大概是因为佛教庙靠后些，又另有大门走，和大庙隔断；去大庙的人望见相连的佛殿，却走不过来。专程前来的人就不多了。

印度的庙不像中国的寺院，没有许多匾额之类，不过在门前石上刻个名字；甚至连名字也没有，或则不写出来，随人叫。

"'比拉庙'你自己去看吧。我不陪你了。你要到别处，我可以奉陪。反正这里没有什么事，我不用守在这里。我一个人也不想走出去。你来得正好。我们一起去看红堡、'古都'塔和那根大铁柱吧。你先休息休息。"他说完，自己回前面大殿去了。

中国的寺庙我见得不多，但像西湖灵隐寺那样的庙还去过。印度的古庙我也见得很少，只觉得那烂陀寺遗址虽然没有建筑只有地基，却是规模宏大，有中国大庙的气派。波罗奈城的那座神圣的古庙中不过是有个石头亭子，中间立着一根大半人高的石头圆柱，算是神的象征。院子很小，人都挤不动，肉眼实在看不出大自在天的威风。这座所谓"比拉庙"是现代建筑，当时还很新，仿佛是要和德里大清真寺比一比的。清真寺没有雕塑只有大建筑，和中国佛教道教的庙宇风格大不相同。这座印度教的庙虽然建筑和色彩是印度式，但是规模远不及灵隐寺，庙内几乎无可看。我脱鞋上大殿一望，殿上只有两座不大的男女神像站在那里。原来这是那罗延庙，神像是毗湿奴（那罗延）和他的夫人吉祥天女（拉克希米）。神像实在不够神气。吉祥天女是财神，这其实是个财神庙。在看惯中国庙的眼光中，这财神庙有点像暴发户，不免带点寒伧气。据说那时庙还盖成不久，还没有真正完工，神像也只是临时安装的，带有过渡性质。壁画还没有画上去。这大概是事实。现在过了快五十年，不知道扩大改建了没有。这座庙不叫正名而被人叫做"比拉庙"，倒有为活财神宣传的作用。

我回到佛殿这边来，望望那位如来佛端然正坐，有点中国庙的模样。那位青年比丘和我攀谈起来，问我的印象如何。

"拜神的不多，观光的不少，我还见到几个欧洲人。"我说。

"基督教徒脱了鞋可以上殿，伊斯兰教徒却不能进庙。当然他们也决不会来。"他说。

"有人能进庙拜神，有人不许进。我看门口也没有人看守，里面也没有人管，谁来过问？光凭服装是可以看出来一些，但是有的禁忌不是从服装打扮看得出来的。"

他笑了。"那是因为你还不熟悉印度人。再过些时，你和他们再混熟些，就知道了。在我们佛教徒眼中，印度教徒并不更宽大，伊斯兰教徒并不更窄狭，基督教徒也不是处于中间。"

"还有耆那教徒、锡克教徒、拜火教徒、犹太教徒等等呢？"

"我到这里还不久，见到的人还不多，不过什么样人是望得出来的。不是光看服装打扮、帽子、鞋子。你看，有人来了。明天我们一起去逛德里古迹，门口就有马车。"

第二天他和我一同出游，一同登上了那座细长的高塔。这是著名的"古都"（这个阿拉伯字译意应是"北极"）塔。这不是佛教的塔，是伊斯兰教的建筑。从里面盘旋一级一级登上去，到了顶上，伸头一望，没有顶，周围有铁栏杆。我们出来站在顶上最高层，仅能转身，大约最多只能站三个人。我问他，是不是本来上面还有一两层。

"听说是本来还一直上到只能容一个人的顶尖；人一上来就会立刻头晕跌下去摔死。因此拆了顶层，加上栏杆。就这样，还有人跌下去。是自杀的好地方。有人建议封闭，不许人登塔。"

"那边那根铁柱竖在那里是什么意思？这样高的铁柱怎么铸出来的？哪有那么大的模子？还有……"

"这些你去问印度人吧。不过这都是莫卧儿时代的，也许伊斯兰教徒更清楚。"

他劝我到旧德里去看看，不过他不能陪我去，我知道一定是他披着袈裟去不方便。

从完全现代化的政府所在地的新德里到德里或说老德里，尽管是连着的，却完全是两种风貌，是两个世界，两个时代。英国人真有意思，不知是有意还是无意，把东、西，新、旧，连接并列，好像是办展览。

一进闹嚷嚷的狭窄的德里街内，两边商店用波斯字母写的乌尔都文招牌引人注目。从右向左的和从左向右的印度各种字母拼写的各种广告贴满了，挂满了，内中也夹有英文。看不到一个西方人。汽车当然进不来，马车也不行，只能走路。稍一注意才发现杂乱之中还很有条理。如果不为花花绿绿的颜色和字母迷惑，就可以看出无论是商店，是行人，都是分开的，有区别的。我想起了加尔各答的"唐人街"，仰光的中国街，中国大小城市中的牛街之类。外人不留意也不大看得出，自己人却是都明白。这种区别是不能混淆的。"有别"是正常的，"无边"不过说说而已。我的穿着显不出他们中间的任何特色，又不是西方人打扮，所以暂时是个"中性"无害的身份，还可以自由自在走来走去不显眼。我望了望小杂货铺，进去几家小书店，遥遥观察了饮食店。没敢进小巷子，所以也没有进入住宅区。我多少知道一点他们各方面的各种忌讳，所以敢于穿行，但是再深一层的就不知道了，不能乱窜。尤其是说话，更得留神，一言不合，一个词用得不当，就会引起事端，至少是引起注意。特别是当时是战时，印度局势很微妙，虽说中国是英国的盟国和印度的朋友，中国人是侨民，但还不是可以到处伸头的。谁知道那么多人中的什么眼睛在望着我呢？连印度上古诗歌里都提醒这种眼睛的洞察一切了。我想到这句诗，赶忙从莫卧儿王朝的都城退出，回到20世纪40年代前期的柏油马路上，松了一口气。

回到佛教庙，比丘问我看到了什么。

我说："看到了一百年前的莫卧儿帝国，只少一个皇帝。"

他呵呵笑起来，说："佛涅槃快两千五百年了。你不觉得在这里对着我是回到两千多年以前吗？你在鹿野苑没有想到遇见佛度五比丘，为他们讲'四谛、十二因缘'吗？怎么到了德里想的不是大英帝国、大印度帝国，却是莫卧儿帝国呢？"

我觉得这位青年比丘很有意思，便回答他："都是帝国，何必分别？是我错了。"

他不知为什么和我好像有点"缘法"，竟对我说了一些他来这里以后的见闻感想，最后说："我不会在这里住很久的。我们的工作期限有定，我还要回去，回去之前要去鹿野苑，希望那时你还在那里。"

"那时也许世界也变了，我也回去了。"我说。

父与子

1951年，印度和平友好人士高善必博士一见到我就说：

"我来到北京，在天安门前和长安街上一走，看到那么多笑脸，一切关于新中国的谣言都一扫而空了。能强迫人哭，不能强迫人笑。笑是装不出来的。"

他当时是印度和平大会负责人，前来开亚洲太平洋和平会议筹备会的。他是数学家，又是历史学家；在达达基础科学研究所从事数学研究，同时对印度古史发表研究著作，力求应用马克思主义的历史观并根据文物考古论证问题。他还各地奔走，为和平反战运动出力。真是个精力充沛的人。

我是先认识他父亲后认识他的。他自己取的中国名字是高善必（1907～1966）。为区别起见，他父亲的名字我们还是用中国古代译名侨赏弥（1876～1947）。这位老人是佛教信徒，照旧式称呼法名应当是法喜老居士。

父亲信佛，又佩服马克思；儿子是科学家，又相信马克思的唯物史观；两人都不是印共党员。他们不脱离民族解放运动，但不是政治活动家。

我初见这位老居士是在1943年。当时甘地、尼赫鲁等政治人物都进了监狱，印度国民大会（国大党的前身）已遭英国殖民政府镇压，转入地下。我住在佛教圣地鹿野苑，是乡下，离恒河岸边印度教圣地波罗奈（现译名瓦腊纳西）不远。我知道侨赏弥老人在城里迦尸学院住，有一天专程进城去拜访。找到那所民族主义老学者们办的旧式学校，大门口没有人，进去是一个大院子，空荡荡的。我沿着树荫向有房屋的方向走。走到转弯处，出现一位须发皆白的老人，匆匆忙忙迎着我走来。两人乍一遇见，都愣了一下。尽管我穿了一身印度白土布衣裤，光脚趿着拖鞋，头戴白土布小帽（甘地帽），他还是看出我是外国人，开口便用英语问：

"你找谁？这里的老师学生全在监狱里，只我一个人看门。"

我连忙说明自己是中国人，住在鹿野苑，特来拜访他的。

"过几天我就搬到鹿野苑去，我们在那里再见吧。"

说完话，他又匆匆忙忙向前走，头也不回。

几天以后，锡兰（斯里兰卡）的法光法师对我说："法喜老居士来了。他问到你，我向他说了你的情况。他答应见你。他就住在那所小屋里。"说着，把手一指，果然有一所孤零零的小房子，一向没有住人，我从来不曾注意。

我到小屋去见他，只见屋内一张大床像个大炕，上面铺着席子，摆一张小炕桌。靠墙是书架，一望而知最多的是泰文字母的全部《大藏经》。屋里剩下的地方只能在窗前放一张小桌子，两个小凳子。他大概是在屋后自己做饭。一天吃一顿，过午不食，遵守戒律。

"法光比丘对我说了你的情况。在这战争年月里，一个中国青年人到这冷僻的地方来学我们的古文，研究佛教，我应当帮助你。四十三年以前我也是年轻人，来到迦尸（波罗奈）学梵文经典，以后才到锡兰（斯里兰卡）寻找佛教，学巴利语经典。"他说着忽然笑起来，"都是找我学巴利语、学佛教的，从没有人找我学梵文。能教梵文的老学者不知有多少，到处都有。我四十三年前对老师负

299

的债至今未能偿还。你来得正好，给我还债（报恩）机会了。学巴利语必须有梵语基础，学佛教要懂得印度文化。你想学什么？明天晚上七点钟来。今天我还有事，屋子还没有收拾好。"

我立即表示感谢，合掌行礼告辞。

第二天晚间我去了。门敞开着。他盘腿坐在床上闭目养神，仿佛老僧入定。白须白发全剃光了。不过身上披的是白衣，不是出家人的染衣。

他听见我进门，睁开眼，回头望一望书架上的闹钟，七点过五分，说："今晚不行了。明晚再来。七点钟。"

过一天，晚上七点我又去，他还是照样一望闹钟，提前了五分钟。他说："今晚又不行了。明晚再来吧，还是七点钟。"

这回我才明白了，临走时把表和他的钟对准。第三次去时，先在门口张望一下那正对着门口的闹钟，才知道我们的钟表快慢不一样，他的钟还差两分。我站在门外等着，看见闹钟的长针转到十二点上，才进门。他仍然睁眼望一望钟，这回没有赶我走了。

"真巧，英国优婆夷（女居士）伐日罗（金刚，这是她自取的法名）要我讲《清净道论》的'四无量'。法光比丘也来。你也来听吧。你学过一点梵文了，听得懂的。学佛教从'四无量'开始也好。'慈、悲、喜、舍'，知道吗？"他先念巴利语的这四个字，又改念梵语的，说："懂了吧？一样的四个字，听得出来吧？我们的古语就是这样的。你学过点梵文就好办了。读梵文从这入手也好，以后再念别的。记住，明天晚上开始，还是七点钟。"他又闭上了眼睛。我知道，照印度老规矩，出家人对在家人，老师对弟子，是从不行礼也不还礼的。我合掌告别，他端然闭目正坐，理也不理，这是收下我了。

我们这四个人分属四个国籍，却集中在一个学习班里了。和尚宣读一段巴利语原文，老居士随口念成梵文，这显然是为我的方便，也就是教我。然后用英语略作解说，这是为了英国女居士。接着就上天下地发挥他的意见。他说眼睛老花，煤油灯下不能看书，全凭记忆背诵经典。有的句子他认为容易，就不重复说什么；有时一句偈语就能引出一篇议论，许多奥义，夹着譬喻，层出不穷。这也正是《清净道论》的特点。我才知道，原来印度古书体例就是这种口语讲说方式的记录。

从此开始了他对我的教学。熟悉了以后，白天也让我去，两人在大炕上盘腿坐着对话。他很少戴上老花眼镜查书。先是我念、我讲、我问，他接下去，随口背诵，讲解，引证，提出疑难，最后互相讨论。这真像是表演印度古书的注疏。但当时并不觉得。他是"还债"，也就是我国佛教旧译的"报恩"。他1900年到波罗奈城，住在吃住不要花费的招待香客和旧式婆罗门学生的地方，向旧式老学者学习经典，主要是背诵，并不讲解，更不讨论。他说现在要把学的还出来，传给中国人；而且照已经断了的古代传统方式。他说："照轮回转世说，我是会托生到中国去的。下一辈子，我大概是中国人了。"说着，天真地哈哈大笑。他经常讲带幽默的笑谈，但态度是极其认真严肃的。

他是在本世纪初先到波罗奈，后去尼泊尔找佛教没有找到，转而南下到锡兰（斯里兰卡），得到妙吉（苏曼伽罗）大法师（1827～1911）晚年亲自传授巴利语经典，熟读全藏。回印度后，周游各地。到加尔各答时，正巧有一位已考取不止一个硕士学位的人要求再读巴利语佛教硕士学位。加尔各答大学设有这个专业名义，但没有一个所属学院中有人能教。他找到一些爱国人士办的民族学院，校方答应他只要能找到教师就收他这个研究生。他在一个婚礼宴会上听说有个新来到的精通巴利经典的佛教徒，立刻去拜访，随即要求民族学院聘为教师，指导佛教研究。于是这位游方居士变成了一个学院的教授，指导研究生。后来他回孟买，又赶上美国哈佛大学的伍兹教授为译解《瑜伽经》到印度来。伍兹教授的另一任务是为兰曼教授校勘《清净道论》寻找合作者。一听说有他这么个人，立刻拜访；一谈之下，马上向学校推荐。随后侨赏弥居士便由印度一个学院的教授应聘为哈佛大学教授，与兰曼教授合作。他曾四次去美国。他的儿子高善必也在美国求学，得到哈佛大学的博士学位。由于苏联的史彻巴茨基教授（院士）的推荐，他又应聘为列宁格勒大学教授。因为受不了那里的严寒气候，过了一段时间便回国；可是思想起了大变化，对马克思和社会主义产生了信心，不过并没有改变佛教信仰。他一点也不觉得有矛盾。他对佛教有一套自己的理解。回印度后，从事研究和用马拉提语写作，还创作剧本。他同甘地在一起住了一个时期，成为好朋友，交流了不少思想。但甘地的住处是政治活动中心，他在那里无法长期住下去。甘地入狱，他便离开。有人为他在佛教圣地鹿野苑盖了一间小屋，布施给他。他才算有个退休落脚地点。儿女都早已独立了。他成为孤身一人，正如他自己说的，"以比丘始，以比丘终"。所谓"比丘"，原意只是"乞者"。他是居士却从不自称"优婆塞"（居士），也不自称比丘。别人总是称他为教授，正式称为室利（吉祥）·达磨难陀（法喜）·侨赏弥，或亲切些径称"达磨难陀吉"，同称"甘地吉"一样，加上一个"吉"（先生）的敬称。

　　我到 1944 年才见到高善必博士。他不是佛教居士。但如果"居士"不是指受戒而是指不在组织的信仰者，那么他也可以算是一个"居士"，是民族解放和社会主义的"居士"。同时，他不止一次说《法句经》是伟大的诗篇。看来他父亲的影响在他身上还是继续存在的。

　　他在孟买工作，在浦那住家；白日研究数学，晚间研究历史；周末搭火车回家住一个星期日，校勘一部古诗集；真是忙人。我到浦那后，约好在一个星期六晚间去见他。

"我父亲已经有信说过你了。"他把我让进了小书房。只有半间，靠墙是书架，中间一张长条桌，上面除打字机外全是书，只有他座位前面有点空隙可以写字。桌子对面一长条空隙里摆了一把椅子。我们相对坐着。他这书房和加尔各答的研究中国佛教的师觉月教授的小书房几乎一模一样，只是更小些。请客人不到客厅而去书房是表示亲近。

"你要看什么书？我这里马克思、恩格斯、列宁、斯大林全有。"他回手指着书架笑起来。

"应当感谢你们中国人，给我们保存了那么多古代文献。除新疆、西藏已发现的以外，一定还有。可惜我们两国现在都没有研究自己文化的好环境，更谈不到互相研究。交通方便了，可是比一千多年前还更隔绝了。知道有宝物也无法见到。你们有文献，比我们强；但我们的文物也不少。什么时候才能沟通呢？你信不信？文化交流从来不会是单方向的，不过表现出来的不同。说到研究，我们只怕比你们还要难些。无数的书还是手抄本呢。"

他滔滔不绝，无所不谈，也谈到数学，说中国有几位优秀的数学家，有的还是他在美国时的朋友。他和他父亲一样，不忘记见到过的中国学者。他父亲也对我提到他在哈佛大学时见到的中国学者。

有一回，他约我星期日早晨去。我到他门前，只见他正在屋前小院中举大杠铃。他是很注意锻炼身体的，不幸仍然没有享高龄，也许还是因为太劳累了。

我见到他时，他已经在开始研究印度古钱，称重量，分析成分，由此考察发行货币时的经济情况，不仅是从钱上的图像和文字考订年代。他还到处给农业、手工业的生产工具和生产情况照相，也是为考订古史之用。他读古文献，首先校勘各种写本。这在印书开始很晚（1803 年）的印度是非常必要的。他的研究方法不离一个科学家的基本习惯，力求精确。他对历史的考察可以说是宏观和微观并用，而且不截断古今而较其异同演变。他的严格的探索精神是非常值得佩服的。

四、善知识（1946～2000）

珞珈山下四人行

四十八年前，1946年，武汉大学战后复员回到武昌珞珈山。山上仿布达拉宫外形建造的教学楼和学生宿舍依然无恙，另外的山前山后上上下下的旧房虽然还在却已残破了。

秋天傍晚，山下大路上常有人散步。有四个人在路上碰面时就一边走一边高谈阔论，还嘻嘻哈哈发出笑声，有点引人注目，但谁也不以为意，仿佛大学里就应当这样无拘无束，更何况是在田野之中，东湖之滨。

假如有人稍稍注意听一下这四位教师模样不过三十五岁上下的人谈话，也许会觉得奇怪。他们谈的不着边际，纵横跳跃，忽而旧学，忽而新诗，又是古文，又是外文，《圣经》连上《红楼梦》，屈原和甘地做伴侣，有时庄严郑重，有时嬉笑诙谐。偶然一个人即景生情随口吟出一句七字诗，便一人一句联下去，不过片刻竟出来一首七绝打油诗，全都呵呵大笑。这些人说疯不疯，似狂非狂，是些什么人？

原来这是新结识不久的四位教授，分属四系，彼此年龄不过相差一两岁，依长幼次序便是：外文系的周煦良，历史系的唐长孺，哲学系的金克木，中文系的程千帆。四人都是"不名一家"，周研究外国文学，但他是世家子弟，又熟悉中国古典。唐由家学懂得书画文物，又因家庭关系早年就得读刘氏嘉业堂所藏古书。他还曾从名演员华传浩学昆曲，又会唱弹词，后来在上海进了不止一所大学的不止一个系，得到史学大家吕思勉指引后才专重中国史学，但还译出《富兰克林自传》和赛珍珠的小说。他是为草创《孽海花》的金松岑代授课才开始教大学的。金是认识他的人都知道的杂货摊。程专精中国古典文学，但上大学时读外文，作新诗，所从的业师是几位著名宿儒，自己又是名门之后，却兼好新学。程的夫人是以填词出名的诗人沈祖棻，也写过新诗和小说。她是中文系教授，不出来散步，但常参加四人闲谈。

当时八年抗战胜利结束，复员后文化教育各方都想有所作为，谁也料想不到一年后烽烟再起，两年后全国情况大变，需要从头学习以适应新的形势要求。那时大学都还照老一套办事，想重振学风，勇攀高峰，参加世界学术之林。武汉大学校长周鲠生雄心勃勃，做的第一件事便是请新教师。他要把文、理、法、工、农、医六个学院都办成第一流。单说文科，便有刘永济任文学院长，吴宓任外国文学系主任，刘赜任中国文学系主任，新从美国回来的吴于廑任历史系主任，已在病中随后中年早逝的万卓恒任哲学系主任。万以后洪谦继任。全校各系都请了一些新的教授，真是不拘一格聘人才。谁能想到不过一年以后便出现1947年的"六一"惨案？学生宿舍突然深夜被军队包围，开枪打死三个学生，捕去五位教授：工学院机械系的刘颖，外文系的缪朗山、朱君允（女），历史系的梁园东，哲学系的金克木。

周煦良教了一年便离校回上海了（1983年底他病故时是华东师范大学教授）。两年后，1948年，金克木到了北京大学。程千帆多年脱离教学，"文革"后离武大，接受南京大学之聘。沈祖棻退休后1977年在武汉因车祸故去。上面提到的人大多已先辞世，此刻在世的只有南京的程千帆和北京的金克木，都已经年过八十了。

珞珈山下在一起散步的四人教的是古典，而对于今俗都很注意，谈的并非全是雅事。唐长孺多年不读《红楼梦》而对红楼中大小人物事件如数家珍，不下于爱讲"红学"的吴宓。周煦良从上海带来两本英文小本子小说。他在战后地摊上买了专为美国兵印的许多同一版式的小书，想知道战时美国军人的读书生活。他说，古典的不论，通俗的只有这两本可看。一是他后来译出的《珍妮的画像》，一是讲外星人来地球在爱中以"心波"不自知而杀人的荒诞故事。他还带来还珠楼主的《蜀山剑侠传》，说是当时上海最风行的小说，写了西南少数民族，有些"法宝"是大战前想不到的。金克木还曾到租书铺租来《青城十九侠》《长眉真人传》等等还珠楼主的小说。四人都对武侠流行而爱情落后议论纷纷，觉得好像是社会日新而人心有"返祖"之势。雅俗合参，古今并重，中外通行，是珞珈四友的共同点。其实这是中国读书人的传统习惯。直到那时，在许多大学的教师和学生中这并不是稀罕事，不足为奇。大学本来是"所学者大"，没有"小家子气"和"行会习气"的意思吧？当然这都是50年代以前的古话，时过境迁，也不必惋惜或者责备了。

四人之外的沈祖棻以诗词名家。她因车祸不幸辞世以后，程千帆将她的著作整理出版。在《涉江诗》的最初油印本上，当时八十二岁的朱光潜题了两首诗。一首以李清照相比：

易安而后见斯人，
骨秀神清自不群。
身经离乱多忧患，
古今一例以诗鸣。

沈的诗中有一些《岁暮怀人诗》。忆周煦良云：

论文难忘山中夜，
访旧曾寻海上居。
如饮醇醪人自醉，
周郎交谊未应疏。

忆金克木云：

月里挑灯偏说鬼，
酒阑挥麈更谈玄。
斯人一去风流歇，
寂寞空山廿五年。

1988 年初，也就是旧历丁卯年除夕，唐长孺作一首七律诗寄给金克木，当时唐目已近盲。

负鼓盲翁百事虚，
更无才力应时需。
乾坤次第开新貌，
日月缠绵到岁除。
广座杯盘人散后，
山城爆竹梦回初。
商量七十余年事，
乞向书丛问蠹鱼。

金步原韵和诗一首：

七七春秋付子虚，

微躯此日尚何需。

少年衣食马牛走，

老境盲聋岁月除。

愧对文坛陪座末，

甘离教席赋《遂初》。

衰翁千里忧酬唱，

应笑执筌未得鱼。

　　唐得和诗后又步前韵作一首。金诗衰飒，唐再和诗似有劝慰之意。

扶衰却病事全虚。

那有神方应急需？

偶为谈玄开卷帙，

欣看新绿上阶除。

门前山色风吹去，

帘外桃花梦觉初。

海阔天空春浩荡，

忘情飞鸟与潜鱼。

　　沈祖棻《岁暮怀人诗》有序，其中云："嗟乎！九泉不作，论心已绝于今生。千里非遥，执手方期于来日。远书宜达，天末长吟。逝者何堪，秋坟咽唱。"

　　如今唐长孺又在1994年10月14日溘然长逝。上述诸人仅余程、金，一南，一北。周煦良谢世后，金有一诗寄程，述在珞珈山时事。诗中"幻波池"见《蜀山剑侠传》，"漱玉"借李清照词集指沈祖棻。录下兼送唐长孺之行。

倾盖论交忆珞珈，
西装道服并袈裟。
蟹行贝叶同宣读。
断简残编共叹嗟。
池号"幻波"波有梦，
集成《漱玉》玉无瑕。
剧怜摇落秋风后，
又向天涯送海槎。

陈寅恪遗札后记

　　唐长孺的小儿子唐刚卯在湖北省博物馆工作，最近给我一封信，附有陈寅恪致唐长孺的信的复制件，内容如下：

　　　　长孺先生左右：今日奉到来示并大著。寅恪于时贤论史之文多不敢苟同，独诵尊作辄为心折。前数岁曾托令妹季雍女士及金君克木转达钦服之意，想早尘清听矣。寅恪壮不如人，老更健忘，复以闭门造车之学不希强合于当世，近数年来仅为诸生讲释唐诗，聊用此餬口。所研索者大抵为明清间人诗词及地方志乘之书，而旧时所授之课即尊著所论之范围，其材料日益疏远。故恐详绎大著之后，亦止有叹赏而不能有所质疑承教也。旧作《从史实论切韵》一册附呈，借博一笑。专此复谢，敬颂著祉。寅恪敬启。9月19日。（加标点及改写简化字是本文作者做的）

唐刚卯的信中说：

　　　　今寄上陈寅恪先生给我父亲的那封信的复印件。信

313

封上的邮票是我童稚无知时剪下的，所以此信的时日成为有待考证之问题。大约应是在1955～1956年间。记得"文革"中，家中我父亲的信件，甚至有父亲眉批的书籍，都尽数由红卫兵拖一板车抄走（当时革命也是很艰苦的）。在抄走的家中旧信中，我清楚地记得有邓拓、吴晗、杨献珍的信件。因为当时他们都鼎鼎大名，我知道父亲与他们有书信往来，曾使我震惊不已。但在"文革"后，退还的物资中，这些信件都已不知下落，而陈寅恪先生此信倒是原封退的。恐是当时红卫兵大学生，不是学历史的，并不知陈先生为何许人而遗漏。今见在北京所搜寻到的杨守敬的从日本带回的卷子中，有的钤有"浩劫之遗"朱印一方。这封信大约也可钤上此印。

从陈信的内容可见是收到唐的赠书及信的答复。唐长孺的《魏晋南北朝史论丛》（三联书店版）是1955年7月出版。著者在八九月收到样书后即寄赠陈先生一册。陈信写明是9月19日，当即1955年9月19日。此时陈先生在中山大学讲课，著《论再生缘》，研究钱谦益和柳如是的事迹，以后出书即《柳如是别传》，与信中所说相符。随后运动频繁，"厚古薄今"逐步受批判，大约连此信所用的"荣宝斋摹古"信笺也不能用了。所以不必费事考证，可以定下此信年月，信封上住处也不错，见陈先生的《编年事辑》（蒋天枢著）。

这封信的字，一望字体笔迹，我就猜想大概是陈夫人唐晓莹（筼）女士的代笔。一对照她为陈先生的笺《秦妇吟》和《元白诗》的书所题的书名就可见其相似，当是出于一人之手。

信的内容不需要任何解释。不过信中提到了我和季雍，似乎我来作一点说明也非多余。

信的口气很客气，我想是因为我们和他的关系远。长孺一生没有见过陈先生，连"私淑"都怕不敢自认，更谈不上"亲炙"。照孟子说伯夷、柳下惠的话，"闻伯夷之风者……闻柳下惠之风者……莫不兴起也，而况于亲炙之者乎？"所以长孺告诉我，他写纪念陈先生百岁诞辰的诗的末句是"教外何妨有别传"。陈先生在此信中含蓄承认他是同行，大概可以说唐是闻风兴起者，够不上"亲炙"受教者。我虽然见过陈先生，也只有两面。我在1938年冬，到桂林的广西图书馆借出当时全部的《历史语言研究所集刊》，曾集中读过陈先生的文章，只能说是闻风而未兴起者。现在陈先生已享有"天下大名"（孔融语）。我这样说，想必是和二三十年前否认和"权威"有关系不一样吧？

至于我和陈先生见面的那两次，现在想起来还如在眼前，不妨多说几句，提供背景材料，也算作个"交代"。

那是1948年四五月间，我从武汉到北平（因为内战激烈铁路不通，只有搭飞机）。见到老朋友邓广铭时，他非常高兴，引我在北大校长室里见到胡适校长，听他异常兴奋地对我谈他对中国佛教史的见解达半小时以上，因为另有约会才中断。邓先生还说，他将借用胡校长的汽车去清华大学接陈寅恪先生进城到中山公园看牡丹花，请季羡林先生作陪，也邀我参加以便认识他们两位。

那一天赶上了天气晴朗，风和日丽，陈先生并不是一点看不见，至少是能分辨光影形象。在中山公园的茶座中，我们四个人围坐一个桌子饮茶。陈先生兴致很好，谈了不少话。现在我只记得一条。他说的大意是人取名号也有时代风气。光（绪）宣（统）时期，一阵子取号都是什么"斋"，一阵子又换了什么"庵"。举的例子我忘了。但当时我就想起小时候有两位本家的哥哥，一个号少斋，一个号幼斋，证明他们的父亲的号必是什么斋。教我的一位小学教师的号是少庵。他的父亲的号必是什么庵。恰好证明陈先生的话。现在想起来，这个传统并没有断绝。50 年代初期生的孩子常叫"志和""卫平"，60 年代后期生的常叫"卫东"，还往往不离一个"红"字。

这次见面临分别时，我向陈先生说，将到清华园登门拜访。

随后不久，我就和唐季雍女士结婚。婚后过了几天，我便和季雍同去清华，首先拜访陈寅恪先生并见到陈夫人唐晓莹（筼）女士。两人都一点也没有老态。我将唐长孺交我转呈的论文《白衣天子试释》奉上，说了武汉大学的一些人的近况。其中自然有陈先生的弟弟陈登恪教授（他用陈春随笔名作小说《留西外史》嘲讽留欧学生）和他的好友吴雨僧（宓）及刘弘度（永济）等教授。不久，这些照例应有的话就谈完了。还有什么问答，全记不起来了。

陈夫人陪坐听着。我随口介绍了一句：唐家和嘉业堂是亲戚。陈先生立刻问季雍，对刘翰怡（承幹）"怎么称呼"。季雍回答了。不料陈夫人顿时面有笑容，本来是对面坐着，这时站起身，走过来，和季雍并坐，拉着她的手问这问那。我听向觉明（达）先生说过，唐晓莹（筼）的祖父是当年的台湾巡抚，甲午战后因不肯让日本占领台湾，曾自立为"台湾大总统"而失败，但不知那唐家和刘家有什么关系。想来只是她知道刘家属于前清遗老，所以就有话谈了。这时我心想，我家和江西义宁也有关系，但说出来有攀附之嫌，向来不说，这时对陈先生也是想说没说。

陈先生忽然也站起走过来。我连忙起身。他对我轻轻问，是不是念了 Saddharmapuṇḍarikā。他说这《妙法莲华经》的梵文名字慢而发音很准确。我回答，没有，但读过 Màhābhārata（大史诗）。本想接下去讲，《法华经》用的是通行语，不是规范梵文，印度学者不会教，而且佛教在印度灭亡已久，少数学者知道的佛教是巴利语的佛教，也不懂《法华经》。不过我想对陈先生说这些话岂非"江边卖水"，就没有说出口。

316

大概是季雍看到我们站起来以为是告辞了，便也站起来。陈夫人也以为我们要走了。于是我说了以后有机会再到北平一定再来拜访请教一类的告别话。陈先生随手打开房门，当先大步走出。我没想到他会送，连"请留步"也来不及说。陈夫人也拉着季雍的手随着一同走出。陈先生已经走到小院的篱笆门外站着。我出来握手告别时，只想到内战不知还会打多久，我未必能从武汉再来了，想不到时局急转直下，这一次竟成永别。

　　假如能够预知永别，就会有不少闲话、旧话可以谈，说不定能多少安慰一下他们两位的晚年寂寞。然而那时他们还不见衰老，我也够不上有和他谈古话的程度。到汪篯南下请陈北上时，我和向觉明（达）私下谈话，都断言陈必不来，不来更好。迎陈是应有之举而又是无益之事。汪回来后我见到，也没有提，不再像初认识他时那样谈陈先生了。人事变化倏忽无常，不料唐长孺还在1955年三联书店出版《魏晋南北朝史论丛》时和陈先生通过信。而且陈的回信居然能保存到现在。照老古话说，真是"冥冥之中如有神数"了。照新话说，就是无形的传统不会在"彻底决裂"后灭亡。它只有在被理解之后才有可能起变化。

　　我想到陈先生不忘提起的《法华经》，再多说几句。什么时候会有人不照天台宗，也不照慈恩宗窥基的《玄赞》，又不照现代外国人一般的研究路数，而以一再发现的原文经为坐标轴，考察中亚新佛教的理论与实践及传播，从语言出发而不拘泥于章句之学，以说明亚洲古史呢？《法华》是一部"文丛"，但显然有一个中心思想，可能就是"一统"的思想。中亚正是连续出现大帝国的地方。今年百岁的已故考古人类学家李济在1961年宣布：根据考古发掘的硬性史料推论出，在公元前第二千年纪不仅完成了华北的统一，还吸收了华南和北至西伯利亚、西至遥远的西亚的文化成分，河南"安阳成了一个国际性的文化中心，成了青铜时代中期东方的一个极其独特的世界性城市"。(《古代中国文明》)以世界文化为背景考察中国上古史已经逐渐出现了轮廓。同样在世界文化背景下的中古中国文化当然也会有结合实物（不仅是文物）和文献（不仅是书本）的科学考察，在复杂中呈现出新轮廓。后人可以比王国维更前进一步，加上20世纪发展出来的"诠释"和"解释"。这将使世界认识中国是世界文化里的中国，而我们也更认识自己和外界的真实面貌，不至于动辄"感情用事"。起于中古（公元初）中亚而盛于中国的《法华经》，可能是代表一种既外来又本土的文化思想，在从公元后（东汉）直到今天的中国人思想习惯中，不断显现其作用。其形成轨迹见于《宋书·东志》和《梁书》的一些传中记载，及《文选》《文心雕龙》《出三藏记集》《弘明集》《三洞经书》等的同时期出现。到隋唐完成而开始新变化。这样的非拼盘式研究，像对安阳那样，到21世纪是一定会出现的。单单中国人，单单外国人，都是不能孤立进行这种工作的。不过，当然，不只是陈寅恪、唐长孺看不到，我也看不到，只能在这里"画蛇添足"说空话了。

记"说瓜"

　　《书屋》今年（1998年）第一期中朱新华的《"经史"及其他》一文引陈寅恪遗诗"说瓜"，读后百感交集。要不要写下点什么，踌躇不决。终于还是写下一点。原诗和"说瓜"故事原典已见朱文，这里就不重复了。

　　我看到这首诗大约是在作者写出后不很久，正是北京各大学的政治学习开始后的热闹时期，也就是朱文所引叶圣陶1949年3月14日的日记所说情况以后，在广州解放后的几个月里，正合陈诗中"竞作鲁论开卷语"，人人处处谈学习。若是朱文所引1950年6月中共三中全会时期，那时学习已有一年多，新中国成立已有大半年，局势大定，情况不对了。文件中语往往是事后公开发表的确定的话，未必是开端而常是快要结束或结束以后。

　　这诗是向达给我看的。诗是一首还是另有几首，现在记不起来了。那时我和向达同住在北京东四十条北大教员宿舍里。一个大院子，周围十个不同的小院子，住着郑昕、潘家洵、赵遁抟、容肇祖、马坚、殷宏章、周作仁（经济系教授）、张天麟、向达和我共十家。向是早就认识的，我常去他家。有一天傍晚我回来进大院先到他家。他立刻拿出一张纸条给我看。上面写的是"陈寅恪近作"，就是这首诗。看后我们两人都没有说话。过些时还是我先开口。谈些什么，全忘了。如必须交代，大概是：我说"陈先生还是陈先生"。我还说："诗最好不要传观。"陈在瑞士听过列宁演讲，可能是这次向告诉我的。我说："他可能是见过列宁的唯一中国人了。"我们认为，陈在反对国民党迫害学生的声明上签过名（登在上海出版的《观察》杂志上），不去台湾，不会去香港，不过也不会回北京，恐怕是"一生长做岭南人"了。最后这句话一定是我说的，不是向先生的口气。过不多久我就把诗的前两句忘了。再过些时只记得末句"说瓜千古笑秦儒"了。不料这一句缠住了我，每过几年，大约七八年吧，就会忽然冒出来，不由自主地想，又该"说瓜"了。当然这仅是一闪念，随后便忘了。

关于诗本身略说几句。

朱文中引"说瓜"故事原文是古文，说的是，本来"博士诸生"论说冬天结瓜，意见是"人人各异"，并不一致。看到瓜以后，"方相诘难不决"，正在互相诘难质问做不出结论时，土压下来，他们都死在坑谷里了。不是如朱文所说"纷纷改口"，而且也不是"不去分析……地理条件"，而是"诸生皆至"，都去实地考察仍然辩论不休才中计死的。这和当年政治学习情况不同。那时不辩论，有问题就汇报上去。可见陈诗不过是借用此典说儒生太傻。是不是有预言"坑儒"之意？我想也未必。新中国成立之初社会情况不像陈诗第二句所说的"阴森"。北大、清华和其他大学中，当时是讲新民主主义，读《新民主主义论》《论联合政府》等等。大家做梦也想不到社会主义革命已经到来而且自己就属于资产阶级是革命对象。所以新中国成立之初政治学习内容主要是时事政策，空气也不觉"阴森"。陈诗所指的应是学术和思想，不是政治。1949 年 7 月 1日《论人民民主专政》发表后，大家以为是对国民党的，不认为新民主主义结束了，仍然不很紧张。所以陈诗后两句，"竞作鲁论开卷语，说瓜千古笑秦儒"，不过是嘲笑大学师生忽然异口同声，人人谈学习，个个讲马列而已。倒是前两句，"虚经腐史意何如？豁刻阴森惨不舒"，不好懂。"虚经"不知有无出处。"腐史"当然不会是通常用的指《史记》的意思。看来"虚"和"腐"都是动词。说，把经架空，把史破坏，是什么意思？"豁刻"用《世说新语》中典，指陈仲子行为"苛刻"，照《孟子》中说法就是廉洁到只能做蚯蚓。这是什么意思？"阴森惨不舒"是指学术还是指政治？为什么前两句隐晦而后两句明白，口气不同？我看只好说其中有多层意思，不便明讲。作者既然不说明，我更不好胡乱猜测作解释了。

80年代初，我读到《柳如是别传》，不禁妄作一首《鹧鸪天》，承施蛰存先生不弃，收入《词学》第三辑，今录于下以作结语。

寒柳金明俱已休，那堪回首旧风流。纵横盲左凌云笔，寂寞人间白玉楼。

情脉脉，意悠悠，空怀家国古今愁。何须更说前朝事，待唱新词对晚秋。

附陈寅恪原诗：

虚经腐史意何如？
豁刻阴森惨不舒。
竞作鲁论开卷语，
说瓜千古笑秦儒。

三笑记

    人生下来就大哭，过些天又会开口笑。婴儿自己不知道，这是哭，这是笑，是从大人的反应中知道效果的。于是哭笑不仅是发自内心，而且是有求于外，是含有预期得到效应的有意识的生理行为了。

    开怀大笑，不知道为什么，两人同时开口，无因无由无求无欲，这才难得。我有过这样的笑，值得庆幸。

    那是 1966 年夏秋之交，大学里如同开水锅，热闹非凡。不知怎么也有冷清的时候，有的地方会忽然平静无事，人都不知集中到什么地方去了。有一天，我正在和一些"牛鬼蛇神"搬运石头，从屋边拣起大小石块放在筐内抬过一片开阔地，卸在当年洋人修的燕京大学围墙下面。和我同抬一筐的是化学系的傅鹰教授。两人不发一言，全心全意劳动。来回抬了几趟，不知怎么，突然寂无人声。在墙下卸完石头，抬头一看，只剩我们两个人。其他人不知哪里去了。竟没人给我们打招呼。我们也没有抬头看过周围的人，只低头劳动，入于人我两忘的高级禅境。这时猛然发现如在荒原，只有两个老头，对着一堆石头、一只筐、一根扁担、一堵墙、一片空地。

    不约而同，两人迸发出一阵哈哈大笑。笑得极其开心，不知为什么，也想不到会笑出什么来。笑过了，谁也没说话，拾起扁担，抬起筐，照旧去搬运石头。不过，这一阵笑后，轻松多了。不慌不忙，不紧不慢，石头也不大不小，抬起来也不轻不重，缓步当车，自觉劳动，自然自在，自得其乐，什么化学公式佛教哲理全忘到九霄云外去了。这真是一生难得的一笑。开口大笑，不必说话，不用思想，超出了一切。是不是彼此别有会心？不一定。

傅鹰教授是从美国回来的。在"大跃进"中，科学研究也上马大干。要他发表对千军万马协同作战研究科学的体会时，他背诵两句唐诗："一春梦雨常飘瓦，尽日灵风不满旗。"因此挨了一顿批判。可是好像批与被批双方都不知批的是什么，为什么批。有人问我。我说，古诗和大事同样难懂。以不懂为妙。何必不懂装懂？他的夫人也是化学教授。两人都已故去了。既已安息，就不必多说话打扰他们了。

又一次大笑是在这以后不到一年。我一直坚持劳动，但是同劳动的人却常常更换。有一天，留在空空一座大楼里劳动的只有三个人。我、教日文的刘振瀛和一位嫁给中国丈夫的日本女人，她取的中国姓是李。我们的任务是擦窗户。我初见李时，她好像是二十岁上下的美丽活泼的小姑娘，此时她已经是两个孩子的母亲了。不知何时起她当了职员，也不知为什么陪我们一起劳动。这个女的，据说当学生时在战后日本做过各种劳动，继承战时的"奉仕"（服务），不过是为自己生活不是为"圣战"了。她会操持家务，所以比两位老教授都"懂行"。她教我们怎么先用旧报纸，再用干布，然后用湿布，又重复用干布，从点到面擦玻璃。两个老学生随着她的示范倒也学得不慢。后来要站上窗台去清除上层积垢，两个老头都面有难色。虽是二楼，摔下去也不是玩的。还是她，自告奋勇，一跳便站上去。我给她递工具。窗子是开着的。她站得很坚定。我还是担心不稳。不一会，任务完成，她一回身便往下跳。我出于本能，不自量力，伸手去保护。哪知她心里也不踏实，跳下时怕往外倒，竟向内侧着，一见我伸手，转身一躲，反而维持不住平衡，一下子靠到我的手臂上。我本是无心中举臂，并未用力，也跟着一歪。幸而她不到三十岁，我也不过五十多，脚跟还站得稳，都没跌倒。旁边的刘出于意外吓了一跳。三人定过神来，不由自主同声哈哈一笑。我笑得最响。她也失去少女风度，张开大嘴。刘反而笑得庄严，不失留学日本时受的"喜怒不形于色"的磨炼。这一阵笑声在空荡荡的大楼里和着回声仿佛突如其来的音乐，像有的交响乐的"曲终奏雅"，轰然巨响，真是难得。当然，这事除我们自己以外，谁也不知道。他们两位大约随后便忘了。只有我记到现在，因为这是我的第二次老来开心大笑。

现在刘已成为古人，李也回日本去了。三人余一，忽然想起这次三人大笑，接着又想起那次二人大笑，不由得又想笑，可是笑不出来。强迫哭比强迫笑容易。我老而不死也有好处，比别人多些时间回忆。记得笑比记得哭好。我的记忆中几乎都是一些可笑的事，都是我自己做下的。记不得生下来的哭。大约十岁以后就不哭了。二十岁时，哥哥突然去世。我艰难困苦回到家，见到老母忍不住伏在她膝上哭了一场。此外再也想不起什么时候哭过。那次哭后不久，我又离家外出，举目无亲，飘零各地，无论遇见什么事都不会哭，要哭也没有眼泪。我的女朋友告诉我，她好像不会脸红。我告诉她，我不会流泪。于是两人相对开心笑起来，觉得真够做朋友。

还有第三次的笑，那一定是在我登上八宝山"火遁""尸解"的时候。但不会有人看见，自己也不知道了，所以预先在这里记下一笔。是为"三笑记"。记于1993年4月，癸酉闰三月前夕。

废 品

"金克木！金克木在哪里？"有人大声喊。

"金克木在废品堆里。"有人大声回答。

"文革"初期，文斗将转化为武斗时，各战斗队忙于人民内部矛盾。我们这些"劳改罪犯"还没来得及集中，分在各处劳动、学习、接受批斗、改造，处理不同。一贯劳动不被揪来揪去的不多。这一天到这里报到劳动的只有我和陈两人，都有花甲左右的岁数。分派劳动的工人挠了一下头，然后举手向前一指，说："对面有片空地，堆的都是废品，你们去整理一下。"说完扭头不理我们了。于是我们两人在废品堆里研究整理方案。废品人整理废品物，怎么都一样。中间我忽被叫去并无他事，不过是问交代材料附带警告两句，接着仍和陈抬抬废铁器，有时对坐抽烟，无人过问，借此增长了一点废品知识。

一揪去劳动，我就和陈在一起。我们同属一个单位。有一次忽然来了一队穿军服的红卫兵女将。为首的站在路口，叉着腰，大声问："你们是什么人？"刚好我和陈抬着一筐土走过去，他在前，我在后，正走到她的面前。陈不慌不忙，不抬头，不停步，回答："牛鬼蛇神。"

没阻拦，通过了。我衷心佩服。若是我，一迟疑，免不了接受

"飒爽英姿"的一耳光奖赏。

另一次遇上同样情况，是监督劳动的工人阻拦了他们。为首的气势汹汹问他："你是什么人？"回答很干脆：

"无产阶级。"

这四个字起了作用，我们照旧劳动不止。

陈是台湾人。日本占领华北时来到北京伪政权下的广播电台文艺部。战事结束前后改教日文。新中国成立后留下来。有一次我奉命去通知他劳动改变，到他家里，见到还有两架书，架上各有一部带布套和题名的《品花宝鉴》。居然没被抄走，可能是一见书名便当作讲花卉的书了。我问他为什么有两部。他说是版本不同。这时我才知道，他在"京都帝大"学的是中文。那时他是日本统治下的台湾人。

他父亲是牧师，所以他从小学英文。"文革"中期在一次"宽严大会"上他作为典型被抓去关了起来，不久便死在狱中。他的妻子是日本人，中国话讲不大好。他们也不教独生女儿学日本话。"文革"后公安局给他平反，母女都安排了工作，几年前，女儿先去日本求学，然后这位孤身老太太也去日本了。

和陈同样兼通中日英三国语言的人，我认识的还有一个杨，他在日本留学十一年，在大学念英文。太平洋战事起后，英国政府手忙脚乱匆匆成立对日战时宣传机构，缺人。重庆的中国政府派人去帮忙，于是他来到加尔各答。我在那里和他相识。他穿军服，住在"大饭店"里，时常邀请我去陪他吃不花钱的西餐，说是他有胃病，无法多吃，可以请客，劳我代吃。他说，英国人日文不行，靠他工作，但只给他少校名义，可见"天下乌鸦一般黑"。战事结束，他本是四川人，有老父在印尼多年，快一百岁了，据说还在世，他不得不去印尼寻父。后来听说他父亲见到儿子后在一百零几岁上去世。他到了新加坡，在那里病故。

陈名信德。杨在英军中名芳洁，到新加坡后不用。"其人与骨皆已朽矣。"记下来只是记我当废品和不应废而竟废的朋友两位。既非作传，又何必称名道姓？"名者，实之宾也。"实之不存，名将焉附？废与不废也就无需分别了。

教师应考

　　我在小学毕业后就没有再应过正规考试，但当教师却一次又一次应考，不过都是在我毫无准备甚至并未觉察下进行的。

　　我开始教书是教乡下小学。一间大殿是唯一的教室，初小四个年级全在里面上课。这要用所谓复式教学法，轮流上课。不上课的学生做作业。一个小时要教几门课。我在教课前由校长指点并代我计划安排，随后就去上课。我还没满十七岁，比高班学生大不了多少。好在农村孩子比较老实，不和老师捣乱，只是不安心做作业，在座位上有种种活动。一个照顾不周，就可能出现打闹。我没有表，心里不断计算时间，非常紧张，好歹把一堂课勉强照计划教下来了。下课后，校长笑嘻嘻对我说，可以，以后就这样教。我才知道，实际上我是考了一次怎么当教师。这是我从家庭到社会的第一课，过了从小学学生到小学教师的第一道关。怎么过来的，自己也不知道。

　　我教初中那年是二十一岁。教国文，没有课本，选文章教，也不都是我选的，许多是前任留下来的。有一次正在教课时进来一位中年人，站在门口几分钟就走了。我也没在意。下课后才知道那是县视学。他给我四个字的评语：不会教书。又过一些天，上课时进来了一位西装笔挺很神气的人物，由校长和教导主任陪着，在门口站了好半天才走。我下课一问，才知道，原来是省视学大驾光临。他给我的评语是，还没听到过这样讲课的。这话可以是好，也可以是坏。教导主任是我的朋友，对我说："放心好了，他向我打听你是不是师范大学毕业的，怎么来这里教书，可见是欣赏不是鄙薄。"果然后来这位上级在教育局的会上提到我，夸奖了几句，什么生动活泼有创造性云云。其实我教书是一样，不过是他们两人的评价标准大不相同就是了。一个要求依照固定模式。一个讲效率，可以不拘一格。我的价值也就随之改变了。我实在没有什么创造，只是不知道有教案等等规定而已。

后来我居然教大学了。出面介绍的是以后到美国当教授的陈世骧。那是抗战初期，他在湖南大学教英文，随学校搬到湘西。他先介绍我到一个中学教英文，包下从初中一到高中一的四个班的英文课，每周每班三小时，共十二小时。过不多久，大学迫切需要法文教员。他又推荐我，其实心里没有把握。我想是还有别的朋友在后面支持吧。大概学校因为实在找不到人，只好请我，仿佛有试聘来暂时应急之意。陈本来以为前任留下的课本是我帮助法国人邵可侣教授编的那本，哪知是用英文讲法文的外国书，更加不放心了。我却一点不知道，平平安安一课一课教下来。以后有一次闲谈，他笑着说："你上头一堂课，我在外面听了半天。"我无形中又应了一次考。恐怕暗中听我的课的不止他一个。谁能相信一个没出过国的年轻人竟能对大学生用英语教法语做中国话解释呢？连我也不信。然而这是事实。学生也没提意见。不过这不是无缘无故的。但连我自己也说不清楚，而且说来话长，就不啰嗦了。总之，我由小学教到中学又教到大学是一步一步上升的，自己也不知道怎么那么因缘凑巧，又怎么一次一次能通过考试。也许这就是所谓运气吧。

1946年我从印度回国，武汉大学聘我为教授，出乎我的意外。推荐人是吴宓教授。我一到上海，见到郑振铎先生时，他就说推荐我到大学教梵文，但未能实现。曹未风告诉我，吴宓先生在武汉。一联系，不久便得到电报说学校已决定聘我。到校后，吴先生说，他原是要我到外文系教梵文。文学院长刘永济先生把我安排在哲学系教印度哲学，因为那是必修课，又是缺门。梵文作为选修课，再加上一门印度文学（第二年改为佛教经论研究），就达到教授能至少开三门课的要求了。刘先生和我曾经同时在湖南大学，我知道他，想不到他可能知道我。可是吴先生认为，我教语言文学他有信心，到哲学系去，他不放心。我说，到哲学系对我更合适。因为我觉得，除汤用彤先生等几个人以外，不知道还有谁能应用直接资料讲佛教以外的印度哲学，而且能联系比较中国和欧洲的哲学，何况我刚在印度度过几年，多少了解一点本土及世界研究印度哲学的情况，又花过工夫翻阅汉译佛典，所以自以为有把握，其实不见得，不过是少年气盛不知天高地厚罢了。这些想法我并没和吴先生说。过些时吴先生说，他也在墙外听过我的头一堂课。我才明白，考察我讲课的一定不止他一位。我是不知不觉过了推荐人、系主任、文学院长三重考试，是糊里糊涂过关的。

上面说的考官实际都不是主考。真正的裁判长是学生。他们有权决定要不要你当老师。不赶走你，心里不服，甚至当面不说而背后说难听的话，仍是不承认你是老师。小学、中学的不说，我教过的大学生中就有一些很不错的，后来有人表现在我之上。我只是在一个小小方面做了一点初步的开路工作，讲一些粗浅知识而已，说不上真是老师。

最后得说一说那次"考教授"。说真不真，说假不假，北京大学确实举行过一次"考试"，对象是教授。那是70年代中期的一次突然袭击，正在大学恢复考试入学，不靠保送，而知识分子仍在受种种方式的批判之时。报上大力宣传一个人交白卷进大学的革命事迹。一天夜里我得到通知要立刻去一个教室。到后一看，坐在学生位置上的全是教授，黑压压一大片。门里有几个人站着，也不知是代表什么方面的。过一会，好像是快坐满了，走进来一个年纪不小的人在教师位子上一站。我以为他要做报告或是传达什么指示，哪知他嘴里咕唧了一句什么话，我没听清。随即有人拿着一卷纸走过来散发。我一看纸上油印的字，都是数理化考题，才恍然大悟，是一场考试。考卷发完，那老人又开口说了一句话。这回我注意听出来了，是："周培源今晚有外事活动，不能参加。"原来如此。周培源教授曾经在报上发表文章，主张大学教育要重视传授科学技术知识。这是对付他的。那又何必把所有教授都拉来陪绑呢？这时在座列位表情不一，我也无心看别人。忽然门口出现一位白发老人，我认识他，是曹靖华教授。他住在城里，要用小汽车接来，所以迟到吧。他进门站住对大家望了望。有人在他耳边说了句话，递给他考卷。他不接，不看，一言不发，面无表情，转身就走。这时有些人在看，有些人在写，有些人站起来，走过去，交卷就走。我自然也要学习交白卷的革命行动，何况那些题目我也不懂，便心安理得交卷走了。后来听说这次突击不止北大一处。究竟是谁出的主意，谁下的命令，为了达到什么目的，结果如何，报刊没有宣传，我也不知道。交白卷既然能进大学，理所当然我照旧当我的"臭老九"，拿我的生活费，活下去。

我现在是退休教师，再也不会应考了，至少是我这样希望。

保险朋友

迢迢几万里外飞来的信：

"以后我不写信去，你就别写信来了。这个朋友总算是全始全终吧？"

这是绝交书吗？不是。原因早已知道了。"来信字改大了，太大了，但墨色太淡，看信仍旧吃力。写信也太辛苦了。""你的一大包信怎么办？"信封上有地址。姓上加了一个姓。外国名字改成中文两字拼音。那是我给她取的名字。

这是"终"吗？不是。这友情是有始无终的。"无终"是"无绝期"。但不是恨，是情，是友情。如果说"全终"是"有终"，那就是1990年春初这封信。

始，1934年春初。北平（北京），沙滩，北京大学红楼，四层楼角上一间小教室。法国教授在这里教法文，讲散文、小说。

这是外语系法文组二年级。学生只有一个人。课堂上倒坐着七八个。多出来的都不是北大学生。其中有两个女的。一个年纪大些，过三十岁了吧？一个很年轻，过不了二十岁。课堂上大家互不交谈。

1933年夏天，张家口起兵抗日失败。不少青年说，还是埋头书本吧。有位朋友从旧书摊上买了一本从英文学法文的自修书送给我。那时我会看英文小说还不久，又进了法文新天地。学完了，买了本法文文选，读不懂。北大的法、德、日文组都停办了，只有残余。外文系变成了英文系。法文组剩下二年级和四年级。我便去公共外语的法语班上旁听。原来老师是法国巴黎公社著名人物的后代。上了几堂课只算是练习了发音。有一次课后我到教员休息室去，拿着这位教授编的文选去问。还不能说法语，只好对付讲简单英语。他正在穿大皮袍子要走，见到我问这本书的问题，有点奇怪。

"你是哪一系的？""我不是学生。""哪里学的法文？""自己学的。"

他停了一下，望着我，似乎不信；然后仍用英语说，现在他没有工夫回答我的问题。我可以去听法文组二年级的课。他教小说。寒假到了。下学期去上课。说完，又用法语说，他希望下学期在课堂上见到我。"再见。"

于是我挤进了这七八个人的行列。正式生一脸不高兴。怎么又多了一个？

年纪大的女生自称"沙鸥"。她法语说得不怎么样，英语很流利，常在课后和老师说话，一句法语带上几句英语。这是个热心人。很快她便认识了我。知道我无学无业，劝我跟她学英文打字。由于她，一年以后我才当了大半年的图书馆职员，正是在她的手下。学法文时她还没有结婚，经常拿我开玩笑，说话有点肆无忌惮。可惜我年轻不懂事，后来突然告别，不做她的部下，一定使她很难过。不过十几年后再见到她时，她仍然热心给我帮忙，没有埋怨我一句。

年纪小的女生除老师外和谁也不曾打招呼。大家轮流各读一段书，读完了回答老师的提问，再听老师讲。只从老师嘴里才知道各人的姓。可是两个女的，一个是把别号似的名字改成法文，一个只有法文名字，连姓也不知道。沙鸥告诉我，那个女孩子是天主教会办的圣心女校的学生，所以法语讲得好。确实她的程度恐怕要算全班第一。她是当时的"摩登小姐"打扮。我把她当做另一类人，决不招惹。虽然知道她的法文名字，还是称她为Z吧。

读的第一篇是《阿达拉》。沙多布里盎的华丽的句子比我的水平高了一大截。那时刚出版了戴望舒的译本，改名《少女之誓》。我看过，但那不是我的书，没有拿来对照。又没有好字典，自己一个字一个字硬抠，准备好了再上课。教得很快。接着是卢梭的《一个孤独漫步者的遐想》。我觉得容易多了。也许是我的程度提高了。念起来不大费劲而且能模仿口气了。课能上得下去，又结识了沙鸥，心里很平静。住在一家不挂招牌的公寓里，房租由同住的朋友出，吃饭有一顿没一顿的，穿一件蓝布旧长袍和咔叽西装裤，旧布鞋还是朋友送给我的。尽管这样，忽然直接认识了法国浪漫主义文人，听他们对我讲话，好比到了新天地之中，连同屋朋友早晚吹口琴的乐声也打扰不了我读书了。

刚开始认识卢梭时，有一次我离开教室晚些，是最后一个。出课堂门，眼前一亮。年幼的同学Z女士手拿着书正站在一边，对我望着，似笑非笑，一言不发。难道是她在等我？觉得不答理不好，又不知说什么，不由自主冲口出来一句："还上课吗？"

"是还有一门戏剧课。你上不上？是个瑞士人教的。"

"他让我去上课吗？我听得懂吗？我也没有书。"

"不要紧。你肯上，我去跟老师说一声，要他多打一份讲义给你。下星期教新课，就在那个教室。"她手一指，然后仿佛要笑出来似的，又忍住了，说："你还能听不懂？下星期来上课啊！"说着扭头就走。我刚转过屋角，见她已到楼梯口，下楼去了。她这样快跑做什么？我想，一定是去放声大笑，笑我不但穷，还傻得可以。她是亲眼看到我从不懂到懂的。真想不去上戏剧课，免得给她作笑料。回去和同屋朋友一说，他倒大笑了。"你当是王宝钏抛彩球打中了薛平贵吗？少胡思乱想。叫你上课就上。怕什么！我担保，少不了你一根毫毛。"

戏剧课的教师是瑞士人，年纪不大，留着两撇黄胡子充老。堂上除了那一位正式生外，就是她和我，还有不常来的一两个，也都是上小说课的。我放下了心。原来她是为老师招兵捧场的。听说这位老师是语言学家（后来才知道还是索绪尔的嫡系传人），上一年开过语言学，没人听，停了。教戏剧，并不懂戏，不过是讲语言。瑞士人讲法语似乎好懂些。后来才知道他的母语是瑞士德语。新教材是王尔德的《莎乐美》。真有趣，瑞士人教英国人写的法文给中国人学。这又比卢梭还容易。

戏剧的教法是扮演角色，各读自己台词。不用说，莎乐美自然是 Z 女士。正式生自兼国王之类大人物。轮到我，只好当兵。兵的台词不多，听人家的，特别是莎乐美的长篇独白。到底是法国"嬷嬷"（修女）教出来的，音调语气都好，真像在演戏。她和我坐在后排两边，她念时，我偶尔转脸望望她，忽然觉得她眼角好像正在瞥看我。一次，又一次。我想，不必猜，一定是要我表示欣赏。于是我也照演戏式念兵的台词（起初还有点不好意思），并且在她念时点点头，让她见我在注意听。《莎乐美》剧虽短，语言简单又漂亮，热情奔放。王尔德不愧是唯美派文人。念着，念着，我感到有点不对。为什么她一念到对约翰说话时就会瞥眼看我呢？我为什么要在她的或我的有激情的台词中去望她而看到她望我呢？她要把我像约翰那样砍下脑袋来吗？心想，决不再望她。可是一听到激动的台词又不由自主地投去一瞥，又不可避免地受到一瞥。这一点我连对同屋的朋友也没有讲，怕他大笑。他也没有再问我的小姐同学。

《莎乐美》快念完了，又选一篇比利时梅特林克的短剧。仿佛是瑞士人存心不教法国人的法文，表示法语文学并不专属法国。

念到《莎乐美》最后一场的那一堂，我去得早些，照例在后排侧面坐下。接着，Z进来了，一言不发就坐在我前面。她打开书包拿出一本印得很漂亮的大本《莎乐美》，翻开就是插图。我一眼看去，禁不住说出口："这是琵亚词侣的画。"她背对着我轻轻笑出声来。有过叶灵凤的介绍和鲁迅的嘲笑，我一眼就看得出那奇异的黑白画风格。果然，不出我所料，她翻出莎乐美捧着约翰头颅的那一张。我轻声说："借我看看。"她头也不回，低低地说："就这么看。"这就是说要我从她的发际耳边去望她手里的书。太近了。本来就逼人的香气更浓了。我猛然一醒，直起身来。正在此时，老师进门了。

戏剧课上有时只有我们三个学生。正式生巍然坐在前排居中，正对老师，从不正眼看别人一下，表明他才是主人，别人不过是侵占他的权益的鼠窃狗偷之辈。于是余下的两人就自由得多。我们的偶然的交谈和对望都是在这课堂上。小说课上我们是完全的陌生人，彼此从来不互看一眼，冷若冰霜。我和沙鸥越来越熟，只有她谈笑风生。她不上戏剧课，所以她一直不知道我和Z已经互相认识。

学期终了，最后一堂课。我们两人不约而同地最后出来。上午第四节课已下，楼梯上没有别人。她慢慢地靠在我身边走。一步，一步，从第四层楼走下来，走下楼门口的石阶，到了大门口。谁也没有出声。两年后，我有两行诗：

> 记得我们并肩走过百级阶梯，
> 记得你那时的笑，那时的春衣。

诗不纪实。她没有笑，穿的是一件短袖素花绸旗袍，是夏衣，不是春衣。我穿的仍旧是那件蓝长衫，咔叽裤，旧布鞋。若是有人这时望见这一对，装束截然不同，表情冷漠一样，也许会惊奇：怎么莎菲女士和孔乙己走到一起来了？

迈步出大门口时，我问她："何时再见？"她没有转过脸来，说："你可以给我打电话。"随即说了一个号码。我说："怎么找？"她说："找九小姐。"我说："我还不知道你的大名。"她转过头来了，眼睁得更大，问："沙鸥没同你讲？"我说："没有。她说过一个名字，那是译音。我只知道你叫——"迟疑一下，轻轻叫了她一声那个外国名字。这是我第一次叫她，谁知会引起以后的无数无数次。她说："你的名字我也不知道。"我报了名。她才告诉我：沙鸥说的名字不错。但那不是她的本名。她也迟疑了一下才说出名字。她忽然变得口气严肃，甚至是严厉："你没有听到别人讲我？"我坦然回答："没有。"这还用问？除了我们自己，谁知道我们认识？当然只是认识，或则还说不上认识，连名字都是刚知道，离普通朋友还远得很。

一辆人力车过来，她坐上去，含糊说了一声法语的再见，转眼就不见了。原来她是有包车的。

我只把这当做人生插曲中的插曲，几句旁白，想不到这会是一段前奏曲，可断，可续。

人变成一个电话号码。不知怎么这号码竟记住了，一直记到现在。

遗忘不易。人不见了，声音笑貌还会浮现出来。都怪我有一天忽然又想起她来，心里犯疑。她为什么告诉我电话？是真？是假？不妨打一回试试。不料一找九小姐，居然灵了。一听声音："谁？"我慌了："是你的同学。""哦！知道了。有事吗？"急中生智："我星期天上午去找法国老师。你能去吗？""哦，到时候看吧。还有事吗？"她是不耐烦，还是盼望我说什么？"没有了。"接着讲了法语的"再见"。她照样回答，挂上了电话。星期天，我去法国老师家。

理所当然她没有去。我笨极了。假如沙鸥知道这件事，一定会笑得止不住。

不知怎么，过了些天，我又想起她来，又想做个实验。我去查电话簿。那时私家电话不多，很容易找。那个号码的住址栏有胡同和门牌，户名不是她的姓。我写了一封法文信。简单几句问候和盼望开学再见，附带说我在教暑期夜班世界语，地点在师大。这信只是给她我的地址和姓名。此信一去石沉大海。

我想，很好，人家本来是作一段游戏，我为什么认真？见面，通信，又有什么可说？本是两个世界的人，又何必通气？岂不是自寻烦恼，可笑？难道我还真的想和她成为朋友吗？

暑期过去，法文课上不见她。瑞士老师也离校了。我也就不想她了，以为留个回忆更好。现象总不如想象。不料，忽然收到她从日本寄来一封信，居然是毛笔写的文言信。说是她姐姐从日本回来，"述及三岛风光"，于是东渡进了早稻田大学。附了东京一个女子寄宿舍的地址，说希望我将北大法文课情况"有暇见告"。从此通起信来。

通了一年信，又到了暑假。忽然从本地来信了，要我定时间，她来看我。这下子我手忙脚乱了。在信里我是无所畏惧的，侃侃而谈，上天下地，好像我们真是朋友了。可是见面呢？眼前人不似信中人，岂不是煞风景？越想越怕，立刻回信辞谢，不知说了什么没道理的道理。当然通信又中断了。自己也不知道做得对不对。不料暑期一过，从日本又来了信，说："既不愿见，自当遵命。"又说还是希望有信给她。

这一来，我真的堕入迷津了，不知道是怎么一回事，也想不出该怎么办。

北平西城一个小胡同内一所四合院的小厢房中，我单独面对一个女郎。这是我的一个好友的小妹妹。那位朋友对我说过一些妹妹的事和她讲过的话。最令我惊奇的是说她有一次游北海公园划船时竟从船上跳下水，救上来后什么也不说，一副厌世自杀的样子。这次我去找她的哥哥。她一人在家，好像是知道我，招待我进去。说她是小孩子，太大；说是大人，又太小。喜笑颜开，哪有丝毫厌世模样？

"我要上高中了。我不想上学。我都十五岁了。""哦！十五岁的大人！""怎么？你笑我？我不怕人笑。我什么都不在乎。"一副顽皮样子，不像生气。停了一会，接着说："你爱看电影吗？我爱看。"

我没有钱看电影，多半是朋友请我看，而且多半是看外国电影。她说她中外电影全看，不过外国电影说外国话她不懂，同时看旁边字幕太别扭。电影这个题目也有点谈不下去。

说着话，她忽然站起身来，噗嗤一笑，说："你看看，我这样就见你。"用手拉着短旗袍的左腰，原来是裂了一个大口子，皮肉都露了出来。她不但不掩盖，反而笑得很开心，好像我是她家里人，一点不见外。

我有点窘，起身要走。她笑个不停，指着腰间那个露皮肉的破口子，说："你走吧。我不送了。到大门口给人看见，多不好。"真的不把我当外人了。实际上这才是第一次见面谈话，也是最后的一次。

不知为什么，我一连几天都想着她。忽然冲动，给她写了一封信。用毛笔在花格稿纸上仿佛写小楷。字字都是胡话，无非是对她的什么祝愿、希望之类。这不是写信，是写字；不是对话，是独白。当然不会有回信。

过几天见到她的哥哥。他不问，我也没有提这件事。又过几天，有位朋友对我说了，她哥哥对那朋友说，他小妹妹收到了我的信，说是"那个芋头给我来信了"。不置可否。那朋友说："你怎么看上那个小丫头了？脾气古怪哪。别再惹她吧。"我听了，心中很不是味。怎么？见一次面，写一次信，这就是"看上"了？她是小孩子，我也不大，怎么扯得上爱情、婚姻？真的是"男女之间无友谊"吗？于是我又去了一封信，告别，祝福，附上从照片上剪下的一个头像，批着"芋头一枚"，贴在信纸上。寄去，明知不会有下文。这孩子的名字是 X。

过了暑期，她上了高中，碰巧和认识我的一个同乡女郎同校。同乡女郎又有一个好友，也是同学。她们都认识 X，知道了这件事。有一回在朋友家见到她们。那位新认识的朋友是个异乎寻常的热心人，竟然问我："你怎么不找 X 了？不给她写信了？"我窘得无言可对。只好说："她不理我。""不理你，你就不理人家了？有人三番五次，十次八次，一百次，写信，求见面，碰到硬钉子，还不肯回头呢。"我有点生气了。她当我是什么人？说："见面，写信，只要她愿意。我那两封信她不理，就请你替我把信要回来吧。"说了，又懊悔。人家想必早已扯掉了，还想要回来？可是，她说："你的信还保存着哩。你的话我给你传过去。她给，我就带给你。"我忽然想起，她们大概已经看过我的信了。现在没看，带回来时也会看。这可不好。尤其是那位同乡女郎。我曾经替追求她而碰钉子的人（我并不认识）打抱不平，当初第一次见面就说过讥讽的话。所以我更不愿意她知道我的事。哪知她早已忘了几年前的我，而且正闹着自己的纠纷，对我毫不在意。这只是她那位朋友热心。我当时真着了急。马上告辞。走时单对那位热心女郎低声说了一句"拜托"。

有一回我去中山公园，遇上了那位热心女郎和别人一起游园。她一见我就嚷："我找你找不到。你托我的事，我办到了。"随即从口袋里掏出一个信封递给我。有别人在场，我不等她多说话，道个谢，转身就跑，也不问 X 还有话没有。这位热心女郎以后还和我一同做了一件给别人帮大忙的事。她上北大物理系，我还去女宿舍看过她。此后再没有见面，只知道她最后下落很好，当年决想不到。她生来是个好人，我知道，尽管不是很熟。

X 的插曲就此完了。以后听到她的一些令人丧气的消息。最后据说是失踪了，不知所终。

又是北平西城一所小院子里。一对新婚不过半年的夫妇。男的是我到北平结识的第一个好友。由于我曾在他回家时给他写过一暑期的信，安慰他的所谓"失恋"，他把我算做弟弟。可是这位新夫人比我还小几岁，不像嫂子。有天傍晚，我去看他们，忽然多了一个女孩子，原来是他的妹妹 W。这个哥哥非常高兴，说，妹妹来了，弟弟也来了，今晚非喝酒不可。四个人喝了一顿酒。我竟醉了。往常喝这一点酒我是不会醉的。醒后也记不得对那嫂子和妹妹说过什么胡话。哥哥也醉了，说："今天是我这个新家的全家福，是我自己的家。搭个行军床，你也住在这里，不用回公寓了。"两个女的不知醉了没有。屋里拉起大床单隔一隔。天气不冷。不知怎么安排的。我倒在行军床上糊里糊涂一觉睡到大天亮。睁眼一看，可了不得，那个妹妹大概没有醉，先起来了。我猛然一跳就起身，揉揉眼睛，还没张嘴，就听到这个妹妹笑开了，说："真像个猴子！"我一下子醒了。怎么"芋头"变成了"猴子"？看来"妹妹"是危险物品。没吃早饭我就走了。好多天没有再去。后来才知道，这位妹妹突然来到是有原因的。家里早给她定了亲，说定了男方供给她上学，到大学毕业后结婚。不料她初中刚毕业，男家便催着要娶。她一着急，一个人离开家找哥哥来了。若是男方不食言，她便留在北平上学。若是男方不供给，那就断绝关系，不承认婚约。看来男方不会放心让她在外面，她也不会回去了。我和 W 在她哥哥离开后又见过。抗战一开始，消息中断了。

照算命的说法，我好像遭逢"妹妹"煞。从此我不交有妹妹的朋友，除非这个妹妹比我大得多或小得多。然而，若真有命，那是逃得出去的吗？

几十年后重相见，我才知道 W 在兵荒马乱中游击队伍里还没忘记我这个"猴子"。可是我怎么能知道呢？

我下了决心。既然到了好像是总得有个女朋友的境地，那就交一交东京这个女同学作朋友吧。是好奇，也是忘不了她。于是写了信，把给 X 的两封信都附进去。也不知这怎么能说明我拒绝和她见面。说来说去总像是怕见她。又说，还是她这个通信朋友保险。我隐隐觉得我写信给 X 是对象错位。下意识里恐怕是要写给 Z 的。可是又不对。像那样的信若算情书也只能是情书八股。Z 恐怕不知收到过多少，扔掉过多少。我岂能给她写那种呓语？也不知我给她写了些什么。没多久就来了回信。两信附回来了。信中说她很高兴，想不到内中还有这样的曲折。"你只管把我当做保了险的朋友好了。"

真是心花怒放。有了个保险的女朋友。一来是有一海之隔；二来是彼此处于两个世界，决不会有一般男女朋友那种纠葛。我们做真正的朋友，纯粹的朋友，太妙了。不见面，只通信，不管身份、年龄、形貌、生活、社会关系，忘了一切，没有肉体的干扰，只有精神的交流，以心对心。太妙了。通信成为我的最大快乐。我不问她的生活，也不想象她是什么样子。甚至暗想她不如别人所说的美，而是有缺点，丑。她可能想到什么，寄来了三张照片。一张像是在日本房子的廊下，对面站着；一张是坐着，对着打字机，侧面。（是不是因为我说正在学打字？）另一张是孤单地坐在椅子上，正面。站着的，穿的是日本女学生的制服吧？不是旗袍，也不是连衣裙。坐着的，穿着旗袍，像是在北平家里。没有烫发，是个普通学生的童发式样，还有短短的"刘海"覆在额上。这是上法文课的那个人吗？在日本的，没有笑，手拿着书，眼睛望着我，神气全和初次面对我说话时一样，然而装束打扮大不相同了。正面对我坐着的，眼神似有疑问，我疑心还稍带忧色。她这是告诉我，她并不是沙鸥描写的"风流小姐"吗？要我放心，她是可以做我的真正朋友的，是"保了险的"吗？后来证明，她还是给我"保险"的朋友。多次"遇险"，幸亏有她在心里才不致遭灭顶之灾。

恰巧这时，沙鸥给我帮忙，到了北大新图书馆里当职员，在她的属下。每月有工资，生活不愁了。每月有信来往，精神安定了。我读书，写诗，作文，翻译，从来没有这样快乐。不快的心情全送进诗里和给她的信里。每次她的信都能消除我的烦恼，不管信多么平淡。原来一个知心女友能使我那么愉快，真没有想到，真该永远感谢她。

我见到古铜镜铭语后写给她的诗句：

> 见日之光长勿相忘，
> 则虽非三棱的菱花
> 也应泛出七色来了。

我参加每月一次的中国人和外国人、教法文和学法文的人的茶话会，认识了一些人。每次都由我发请帖，所以知道主客双方。有一次，请客的主人是几位女士。忽然来了清华大学的吴宓教授。吴先生一人独坐在角落里，仿佛沉思，又不时面露微笑。我去和他攀谈，谈旧体诗，谈新出版的《吴宓诗集》，谈他的学生钱锺书。随后他寄给我他的诗集，夹着钱锺书的小本诗集，说明两书一定要看后寄还。另外还有他的新作，《独游西山诗》七律。我一高兴，"次韵"和了他的诗。其中有一首他特别指出来问我背景。这首诗是：

也知真意终能解，争奈蛾眉不信人。

信里多情情易冷，梦中一笑笑难亲。

每量诗福犹嫌薄，纵去醉乡安敢频。

闻道女牛行相会，夜深翘首望天津。

　　吴先生再见到我时一定要我说"天津"是在天上还是地上。我只好说是天上。其实也是地上。那时从北平到日本是在天津上船的，正好借用天河以押原韵。再以后，我才告诉了吴先生，我的女朋友的事。他听后大为激动，大大责备我一通。在北平，在昆明，在武汉，几乎每次提到Z时，他都慨叹说我太不应该，总是我不对。我以为我正是照他的柏拉图哲学实行精神的爱的，为什么他反而不赞成呢？这首诗当时大概没有寄给Z，也可能寄去过。诗说得有些过分，而且不合实际。实际不能说她不信我，而是我不信她。她以后曾在信中说我"是个怎么也不相信人的人"，而且当面还说过："我知道，你就是不信。你信不过我。"如果她曾经真的为此对我不满，甚至伤心，我真是犯下罪过了。难道吴先生责备我的确实不错吗？我自以为总是轻信，上当，不是不信人，而是处处提防，防不胜防。我相信的，往往不可信。我不相信的，反而是应当相信的。Z是真心朋友，我现在知道了，用一生的过程证实了，太晚了。

　　北平火车站上。几个男女青年送一个女的。我站在那里，不是送行的而是陪行的。送行的都对女的说话，不理我。直到车开，我和女的在靠窗一边对面坐下。我才有机会端详这位戴着红绒线帽的旅伴。

　　亚工，我在北平较晚认识的一位好友，忽然对我说，有一张到南京的免费车票，是双人的，可是只有一个人去。他问我能不能利用。那时我刚卖了一本天文学译稿，得了两百元，抵我几个月的工资。本来我可以请假游玩一趟再回来。沙鸥会批准的。可是我竟没想到，以为每年译两三本书便可生活，天南地北到处遨游，便留一个条子向沙鸥辞职，不告而别。现在想来，实在对不起她，太鲁莽，太少不更事。但对我来说，却是有收获而无损失。因为离卢沟桥事变已不到两年，我迟早是要南下的。

这个红帽女郎，我见过几次，也算认识。她是我的朋友的朋友的朋友。她见我面对她老不说话，便掏出一本小书来看。我看出是罗素的小册子。有了话题，开口谈哲学。我连她是做什么的，到南京有什么事，全不知道，也不问。

哲学谈不下去，改变话题。她说："听说你学外国话很快。我看你学中国话不行。你到北平几年了？还带南边口音。"

我反驳："你也带一点广东口音。"

"胡说！我是在这里上小学的，师大附小，怎么会有广东口音？"也许她觉得过分了，笑着接下去："你能听出我有广东音？反正比你地道。"

几句话一说，我才发现她真好笑。从车站上一直到车厢里，她总是愁眉苦脸心事重重的。这时笑逐颜开了。为了验证我学中国话也行，她教我讲广东话。

她先说"系唔系"。我照学不误。又教一个"乜嘢"，我发音不准了。她一连教几遍，越笑越厉害，简直笑得脸红了。又教"细佬哥"。我不知是什么意思，学了一遍就不学了。问她是什么，她笑着指我说："你就是细佬哥。"说完了又用广东话说，笑得几乎断了气，中断一两次。我不知道这有什么可笑。知道了"细佬哥"就是孩子，娃娃，也不觉得可笑。倒是她这个人有点可笑，所以我也笑了笑。她接着教我一二三四数目字，教一个字，笑一气。我只好跟她学，陪她笑，让她拿我当笑料。对广东话我并无兴趣，想不到后来会去香港还有点用。但对这个人兴趣越来越大。我和一个差不多同年的女的坐得这样近，谈得这样开心，还是第一次。我们又笑又闹。我也没想到旁边人怎么看，只看她一个人。

她的脸越来越红，不知道是不是笑出来的。忽然她一转脸。天已黑了。车里灯也亮了。车窗是关着的，玻璃上照出了她的红脸。她一头扑到车窗上，不笑了。我跟着扑过去，也对着车窗，问："到哪里了？"她没有回答。我才发现，两人的脸正好在车窗玻璃上并列。她两颊发红，神情严肃。我像个大孩子，什么也不明白，两眼瞪着。都不说话，也没有避开，互相望着玻璃上的脸。不知道过了多少时候，总不止几秒钟。我才听到她似乎轻轻吁了一口气，转过脸来，说："你知道，我到南京就改名字了。"愁眉不展的神色又出现了。

"我只知道你的外国名字。"我说。

她眼睛睁得很大，脸不红了，迟疑一下，问："他们都没跟你讲我？"我说："谁也没说，我也不问。"这时她才讲出她的名字，又说她到南京以后用的名字。这些都是假的。她没讲出她的本名。过两年我才知道。又过些年，她正式结婚，恢复了原名。这里面的原故我是后来才一步一步明白的，但也不十分清楚。我不想打听，不想知道她的身世。

她是 Y。本来在广州上大学英文系，到北平来改学绘画，去年考上南京戏剧学校，又改了名字。那外国名字只有几个熟朋友才叫。"不过你可以叫。在外人面前还是叫我现在改的名字。"我以为她因为要演戏所以改名留姓，不知连姓也是假的。至于为什么要这样改名又改姓，我也不以为可疑。但我隐隐觉得她虽然喜欢艺术，也会弹钢琴，对绘画和戏剧并没有特别兴趣。眉宇间时时出现忧色。不过这一路上两人都很愉快，像毫无拘束的多年朋友。

南京到了。一下车就有人接她。是比我们稍大些的女的。她知道了同来的我，连正眼也不望一下。出站上了马车。来接的人说，早就想坐一次马车。一路上我成了多余的人，两人都不理我。霏霏小雨中到了戏剧学校。我见到一位北大英语系毕业的人。他在当职员。我和他谈了几句北大的朋友，在办公室里坐了一会。一进门，两个女的就自顾自走了。再来时，Y给了我几个包子，对我说，每天傍晚可以来找她，平时不能出校门。在办公室里我见到校长余上沅，戏剧家应云卫，留长发的男学生。那位职员朋友都没有介绍。我和他不熟，但知道他的身份，觉得他有点不大愿意我多引起人注意，便走了。他以后在戏剧界、电影界、政治界风波中演的角色，因为他一再改名字，几年前我才从一篇说到他原名的为他辩白的文章中知道，可是他已去世而且没有人提到了。

阴雨蒙蒙中我每天傍晚找她出来散步。两人很少说话，完全不是旅途上有说有笑的样子。我还请她和那位去接我们的人去吃一次咖啡。那位女士本来也应算是我的朋友的朋友的朋友（后来才知是夫人），但好像对我隐含敌意。Y在她面前对我也有点拘束。我每天找Y好像她并不知道。因此，我和两个朋友约Y星期日去燕子矶就没有通知她。没有她，Y又有说有笑，是活泼的女孩子了。这中间的顾忌，我到杭州后才有点明白过来。那位在北平的朋友，我原以为是Y的丈夫或未婚夫，其实并未和她定名分。这位朋友通过她转给我一封信，感谢我，说是Y每次离开北平都心情不好。这次有我陪伴，一路上很高兴，到校后还为我每天同她雨中散步而缓解了忧愁，是我有功。信中一再附上"请告地址"。第二次把字写得很大，还注上英文"扩大再版"。但我没有照办，复信仍由Y转。我自以为明白了内情，不想让他直接来信说Y什么。是不是我又做错了？

Y在南京烫了发，照了一张相片，签名送我。她来信说，那张照片被照相馆放大搁在橱窗里，经她抗议才收回。她以后又改装了，有了个"刘海"。信中说："你知道'刘海'吗？是这样的。"画出了大半个脸的自画像给我看。

这对夫妇都是我的好友。50年代末，男的先去世。又过十年，Y也去了。没有子女。我把她也当作妹妹，其实她不会比我小，也许还大些。

信在东京和北平、南京、杭州之间来来往往。谈心越来越多，越来越深。具体的事却不多。我的诗都寄给她。她每次都说喜欢和感谢。我写诗也越来越多。也对她说过Y。大概没好意思说"芋头"变成了"猴子"。她还"恭贺"我一再有了"妹妹"。说她还继续学钢琴。说见到日本诗人西条八十。说她在毕业前不打算回国，所以我可以放心写信，不必害怕见她。不论她说什么，我看到来信就心生欢喜。她后来告诉我，我在信里写了一些她常说的话，使她姐姐看到后觉得奇怪。她用紫色墨水。我用绿色墨水。她的紫色字迹多年还清楚。我的绿色字迹恐怕现在都已经淡得看不清了。她也不能再看了。也不用再看了。她会记得，忘不了的。她在最后信里说我的信是"多么好的文章啊"。真是说文章吗？

抗战开始了。我匆匆转道南下，先回老家。居然她从香港来明信片到我老家。因为我曾回过家一次，她来过信，知道地址，所以来明信片希望有人转给我。恰好我在离家前一天收到了。她还怕失去我的踪迹，怕我无法知道她到了香港。我到武汉，她也有信到武汉，因为她知道武汉大学有我的好友。我到长沙，她的信又追到长沙。我行踪不定，但到处给她去信。

"我有点怕。这个保险朋友有点不大保险了。"香港寄长沙的信中有了这句话。

我怎么办？

长沙稻谷仓二号。以后长沙当局在战争中自己放的火也没有烧掉这一所房子。里面一间大屋里住着四个人。一个是我。一个是从日本回来，又送Y南下的教授。在南京接Y的就是他的夫人。另外是一对夫妇。四人中只有女的有职业，是国立戏剧学校的助教。这房子就在学校附近。她和Y和那位教授的夫人都是同学。她家在北平。姓名也是假的，是演员的名字。她演《茶花女》主角时就用这个名字，以后才从舞台上消失了。这个四人合组的"家"就靠她的微薄工资维持。我和她的丈夫一文不名。教授有点钱还想办杂志。他的家乡也沦陷了。他最着急的是他的夫人据说去延安，还写信骂他只想当教授，不知干革命，不去抗战。四人中我是真正的食客。可是女主人对我很好。她才二十岁出头吧？外表看不出孩子气，住在一起才知道她的天真烂漫。这对夫妇直到去世都是我的好友。我结婚前夕曾又住在他们家。她还拿我开玩笑，认为我结婚是一件非常有趣的事，笑得很特别，很开心。

随着长沙临时大学搬昆明改建西南联合大学，戏剧学校也迁往重庆。我们送那对夫妇上了船。教授朋友去西安想找回他的夫人。"家"解散了。我无处可去。经一位朋友介绍去当地力报馆白住吃闲饭。每天三餐干饭，加一餐夜宵供夜间工作的人。不论人数多少照例开一桌。我都跟着吃。也没人问。报是大报，工作的人并不多。社论是社长自己写。他作了一首七律给我看。我便依原韵"奉和"两首。录一首如下，又是"也"字起头：

也愿伴狂学纵酒，无如量浅酒杯深。

匹夫有罪惟怀璧，王法无情莫议今。

献璞当年须刖足，论人此日要诛心。

伤时涕泪休轻洒，珍重青衫未湿襟。

有一回，社长想了一个社论题目，说了意思，我自告奋勇执笔。湖南人看重古文，我就写文言，加些四六对句。以后他便常常出题给我作文。有文言也有白话，加上新名词、新句法。这算是我付房饭钱。不料到离开时社长还给我稿费。一篇社论约一千字，一块钱。这成了我从长沙到香港的路费。

我到香港是"逃难"去的，是去找饭吃的。所指望的是一位好友，就是介绍我陪 Y 南下的亚工。一则是实在无路可走，二则是实在想再见那位保险朋友。这时的友情已经大非昔比了，不过还是朋友。"友谊至上"。"情人易得，友人难求"。这是我们两人共同承认的。

到广州在街上闲游一天，听广东话想起 Y。她已经回老家了，没有和她的朋友在一起。一个人不知有多寂寞。搭上晚车，昏暗中经过荒凉的深圳，到九龙时已是万家灯火。由尖沙咀轮渡过海到香港。在一家小旅馆中放下行李，先去见 Z。准备第二天一早找亚工。他们都是我临离长沙前匆忙写信通知的。

太白楼，学士台，简直不像香港的地名。在山半腰，原来离亚工借住的香港大学宿舍不远。Z 姊妹搬家以后，住进同一所房子的是从上海来的戴望舒夫妇。Z 原先住的是下层。戴住上层。

一敲门，一位戴眼镜的女郎开门。不等我开口，她就说："是金先生吧？请进来。你等一下。她在上面。我去叫她。"匆匆出门上楼了。

一间屋子，两张床，桌子，椅子，很简单，不像小姐的绣房。我坐下等了好半天，无影无踪。不知为什么，只好一个人枯坐。

忽然姐姐开门进来，说："她在屋顶上等你。你顺着楼梯上去。"她几乎是把我赶了出来。我迟疑着上楼时，一个很年轻的青年下来，和我擦肩而过，好像是瞪眼看了我一下。

到最上一层，钻出屋顶，黑暗中看到有个人影远远站在一角。衬衫，长裤，是她吗？是她。打扮全变了。不是在北大上课的样子了。

"怎么来得这么快？也不先打个招呼。早上收到信，晚上就到了。"

开口就埋怨，真成熟朋友了。

"我来得太快了？"

"你来得太迟了。太迟了。"

我不懂这话是什么意思。黑暗中，渐渐看清楚了。脸还是那样子。眼睛、鼻子、嘴都没变。同我还是一样高，一样瘦。对望着，没有说话，只拉住了手。

天上星光灿烂，没有月亮。山顶上有点点的灯光。山下和隔海的九龙，灯光密一些。一排排路灯盘曲着显出山道。那是1938年初，旧香港。

屋顶上有一道水泥的横梁。她拉着我的手过去，并肩紧靠着坐下。

"你今天来得正巧。我们明天搬家。在九龙租了房子，是新盖的。明天不要找我，后天到新房子去。"

谈话不知不觉到了深夜。天上星移斗转。仗着天文常识，我知道再不走就要天亮了。紧拉着手一同下楼。又像在北大红楼那次离别一样，可是情分不一样了。

这是一次特殊的谈话。她把信里不能讲的，也许是对别人都不能讲出来的，一件又一件向我倾吐。我也照样回报。从自己到别人，从过去到未来，从欢乐到悲哀，都谈到了。这是真实无虚的对话。我们的关系从此定下来了。没有盟。没有誓。只有心心相印。她有的是追她谈爱情谈婚姻的人，独独缺少真心朋友。那么，"你没有朋友么？我就是。我来补这个缺"。她的话，我一生没有忘记。

我的话，我一生没有改变。可惜的是，我太没用了。一丝一毫没有能帮助她解除烦恼。除了写信，还是写信。就是信，也常常引起她烦恼，甚至生气，可能还伤心。现在，不只现在，到我临离开这世界的时刻，我还会对她心有歉意。恐怕我还是没有真正完全懂得她的心思。我这一生总是错中错。人家需要温情时我送去冷脸。人家需要冷面时我喷出热情。不是"失人"，就是"失言"，总是"错位"。北平同学半年，九龙见面一年，断绝又接上、接上又断绝的通信五十七年。见面，有说不完的话。不见面，见心，心里有永不磨灭的人，人的情。

她最后来信前曾表示，想和我打隔小半个地球的电话。我竟没有表示欣然同意。难道是我不愿和她谈话？不愿听她的声音？不是。我太老了，没有五六十年前那样的精神力量了，支持不住了。

夜谈回来，我提笔写下几首绝句。后来她也看了。这表达了我们两个人两颗心当时及以后直到现在和未来的情吧？这里抄下四首。

浮生若梦强为欢，怕听空山泣杜鹃。
天上蛾眉真解事：古今不见永团圆。

人间乐事苦无多，色色空空证佛陀。
邻座何劳示玉玦，臣心如水不扬波。

愿借星辰证我心，春宵似水苦寒侵。
海天有尽情无尽，多露何堪更夜行。

忽漫相逢已太迟，人生有恨两心知。
同心结逐东流水，不作人间连理枝。

风义兼师友

　　我平生有很多良师益友，但使我最感受益的不是人而是从前的图书馆。那些不为官不为商、只为穷学生服务的公共图书馆，不知道现在还有几所？

　　1930年秋天我来到当时的"故都"北平。那可和现在的北京大不相同，一派古老萧条气象。我忽然发现宣武门内头发胡同有市立的公共图书馆，便走了进去。入门领一块出入证小木牌，不需要出示证件，不办任何手续。进门是一处四合院，正面是阅览室。交出入证便可以换得所借图书。还书时取回木牌，出门交还。无牌不能出门。馆中书不多，但足够我看的。阅览室中玻璃柜里有《万有文库》和少数英文的《家庭大学丛书》，可以指定借阅，真是方便。冬天生一座大火炉，室内如春。我几乎是天天去，上午、下午坐在里面看书，大开眼界，补上了许多常识，结识了许多在家乡小学中闻名而不能见面的大学者大文人的名著。如果没有这所图书馆，我真不知道怎么能度过那飞雪漫天的冬季和风沙卷地的春天，怎么能打开那真正是无尽宝藏的知识宝库的大门。

　　随后在北海旁边文津街修起了"北平图书馆"。堂皇的建筑，丰富的藏书，平民化的服务，它成为我的第二家庭，介绍给我世界上数不清的良师益友。这些师从不对我摆任何架子，有求必应。只有我离开他们，他们决不会抛弃我。会见他们的情况和古旧狭小的头发胡同图书馆一样，只不过是阅览厅太大，需要先用出入证换座位牌，再用来借书。书到了，馆员将书送到座位上，换去座位牌。他们忙不过来，自己也可以去借书台取。更方便的是室内有许多书架，摆着中外参考书和常用丛书，自由取阅，不必办手续，自动取出和归还。记得有一套英文的《哈佛古典文学丛书》五十本，还有《大英百科全书》，都摆在架上。只要有空座位，我便坐在这些书前面，随手一本本翻阅。借书人不多，取书时间不长，身旁有参考书可看，不必呆坐干等候。厅内光线充足，北海旁空气新鲜，当时我直觉得是在人间仙境。后来我还找到一位有私人电话的人担保，可以借书出馆。担保人要有私人电话，这是主要条件，可见那时电话的稀罕，足以表示身份。有杂志室，随意取阅，过时的刊物才需要借。地下室中是阅报室。全国大报应有尽有，包括几份英文报纸。每天下午我必在那里走来走去，看摊在报架上的报纸。有的报，看的人挤。有的报，无人问津。记得上海《新闻报》副刊上连载张恨水的《啼笑因缘》，接着是上海《申报》副刊《自由谈》大变样，鲁迅等名人都以笔名和真名在上面发表文章，还开展了"庄子与文选"论战。随后上海《时报》在版面中间开一小方块，用四号大字连载巴金的《激流》第一部，也就是《家》。看报看书的人一声不响，对服务人员说话也是低声。几年间我没听说有偷书的，或者书刊中被人裁下偷去书页。阅报室内无人看守。那么多当天新到报纸只有看破了的，没有被拿走的。看书报的人中穷学生居多，也许是穷得有志气吧？

我在北京大学图书馆当过职员，但办公时无法看书，抽空进书库只能观望几分钟。我管借书，但利用时间翻看同学借去还回的书，增长了不少知识。

从此以后我每到一地，有可能就去找当地图书馆，好像找老朋友。我曾到香港大学去望了望"冯平山图书馆"，还见到了馆长许地山，也就是我所佩服的作家"落华生"。在桂林去广西图书馆借《历史语言研究所集刊》和《清华学报》《燕京学报》《国学季刊》，一本又一本，遍读所能找到的陈寅恪的文章。《集刊》的大气磅礴的发刊词显然是傅斯年的手笔。抗战前，我在杭州的浙江图书馆像借普通书一样，借阅过《四库全书》，才见到这名声大、数量多而品位不高的"官书"的真面目，果然抄校不精。还在那里借到了英文的《通俗天文学》，决定翻译。托曹未风从上海买到书译出，又托他代卖稿给商务印书馆。交稿不久就被收购，在抗战初出版，战时还曾经再版。编辑凭眼光，看稿不看人。

出国后，在缅甸，我去仰光图书馆看书，第一次见到披着袈裟的和尚在一页一页翻读贝叶经文。在印度加尔各答，到"帝国图书馆"看书成为我每日自定的功课。那里房屋设备陈旧而借书方便。我找到了一本用英文教梵文的读本，便抄了读，并作练习，一天一课，几个月读完，打开了这丰富宝藏的大门。因为当时正和一个朋友一同跟印度人学印地语，所以字母发音不必请人另教。到鹿野苑，在"摩诃菩提（大觉）会"的图书室内发现了两套汉文《大藏经》，一是碛砂版，一是频伽版。这是谭云山从国内募得捐赠的。我每天下午去看报并翻阅藏经，才开始明白了所谓汉译佛教经典是怎么一回事。几乎可以说是上午用印度字读梵文，下午用汉字读梵文。我必须感谢实质是"恩师"而不肯居其名的"法喜"老居士的指引。他仿佛古代高僧出现于今世。我到浦那，在潘达开东方研究所的"潘达开藏书室"中看这历史上第一位印度籍的大学梵文教授的书，好像进了19世纪末到20世纪初的世界"梵学"公园。书全摆在架上，自由取阅。印度现在还有大量抄写本没有印出，因此图书馆重视收藏贝叶写本。五十年前印度学究还习惯于口传经典，用半古半今的语言解说，和我幼年所受"家教"及"私塾"情况类似。那时我觉得仿佛进了古代，看到有字无字的活图书馆。

我在十岁前后大约十年间看到家中几代累积的杂乱的书像个小书库。离家以后有不少生活时光是在免费的图书馆中度过的。我看书如同见活人，读书如听师友谈话。对我来说，昔日图书馆正如李义山诗句所云是"平生风义兼师友"了。

百年投影：1898～1997

几十年前我听到两位朋友谈论中医西医。

一个说：我承认中医西医都能治好病。但是西医说的道理我懂，中医说的阴阳五行那一套我不懂，我只能相信我能懂的。

另一个说：能治好病就是好医生。你何必管他讲的是什么道理？治不好病，讲道理没用。

这一位是实践论者。

那一个说：我死在西医手里，死个明白；死在中医手里，死得糊涂。

这一位是理智主义者。坚持要问为什么。

另一个说：死都死了，什么都不知道了，明白和糊涂还不是一样？我是凡人，不是智者。

这一位是唯物主义者吧？

依我看，求明白的人不是没有糊涂的地方，反空谈的人也不是处处不讲道理。只不过是两人所向往的和所奉行的不一样，便成为两种仿佛截然不同的思想，以致讲出很有分别的话了。究其实，智者本是凡人。凡人有平凡的智慧，或者说是通晓世故人情。智者可以有凡人达不到的精神境界，但凡人会生活得更好。智者和凡人的界限难分。

我把自己的一些创作的新诗，翻译的外国诗，后来写的一些谈论文化的文章，合起来一看，明显表现了自己的三个时期，也折射出了一百年来的三个时代。因为我本是大时代中的小人物，不能不在思想感情上经历并且透露出时代的气息。我好像是想当智者的凡人。

我有这样两行诗句：

> 儿童的人间：做梦，做诗。
> 少壮的人间：苦斗，沉思。

做梦的是诗人。苦斗的是凡人。沉思的是智者。人人都可以有这三种境界，做这样三种人，因为三者看似隔绝，其实通连。正像我那两位老朋友当年论医一样。他们尽管意思不同，还是可以对话、争论，正是因为彼此相知，有通连的共同之点。然而虽有相同，却又相异。年长者都多少走过中国和世界这一百年来所走的道路，儿童和少年还正在走下一个一百年的道路，但是每人又各有不同。可能经历类似而感受和理解不会完全相同，甚至会完全不同。

有个故事说，有两个记者同去采访一条新修铁路的沿线情况。两人分属两家报社，都想有独家报道，所以上火车后各自坐在车一边，互不交换位置，也不交谈见闻。随后两人各写出一篇通讯发表。一家报纸上说这条铁路沿线是崇山峻岭非常壮观。另一家报纸上说火车一路上沿着河流行驶风景秀丽。原来这条铁路是依山傍水而行，两边景色不同。两人写的都是真实报道，不过只看一份报纸的读者就只知道一边了。

我所见的只能是百年来道路一边的星星点点，但我的感受是在这一路上的真实感受。我说的是感受，不是见闻。恐怕很少人有像我所经历的这样的环境变化，因而感受也不会一样。但时代的脉搏是共同的，所以我以为会有人感我所感和想我所想，我写出的诗文还会有读者。于是我写了这样一些作品，给后来的人看。

我出生于辛亥革命的次年。出生后不久就碰上"抄家"。再过几个月，父亲就突然离开世界，把我抛给我的不识字又不懂事的二十二岁的母亲，要她在铁和血的世界中，在冷漠的旧式家庭中，把我养大。我不知不觉经历了中国"光复"的一场大革命。不留辫子了，但还要磕头。

识字了，读书了，看到了父亲和祖父和曾祖父留给我的堆在空房子里的一箱又一箱旧书。一类是八股文和有关的书，我不懂。有木刻原版的《学津讨原》丛书，不完全，仍旧很多，我也看不懂。还有许多"戊戌维新"前后出的新书。石印小字本是上海出版的。铅印大字本是在日本横滨印的，其中有梁任公（启超）的《饮冰室文集》和他主编的《新民丛报》的许多合订本。我最先看得懂的就是梁任公的那些小说、戏曲（传奇）、传记、诗话、杂文。于是我又在不知不觉之间进入了我父亲的时代，背上了19世纪末20世纪初的前一次革命"戊戌维新"失败的沉重压力。

"戊戌"（1898年）和"辛亥"（1911年）这两次革命都是失败的。其成功之处只是改了教育制度和没有了皇帝。两次提出的理想都没有实现。中国照旧是又穷又弱，军阀官僚土豪劣绅照旧横行，洋人依然称霸。

我上小学时正赶上"五四"新文化运动高潮过去，读到了第一批用白话文的小学课本。小学毕业后读到了《新青年》的合订本五大卷。这时可比读《新民丛报》懂得多了。可是书里面提出的理想并没有实现。"新文化"的高潮已过，"五四"前后作为文化的革命除在语言文学上有进展、在婚姻制度上有"自由恋爱"的强烈的冲击波以外，仍然是失败了。我的周围依然未变。可是更大的革命来了——革命军"北伐"。不过伐到长江以北，到了我们那里，这次大革命又夭折了，比"戊戌""辛亥""五四"更惨，规模更大，斗争更激烈，死的人更多。

我十六岁刚满，名为十七岁，便去乡间教小学。半年后去外地一处中学闹"学潮"。学生被捕，学校关门，我又去邻县乡间教了一年小学。这两年的中学生和小学教员生活使我见到了也认识了不少的新人，知道了而且经历了不少新事。我听到了广州、武汉、上海的革命的涨潮和退潮，而且和黄埔军校毕业战斗归来的人结交，和中山大学、上海大学、武汉"干部学校"的学生在一校同事，还见到各种各样的男女革命者。我不由自主又背上了1927年大革命失败的沉重精神包袱。

我背负着"戊戌""辛亥""五四""北伐"四次革命失败的思想感情负担，在1930年，我刚满十八岁，经过上海，由海道到了"故都"北平，也就是北京。

仅仅过了一年，就来了震动全国以至世界的"九一八"。日本侵略者公然占领我们的东三省，要先吞并"满蒙"，进而吞并中国。这比"八国联军"严重得多，真要亡国了，我们要做"亡国奴"了。从北到南掀起了全国要求抗日的大风潮。几个月后，1932年"一·二八"上海的日本军队又动手了。但和在东北不同，他们遭到了抵抗。吴淞口的炮台吼起来了，开炮打日本军舰。十九路军对日作战。日本飞机炸了商务印书馆和附设的东方图书馆。北边黑龙江也有中国军队抵抗日军。抗日义勇军在东北日军铁蹄下组织起来。然而所有这一切很快又成为过去。烽烟都息了，只剩下江西的内战的炮火越打越激烈。又一次革命退潮了。"不愿做奴隶的人们"仿佛注定还得做奴隶。

我不参与运动，但见闻很多。这次我虽然亲身经历，也还是和以前的四次革命差不多，感受多而行动少。前两次只是精神经历，因为"戊戌"在我出生前，"辛亥"后一年我才到世界来。然而五次不同的革命的失败氛围给我的精神重压是摆脱不掉了。

1932 年冬天，我由友人介绍到山东一所县立初级师范讲习所当教员。一到就碰上学校闹"风潮"。我住进校内而有职无业。那位朋友忽然临时去省城。我既无走的路费，又无住下的饭钱。在黯淡的煤油灯光下，我提笔写出了诗《秋思》。随后又连写了几首都寄给北平（北京）的友人，其中有一位是写新诗谈文学的。友人来信说："诗可以发表了。你不寄，我们替你寄。"结果是几首诗在当时唯一能继续出版的大型文学杂志《现代》上刊登了出来。于是我继续写诗，有些发表了，有的留在手头。到 1936 年初编成了一本《蝙蝠集》出版。我写诗本不为发表，也不是和哪位诗友争胜，更不是有什么忧国忧民的大志要借诗表达，又说不上是借诗发个人小牢骚，当然不会是职业的要求，不过是有时想记下一点个人的感受，也多少想对新诗体作一点试验。无奈渺小的个人也脱离不了大时代的氛围，我又在无意中背负了五次革命失败的精神压抑，用艺术形式表达感受时就不能不由小通大，由今通昔，并且由个人见时代了。至于诗的好坏，读者会看出什么，那就非我所知了。

随后是七七抗战，1939 年欧战，1941 年德国攻苏联，日本打美国。

以上是说明我的作品的第一部分，新诗，也是从 19 世纪末到 20 世纪 40 年代初的背景材料。我相信，读这些诗时连上或者不连上从 1898 年"戊戌"经过"辛亥""五四""北伐""九一八""七七"到 1941 年世界大战中间的革命失败和胜利的情绪，这两种读法是可能大不一样的。当然，这里只有诗，不是历史评说，表达的是个人感受，不是议论。

我的作品的第二部分是译诗，是从梵语原文译成汉语现代白话的印度古诗。只有最后一首《控诉》是从巴基斯坦定为"国语"的乌尔都语原文译出来的。作者伊克巴尔逝世在印巴分治以前，他的诗也可以说是属于历史上的印度，和前面的诗一样，都是古诗。诗题的本意是"埋怨""诉苦"。从诗体和内容可以感受到伊斯兰教徒的激情，和前面的婆罗门教（印度教）和佛教的诗正好对照，但这些情绪并非只属于一个教派或种族。译出的诗尽量依照原来的体裁和语言，所以各不相同，和自己作的诗又不一样。

这些过去时代的印度的诗怎么能算做表现我从1939年到1979年这四十年间的一个时期呢？

这四十年正是我从青年到老年的时期。大的历史背景不必复述，大家都知道。我的经历，主要指精神的，则可以套用一位前辈讲史学的一句话：

走南闯北找东西。

我找的是东和西，就是19世纪到20世纪初期欧洲人一般说的东方和西方，不是更早或更晚的说法。单就读书说，我从拉丁文、罗马史读到梵语经典、汉译佛典，再到《联共（布）党史》的中外文本，到学习俄文。然后是十年不读任何书。最后是又开始看到我几乎看不懂的外国新刊物和书本。可说是兜了一个大圈子，但回到的已经不是原地了。

我找到了什么？什么也没有找到。

这几十年中，我只有别人，没有自己，所以只好用译诗来表示。我翻译不是由于那是名作要介绍，而是由于我估计自己可以作翻译这首诗的试验。所以译的虽是别人的，译出来却也有我自己在内。因此可以说也表现了我。

我的作品的第一部分如果说是可以由今见昔，那么，第二部分可以说是由昔见今、由人见我。

我怎么会去找东和西？

362

1938年我在香港住了将近一年，多少尝到了一点大英帝国统治的滋味。1939年我准备探寻由罗马帝国上溯古希腊的路程。1941年我到缅甸的仰光暂住，看到大英帝国的这一部分不像香港，也不是上海英租界的扩大。随即到了印度。英吉利王国正是因为女王维多利亚加冕兼任印度帝国女王而成为帝国。这里又和缅甸不同，也和中国大不一样。我感到惊异的是，英国是一个岛国，怎么能统治地球上插英国旗的这么多大小地方的比自己多出十倍以上的人口？

　　我惊异地发现，岛国的英吉利统治遍及世界各洲，建立帝国的有些方式居然像大陆上闭关自高自大的历时几千年直到大清的帝国。不仅是几乎公认的英国的文官考试制度是从中国的科举学去，先试用于印度，然后用到本国，成为行之有效的培养政治人才或官吏的制度，而且连吞并印度的方式也像中国的"禅让"或"改朝换代"。英国解散了"横征暴敛"激起印度众怒的东印度公司，处死了罪魁祸首克莱武并没收其掠夺来的财产，废黜了虚有其名的末代皇帝，送他去缅甸作诗，由英女王兼任印度女王。名义上，印度帝国照旧存在，不过是一个自称是蒙古人后裔的莫卧儿皇帝换了一个英吉利女王。政权暗转到外国。从此"天下太平"。英国人官吏很少。政府只在全国很少的要地设立驻军区，驻扎很少的英国兵，而把招募的印度兵分驻离本籍很远的语言不通的外地。这仿佛是"八旗驻兵"的老套。对本地的风俗习惯宗教信仰一概不动，又仿佛是清兵入关时政策，只是没有要求男人留辫子，不改就杀，"留发不留头"。还照中国办法开考试做官之路，并且立即分在东、西、南三处设立大学区，但不办小学。宣布英语为政府的官方语言以代替原来用的波斯语，但保留本土的"官话"，即波斯语化的印度通行语乌尔都语，而又提倡印度各地的不同的文学语言，包括北方通行语印地语。这一套文化教育政策才是大不列颠帝国的一大发明，培养了一代又一代的人才。正如麦考莱在英国议会中扬扬得意宣布的：人是本地人，但说英国话，照英国规矩办事。这和大清帝国不同，但又一致，只是化无序为有序、变政策为制度而已。我和印度一些有识之士谈话并看到甘地等人的著作时，发现他们已经知道了，但已为时太晚。"全面学习"一种外语及文化尽管正式实行不过一百年，也无法退位让仍在千年传统中的各地不同语言来代替这种从外国来的现代语言了。幸而清朝没有也不可能实行这一项语言文化政策，汉人才可以"光复"旧国。实际上这只是把皇族关闭进了紫禁城称王，当总统和总理的几代都还是原先清朝的大臣。

原来大英帝国是大清帝国的"青出于蓝而胜于蓝"多少倍的学生，并不是仅仅遥接罗马帝国。英国初由东印度公司出面派舰队到中国来求通商时正赶上明末清初（1637）。他们在澳门由于无知而上当碰了钉子，但仍行贿收买得到了不少中国货，包括糖、瓷器和丝绸，并回本国报告。印度平定以后，英国有准备地派了东印度公司的代表团前来向乾隆皇帝补贺八十大庆。使臣到了北京，还去避暑山庄"觐见"了乾隆皇帝。由于只屈一膝不肯双膝下跪"叩首"而受到"龙颜大怒"被驱逐，但不是"无功而返"。这一次不但摸出了中国军力的虚实，还学到了据说有二十几种中国技术，带回了极有价值的英帝国观点的"大清"国情报告。这是1793年，离1840年的鸦片战争不到五十年。中国人上上下下居然对这一严重情况一无所知。到现在也不知有没有中国人研究据说英国早已公开的东印度公司及其关于东方的档案。18世纪末英国已经进入当时的"信息时代"了，而"英明天子"乾隆皇帝还在"十大武功"中满足于自己对国外世界聋盲无知的幸福。老百姓更不用说了。一旦发现到外国什么"旧金山""新金山"可以发财，便成为"猪仔"被卖了。

此外还有使我更为惊奇而且迷惑的。一接触到印度的书和人和语言的实际，便发现和我原先从中外古今书和人得来的知识对不上号，很难核实。有的简直是不知怎么辨别谁是谁非。也许还是我的眼睛耳朵以至心理有毛病？但有一点我明白。外国人从前所谓"汉学"着重研究的是中国与外国、汉族和非汉族之间的关系。这是他们所擅长的多种民族语文资料对照研究。对于汉语古文献的内容甚至语文含意，他们不注意也无成就。欧洲人对印度似乎稍好一点，因为语言比汉语较为容易相通，还能够拟出一个印欧语系，但对思想文化内容仍然"隔教"，往往是"格义"甚至杜撰。将"汉学"和"印度学"一比，我发现彼此只怕有共同的毛病，只是程度有别。特别是对于文学的作品和理论。我不知道中国的和印度的文献怎么能换成欧洲语言而不会大走样。中印彼此也几乎无法交流通气。尽管有那么多的汉译佛典，往往只能是"望文生义"，"教外别传"。真正通晓内容实情的只怕是只有一个玄奘。他只译不作，一句话不留下来。"奉诏"的著作《西域记》是"译"出材料，由别人"撰"写文章。对"哲学"思想的理解比对文学作品欣赏也不见得容易些。我略微接触便发生了迷惑，以致对于"文艺复兴"以后才搜罗整理出来的古希腊、古罗马文献也怕是和汉代整理传下来的先秦文献以及现代整理的古印度文献有类似情况。为什么明明有个大哲人、大师苏格拉底被古希腊法庭判为引导青年误入歧途有罪而受刑被毒死，而在讲古希腊的高超文明时差不多都"一笔带过"呢？对印度和中国又是怎样？

以上说明了我在这四十年左右的"中年"时光中仅仅"走南"又"闯北"，见识了"东"和"西"而没有得到任何东西，所以只有以译出的一些诗留作印迹。

我的作品的第一部分如果说是"幻灭"，第二部分便是"彷徨"。那么，第三部分呢？

先说一段往事。

大约是1972年之后，我偶然遇上了一位旧识前辈文人。他邀我同去故宫看新展出的画。那时看展览的人很少。他和我一幅又一幅看中国古画，还不时低声议论，竟有两个小时之久。他已年过七十，我也满了六十岁，居然不知疲倦。我听他从独特的视角谈人物画，发出特别的见解。有时我问他问题，他多不答复。他好像是对我讲了他无处去讲的对艺术尤其是古代人物画的与众不同的看法。他爱重复说的一句话是"猜谜子"，意思是许多人看画谈画是猜谜，不求实证。这使我想到，原来我们观察艺术往往是猜谜。这岂止是对艺术？

到70年代末，我重新开始看书时，才回顾刚刚经历过的又一次"大革命"。为什么这一次要标出"文化"招牌呢？文化到底指什么？政府文化部只管图书馆、戏剧、电影等。"五四"本来指"新文化"运动，在语言文学、婚姻家庭方面起了作用，可是后来成为以那一天的学生爱国运动为标志的政治革命。所谓"文化水平"又是常指学历。"文化"成为谜。这时我已有闲暇，于是从略有所知的文化人类学开头看起外国书刊。后来不能走去图书馆看外国新书，便回忆看过的旧书，随手写下一些围绕这个问题的文章。自己知道不过是对文化猜谜。这样说不通，再换一条路子想。又好像是在中外古今文化思想中旅行，一边看，一边想，随嘴说点什么，都不足为凭。越走越远，走到了90年代中了，我还在走，还在发现新的谜底，但我已衰老得说不清楚更说不出新意表明新发现了。

现在把在八九十年代"破谜"探索中写下的一些文章合在一起便是我的第三期留下的一部分痕迹。

这第三部分只好说是"摸索"。我不是回答问题，是提问题。破了谜，但不见现成的确定谜底，只见不断深化，如无底洞。

幻灭、彷徨、摸索，是我的经历，但又是不分先后的，时时都可以有这三种境界。其中并不都是失落，也有得的欢欣。得而复失，失而又得，这是我的经历，又曲折反射出我所处的世界。是从一粒沙中见世界，从一滴水中尝大海的咸味吧？

信仰可以使人坚定。我尝试，不成。怀疑可以使人活动，前进。我也尝试过，不成。大火要把我烤焦了，我还是觉得心头冰冷。我祈祷力量。印度人说，"力"是女神，和毁灭之神相连。我祷告她，没有回应。我得到过的唯一的爱的温情是我的母亲，但我没有对她回报。

现在我已快到生命的终点，把这一叠字纸献给我的已故去三十二年的不识字的母亲。这里形式是诗文，内容是记史，论史，岂不正是从她到我这一百年的投影，可以题做《百年投影》吗？

末班车

　　末班车，我确实搭过，那是大约在 60 年代初或 50 年代末即所谓"困难时期"。在北京西郊的北京大学有一些教授进城，忘记是开会听报告还是看戏受教育，回到动物园公共汽车总站时已过夜里十一点半，眼看着末班车开过去，跑步也赶不上了。若在 80 年代，这些几乎个个都是大小有点名气的人，不用说有车接送，便是自费乘出租车也不成问题。可是那时教授的名声很坏，好像一顶破烂帽子，要扔到垃圾堆去也扔不掉，这些中老年人只有在那里进行临时非学术讨论。

　　"我可以自己走回去。"一位年纪较轻的说。

　　"我陪你走。"一位比他大十几岁的说。

　　当时自然想不到，几年以后这些人都得进"牛棚"劳动以至军训跑步，走路真算不得什么了。

　　正在"争鸣"之际，忽然有人发现，停在一边的公共汽车中有一辆空车的驾驶室里坐上了人。于是一哄而上堵在车前，有人就去敲车门。

　　"末班车开过了。这是到中关村的回厂车，不搭客。"驾驶员说着就要开车。

　　"到了中关村我们就下车，剩下的路自己走。"

"没有售票员。没人卖票。"驾驶员说。

"我来卖票。"有人回答。

车门开了。那位比较年轻的教授果然向驾驶员要过车票，执行自愿的任务。有人还开玩笑说：教授卖车票，可以进什么世界纪录大全了。他当然料不到随后他们还会创造更多的纪录，都是"史无前例"的。

上车后才知道，这是开去准备明天早晨两头对开的第一班车。这不是末班车，是头班车。

我搭过的真正的末班车是火车，再也不会重复了，值得一提。

那是在1937年7月卢沟桥事变发生以后，当时叫北平的北京城紧张万分。城里东交民巷就有日本兵。城外宛平县已经开火，打打停停。快到月底，忽然一位朋友从汽车行里不知怎么租到一辆小汽车坐着来看我。他催我立即上车跟他一同走，说："那位午间宣布'与城共存亡'的最高守城人已经自己坐小汽车走了，我们还等着做亡国奴吗？"不由分说，他把我拉上了车。我本是住在朋友刘君的槐抱椿树庵的一所房子里替他看守房子的。他去了天津。我也顾不得交代了。车出西直门时，城门已经关了一半，门洞里堆着不少沙包。出城到了往西北开的火车车站。站上很少人。买票上车后，车上人也不多。不久车就开了。朋友说，只有这一处车站还开车，到南京的，到汉口的，都停了。车经南口时听到枪声一阵乱，没有停下就过去了，直到张家口才停得稍久些。朋友下车打听后回来说，往回开只到南口了。大概日本兵已经进城占领了。这是从北平开出来的末班车。以后再开出的车就是太阳旗下的了。这位朋友是崔明奇，后来在复旦大学教授统计学。我母亲刚从家乡来找我，住下还不到一个月，也只好跟着我逃难了。

我还搭过另一次末班本，但不是火车，也不是汽车，是在北京沙滩红楼的北京大学外国文学系的法文组。

话说蔡元培一接任北京大学校长，就对原来的这所京师大学堂进行改革。改革之一便是扩大外语系科。据说他创办了八个外国语的系。第八种是世界语，没有办成，只开过班。意大利语、西班牙语的命运大约也好不了多少。至于阿拉伯语、波斯（伊朗）语就更不必说了。真正建成而又存留下来的只有五个系，英、法、德、日、俄五大强国的语言各占一个。"九一八"以后，蒋梦麟同蔡元培一样不当教育部长，来当北大校长。他本来在北大任过代理校长，回来也进行改革，将外语系科合并成一个外文系实即英语系，已经萎缩的法文、德文、日文、俄文几个组取消。到1933年，这几个组都只剩下最后的班级，也就是末班车了。这时我无意中搭上了法文组的一个班也就是末班车，是无票乘车者，不是学生。这个班上只有一个人，因此教课的很欢迎外来"加塞儿"的。这在北大文学院已成惯例，从来不点名查学生证。

当时德文组教授中有翻译《牡丹亭》的德国诗人洪涛生，毕业生中有诗人冯至。尽管如此，也只有几个学生上课。我去听过一次洪涛生教授讲莱辛寓言。他自己到德文图书室去打字，打出一页课文，将复写纸印出的分发学生，也给我一份，没问一句话。日文组的教授有周作人、钱稻荪、徐祖正三位专家。学生也不多，其中一个是周作人的儿子。法文组的原来系主任是梁宗岱教授。他教毕业班，也只有几个学生，内含两个女生。他不去教室，在法文图书室上课。师生围在一张长方桌周围，用法文闲聊天。要查什么书就随手在书架上拿。主讲人是梁教授，总题目是法国文学。他讲的法文中夹着中文、英文、德文的诗句原文，大家嘻嘻哈哈，也没有课本、讲义。我去听过一次，大家看见我仿佛见到原有的学生。另有两位外国教员，一位是瑞士人斐安理教授，后来才知道他最后成为日内瓦大学索绪尔以后教语言学的第三代。他在中国时还年轻，留起小胡子冒充老。他开过语言学课没人听，停了。随后到日本东京去才教语言学，我听他的课是法国戏剧。另一位是邵可侣教授，法国人。他的家世辉煌，祖父和伯祖父是学者兼革命者，一位是地理学家，一位是巴黎公社委员。他父亲是中学校长。他承袭了这个姓名，并未承袭家学，而由吴克刚教授（和巴金同译《克鲁泡特金传》的）介绍到上海劳动大学教法文。那所大学本由蔡元培领导，不久就解散了。他到南京中央大学教法文，编了一本《近代法国文选》，由中华书局出版。后来他到北京大学法文组，兼教文学院一年级法文。他曾写信给蔡元培，反对将法、德、俄文等组取消合并入英语系。蔡有复信表示无力挽回。抗战时他在云南大学，战后在燕京大学。战时他随戴高乐将军抗纳粹德国。1949 年回法国。不久前，他的孙女从法国到中国来，还看过我。我才知道他已在高龄去世。

现在我搭上人生的末班车，回想 1933 年去沙滩北大法文组当末班车的无票乘客，从此和外国文打交道，可说是一辈子吃洋文饭。然而说来很惭愧，对于外国文，我纯粹是一个实用主义者，不用就忘，可以说是一生与外文做游戏。若不信，请听我道来。

我刚满十八岁来北平（北京）打算上大学时还不会英文。直到1932 年冬天我去山东德县师范教国文时才能自己读完英文原本《威克斐牧师传》。记得读最后那几十页时，在煤油灯下一句一句读，放不下来。读完抬头一看，灯油已耗尽，纸窗上泛出鱼肚白了。同时我还学看英文报纸，绝料不到以后会仗外文吃饭。第二年暑期回北平后，在"九一八"时认识的一位世界语朋友把他在旧书店里买的一本书送给我，逼着我学。这是一本用英文写的法文自修书，一共三十课。从第十五课起读童话《小红帽》。书中说，学完后可以接着读伏尔泰的《瑞典王查理十二传》。真是诱人的前景。没多久，我居然利用刚能看书看报的英文能力把这本书学完了，自己去买了一本邵可侣编的《近代法国文选》接着读。可是无法矫正发音。又一位朋友介绍我去找他的会说法语的兄长，可是这一位会说而不懂语音学的先生弄不清楚清浊发音的区别。正好另一个朋友是"北大迷"，极力鼓吹我去沙滩和他同住，同到北大旁听课。由此我去上邵可侣教的一年级大班，学发音。我拿他编的《文选》去问他，他立刻叫我去法文组听他的二年级课。我的那位送我法文自修书的朋友本在日本留学，"九一八"后愤而回国，不料忽然被捕。我不知道他已入狱，夜间还去访他。幸亏在大门口望见室内无灯，没有进大门，免受牵连。我把这事告诉邵可侣，说要搬家。他立刻建议我到他家里住。他是一个人住一所四合院，只有做饭的大师傅同住。他自己住北房，让我住门口的南房，家具也归我用，不收房租，不管吃饭，要我在他假期旅游时替他看房子，有中文信件之类帮他处理，作为交换。我答应了。住下后才知道，原先有一位教授和他同住，结婚搬走了，我是顶替他的。我除看房子外还为他校再版的《文选》校样，整理并校订他的讲义成为《大学初级法文》，由商务印书馆出版。他提议我也署一个名字。我认为不妥，说是只要在他的法文序中提到我就行了。想不到的是，英译中国现代诗，后来在美国加州大学任教授的陈世骧1939年在湖南大学教英文，他推荐我到湖南大学文学院临时应急补缺教法文的主要依据，就是这课本和这篇序。在邵可侣先生的热心联络下，有些法国人互相请客开茶会，留学法国的中国人也参加，有的教授还带了学生去。嫁给中国人的法国妇女也有随丈夫参加的。不定期，也没有固定的地点和人数，有人是常客，有人偶尔来。有人虽收通知却从不参加，例如美国人温德教授。会上人人用法文闲谈。有时青年男女做点小游戏或朗诵诗、弹琴、唱歌。最热闹时还排练过法文戏《青鸟》。我和邵先生同住一处以后，他便把这件事也交给我，由我发通知联系。别人请客也找我。由此我认识了一些与法文有关的中外老中青人士，包括过路的外国男女。清华大学的吴宓教授只到过一次会，由于谈诗和作旧体诗而和我熟悉起来。1946年我由印度回国，友人曹未风告知我写信给吴先生。吴先生向武汉大学推荐我，由文学院长刘永济教授安排聘我到哲学系任教授，教印度哲学和梵文。我搭上法文组的末班车，竟成为我教大学的头班车，真是料想不到的。

不仅是当教员，教外文，我一生的经历中，许多次都是不由自主上了末班车。我本无意来这世间，是我父亲逼我来的，我做了他的最后一个儿子。他生活在清朝将近六十年。民国成立后，我还不满周岁，他就离开了世界。我生下就遭遇抄家，尿片被搜检过。我母亲出身卑微。一家人中有四省人。回到老家以后，在低矮的祖传茅屋里还照清朝末年的老规矩生活。我三岁就成为老长辈，有了一个侄孙，许多大人叫我叔叔。十岁左右我就陆续见过不同情况横死的男女，四个挂着、绑着、躺着，身首异处的尸体。满十六岁离开了家，见闻更加复杂、奇特。满二十岁就有人和我对干一杯酒，把桌子一拍，说出他对他自己的评价："死有余辜，问心无愧。"他本是黄埔学生，可以做大官的，后来被南京政府"正法"了。耍枪杆的、耍笔杆的，男男女女、老老少少，我都见过。不同肤色的外国人对我讲不同语言，表达不同思想。不知怎么我竟能记得住这么多人。若是电视连续剧，也太长了。还有什么样的人我没有见过呢？只怕是没有多少了。然而，我渐渐不懂这个世界。同样地，我想，这世界也不懂得我了。我在世上已经是完全多余的了。

末班车可以是头班车。离开这一个世界，在另一个世界里，我又是初生儿了。

"人生天地间，譬如远行客。"望见终点，我挥舞着这些小文要下车了。

告别辞

在由"八卦阵"中"休门"步入"死门"之时,我忽然想到,历来只有生者向死者遗体告别,然后离去,照陶渊明说的,"亲戚或余悲,他人亦已歌"了。还没听说死者向生者告别的。古人有"自挽""自祭",今人有"遗嘱",没有"告别"的。生者致悼词,死者岂可无词?何妨"自我作古",拟作一篇。

设想我躺在那里排队等候火化,那时该想些什么,要说些什么?先是想到,此一去能会见多少在活人中间已无法再见的人、亲人、朋友。提到朋友便想起前天才得到的我的最好的女朋友的死讯。信中只说了年月日,没有说地点是在地球的这一边还是那一边。不过这不要紧。死人的世界是超出时间空间普通三维四维概念的宇宙,是失去时地坐标的。要紧的是死后以什么面目出现。若是离开人世时的形貌,我和她都已经是八十岁上下,鸡皮鹤发,相见有什么好?还不如彼此都在心目中想着两个二十几岁的男女青年在一起谈笑,毫无忌惮。"相见争如不见",那么不见也罢,还是向生者告别为妙。

这时我不由得想起了苏格拉底。据柏拉图所记,他听到死刑判决时在法庭上说了一番话,末尾是:"现在是走的时候了。我去死,你们去活。哪一边更好,只有神知道。"这算是他的告别辞吧。他是哲人，临终还要讲道理。我是凡人，只能谈自己感想，不配议论活人。

儿时听说，人在死时要去收自己的足迹，凡是到过的地方都得再走一次。我一生去过的地方不多也不少，不过大半是坐船乘车或者搭飞机去的，路上不会有足迹。挪动两腿在一条路上天天来回走的，除小孩子时上学的路以外，只记起了两处。那里重复足迹太多，恐怕是非再去一次收回不可。

一处是贵州遵义。这在唐朝是播州，又据说在汉朝是夜郎国，要和汉朝疆域比大小，以此出名。那是1940年，我失业无事做，决定不下出国还是不出国，和母亲住在朋友夫妇家里，每天出门去沿着一条小溪走到僻静处去看那清澈的流水和水中的游鱼。走来走去不知有多少足迹印在那里。有当时作的诗为凭证。

> 我来不见谪仙人，洗马滩头独步频。
> 未肯临渊谋结网，已甘学道敢忧贫。
> 常钻故纸弆豪气，间作狂言娱老亲。
> 无菊犹堪乐重九，卜居新得柳为邻。

诗中引古代诗人一个又一个，未免沾染了一点夜郎国的自大之气。这足迹非收回不可。

终于出国，经云南、缅甸到了天竺。一路上乘车乘船没留多少足迹。留下足迹多的路是在鹿野苑。那是释迦牟尼成道后度化五比丘初次讲出"无常""无我""涅槃"的地方，称为"初转法轮"之处。这又是有位仙人动凡心掉下来的地方，称为"仙人堕处"。我住在招待香客的"法舍"里，每天在太阳西下时赶到中国庙的"香积厨"里独自吃下中午剩的菜饭，再出庙门便看到"摩诃菩提会"建的"根本香寺"，前面大路上有"过午不食"的和尚居士或零散或结伴奔走。我加入其中来来去去，由此明白，古时释迦佛带着弟子罗汉菩萨的"经行"原来不是中国魏晋风流人物的"行散"。中国古名士吃五石散求长生以致全身发燥，不得不宽袍大袖缓缓走动，样子飘飘欲仙，其实是要解除药性引起的烦躁。"经行"是印度人所习惯的运动，不是治病，更非闲散，乃是大步流星仿佛竞走。于是我也练成这种习惯，"散"起步来不由自主便紧张移动两腿，毫无悠闲气派。这也有当年的诗为证。

往时圣哲经行迹，寂寞而今生绿苔。
古塔有灵还伫立，野花无主为谁开。
鹿王已证涅槃去，乌鹊宁闻圣谛来。
入夜豺狐争号哭，应知大地有余哀。

那是1943年到1944年。斯大林格勒的苏联军队里外重重包围了困在城内外的德军三十万人，血战正酣。蒙哥马利率英军在非洲驱逐德军的"沙漠之狐"隆美尔。艾森豪威尔任联军司令在英国筹划到法国的诺曼底登陆。东方的日本霸占了东亚的南北部，赶走英美法势力，要和中国作最后决斗，拼个你死我活，但胜极而衰，外强中干，踏上了下坡路，等候"败军之将"麦克阿瑟卷土重来占领本土。东半球战火弥天，印度人处于前线边缘，在外国人统治之下，对战争无能为力，怀有复杂的心情。鹿野苑是乡下，没有电灯，天一黑就只有星光闪烁，加上时圆时缺的月亮。地上有蛇爬行，天上有秃鹫飞，夜间野兽噪声此伏彼起。可以想见古印度林居野处的修行人在树下坐禅修道时的环境，了解三衣、一钵、一杖为何不可缺少。我早眠早起，夜不出户，遥望黑暗中星斗推移，恍如在世外，又明知在世内，这才感觉到当初佛讲"苦"讲"寂灭"的语言内涵。出世入世并无分歧。纸上千言无非一语。在那里的路上有我的无数足迹，现在该收回了。

　　足迹收完，行将离去，便由死日想到生日。六十年前曾作一诗《生日》。

　　　　点点的雨，点点的愁，
　　　　这古井却永远都依旧。

　　　　丝丝的恨，丝丝的风，
　　　　该收拾了：瓜架豆棚。

　　　　一支人影，一支蜡烛，
　　　　桌上摊着别人的情书。

　　　　一声蛩吟，一年容易，
　　　　一天又添了一岁年纪。

　　"别人的情书"，是谁的？是我的友人的女友写的。友人说是"失恋"了。我把一叠信从他那里拿过来，一字未看，一张一张烧了。自己有没有？又想到新去世的女朋友。她在最后的信中问我要不要她所保存的我的信。我回信说，不要了。人亡物在，何必呢？至于她给我的信呢？那能算情书吗？有情的是五十八年前我送给她的那首诗。题是《镜铭》，下注："掇古镜铭语足之以诗献 S"。诗云：

　　　　见日之光长勿相忘，
　　　　则虽非三棱的菱花
　　　　也应泛出七色来了。

明月无常，星辰流转，
切莫滥寄你的信心，
须知永劫只凭一念。

见日之光长勿相忘，
惟阴霾时才成孤影。
愿人长寿，记忆常春。

"夜台无晓日"，不见日之光了。但愿有时记起我的人在回忆的春天里发出会心的微笑。

别了。

自撰火化铭

先生金氏，东西南北之人也。生于清亡次年壬子。卒年未详。曾居教席于小学、中学、大学，皆机缘凑合，填充空缺，如刊物之补白，麻将之"听用"，不过"拾遗""补阙""候补""员外"而已。又曾入报馆，为酬衣食之资不得不"遇缺即补"，撰社论、译电文、编新闻、主副刊，皆尝试焉。少年时曾入大学图书馆任小职员，为时虽暂，获益殊多。战时至西南，逢史学名家赠以恺撒拉丁文原著，谆谆期以读希腊罗马原始文献，追欧洲史之真源以祛疑妄。后有缘至天竺释迦佛"初转法轮"处鹿野苑，住香客房，与僧徒伍，食寺庙斋，披阅碛砂全藏，比拟梵典，乃生超尘拔俗之想。适有天竺老居士隐居于此，由"圯桥三进"谓"孺子可教"，乃试以在欧美学府未能施展之奇想，以"游击战"与"阵地战"兼行，纵横于天竺古文坚壁之间，昕夕讲论，愈析愈疑，愈疑愈析，忽东忽西，忽今忽古，亦佛亦非佛，大展心胸眼界。老人喟然叹曰：毕生所负"债"（汉译为"恩"），惟此为难"偿"（汉译为"报"），今得"偿"矣。"所作已办"，遂飘然卓锡远引，竟去不返。先生忆苏曼殊和尚诗句："范滂有母终须养，张俭飘零岂是归？"遂南天万里飞越雪山而归奉母。适逢缘会，再入高庠，仍为"听用""补阙"。当时大言炎炎，事后追思，徒增汗颜。是年丙戌，溯戊辰初教小学已十八载，距己卯始入大学任教亦越七岁。硁硁无成，夸夸如故，终身以"听用"始，以"听用"终，可论定矣。

先生幼欲学农，不成，至"花甲"之年始得躬耕于南昌故郡之野。自选种、育苗、插秧、施肥、挠秧、收割、打谷以至晒谷、入仓、守仓，靡不与焉。两年为农，尽除文字障，大收脱胎换骨之效。少年又曾学工，于华北工业改进社实习羊毛纺织，由选毛、梳毛、洗毛、染毛以至纺织，手工操作。最难为纺，次为织。古式手纺车难于运转如意，毛又非棉，难匀易断，常孜孜终日不成一线。织布机亦古式，以足踏动，依花样节奏，若弹风琴。飞梭往复，常须续断。浪费无数羊毛，最终织成"人字呢"尺许而得卒业。然竟未能成工人。至近"耳顺"之年始获随习木工、瓦工，然俱为"劳动"，旨在"改造"，无技术可言矣。又于战时经友人怂恿为商，欲在西南一大城市新建商场中觅一席之地，求以贸迁有无餬口。市场主者命一妙龄女子接待。先生不谙"生意经"，出语即讹，备受姗笑。彼姝意存鄙薄而妙语温存，尤所难堪，遂废然知返。逢一鞋店主人，沦落天涯，一见如故。承其指教，乃知市场风云较之战场尤为难测，断非无财无勇无谋无庇荫之书生所可问津。战事方殷，又谋投笔从戎。友人为借乘军车与下级军官结队同行。途中合唱"我们都是神枪手"，意气风发，恍惚有"一去不复返""马革裹尸"之慨。横穿湘境至辰溪为友截留，入中学及大学补缺教课，重握粉笔。先生于农、工、商、军一一涉足而无以立足，于是以书生始，以书生终，其命也欤！虚度一生，赍志而殁，悲夫！

铭曰：

　　空如有。弱而寿。无名，无实，非净，非垢。咄！臭皮囊，其速朽！

壬申岁除日草

附录　如是我闻

——访金克木教授

　　在北京大学校园里记者见到了八十二岁满头白发的金克木教授。他一听说我是为《群言》写"专家学者访谈录"，便连连摇头摆手不肯接受，说："我不是专家学者，无可奉告。"在记者的坚决追逼之下他才无可奈何地说：

　　"我不是专家，也许可称杂家，是摆地摊子的，零卖一点杂货。我什么都想学，什么也没学好，谈不上专。学者是指学成功了一门学问的人，我也不是。说我是教员也许还可以。因为我从乡间小学教到初中、高中、大学，除了当过图书馆员和报馆编辑以外就是当教员。"

　　记者抓住这一点立刻攻进去："你不是专家学者怎么教书，更怎么能教大学？"

　　他说："我这摊子卖的不是假冒伪劣货物。我教书是货真价实的，会多少教多少，还可以多教一点，但不是掺水分，是我教三分，让学生能得到四分，让他自己多得，算是有点效率吧。我教小学语文时自以为会中国的汉语汉文，后来才知道还差得远。现在我也不敢说我会中国语文。许多书看不懂，北京话不会说，能自称会汉语汉文吗？可是我也能教，教我会的那一点。我教过的课杂乱没法说。比如我教过五种外国语（英、法、梵、印地、乌尔都）外加世界语，实在不敢说是会，只求能把学生引导入门。我觉得教师的任务是引导学生去学。本领不是教会的，是学会的。扳着学生手指教弹钢琴能行吗？我会的少，教的多，这有什么奇怪？学问究竟不是货物，是大有伸缩性的。"

记者表示不懂，他只好举例。

"我在山东德县师范讲习所当过教员，教语文。师范课程中必须开教育学和儿童心理学。不料那位教员选了课本，教了不久，突然走了。急得教务主任团团转。他是我的朋友，刚把我从北京请去，我不能见死不救，便要来两课本一看，心理学太浅，太陈旧，教育学又太深。我告诉他，我可以试试兼教这两小时。虽然学校和学生并不重视这两门课，我还是认真教的。讲了课本，又讲了课本以外我所知道的有关知识。这就是杂家当教员的好处。这是当'听用''救场'，专家学者决不肯干的。"

记者请他讲明白些。他说，说来话长，不谈教，还是谈学吧。"处处有学问，人人是老师。"

"我当图书馆职员，没学过，不会，只好逢人便学，还自己学到了不少的东西，又养成一种习惯，在书库架上迅速看书。书库里中文外文书任我翻阅，只是要快，不能久留。这对我以后大有好处。我当报馆编辑，也没学过，不会。曹未风经过香港去英国，在船上给我一张名片介绍去见萨空了。萨所主持的《立报》刚从上海搬到香港。他见我手中拿着一本英文书，便说'你晚上来帮我翻译外电吧'。那晚上他只对我说了一下美联社的'原电'的种种简化说法怎么读，路透社的和报上一样就不必讲了。说完便匆匆走了，因为他是经理，忙得很。两次见面他不过说了十几句话，什么也没有问我。通讯社陆续来电讯，我陆续译出。快到半夜，他来了，翻看一下，提笔就编，叫我次晚再来。第二天晚上他对我说，他实在忙不过来，又找不到人，要我连译带编这一版国际新闻（约相当于

《新民晚报》半版）。桌上有铅字号样本，还有报纸做样子。说完又匆匆走了。我又译又编，有了一条便照另一版编辑左笑鸿的样送给总编辑盛世强看。他一声不响看过对我望了一眼就去发交排字房。我很感谢他，不知这是规定。快到半夜时电讯猛然全来，我慌忙追赶，居然没误上版时限。第三晚萨便约定我当编辑兼翻译，一人干两人的活。我干得下来，可能是我在书库中看书打下底子。在长沙借住力报社，除有时代社长写社论外，曾去编辑室看人编报，见过样子。这一年（没有休息日）无形中我受到了严格的训练，练出了功夫，在猛然拥来的材料堆积中怎么争分夺秒迅速一眼望出要点，决定轻重，计算长短，组织编排，而且笔下不停（《力报》要求篇幅小容量大必须重写，规定只用手写稿），不能等排字工人催，不能让总编辑打回来重做。这一套无意得来的功夫后来我在印度鹿野苑读汉译佛教经典时又用上了。这是被逼出来的，没有取巧余地，说穿了毫不足奇，不值一分钱。这和专家学者也毫不相干。"

记者听了依然莫名其妙，赶快换个话题问：

"你学外国语教外国语也是用图书馆报馆练出的功夫吗？"

"要我交代这一方面，那就更可笑了。别人说我学外国话发音不错，可是在北京这么多年还不会说北京话，笑我是外战内行内战外行。我从小跟哥哥学英文，到北京时还是不通。在德县，朋友订了一份英文报（天津出版的《华北明星》）。他没工夫看，我看，所以后来会译英文电讯。在沙滩北大认识了沈仲章。他是北大物理系毕业，跟刘天华学过音乐，在刘半农的语音乐律实验室工作，对学外国语有兴趣。英文从小就会，还学别的。他说自己现在头脑不行，只能学学外语，因为学外语不用脑筋。他这句话使我从天上落到了地下，才知道费脑筋的是语言学，不是学语言，从此我学外语再不用脑筋了，轻松愉快，不费力量。结果是要用什么，就学什么，用得着就会了，不用就忘了，再要用又捡起来。这本是小时候大嫂给我发蒙时的读书法，也是印度人念经念咒的古老办法。学外语不能照我这样，还是得走正道用功。那才是学者之路。"

记者听到他说念经，忙请他谈谈佛学，不管他承认不承认是专家学者。

"我连续几年专读一种书只有两次。一次是在1949年到1951年，专读马、恩、列、斯和毛主席的著作，得了不少益处。另一次是在40年代前半，在印度读印度书，包括汉译佛典。这时才知道欧洲从古希腊毕达哥拉斯起就和印度不知怎么结下了不解之缘。双方不仅语言，而且思想，有相通脉络。反而是中国虽有大量翻译却进来得太晚，彼此各自成型格格不入，思想难得通气，往往以己解人。这时有两件事可以谈谈。

"一是在鹿野苑跟在美国苏联教大学后退隐乡间的印度老人法喜居士学读古书。先是东一拳西一脚乱读，随后我提出一个问题引起他的兴趣。他便要我随他由浅追深，由点扩面，查索上下文，破译符号，排列符号网络，层层剥取意义。本来他只肯每天对我背诵几节诗，用咏唱调，然后口头上改成散文念，仿佛说话，接着便是谈论。我发现这就是许多佛典的文体，也是印度古书的常用体。改读他提议的经书，他的劲头大了，戴上老花镜，和我一同盘腿坐在大木床上，提出问题，追查究竟。他还要我去找一位老学究讲书，暗中比较传统与新创。他说，四十三年前，前世纪末，他来这古城读古书时就有这种问题和想法，一直没有机会实现，现在去了心上一块石头，照他的说法是还了债了。当时我们是在做实验，没想到理论。到70年代末我看到二次大战后欧美日本的书才知道，这种依据文本、追查上下文、探索文体、破译符号、解析阐释层次等等是语言学和哲学的一种新发展，可应用于其他学科。

"另一件事是在浦那和印度戈克雷教授校写《阿毗达磨集论》。他帮我读梵文，我帮他校勘。贝叶经文照片放在长几中间，我二人盘腿并坐木榻上，他面前是藏文译本，我面前是玄奘的汉译。起先我们轮流读照片上的古字体拼写的梵文。读一句后各据译本参证，由他写定并作校勘记。这书实际是一本哲学词典。不久我们便熟悉了原来文体和用语。我也熟悉了玄奘的。有一次在他念出半句后，我随口照玄奘译文还原读出了下半句，和梵本上一字不差。他自己读了汉译才相信。于是我们改变办法，尽可能用还原勘定法。他照藏译读出梵文，我照汉译读出梵文，再去用梵本三方核定原文。这一来，效率提高，速度增加。他要教书，我要读书，每天只能工作约一小时，不过三个月，他便将残卷校本和校勘记写出论文寄美国去发表了。序中提到我，但没说这种方法。我由此学会了从译文读原文以至于从一种语文读出另一种语文。口头读古文，心头自然读出白话。进而明白欧洲人怎么能从印度古书中读出康德，还能从法称菩萨著作读出罗素。可是他们无法这样读中国书。我也想试，但不行，用外国话表达中国原有思想（不是学外国的）非常困难，不能'对口'，只能近似。外国喜确切，中国重模糊。

"经过这两件事，我有点明白了，为什么佛典原文比译文顺口，而中国人著作中用汉字写出的梵文文体不易还原。所以注疏往往比本文更难。因此我不敢自认是佛学专家。对于中国佛学可说是一窍不通，无论中国和印度，古书总是注上加注，越注越难。我在武汉大学和北京大学教过印度哲学史都是直解本文，注疏另算。"

记者如入五里雾中，只好再一次打断他，请他谈谈佛学的入门。

"我自己是门外汉，只能作门外观，这也是一言难尽。佛学和佛教不同。我一接触佛教徒，一读佛典，立刻发现自己的错误，明白了几点应当知道的常识。首先是佛不止一位，因而教派、理论、仪轨等等大有不同……"

记者忙问：怎么佛不止一位？

"平常只说释迦牟尼佛，可是大家拜的是阿弥陀佛。听说日本有人要在中国建一座世界最大的佛像，那是大日如来佛，也就是毗卢遮那佛。有人认为雍和宫里大佛就是他。有人说那是卢舍那佛，又说是未来佛弥勒佛。拜哪位佛、哪位菩萨，念什么经，就讲什么佛学，很不一样。还没认识佛，怎么讲佛教、佛学？"

记者听他讲得越来越玄虚，便问他能不能把话讲得记者也能听明白。

"这就是你的批评和我的失败。我从少年时期便因失学而求学，逐渐有了一种意愿，那就是做学术的通俗工作。我翻译出版的第一本书便是《通俗天文学》。我是为和我一样求学不成的人着想的。后来又想到另一种'通俗'，便是在由分科而形成的'科学'的基础上打通学科，可说是另一种的通俗化。现在我才明白，问题不仅在于'通'，更在'俗'的方面。对不同的'俗'有不同的'通'。我讲了半天话，你说不懂，可见我失败了，全是白说。不过你也没有成功，访问记写不成了。"

记者笑了起来，说："我并没失败，你再三声明不是专家学者，可是你谈的越来越专门。你说是一生力求通俗，你说的话我听不懂。因此，不论你承认不承认，我都得把记下来的仍旧作为专家学者访谈录。"

他哈哈大笑，不置可否。我想他是无话回答也不必回答了。

尹 茗

图书在版编目（CIP）数据

续断编：金克木述生平 / 金克木著；张定浩编 . -- 北京：作家出版社，2021.5

ISBN 978 - 7 - 5212 - 0624 - 1

Ⅰ . ①续… Ⅱ . ①金… ②张… Ⅲ . ①金克木 - 生平事迹 Ⅳ . ① K825.6

中国版本图书馆 CIP 数据核字（2019）第 142393 号

续断编：金克木述生平

作　　者：金克木
编　　者：张定浩
责任编辑：李宏伟
装帧设计：孙惟静
出版发行：作家出版社有限公司
社　　址：北京农展馆南里 10 号　　　　邮　　编：100125
电话传真：86 - 10 - 65067186（发行中心及邮购部）
　　　　　86 - 10 - 65004079（总编室）
E – mail: zuojia@zuojia. net. cn
http: // www. zuojiachubanshe. com
印　　刷：中煤（北京）印务有限公司
成品尺寸：145 × 210
字　　数：323 千
印　　张：12.625
版　　次：2021 年 5 月第 1 版
印　　次：2021 年 5 月第 1 次印刷
ISBN　978 - 7 - 5212 - 0624 - 1
定　　价：65.00 元